Die Heilerin von Canterbury
und die Bruderschaft des Todes

Celia L. Grace

Die Heilerin von Canterbury und die Bruderschaft des Todes

Aus dem Englischen von
Marion Balkenhol

Eichborn.

Originaltitel: The Saintly Murders
Originalverlag: Headline, London

1 2 3 4 04 03 02

Umschlaggestaltung: Christina Hucke
Lektorat: Susanne Aeckerle, Doris Engelke
Satz: Fuldaer Verlagsagentur, Fulda
Druck und Bindung: Clausen & Bosse, Leck
ISBN 3-8218-0915-9

Verlagsverzeichnis schickt gern:
Eichborn Verlag, Kaiserstraße 66, 60329 Frankfurt am Main
www.eichborn.de

»Mein Text ist seit jeher schon derselbe:
Habsucht ist die Wurzel allen Übels.«

Geoffrey Chaucer, Die Canterbury-Erzählungen,
»Prolog des Ablaßkrämers«

»Im Mittelalter praktizierten Ärztinnen auch in Kriegswirren und während großer Epidemien weiter wie immer, einfach weil man sie brauchte.«

Kate Campbellton Hurd-Mead, Geschichte der Frauen in der Medizin

HISTORISCHE ANMERKUNG

Im Mai 1471 war der Bürgerkrieg zwischen den Herrscherhäusern York und Lancaster zu Ende gegangen. Edward von York hatte bei Tewkesbury den endgültigen Sieg errungen. Der König aus dem Hause Lancaster, Heinrich VI, wurde später von Anhängern des Hauses York im Tower ermordet, woraufhin Edward von York mit Freuden den königlichen Titel Edward IV annahm und die Macht vollends ergriff. Edward wurde von Elizabeth Woodville, seiner schönen Gemahlin, unterstützt sowie von seinen beiden einflußreichen Brüdern, George von Clarence und Richard von Gloucester, und deren Anhängerschaft. Die Yorkisten kamen zur Ruhe und genossen die Früchte des Friedens, wenngleich noch immer alter Groll und Haß schwelten und oftmals an die Oberfläche drangen.

Angstvoll blickte Frankreichs schlauer, gerissener König Ludwig XI, der »Spinnenkönig«, auf den alten Feind seines Landes, der immer mehr an Stärke gewann. Ludwig konnte es kaum erwarten, sich einzumischen und Englands Überlegenheit zu bremsen, koste es, was es wolle …

HISTORISCHE FIGUREN

Heinrich VI: Heinrich von Lancaster, Sohn des großen Heinrichs V. Manche hielten ihn für einen Narren, andere verehrten ihn als Heiligen, für einige war er beides. Unter seiner schwachen, unfähigen Herrschaft brach der grausame Bürgerkrieg zwischen den Häusern York und Lancaster aus.

Margaret von Anjou: französische Gemahlin Heinrichs VI und die eigentliche Macht hinter dem Thron; ihre Hoffnungen auf einen Sieg wurden endgültig zunichte gemacht durch herausragende Siege der gegnerischen Truppen bei Barnet und Tewkesbury in den ersten Monaten des Jahres 1471.

Beaufort von Somerset: führender General und Politiker des Hauses Lancaster; angeblicher Geliebter Margarets von Anjou, bei Tewkesbury gefallen.

Heinrich Tudor: der letzte Thronanwärter des Hauses Lancaster. Etwa um 1473 an den Höfen Frankreichs und in der Bretagne im Exil.

Nicholas Faunte: lancastertreuer Bürgermeister von Canterbury; wurde später gefangengenommen und in seiner eigenen Stadt hingerichtet.

DAS HAUS YORK

Richard von York: Vater Edwards IV. Richards schrankenlose Machtgier führte zum Ausbruch der Feindlichkeiten zwischen den Häusern York und Lancaster. In der Schlacht bei Wakefield im Jahre 1461 wurde er in einen Hinterhalt gelockt und getötet.

Cecily von York (geb. Neville): »Die Rose von Raby«; Witwe Richards von York. Sie hatte drei Söhne: Edward, Richard von Gloucester und George von Clarence.

Edward IV: erfolgreicher General der Yorkisten und späterer König.

George von Clarence: der gutaussehende, aber heimtückische Bruder Edwards IV; wechselte im Bürgerkrieg die Seiten.

Richard von Gloucester: jüngster Bruder Edwards IV; spielte beim Sieg der Yorkisten 1471 eine führende Rolle.

FRANKREICH

Ludwig XI: der »Spinnenkönig«; stärkte und zentralisierte die französische Monarchie im letzten Viertel des fünfzehnten Jahrhunderts.

Jeanne d'Arc: »Jungfrau von Orléans«; Visionärin und Anführerin des französischen Widerstands gegen England, bis die Engländer sie im Jahre 1431 gefangennahmen und in Rouen verbrannten.

ENGLISCHE POLITIKER

Thomas Bourchier: betagter Erzbischof von Canterbury.

William Hastings: Gefolgsmann Edwars IV.

Francis Lovell: Gefolgsmann Richards von Gloucester.

PROLOG

»O verfluchte Sünde aller Schändlichkeit!
O mörderischer Verräter! O Niedertracht!«

Chaucer, Die Erzählung des Ablaßkrämers

Roger Atworth, der ehemalige Soldat, der jetzt den Bußbrüdern Jesu Christi angehörte, einem Bettelmönchorden in Canterbury, fühlte den Tod nahen.

»O Jesus miserere!« murmelte der alte Mann vor sich hin.

Wie gebannt starrte er auf das Licht, das unter der schmalen Tür hindurchdrang. Der Tod hatte sich gleich einem Meuchelmörder angeschlichen, war hastig auf leisen Sohlen über einen Korridor getappt und hatte blitzschnell aus dem Schatten eines Durchgangs zugeschlagen. Der Tod hatte seine Falle zuschnappen lassen. Atworth kannte sich im Leid aus. Die Schmerzen, die von der Brust aus über die linke Körperhälfte liefen, waren wie eine Sturmglocke, die ihn gemahnte, daß er nur noch kurze Zeit zu leben hatte. Atworth versuchte sich zu bewegen, doch Beine, Hände und Arme waren wie mit Blei gefüllt. Seine Gedanken wanderten. Welcher Wochentag war heute? Jegliches Zeitgefühl war ihm abhanden gekommen. Er erinnerte sich, daß die guten Brüder sich auf das Fest Mariä Verkündigung vorbereitet hatten, das neun Monate vor Weihnachten begangen wurde. Atworth hustete röchelnd und leckte sich den Schleim aus dem Mundwinkel. Die Weihnachtszeit in diesem Jahr würde er nicht mehr erleben. Er würde nicht in Ehrfurcht vor der Krippe niederknien und beim Schmücken mit Stechpalme und Efeu zur Hand gehen. Atworth versuchte sich zu konzentrieren. Er wußte genug über Heilkunde und erkannte die Symptome des Delirium tremens. Hatte Bruder Simon, der Krankenpfleger, es nicht genau so geschildert? Am ganzen Körper litt er unsägliche Schmerzen. Seine Kehle war wie ausgedörrt. Atworth war nicht einmal imstande gewesen, die dürftigen Happen zu essen, die ihm die seltsam verhüllte Gestalt gebracht hatte.

»Wer war es?« murmelte Atworth ins Dunkle hinein. Doch was spielte das schon für eine Rolle? Er würde sterben, und er war dazu bereit, wie es sich für einen rechtschaffenen Soldaten ziemte. Er versuchte, sich die Worte des Totenpsalms ins Gedächtnis zu rufen, das »De Profundis«. Welcher war es noch, Psalm 130?

»Aus der Tiefe rufe ich, Herr, zu dir.
Herr, höre meine Stimme, laß deine Ohren merken auf die Stimme meines Flehens!
So du willst, Herr, Sünden zurechnen ...«

Atworth hustete. Vergeblich versuchte er, den Kopf zu heben. Er starrte in die zunehmende Dunkelheit. Schuld! Oh, Atworth fühlte sich wahrhaft schuldig! Er vermochte den Alpträumen keinen Einhalt zu gebieten, die gleich schwarzem, fauligem Wasser seine Seele überschwemmten. Alpträume aus seiner Jugend, als er noch bei den Söldnerheeren und unter gold-rotem Banner in Nordfrankreich gekämpft hatte. Das war eine Zeit des Raubens und Plünderns gewesen, in der ganze Dörfer in Flammen aufgingen! Wie die Lilien auf dem Felde wurden Männer, Frauen und Kinder niedergemäht.

Roger Atworth schüttelte den Kopf. Er erinnerte sich an eine junge Frau, die er genommen hatte. Wo war es noch? Nördlich von Agincourt, wo König Heinrich seinen großen Sieg errungen hatte. Sie war auf der Flucht, trug ein Kleiderbündel über der Schulter und stolperte auf die Lichtung, wo Atworth mit seinen Männern rastete. Er hatte sie vergewaltigt und anschließend seinen Männern überlassen. Zuletzt ließen sie die unglückselige, nackte, blutende Frau liegen, die an Geist, Körper und Seele Schaden genommen hatte.

»O, Jesus miserere!« bat Atworth um die Gnade, die er so verzweifelt brauchte und doch nicht verdiente. Er und seine Männer waren dafür verflucht worden. Ein altes Weib, das im Wald lebte, hatte die Schreie des Mädchens vernommen und kam herbeigelaufen, um nachzusehen, was da vor sich ging. Die Alte hatte am Rande der Lichtung gestanden, die grauen Haare fielen ihr über die Schultern, Abscheu und Wut waren ihr ins Gesicht geschrieben. Damals schon hatte Atworth ihren Mut bewundert. Sie war hervorgetreten wie ein alter Prophet, den knochigen Finger hoch erhoben. Zunächst redete sie in einem Dialekt auf die Männer ein, den sie nicht verstanden, doch dann verfiel sie überraschend ins Englische.

»Verflucht sollt Ihr sein«, kreischte sie, »möge Euch Essen und Trinken im Halse stecken bleiben! Verflucht sollt Ihr sein, ob Ihr wacht oder schlaft! Ob Ihr reitet oder geht! Verflucht sollt Ihr sein. Im Morgengrauen und mitten in der Nacht! Verflucht sollt Ihr sein bei meinem Tod!«

Atworth schloß die Augen. Er erinnerte sich an den Vorfall, als wäre es erst vor einer Stunde gewesen. Er hatte sein Schwert gezogen und es der Alten in den Bauch gestoßen, hatte sie aufgespießt wie ein Kaninchen oder ein Schwein. Anschließend hatten sie die Frau mit dem Kopf nach unten an einer Ulme aufgehängt. Sie hatten dagestanden und über ihren blau geäderten, mageren Körper gelacht, der am Baum baumelte wie ein Tierkadaver am Verkaufsstand eines Metzgers. Dann hatten sie ihre Stiefel eingesammelt, die Pferde gesattelt und die blutüberströmte Leiche hängenlassen, ohne auch nur einen Blick zurückzuwerfen. Wie hatte einer seiner Männer Atworth beschrieben? »Ein Unhold, der weder Gott noch Menschen fürchtet«. Die Alte indes hatte recht behalten. Von jenem Tag an war er vom Pech verfolgt. Zwei Tage darauf gerieten sie in einen Hinterhalt von Söldnern aus der Lorraine, die sechs von Atworths Männern töteten und den Großteil ihrer Beute raubten.

Atworth schlug die Augen auf. Der Schmerz hatte nachgelassen. Vielleicht würde ihm jemand zu Hilfe kommen. Er lauschte angestrengt. Das Licht, das unter der Tür hereindrang, wurde schwächer. Niemand würde kommen! Wieder fiel Atworth in Tagträume. Alle, die seiner Truppe angehörten, waren zwischen Hecken und Gräben in Nordfrankreich eines gewaltsamen Todes gestorben. Sie waren während des schrecklichen Unheils gefangengenommen worden, welches über die englischen Streitkräfte hereinbrach, als die Armeen Frankreichs, angeführt von dieser unheimlichen Jungfrau von Orléans, die Gottverfluchten aus Frankreich vertrieben. Atworth war auf dem Marktplatz von Rouen zugegen gewesen, als sie die Jungfrau verbrannten. Er hatte gesehen, wie ihr dünner, ausgemergelter Körper in der Hitze Blasen schlug, doch ihre Stimme blieb stark und betete auch dann noch laut, als ihr feines Antlitz hinter einem Flammenvorhang verschwand. Und danach? Jene trostlosen Tage in der Burg von Rouen als Leibwächter der Gräfin Cecily von York. Damals war ein Band geschmiedet worden, das auch jetzt noch hielt. Nichts hatte sich daran geändert, auch als Atworth vom unbarmherzigen Vicomte de Sanglier gefangengenommen wurde, einem jungen, gottlosen Mann. In de Sanglier hatte Atworth seine eigene Seele erkannt, und abermals entstand eine Bindung, eine Kette wurde geschmiedet und die Glieder miteinander verbunden; sie erstreckte sich über Jahre, und de Sanglier hielt sie noch immer fest in der Hand.

Nach der Flucht aus Frankreich war Atworth in sein kleines Dorf in der Nähe von Canterbury zurückgekehrt. Fortan war er ein von Dämonen verfolgter Mann. Atworth hatte reichlich Beute mitgebracht und sich als wohlhabender Gutspächter niedergelassen. Er heiratete die Tochter eines Gutsbesitzers, doch alles wendete sich zum Schlechten. Seine Frau starb bei einer der plötzlich auftretenden Fieberepidemien. Atworths Geschäfte florierten nicht. Schlimmer noch, wohin Atworth auch ging, die Geister verfolgten ihn: die Alte, die ihn in einer Taverne plötzlich vom anderen Ende des Raumes anschaute. Oder er sah in dunkler Nachtstunde, wenn er einen Blick aus seinem Flügelfenster warf, das Gesicht der alten Vettel, umrahmt von eisengrauem Haar. Sie funkelte ihn mit seelenlosen Augen an, wirkte mit ihrem rot umrandeten Mund furchterregend auf dem mondhellen Rasen vor seinem Fachwerkhaus. Atworth fand keinen Frieden.

»Ich war wie ein Schlauch im Rauch«, murmelte er.

Nach Trost suchend war er nach Canterbury geeilt. Er hatte gebetet und gefastet. Ein Mitglied der Bruderschaft hatte ihm die Beichte abgenommen. Der Mönch hatte geweint, als er Atworths Sündenregister vernahm: Mord, Vergewaltigung, Raub und Brandstiftung. Er wollte Atworth erst dann die Absolution erteilen, wenn dieser eine Pilgerfahrt unternommen hätte. Atworth reiste nach Outremer, erlebte die sengende Hitze Palästinas und kehrte über Rom zurück, wo er von einem der Beichtväter des Papstes die Absolution erhoffte. Der Priester hatte ihm ein Leben nach strengsten Ordensregeln auferlegt.

Atworth war nach Canterbury zurückgekehrt. Er hatte sich dem Bettelorden der Bußbrüder Jesu Christi angeschlossen und sich einem Leben unterworfen, das nur aus Gebet, Fasten und Buße bestand. Doch auch hier entließ ihn die Vergangenheit nicht aus ihrem eisernen Griff. Er wurde zum Priester geweiht, und ihm ging der Ruf voraus, besonders fromm und ein kluger Beichtvater zu sein.

Cecily von York, die Mutter des Königs, hatte sich an die frühere Bindung erinnert und nichts Eiligeres zu tun, als ihre Seele in seine Hände zu legen. Atworth biß die Zähne zusammen. Hatte sie doch allen Grund, ihn aufzusuchen und um Absolution zu bitten. Leise murmelte er ein Gebet. Er war zu hart! Jetzt war er ein Gefangener, heimlich gefangengenommen und über die Vergangenheit befragt! Die Briefe in seiner Tasche waren verschwunden, doch er hatte seine Herzogin nicht verraten; das hatte sie nicht verdient. Atworth fragte sich, was nun geschehen würde. Er schauderte, als seine Brust von einer neuen Woge des Schmerzes erfaßt wurde. Das Atmen fiel ihm schwer. Er hörte ein Geräusch und schaute sich um, atmete zittrig ein und zuckte unwillkürlich zusammen, weil es so faulig roch. Sein Blick fiel auf einen Schatten. Stand jemand an der Tür?

»Wer ist da?« krächzte er.

Vielleicht war es Jonquil, der nach ihm suchte. Die Gestalt kam auf ihn zu. Atworth versuchte zu schreien, doch es gelang ihm nicht. War es eine Wahnvorstellung? Er schloß die

Augen, aber selbst sein schmerzgeplagter Geist erkannte jene mit Eiter durchtränkten Lumpen, die Holzschuhe, das Gesicht der alten Vettel, das stahlgraue Haar und die schwarzen, seelenlosen Augen.

»Oh, Jesus!«

Atworths Kopf sank nach hinten, Todesröcheln drang aus seiner Kehle. Er rang nach Atem, hatte jedoch seinen letzten Kampf verloren. Bruder Roger Atworth, Angehöriger der Bußbrüder Jesu Christi, erschauderte und starb.

»Von plötzlichem Tod.
Herr erlöse uns.
Von Hungersnot.
Herr, erlöse uns.
Von Pest.
Herr, erlöse uns.
Von dem Bösen, das am Tage lauert.
Herr, erlöse uns.
Von Feuer und Schwert.
Herr, erlöse uns.
Von der Geißel des Teufels.
Herr, erlöse uns.«

Am Vorabend des Fests der Heiligen Perpetua und Felicitas verließ eine feierliche Prozession der Bußbrüder Jesu Christi das Kloster und zog durch das Haupttor in die Straßen von Canterbury. Die Bettelmönche gingen gebeugten Hauptes hintereinander her, ihnen voran ein Kreuzträger und zwei Rauchfaßträger, die ihre Weihrauchgefäße schwenkten.

Sie veranstalteten eine Bittprozession und flehten Gott um Hilfe an in der großen Not, welche die Stadt befallen hatte. Anfangs verhallte ihr Gebet in den geschäftigen, überfüllten Straßen und Gassen Canterburys ungehört. Doch schon bald machte sich das eintönige Auf und Ab ihres Gesangs wie feierlicher Trommelschlag bemerkbar: eine Mahnung an die guten Bürger, daß man wahrlich in bösen Zeiten lebte. Die Händler, die Hausierer, die Höker, aber auch die Pilger auf ihrem Weg zu Becketts berühmtem Schrein hielten in ihrer Tätigkeit inne und traten zur Seite. Einige knieten auf dem schmutzigen Straßenpflaster nieder und bekreuzigten sich. Gespannt betrachteten sie einen Mönch mit Weihwasserbecken, der eifrig mit dem Weihwedel nach beiden Seiten spritzte, als würde sie dies vor der Plage bewahren, die so plötzlich in ihrer schönen Stadt aufgetaucht war.

Gerade als ein Seiler niederkniete, warf er einen kurzen Blick auf die andere Straßenseite und sah das kleine, schwarze, pelzige Tier aus einem schmalen Durchgang schießen und in den Schutz einer Spalte unter dem Fachwerkbalken eines Hauses huschen. Der Seiler packte den Holzgriff des Dolches, der in seinem Gürtel steckte. Wären die guten Mönche nicht gewesen, hätte er das Tier verfolgt! Ratten, schwarz und glitschig, mit struppigem Fell und zuckenden Nasen suchten anscheinend die Stadt heim. Es war doch schon fast Ende März. Bald würde der April anbrechen, Zeit für frische Frühlingsluft. Die Feldwege und Straßen würden aushärten, und die Pilger würden sich gleich einem Strom in die Stadt ergießen. Sie alle wollten vor Becketts juwelenbesetztem Schrein niederknien, ihre heißen Gesichter an den Stein drücken und Canterburys großem Heiligen ihre Bitten vortragen. Doch was würde jetzt geschehen? In den vergangenen drei Wochen schien die Stadt von einer Rattenplage heimgesucht, die Chaos und Verwirrung stiftete.

Die Prozession der Bettelmönche zog vorüber, und der Seiler erhob sich. Er ging in die kleine Schänke an der Ecke zur Black Griffin Alley. Hinter sich hörte er ein Kind kreischen: »Ratte! Ratte!«

Der Seiler schüttelte nur den Kopf. Er schaute sich in dem schmuddeligen Schankraum um, warf einen angewiderten Blick auf die fleckigen Tische und dreckigen Hocker. Die Wirtin, die hinter dem Faß stand, winkte ihn zu sich, verzog ihr ungewaschenes Gesicht zu einem Lächeln und wischte sich die Hände an einer schmutzigen Schürze ab. Der Seiler hätte dankend abgelehnt, doch er hatte Durst. Er setzte sich auf einen Hocker, und die Wirtin brachte ihm einen ledernen Trinkkrug mit weißem Schaum obenauf. Der Seiler wollte ihr das Gefäß schon aus der Hand nehmen, doch sie trat einen Schritt zurück.

»Erst das Geld, dann die Ware!«

Der Seiler angelte eine Münze aus seinem Geldbeutel.

»Ich nehme zwei«, sagte er.

Da lächelte die Wirtin wieder und stellte den Trinkkrug auf den Tisch. Sie trat an die Tür und schaute die Straße hinunter, als wollte sie noch einen Blick auf die Prozession werfen.

»Als ob das etwas nützte.«

Mit einem Ruck drehte sich der Seiler zu der Stimme um, die aus einer dunklen Ecke kam. Der Mann, der dort gesessen hatte, stand auf und kam gespenstisch leise näher. Unaufgefordert nahm er gegenüber dem Seiler auf einem Hokker Platz. Er sah in der Tat wie ein Geist aus: bleiches Gesicht, graue Haare, tiefliegende blaue Augen, faltige Wangen, spitze Nase und blutleere Lippen. Der Mann trug ein nicht gerade sauberes Hemd unter einer Jacke aus Englischleder, die mit einer Kordel zusammengehalten wurde. Seine Kniehose war aus Kammgarn und steckte in schlammigen Lederstiefeln. Seine Finger und sein Gesicht indes waren sauber. Der Seiler, der sich seines scharfen Blickes rühmte, bemerkte, daß der Kriegsgurt über der Schulter des Fremden aus feinem Leder mit engen, purpurnen Stichen gefertigt war; Schwert und Dolch in den Scheiden waren allem Anschein nach aus glänzendem, grauem Stahl.

»Glaubt Ihr nicht an Gebete, Bruder?« fragte der Seiler.

Der ungebetene Gast griente, zeigte schöne, scharfe und ebenmäßige Zähne. Er streckte die Hand aus. »Ich heiße Monksbane.«

Der Seiler drückte ihm die Hand.

»Seid Ihr ein Gelehrter?«

Monksbanes Lächeln wurde noch breiter. »Das gefällt mir«, murmelte er. »Ich war ein Mitglied der Advokatenkammer in London, bevor ich Rattenfänger wurde.«

Der Seiler prostete ihm freundlich zu.

»Demnach ist Euch alles über diese Plage bekannt?«

»Es gibt zwei Arten von Ratten« – Monksbane hielt sein Gefäß zwischen den Händen und richtete den Blick in die Ferne –, »schwarze und braune. Keine hat das Recht, im Königreich zu sein. O nein.« Er achtete nicht auf den fragenden Blick des Seilers, sondern tippte sich an die Nase. »Die Menschen sind so schlau. Wußtet Ihr, daß es hier nicht einmal Kaninchen gab, bis der Eroberer kam? Dasselbe gilt für die Ratten! Mit Schiffen kamen sie herüber. Die braunen sind nicht so schlimm, aber die schwarzen ...« Er verzog das Gesicht. »Manche behaupten, sie bringen die Pest und vermehren sich schlimmer als die Fliegen. Zwei Ratten können in einem Jahr eine Unmenge Nachkommen zeugen.«

Der Seiler trank einen Schluck Ale. Jetzt schätzte er sich glücklich, daß er diese Schänke aufgesucht und einen so interessanten Geschichtenerzähler kennengelernt hatte. Hatte der Mann recht, oder war er ein Lügner? Ein Betrüger? Trotz seines düsteren Aussehens waren sein Kriegsgurt, das Schwert und der Dolch offenbar von guter Qualität, und wenn der Mann sich bewegte, vernahm der Seiler das Klirren von Münzen.

»Seid Ihr wirklich ein Rattenfänger?«

»Ich war einer«, erwiderte Monksbane.

»Tragt Ihr Euren richtigen Namen?«

Das Lächeln verschwand.

»Seid Ihr hier, um Ratten zu fangen?«

Das Lächeln war wieder da.

»Heutzutage jage ich andere Beute.«

»Und was Ihr über die Ratten gesagt habt?« Der Seiler wollte seinen rätselhaften Gast nicht verärgern.

»Ach ja. Vor Jahren war ich hauptamtlicher Rattenfänger im Stadtteil Farringdon in London.« Er streckte die Hand aus und deutete auf die Narben auf seinem Handgelenk. »Rattenbisse«, prahlte er. »Oh, Wirtin, bringt doch noch zwei frische Krüge! Das geht auf meine Rechnung!«

»Dann hätte ich meine Münze gern zurück«, rief der Seiler.

Die Wirtin drehte sich im Türrahmen um, kam zurück und warf die Münze in die ausgestreckte Hand des Seilers. Neckisch lächelte sie Monksbane zu und watschelte wieder zu dem großen Faß an der gegenüberliegenden Wand.

»Ratten«, wiederholte Monksbane, »vermehren sich wie die Fliegen, besonders die schwarzen. Sie schwärmen überallhin aus.« Er senkte die Stimme und beugte sich über den Tisch. »Wißt Ihr, ich habe Geschichten gehört, wonach sie auf See die Planken fraßen und damit ganze Schiffe versenkten!«

»Und was können sie hier anrichten?« fragte der Seiler.

»Schlimmeres als die Heuschreckenplage in Ägypten«, erklärte Monksbane. »Sie werden in die Keller eindringen. Sie werden alles fressen! Je mehr sie fressen, desto dreister werden sie, und sie vermehren sich noch stärker.«

»Was ist mit Gift?« fragte der Seiler.

Monksbane breitete die Arme aus. »Der Himmel weiß warum, aber sie gewöhnen sich daran.«

»Und Katzen?«

Monksbane trank einen Schluck aus dem frischen Becher, den die Wirtin vor ihn hingestellt hatte.

»Ob Ihr es glaubt oder nicht, aber ich habe drei Ratten eine Katze angreifen sehen. Hunde sind gut, ein Rudel, das auf Ratten losgeht, aber« – er seufzte – »es gibt davon nur sehr wenige in Canterbury.«

»Ist es eine Plage?« fragte der Seiler.

»Nein, es ist eine Seuche. Noch dazu eine rätselhafte. Seht« – Monksbane beugte sich über den Tisch und fuhr mit leiser Stimme fort –, »ich bin seit dem Fest der Reinigung in Canterbury. Im Auftrag des Erzbischofs, obwohl ich immer auch ein Auge auf die Ratten habe. Ich rieche sie, auch wenn es so stinkt wie hier! Seht Ihr den Tisch da drüben?« Er deutete auf die andere Seite des Raumes. Der Seiler folgte seinem Blick. »Die Wirtin weiß es nicht, aber darunter sind zwei.«

»Ihr sagtet, es sei rätselhaft?«

»Genau.« Monksbane warf sich in die Brust. »Ende Februar …« Er verzog das Gesicht und schüttelte den Kopf. »Nichts. Oh, nur die üblichen. Jetzt schwärmen Ratten in der Mercery, auf dem Marktplatz, selbst auf dem Gelände der Kathedrale aus, als wären sie dem Erdboden entsprungen!«

»Dann beten die guten Brüder also zu Recht?«

»Ja«, antwortete Monksbane, »obwohl man die Ratten durch Gebete nicht los wird. Etwas anderes muß getan werden. Gewiß, wenn die Brüder lange genug kräftig beten, dann enthüllt Gott in seiner grenzenlosen Güte vielleicht die Quelle dieser ›teuflischen Verseuchung‹, wie ich sie nenne.« Monksbane trank seinen Krug leer und erhob sich, schnallte den Kriegsgurt auf und legte ihn sich um die Taille. »Des Teufels Kinder. Sie kommen von Satan; zu Satan können sie zurückkehren! Aber wie, wann?« Er klopfte dem Seiler auf die Schulter. »Das weiß nur der Herrgott im Himmel.«

Monksbane griff nach seinem Mantel und ließ den verängstigten Seiler zurück, der auf die beiden dunklen, unter dem Tisch im Hintergrund lauernden Schatten starrte.

Im Wirtshaus »Falstaff«, am Westtor von Canterbury, fuhr der königliche Spion Robin Goodfellow auf dem Bett hoch und rieb sich das Gesicht. Er vernahm ein lautes Klopfen an der Tür. Dieses Geräusch hatte ihn geweckt. Er fuhr mit der Hand unter das Kissen, zog sein italienisches Stilett hervor, verbarg es hinter dem Rücken, ging zur Tür und entriegelte sie.

»Wer ist da?« rief er.

»Meister Goodfellow, Euer Abendessen.«

Der Spion drehte den Schlüssel herum. Er zog die Tür einen Spaltbreit auf und betrachtete die junge Dienstmagd. Sie war ganz hübsch, hatte lange, blonde Haare, die beinahe ihr verschmutztes Gesicht verbargen. Ihr gelbbraunes Gewand war am Hals offen, und der ausgefranste Saum reichte ihr bis knapp über die bloßen Füße. Auf dem Tablett standen ein Kelch, ein großer Weinkrug und eine Holzschale mit dampfendem, würzigem Eintopf. Darüber lag eine Weißbrotscheibe. Robin Goodfellow musterte das Mädchen eingehend. Sie lächelte.

»Euer Essen, Herr.«

Goodfellow hielt die Tür auf und winkte das Mädchen herein. Die Magd stellte das Tablett auf den Tisch, nahm den Krug zur Hand und füllte den Kelch. Sie drehte sich um, die Hände aufreizend in die Hüften gestemmt, und tippte ungeduldig mit dem Fuß auf den Boden.

»Hat der Herr noch einen Wunsch?«

»Der Herr hat keinen Wunsch mehr.« Goodfellow wies auf die geöffnete Tür. »Aber wenn, dann sollst du es als erste erfahren. Sag dem Meister Schankwirt, es sei nett von ihm, daß er mich nicht vergessen hat.«

Das Mädchen stolzierte hinaus. Goodfellow verschloß und verriegelte die Tür hinter ihr, blieb eine Weile stehen und lauschte den sich entfernenden Schritten. Dann trat er ans Fenster, hob den Riegel der Fensterläden, öffnete sie und schaute hinaus. Es muß so gegen sechs Uhr sein, dachte er; es wurde bereits dunkel. Er hatte ein Zimmer zum Hof hinter der Taverne genommen. Goodfellow schloß die Augen und sog genüßlich die Frühlingsluft ein, den herrlichen Duft der Kräutergärten, das Aroma der ersten Blumen. Er warf einen Blick nach links, dann nach rechts. Die Fensterläden der Zimmer zu beiden Seiten waren geschlossen, ebenso wie die Fensterläden im Stockwerk über ihm. Er schaute hinauf, bemerkte, daß die Wände der Taverne, eines sehr alten Gebäudes, leicht rissig waren. Verglaste Fenster wären ihm lieber gewesen.

Goodfellow grinste. Er verweichlichte! Schließlich befand er sich hier nicht in einem prächtigen Herrenhaus in Kent oder in einem Schloß an der Loire. Die Fensterläden waren recht stabil. Die Lederscharniere waren dick, kräftig und sicher, der Holzriegel hart wie Eisen. Dem Spion knurrte der Magen. Er setzte sich auf den Hocker, nahm seinen Hornlöffel aus der Tasche und begann, den Eintopf zu essen. Genüßlich leckte er sich die Lippen. Das Fleisch war frisch und kräftig gewürzt, die dicke Soße war mit Kräutern und kleingeschnittenem Gemüse angereichert. In der Zimmerecke vernahm er ein Geräusch. Rasch nahm er seinen Stiefel und warf ihn in die Richtung. Quieken und hastiges Getrippel waren die einzige Antwort. Der Spion widmete sich wieder seiner Mahlzeit. Die Ratten störten ihn nicht, er hatte schon an schlimmeren Orten gegessen und geschlafen. Er legte den Hornlöffel zur Seite und griff nach dem Weinkelch, roch daran und trank einen Schluck.

»Robin Goodfellow!« murmelte er und lachte in sich hinein.

Dieser Name gehörte ebensowenig zu ihm wie zu der Ratte, die ihn gestört hatte. Er aß weiter. Als Padraig Mafiach war er in Clontarf in der Nähe von Dublin geboren. Er war als Bogenschütze in den Dienst des Herzogs von York getreten, wo sich schon bald seine besondere Begabung für Sprachen und Tarnung herausstellte. Jetzt arbeitete er für England und trug wichtige Meldungen für das Haus der Geheimnisse in London bei sich. Der König war unterdessen zu einer Pilgerreise nach Canterbury unterwegs und hielt sich in seinem Palast in Islip nahe der Stadt auf. Padraig sollte am nächsten Morgen Colum Murtagh treffen, den Aufseher der königlichen Stallungen. Dieser sollte ihn mitnehmen, damit er dem König die Botschaft übermitteln konnte.

Mafiach vernahm ein Geräusch auf dem Korridor. Er legte den Löffel nieder und griff nach dem Stilett, doch das Geräusch entfernte sich. Der Spion aß weiter. Er war erschöpft und zerschlagen, seine Nerven zum Zerreißen gespannt. War er hier in Sicherheit? Nur sehr wenige wußten von seiner Ankunft, und er hatte alle Vorsicht walten lassen, damit ihm nichts zustieß. Abermals hörte er ein Geräusch, diesmal im Freien. Padraig legte den Hornlöffel aus der Hand, öffnete seine Tasche, entrollte das schmierige Stück Pergament und betrachtete seine Schrift. Ein Zitat aus dem Propheten Zephanja

Unseres Vaters großer Tag ist nahe; er ist nahe und eilt sehr …

Denn dieser Tag ist ein Tag des Zornes,
ein Tag der Trübsal, Verzagtheit und Sorge,
ein Tag des Wetters und Ungestüms,
ein Tag der Finsternis und der Schwärze,
ein Tag der Wolken und Nebel,
an dem vergehen wird die Liebe des weiblichen Geschlechts:
und der Kampf der Männer und die Lust dieser Welt.

Mafiach las es sorgfältig, ebenso wie die lateinische Version darunter:

Regis regnum rectissimi prope est dies domini
Dies irae et vindicatae tenebrarum et nebulae
Diesque mirabilium tonitruorum fortium
Dies quoque angustiae meroris ac tristitiae
In quo cessabit mulierum amor ac desiderium
Hominumque contentio mundi huius et cupide.

Niemand außer ihm würde diese Geheimbotschaft oder den Entschlüsselungskode verstehen, den er darunter gekritzelt hatte: »Recto et verso«, von vorn und von hinten, oder »Veritas continet veritatem«, die Wahrheit enthält die Wahrheit.

Padraig lächelte in sich hinein. Sein Blick fiel auf den Satz »Ein Tag des Zorns und der Rache«. Obwohl er es nicht wußte, war dieser Tag sehr nah für Robin Goodfellow, getauft auf den Namen Padraig Mafiach.

EINS

»O weh«, sprach sie, »zu dir, Fortuna, klage ich,
die du mich unversehens in deine Ketten geschlagen hast.«

Chaucer, Die Erzählung des Gutsbesitzers

Die große Empfangshalle im Palast des Erzbischofs von Canterbury war ein düsteres Gemäuer mit Kreuzgewölben über hoch aufragenden Wänden. Selbst die purpurnen Stoffbahnen vor dem Mauerwerk vermochten die Düsternis kaum zu vertreiben. Die Fenster waren bloße Löcher. An jenem Aprilabend am Fest des Heiligen Isidor waren alle Kerzen, Öllampen und Wärmepfannen angezündet worden, um das eisige Dunkel zu vertreiben. Der Boden an den breiten Doppeltüren war mit grünen Binsen bedeckt, die nach frischen Lilien, Frühlingsrosen, Minze und Lavendel dufteten. Am anderen Ende, wo der große Kamin in den Raum hineinragte, hatte man Sarazenerteppiche ausgelegt, welche die Kälte abwehren sollten, die durch die Fliesen drang. An diesem Raum verzweifelte der Kammerherr des Erzbischofs, der große Scheite Kiefernholz hatte anzünden lassen. Das Feuer verbreitete Licht und Wärme und ließ die Schatten tanzen. Selbst die Hühnerhabichte, die wie Wächter auf ihren Holzständern thronten und den Kopf unter kleinen ledernen Hauben mit dem leuchtenden Wappen des Erzbischofs verborgen hatten, spürten die Kälte und bewegten sich unruhig hin und her, so daß die Glocken an ihren Fußriemen bimmelten. Die große Dogge, die ausgestreckt vor dem Kamin lag und die rote Zunge aus dem Maul hängen ließ, veränderte gelegentlich ihre Lage, um die Wärme einzufangen, verhielt sich jedoch ebenso ruhig wie die drei Personen, die am Feuer saßen.

Auf einem Prunkstuhl in der Mitte saß der alternde Bourchier, Erzbischof von Canterbury, Prälat und Politiker. Seine mit weichen Pantoffeln bekleideten Füße ruhten auf einem Schemel aus rotem Satin. Seinem Beichtvater hatte er insgeheim anvertraut, daß er sich jetzt, da er die Achtzig überschritten hatte, auf den Tod vorbereitete. Bourchiers Gesicht war das Alter anzusehen: dunkle Leberflecken, fahle, eingesunkene Wangen und ein schlaffer Mund mit eitrigem Zahnfleisch. Der Kopf war bis auf ein paar Haarsträhnen kahl, nur seine Augen waren hell und scharf wie die eines jungen Mannes. »Ein echter Falke«, lautete der Kommentar eines Kritikers. Bourchiers Verstand war rege, und sein behender Geist konnte es mit jedem höheren Anwalt in der Advokatenkammer aufnehmen. Nun starrte er mit tränenden Augen ins Feuer. Er spitzte die Ohren, ob er jenes schreckliche Geräusch vernahm, auf das er und seine Gefährten warteten. Seine geäderte Hand war erhoben. Der herrliche Bischofsring, dereinst von Thomas Beckett getragen, schimmerte im Licht. Die andere Hand streckte Bourchier ans Feuer. Er trug ein härenes Hemd direkt auf der Haut, das war Strafe genug! Die Kälte war es, die ihm zu schaffen machte, und er hatte sich zwei dicke Houppelanden übergeworfen, über die er noch eine Cotehardie mit rundem, pelzbesetztem Halsausschnitt gestreift hatte. Über den mageren Schultern hing ein mit Hermelin gefütterter Militärmantel.

Zu seiner Linken hockte Luberon, Schreiber der Ratsversammlung von Canterbury, wie eine kleine Taube auf der Stuhlkante. In Luberons rotem, fröhlichem Gesicht leuchteten helle Augen, und die Lippen hatte er affektiert geschürzt. Durch sein langes, graues Gewand mit dem weißen Pelzkragen spürte Luberon die Kälte nicht und betete im stillen, daß diese Zusammenkunft nicht allzu lange dauern möge, denn der Kamin strahlte eine beträchtliche Hitze aus.

Auf einem Stuhl mit hoher Lehne zur Rechten des Erzbischofs saß Kathryn Swinbrooke und teilte Luberons Unbehagen. Anfangs war das Feuer ganz angenehm gewesen, doch sie trug ein Kleid aus dickem, braunrotem Wollstoff. Der oberste Knopf war bereits geöffnet, und sie hatte den Mantel ausgezogen, der jetzt auf ihrem Schoß lag. Sie zog die Füße, die in schweren Halbstiefeln steckten, unter den Stuhl und versuchte sich zu entspannen. Kathryn Swinbrooke, Apothekerin und Ärztin der Ratsversammlung der Stadt, beschloß, sich von Luberon ablenken zu lassen. Der kleine Mann belustigte sie immer wieder. So gutherzig und großzügig Luberon war, er war auch stolz wie ein Gockel und versuchte hartnäckig zu verbergen, daß sein Augenlicht allmählich nachließ. Nur wenn Kathryn ihn drängte, ließ Luberon sich überreden, die Brille zu tragen, die sie ihm eigens aus London mitgebracht hatte.

Kathryn war eine Stunde zuvor eingetroffen und hatte sich zunächst im Vorzimmer gedulden müssen. Zum wiederholten Mal fragte sie sich nun, warum sowohl die Ratsversammlung als auch der Erzbischof um ihre Anwesenheit gebeten hatten. Zu Hause und im Laden in der Ottemelle Lane wartete eine ganze Reihe von Aufgaben auf sie, derweil Thomasina – erst recht Alice und Wulf – sich Sorgen machen würde, wo sie steckte und was geschehen sein mochte. Sie lehnte sich zurück und zwinkerte Luberon zu. Errötend schaute der Stadtschreiber zur Seite.

Ihr seid schön, dachte er. Die Ärztin war so elegant gekleidet, und der weiße, hochgeschlossene Pelzkragen paßte ausgezeichnet zu ihrem olivfarbenen Teint. Die kapuzenförmige Haube versteckte diskret ihr rabenschwarzes Haar, obwohl das leichte Grau an den Schläfen zu sehen war – *die Folge der Gewalt, der sie damals durch ihren Gatten ausgesetzt war*, dachte der Schreiber. Luberon wurde vor Verlegenheit rot. Alexander Wyville, Kathryn Swinbrookes Mann, war einer der Gründe für diese Zusammenkunft. Bourchier würde darauf zu sprechen kommen, sobald er seinen Standpunkt dargelegt hatte. Wie würde Kathryn es aufnehmen? Luberon warf seiner Freundin einen kurzen Blick zu. Ihr junges Gesicht war ernst, die dunklen, großen Augen ruhig, ihr üppiger Mund lächelte über Bourchiers dramatisches Gebaren. Luberon kannte Kathryn. Trotz der kecken Nase und des Lächelns konnte sie aus der Haut fahren, wenn man sie provozierte. Sie war leidenschaftlich und dachte nicht daran, ihre Zunge im Zaum zu halten. Kathryn bewegte die Finger, befreite sich von den perlenbesetzten Handschuhen aus golddurchwirkter Seide und wischte sich den Schweiß von der Stirn. Sie zuckte zusammen, als Bourchier plötzlich ausrief: »Da! Da! Hört Ihr es, Kathryn, Simon?« Er warf Luberon einen Blick zu.

Sie hatten es beide gehört und nickten.

»Ratten!« rief Bourchier. »Ratten in ganz Canterbury und in meinem Palast!«

Er drehte sich um und musterte wütend die Empfangshalle, als könne er allein mit seinem Blick diese plötzliche Plage exkommunizieren und sowohl aus der Stadt als auch aus der Kirche vertreiben.

»Grabschänder und Menschenfresser!« verkündete der Erzbischof.

Kathryn fand, daß er übertrieb, hielt jedoch den Mund. Der Erzbischof wies auf Luberon. »Kommt, Simon. Gebt mir Euren Bericht.«

»Wir haben jetzt Anfang April.« Der Schreiber legte die Fingerspitzen aneinander. »Bis zum Ende des Monats wird Canterbury voller Pilger sein, Eure Eminenz. Seine Königliche Hoheit ist bereits in Islip.«

»Ja, ja, das weiß ich.« Mit einer wedelnden Handbewegung trieb Bourchier den Schreiber an, fortzufahren. »Diese Plage? Was ist mit dieser Plage?«

»In Canterbury hat es immer Ratten gegeben«, erklärte Luberon mit sonorer Stimme.

»Das weiß ich!« versetzte Bourchier spöttisch. »Einige haben zwei Beine!«

Luberon warf dem Erzbischof einen bösen Blick zu. Kathryn biß sich auf die Unterlippe.

»Kommt endlich zur Sache, Simon!« knurrte der Erzbischof.

»Die Ratten«, fuhr Luberon fort, »tauchten Anfang März auf, etwa um das Fest des Heiligen David von Wales. Zunächst wurde uns die Verseuchung jenseits der Stadtmauern am Stour gemeldet. Dann folgten ähnliche Berichte über Verseuchungen in den Stadtvierteln Westgate und Northgate.« Er hob die Schultern. »Da war es schon zu spät. Sie sind überall. Wie Ihr wißt, Eure Eminenz, führen uralte

Abwasserkanäle und Tunnel unter der Stadt hindurch. Die Ratten benutzen sie. Sobald sie auf den Straßen auftauchen« – er streckte die Hände aus –, »haben sie genug Nahrung, Berge von Abfällen, Innereien im Schlachthaus, bei den Geflügelhändlern, der Unrat, der alle Gassen verdreckt. In Vorratslagern richten sie großen Schaden an, besonders beim Weizen – bei allem eigentlich, was in den Kellern gelagert wird. Wenn sie Hunger haben, stürzen sie sich auf alles. Weinhändler und Wirte beklagen sich, daß die Ratten sogar an Holz nagen: Fässer, Tonnen und Bottiche werden zerstört.«

»Ist das möglich?« Bourchier wandte sich an Kathryn.

»Eure Eminenz, ich bin Ärztin, keine Rattenfängerin.«

»Ich weiß, ich weiß, aber …«

»Ratten fressen alles«, fuhr Kathryn hastig fort. »In der Regel nagen sie nicht an Holz oder Korbgeflecht. Doch wenn das Holz durchweicht ist von Nahrungsmitteln oder Getränken, wie ein Weinfaß, ja, dann fressen sie es. Sie sind unersättlich. Sie leben, um zu fressen und sich zu vermehren …«

»Wie viele Nachfahren Adams«, unterbrach Bourchier sie trocken.

»Ein jedes Paar kann mindestens vier Würfe im Jahr hervorbringen«, erklärte Kathryn. »Wir haben es hier mit einer Verseuchung zu tun, wie die Stadt sie noch nie erlebt hat. Ratten können überall leben und gelangen überallhin. Sie können schwimmen, sie fressen alles. Manche Ärzte behaupten, sie übertrügen bösartige Krankheiten.«

»Warum?« fragte Bourchier.

Kathryn hatte die Hitze im Raum vergessen. Sie beugte sich vor und zählte die Punkte an den Fingern auf.

»Erstens, dort, wo es Schmutz und Abfall gibt, verbreiten sich Krankheiten und Ratten immer. Wir kennen weder Ursache noch Wirkung. Zweitens, ihr Urin und ihre Fäkalien müssen unrein sein.«

Luberon schluckte und legte die Hand vor den Mund. Ihm war übel.

»Und weiter?« wollte Bourchier wissen.

»Mein Vater – der Herr schenke ihm die ewige Ruhe, Eure Eminenz – sprach gern mit Besuchern aus Italien, besonders mit Ärzten. Er lernte einige kennen, die behaupteten, daß schon der stinkende Atem von Ratten verunreinigt sei.«

»Worin besteht also die Gefahr für uns?« wollte Bourchier wissen.

»Sobald der Sommer kommt, tauchen vermehrt Krankheiten auf; das ist bei heißer Witterung immer so. Die Ratten werden das alles noch verschlimmern. Zweitens sind die Nahrungsmittel durch die Ratten in Mitleidenschaft gezogen, obwohl die Ernte des letzten Jahres ertragreich war ...«

»Und was noch?«

Kathryn bedeutete Luberon, mit den Erläuterungen fortzufahren.

»Canterbury, Eure Eminenz, ist das Zentrum für Pilgerreisen im gesamten Königreich. Wenn sich die Meldungen im Ausland verbreiten, wird die Zahl der Pilger zurückgehen. Und die Auswirkungen auf den Handel«, fügte Luberon hinzu, »werden vernichtend sein.«

»Und was empfehlt Ihr?« fragte Bourchier.

Luberon hatte den Blick gesenkt. Kathryn spielte mit ihren Handschuhen. Die Ratten bereiteten ihr Kummer. Erst in dieser Woche hatte sie drei Kinder behandelt, die gebissen worden waren. Selbst in Kathryns Haus und dem Laden, die stets rein gehalten wurden, tauchten die Tiere auf, von Thomasina »verfluchte Schleicher in der Nacht« genannt. Kathryn hatte mit Colum Murtagh, der bei ihr Unterkunft gefunden hatte, über das Problem gesprochen. Murtagh, der Aufseher der königlichen Stallungen, hatte in den Rosenkriegen gedient und wußte sehr viel über Ratten. Er war überrascht, wie weit die Verseuchung bereits fortgeschritten war.

»Wie konnten so viele Ratten in so kurzer Zeit nach Canterbury gelangen?« hatte er gefragt.

Thomasinas Antwort lautete, es sei ein Gottesurteil. Kathryn hatte dazu keine Meinung, doch das Thema war in aller

Munde, besonders bei anderen Mitgliedern der Apothekergilde, die kostbare Vorräte zu hüten hatten.

»Wir haben Rattenfänger«, unterbrach Luberon das Schweigen. »Und bei der Ratsversammlung ist ein gewisser Malachi Smallbones vorstellig geworden.«

»Wer?« fragte Bourchier.

»Hauptamtlicher Rattenfänger der Stadt Oxford«, erklärte Luberon. »Er behauptete, im vergangenen Jahr sei dort eine ähnliche Plage aufgetreten. Sowohl die Stadt als auch die Universität hätten seine Dienste in Anspruch genommen. Offenbar war er sehr erfolgreich.«

»Habt Ihr dafür Beweise?«

»Er hat Empfehlungsschreiben vorgelegt, Eure Eminenz.«

»Und wie lautet sein Rat?«

»Die Ratsversammlung möge mit Hilfe der Kathedrale«, Luberon warf dem Erzbischof einen schrägen Blick zu, »Gelder freigeben, um eine veritable Armee von Rattenfängern unter Malachis Kommando einzustellen. Man solle ihm die Genehmigung erteilen, Gift und Pulver zu kaufen, dazu kleine Jagdhunde. Man solle ihm freien Zutritt zu allen Wohnungen gewähren und ihm die Vollmacht ausstellen, nach Belieben überall hinzugehen, um dieses Höllengeschmeiß auszurotten.«

»Das wird sehr kostspielig«, grummelte Bourchier.

»Malachi ist seinen Preis wert«, antwortete Luberon.

»Kathryn, schließt Ihr Euch dieser Meinung an?« Bourchier streckte seine Finger.

»Wenn dieser Malachi so systematisch vorgeht und so erfahren ist, wie er vorgibt«, Kathryn zuckte mit den Schultern, »dann habe ich nichts dagegen. Canterbury ist in Stadtviertel gegliedert. Jeder Bürger sollte sich angesprochen fühlen, und man sollte eine kleine Belohnung« – sie hob die Hand – »auf zwei Dutzend Ratten ausstellen, die zur Strecke gebracht werden. Erlaubt Malachi und seinen Helfershelfern, durch die Straßen zu ziehen und nach Belieben Ratten zu töten. Aber das giftige Gebräu?« Sie warf Luberon einen Blick zu.

»Gift, Bilsenkraut, Tollkirsche, Fingerhut.«

»Er muß vorsichtig sein«, sagte Kathryn. »Haustiere, ganz zu schweigen von Kindern, dürfen solcher Köder nicht habhaft werden. Er sollte auch Besonnenheit walten lassen.«

»Wie das?« fauchte Luberon.

»Vergiftete Köder können von Menschen gegessen werden«, erklärte Kathryn. »Doch ich besitze ein paar Kenntnisse über Ratten. Wenn sie bestimmte Gifte fressen, werden sie schließlich unempfindlich dagegen.«

»Unmöglich!« höhnte Luberon.

»Nein, nein. Ich habe bei Männern und Frauen ähnliches erlebt. Pulver und Arzneien, die anderen helfen, zeigen bei ihnen nur wenig Wirkung.«

Der Erzbischof wirkte noch immer mißtrauisch.

»Eure Eminenz, ich kann nur berichten, was ich weiß. Es ist wichtig«, Kathryn begeisterte sich für ihr Thema, »daß man Malachi jegliche Hilfe angedeihen läßt. Das Töten der Ratten reicht nicht.« Sie lächelte. »Ihr wißt, was ich sagen will, Simon? Die Stadt muß mehr Straßenkehrer einstellen, der Unrat muß von den Straßen verschwinden, die Abwasserkanäle müssen gereinigt werden. Die Gilden der Metzger und Geflügelhändler müssen mitmachen. Innereien sollten gesammelt und draußen vor der Stadt verbrannt werden. Alle, die Abfälle hinauswerfen oder die Latrinen oder Senkgruben nicht reinigen, müssen mit hohen Strafen belegt werden.«

»Das gefällt Euch, nicht wahr?« Luberon warf Kathryn einen wütenden Blick zu.

»Ihr wißt, warum, Simon. Gäbe die Ratsversammlung mehr Geld für die Beseitigung von Abfällen und die Reinhaltung des Trinkwassers aus ...«

»Das wird so kostspielig«, erklärte Luberon düster. »Vielleicht wenden sich Eure Eminenz an den König und bitten um Stundung der Steuern und Erhebungen? Vielleicht unterstützt der König in seiner grenzenlosen Güte die Stadt Canterbury mit einer Beihilfe ...?« Luberon verstummte.

Grenzenlose Güte!, dachte Kathryn. Edward IV und seine beiden Brüder, George von Clarence und Richard von Gloucester, waren Kriegstreiber. »Wölfisch« nannte Colum sie. Diese Männer hatten mehr Sünden auf ihre Seelen geladen, als Frauen Haare auf dem Kopf haben. Kathryn hatte sie alle kennengelernt: Edward, über sechs Fuß groß, schönes Gesicht, blaue Augen, blondes Haar, das seinen wohlgeformten Kopf wie ein goldener Schein umrahmte. George von Clarence sah ebenso gut aus, bis auf das hämische Grinsen, das seinen gehässigen, ja sogar mörderischen Charakter verriet. Schließlich Richard von Gloucester, ein Zwerg neben seinen Brüdern, mit rötlichem Haar und bleichem, verkniffenem Gesicht. Er war ein Mann, der nie still halten konnte. Richard war die rechte Hand des Königs, und wenn man Colum Glauben schenken wollte, war er ein grausamer Krieger, der beim letzten Sieg seines Bruders bei Tewkesbury eine entscheidende Rolle gespielt hatte.

»Grenzenlose Güte.« Bourchier lächelte Kathryn zu, als könnte er ihre Gedanken lesen. »Ich will sehen, was ich tun kann. Die Mutter des Königs, Herzogin Cecily, hat eine Schwäche für diese Stadt. Dennoch hat es den Anschein«, er seufzte, »als könnte einzig und allein Gold diese Pest heilen. Gold muß also ausgegeben werden, Kathryn?«

»Eure Eminenz, entweder das oder Feuer.«

»Wie das?«

»Feuer.« Kathryn rückte ihren Stuhl weiter vom Kamin ab. »Ein Feuer würde die Nester und die Schleichwege der Ratten ausräuchern.«

»Wir können doch nicht die ganze Stadt abbrennen!« kreischte Luberon.

»Das will ich damit auch nicht sagen. Trotzdem darf Malachi nicht nur Ratten töten, er muß auch ihre Nester suchen …«

»Es ist merkwürdig«, überlegte Bourchier laut. »Ist Euch bekannt, Kathryn, daß die Ratten zuerst auf dem Gelände der Kathedrale gesehen wurden?«

»Manche halten es für eine Heimsuchung Gottes«, schaltete Luberon sich ein, »für die Geißel Seines Zorns.«

»Wieso?« Bourchier schaute Luberon wütend an.

»Ganz unter uns, Eminenz. Ich vertraue Euch und Mistress Swinbrooke.«

»Spuckt es aus, Mann!« knurrte Bourchier.

»Der König« – Luberon schaute sich um, als befürchtete er, daß die Wände Ohren hätten oder die Lauscher des Königs hinter den Wandteppichen lauerten – »der König kommt nach Canterbury«, Luberon wählte seine Worte sorgfältig, »um für seinen großen Sieg zu danken. Dafür, daß Gott ihm die Krone gegeben und seinen Herrschaftsanspruch bestätigt hat.« Luberon hielt inne.

Bourchier spielte an seinem Bischofsring. Er warf Kathryn einen raschen Blick zu und schaute dann in die Flammen. »Ich glaube, Ihr habt genug gesagt«, flüsterte Bourchier.

Kathryn schaute zu Luberon und schüttelte den Kopf als Zeichen, daß der Schreiber nicht weiterreden sollte. Dennoch hatte Luberon nur ausgesprochen, was andere Menschen dachten. Das Haus von York hatte bei Tewkesbury gesiegt, und ein grausames Blutbad war die Folge gewesen. Ihre großen Rivalen, die Kriegsherren des Hauses Lancaster, waren ermordet oder auf barbarische Weise auf Marktplätzen überall im Königreich hingerichtet worden. Hier in Canterbury war Nicholas Faunte, der Bürgermeister, der sich auf die Seite der Lancastrianer geschlagen hatte, eines schrecklichen Todes am Galgen neben dem Kreuz auf dem Marktplatz gestorben. Noch schlimmere Nachrichten waren aus London eingetroffen: Der fromme König des Hauses Lancaster, Heinrich VI, war gefangengenommen und in den dunklen, engen Tower geworfen worden. Edward und seine Brüder hatten heilige Eide geschworen, daß ihm kein Haar gekrümmt werden solle. Doch kaum waren die Anführer des Hauses York in London eingetroffen, war Heinrich plötzlich unter mysteriösen Umständen gestorben. Manche behaupteten, er sei gestürzt; andere, er sei von Anhängern des Hauses York brutal erstochen worden. Seine Leiche hatte man nach Chertsey gebracht, und schon besuchten Pilger sein Grab und berichteten von wundersamen Heilungen. Bourchier selbst war schriftlich ersucht worden, Heinrich VI heiligzusprechen, da er den Tod eines Märtyrers gestorben sei.

»Wenn Gott ein Königshaus zu strafen wünschte«, antwortete Bourchier bedächtig, »hätte er andere, subtilere Methoden, als unsere Stadt zu strafen. Meint Ihr nicht, Kathryn?«

Die Ärztin hielt sich zurück.

»Wie auch immer.« Bourchier rutschte auf seinem Stuhl nach vorn und streckte die Hände zum Feuer. »Kathryn, Mistress Swinbrooke« – er lächelte –, »Ihr werdet diesem Malachi jede nur denkbare Hilfe und Unterstützung gewähren.«

Er hielt inne und schaute zu dem schwarzen, hölzernen Kruzifix auf, das an der Wand über dem Kamin hing.

»Märtyrer und Heilige«, murmelte er. »Wir wollen die Ratten jetzt ihrem Rattenfänger überlassen. Malachi Smallbones hat drei Wochen Zeit, das, worauf er sich so viel einbildet, unter Beweis zu stellen.« Er trommelte mit den Fingern auf seinem Oberschenkel. »Glaubt Ihr an Wunder, Mistress Swinbrooke?«

»Die Wege des Herrn sind unerforschlich.«

Bourchier beugte sich zu Kathryn hinüber und drückte ihre Hand. »An Euch ist ein guter Theologe verlorengegangen, Mistress. Kennt Ihr die Bußbrüder Jesu Christi?«

Luberon zwinkerte ihr rasch zu. Jetzt war es an ihm, Kathryn zu warnen.

»Sie hatten einen Bruder, ein Mitglied ihres Bettelordens«, fuhr Bourchier fort, »einen gewissen Roger Atworth, der die fünfundsiebzig längst überschritten hatte. Er war früher einmal Soldat und wurde dann Kaufmann. Am Ende gab er seinen gesamten Wohlstand auf und trat in den Orden ein. Atworth ging schon bald der Ruf eines frommen, enthaltsamen und in Gebete versunkenen Mannes voraus. Die Menschen wunderten sich über den Wandel, besonders jene, die ihn aus Frankreich kannten, einschließlich Cecily, die Witwe Richards, des Herzogs von York, und Mutter unseres Königs.« Bourchier hielt inne.

Kathryn warf einen Blick auf das kleine Wandbrett unter dem Kruzifix, auf dem eine Reliquie stand. Murtagh hatte einst für Richard von York gekämpft. Der Ire hatte häufig über die Herzogin Cecily gesprochen, eine hochmütige, aber sehr schöne Frau. In ihrer Jugend war sie unter dem Namen »die Rose von Raby« bekannt gewesen.

»Das erklärt«, murmelte Luberon, »warum Herzogin Cecily so oft nach Canterbury kam.«

»Atworth wurde ihr Beichtvater, ja sogar ihr Ratgeber«, sagte Bourchier.

»War er ein Scharlatan?« fragte Kathryn.

»O nein! Prior Anselm hielt ihn für einen sehr guten, frommen Mann, der trotz seiner strengen Selbstdisziplin Erbarmen für andere hatte. Atworths Leben in der Bruderschaft war enthaltsam. Er trug ein härenes Hemd, fastete und betete. Dennoch mußte Prior Anselm einräumen, daß Atworth von seiner Vergangenheit heimgesucht wurde. Schreckliche Taten wurden in Frankreich begangen«, murmelte Bourchier. »Habt Ihr je von den ›Écorcheurs‹ gehört, Kathryn?«

»Wer hat das nicht?« erwiderte sie. »Homo lupus homini: Der Mensch ist des MenschenWolf.«

»Ja, das denke ich auch.« Bourchier räusperte sich. »Simon, Kathryn, darf ich Euch etwas Wein anbieten?«

Die beiden schüttelten den Kopf und lächelten sich zu. Ein einziger Weinkelch in Verbindung mit der Hitze vom Kamin hätte sie unweigerlich einschlafen lassen. Bourchier tätschelte sich den Bauch.

»Ich hätte gern ein Glas Wein, doch meine Ärztin hat mir geraten« – schmunzelnd schaute er zu Kathryn hinüber –, »bis nach der Abendandacht zu warten. Ach ja, die ›Écorcheurs‹«, fuhr er fort. »Das waren Söldnertruppen, die unter dem Banner großer englischer Lords kämpften. Sie erhielten den Namen, weil sie die Franzosen angeblich bei lebendigem Leib häuteten. Kein Wunder, daß die Engländer ›Gottverfluchte‹ oder ›Schwanzlose Teufel‹ hießen! Wie auch immer, Atworth gehörte zu ihnen. Doch wie Saulus auf dem Weg nach Damaskus erkannte er seinen Irrtum und kehrte heim zu Gott. Um es kurz zu machen, Atworth starb am Fest der Verkündigung.«

»Wie alt war er?« fragte Kathryn.

»Um die achtundsiebzig, beinahe so alt wie ich«, scherzte Bourchier. »Man fand ihn tot in seiner Zelle. Die Tür war von innen verschlossen und verriegelt, so daß sein Diener, der Laienbruder Jonquil, um Hilfe rief. Die Tür wurde aufgebrochen. Atworth lag auf dem Bett, war offenbar im Schlaf gestorben.«

»War er bei guter Gesundheit?«

»Kränklich«, erwiderte Bourchier, »aber von sehr robuster Konstitution.«

Er neigte den Kopf. Kathryn bemerkte, daß der Erzbischof einen Rosenkranz aus Perlmuttperlen aus der Tasche gezogen hatte und sacht durch die Finger gleiten ließ.

»Prior Anselm und Bruder Simon, der Krankenpfleger, sahen die Leiche als erste. Sie trug keine Anzeichen von Gewaltanwendung, außer« – Bourchier kratzte sich am Kinn – »hier.« Er tippte sich auf die Handgelenke, beugte sich vor und zeigte auf sein Fußgelenk. »Die Stigmata.«

»Wie bitte?« rief Kathryn.

»Die fünf Wunden Christi«, erklärte Bourchier. »Löcher, groß wie ein Nagel, in seinen Handgelenken und im Rist der Füße direkt unterhalb des Knöchels. Eine ähnliche Wunde klaffte in seiner linken Seite.«

»Unmöglich!« hauchte Kathryn. »Dieselben Merkmale wie bei der Kreuzigung? Christus wurde an Händen und Füßen ans Kreuz geschlagen, und ein Speer wurde in seine Seite getrieben.«

»Haben die Wunden geblutet?« fragte Luberon.

»Nein, sie waren nur mit Blut gefüllt. Prior Anselm hat sie als ›heilige Rubine‹ beschrieben, das Blut habe an den Rändern eine Kruste gebildet, sei aber nicht geflossen. Da ist noch mehr. Wie Ihr wißt, hatten die Heiden unserem Retter eine Dornenkrone auf das Haupt gedrückt. Ähnliche Male fand man an Atworths Schädel.«

Kathryn schaute ihn ungläubig an. Sie hatte von solch wundersamen Erscheinungen gehört, aber nie richtig daran geglaubt.

»Wurde ein Arzt gerufen?«

»Bruder Simon ist ein erfahrener Arzt«, entgegnete Bourchier. »Ich verstehe Eure Zweifel, Kathryn, aber andere Mitglieder der Bruderschaft wurden als Zeugen gerufen. Die Leiche wurde entkleidet; die Stigmata waren deutlich zu sehen.«

»Und Bruder Simon hat die Todesursache bestätigt?«

»Atworths Gesicht war gelassen, seine Haut ein wenig verfärbt. Herzversagen ist bei einem Mann seines Alters durchaus üblich.«

»Und die Wunden hatte man nie zuvor an Atworth gesehen?«

»Nie, obwohl er sich häufig über Schmerzen an Handgelenken und Knöcheln und ähnliche Schmerzen in der linken Seite beklagte.«

Kathryn behielt ihre Gedanken für sich. Sie erinnerte sich an den Rat ihres Vaters: »Schreibe niemals Gott zu«, hatte er erklärt, »was auch das Werk von Menschenhand sein kann.«

»Ich wünschte, ich hätte es sehen können«, sagte Luberon.

»Ja, das ist wahr.« Kathryn hielt inne. »Warum hat Prior Anselm die Nachricht nicht in der Stadt verbreitet?«

»Weil er den strikten Befehl hatte, es zu unterlassen.« Bourchier klopfte auf das goldene Bischofskreuz auf seiner Brust. »Ich bin das Oberhaupt der Kirche von England. Mir paßt es gar nicht, daß jede beliebige Leiche als Reliquie eines Heiligen gelten soll. Prior Anselm hat mir eine Botschaft geschickt. Ich habe mir die Leiche angesehen.«

»Ihr habt es gesehen?« rief Luberon.

»Mit eigenen Augen. Ich sage Euch: Eindrücke von Dornen auf der Stirn, die Wunden an Handgelenken und Füßen, der Speereinstich direkt unterhalb des Brustkorbs. Atworths Kleider lagen auf dem Boden: ein härenes Hemd, eine Unterhose aus Leinen, sein braunes Gewand mit dem Gürtel – sonst nichts. Ich habe Prior Anselm eingehend befragt. Er behauptete, Atworth sei krank gewesen und zwei Tage vor seinem Tod in seiner Zelle geblieben, aber es sei nichts Außergewöhnliches geschehen. Da war noch mehr. Als Anselm mich an der Tür begrüßte, bat er mich, alles zu kommentieren, was ich in Atworths Zelle bemerkenswert fand. Er hütete sich, selbst etwas anzudeuten.«

»Und?«

»Ich war noch nicht lange in der Zelle und beschäftigte mich ausschließlich damit, die Leiche zu inspizieren, als mir ein starker Duft auffiel, der den ganzen Raum erfüllte. Nun, Mistress Swinbrooke, Ihr wart in Räumen, in denen Menschen gestorben sind. Man kann den Tod geradezu riechen. Atworths Kammer war anders: Die Fensterläden vor dem einzigen Fenster waren noch fest verschlossen.«

»Wonach roch es?« wollte Kathryn wissen.

»Nach süßen Rosen und Lilien, zerstoßen und destilliert. Ich kniete nieder und sprach ein Requiem für Atworth. Seine Haut fühlte sich kühl und wächsern an. Prior Anselm fragte mich, was wir tun sollten. Ich erteilte Anweisungen, Atworths Leiche sofort zu bestatten. Anselm widersprach: Herzogin Cecily müsse ihm noch die letzte Ehre erweisen, also war ich einverstanden. Ein Bote wurde nach Islip geschickt. Herzogin Cecily kam unerkannt in Begleitung ihres Sohnes Clarence und weniger Gefolgsleute nach Canterbury. Auch die Herzogin staunte über den Anblick, der sich ihr bot. Am darauffolgenden Morgen, am sechsundzwanzigsten März, wurde Atworth unter den Fliesen vor der Marienkapelle in der Klosterkirche beigesetzt.«

Als Ärztin hatte Kathryn an einem solch bemerkenswerten Fall außerordentliches Interesse. Sie wünschte, sie hätte das wundersame Phänomen selbst in Augenschein nehmen können. Sie war schon Männern und Frauen begegnet, die behauptet hatten, Heilige, ja sogar Engel zu sein, doch hatte ihnen nichts gefehlt, was nicht mit einer ordentlichen Dosis Baldrian zu beheben gewesen wäre.

»Und dieser Duft, konntet Ihr feststellen, woher er kam?«

»Die Kammer war schlicht: Holzfußboden, Steinwände, eine zerbrochene Truhe, ein Tisch, ein ramponierter Stuhl, nicht mehr, als auf einem kleinen Karren Platz hätte. Atworth ist als sehr armer Mann gestorben. Wie ich schon sagte, fand das Begräbnis am sechsundzwanzigsten März statt. Im Kloster kehrte der Alltag ein, doch Jonquil, der Laienbruder, war sehr aufgebracht. Abends ging er kurz vor Sonnenuntergang zu Atworths Grabstätte und betete. Am einunddreißigsten März, am Fest der Heiligen Ceadda, betete Jonquil gerade dort, als er angeblich denselben wunderbaren Duft wahrnahm, den ich in Atworths Sterbezimmer gerochen hatte. Die Marienkapelle erstrahlte in gleißendem Licht. Er sah eine weiß gewandete Gestalt, die eine Kapuze über den Kopf gezogen hatte …«

»O nein«, unterbrach Kathryn ihn. »Atworth erschien ihm?«

»Jonquil war wie versteinert. Er vernahm eine Stimme, die ihm befahl, Vater Prior zu berichten, was er gesehen hatte. Jonquil gehorchte. Entsetzt floh er aus der Kirche. Prior Anselm, Bruder Simon und andere liefen eilends in die Marienkapelle. Sie sahen nichts, rochen jedoch diesen Duft.«

Kathryn hob die Hand. »Natürlich«, flüsterte sie, »habe ich davon gehört. Meine Dienstmagd und Amme, Thomasina, trägt immer den neuesten Klatsch aus der Stadt nach Hause. Sie hat die Wunder bei den Bußbrüdern Jesu Christi erwähnt.«

»Die Nachricht hat sich in ganz Canterbury verbreitet. Die Menschen strömten zu Atworths Grabstätte, wo ihnen Wunder widerfuhren.«

»Wunder?« fragte Kathryn nach.

»Ihr wollt doch Gottes Werk nicht leugnen?« Bourchier schmunzelte.

»Nein, das nicht, Eure Eminenz, obwohl ich mir eher Sorgen um die Glaubwürdigkeit der Menschen mache. Wie sahen diese Wunder aus?«

Bourchier verbarg sein Lächeln hinter vorgehaltener Hand. »Ein junger Bräutigam, der sich um seine Potenz sorgte, legte sich auf die Steinfliesen.«

»O nein!«

»Hört!« fuhr Bourchier fort. »Er sagte, er habe seine Genitalien an den Steinen gerieben. Als er wieder zu Hause war, sei seine Potenz zurückgekehrt.«

Luberon richtete sich auf und äußerte unverhohlenes Mißfallen.

»Simon, Simon« – der Erzbischof beugte sich zu ihm hinüber und tätschelte ihm das Handgelenk –, »so etwas kommt vor. Es hat noch mehr Wunder gegeben. Eine junge Frau mit einer Hautkrankheit besuchte die Bruderschaft. Sie litt an Skrofulose, die dann abgeklungen ist. Ein alter Soldat, der unter einer Erkrankung der Gedärme litt, behauptete ebenfalls, geheilt worden zu sein, so wie eine Mutter, deren Kind am Handgelenk von einer Ratte gebissen wurde.«

»Noch mehr?« fragte Kathryn.

»Warum, glaubt Ihr es nicht, Kathryn?«

»Doch, Eure Eminenz. Ich bin nur neugierig.«

»Was ist mit der Herzogin Cecily?« meldete Luberon sich zu Wort.

»Ach ja, Simon, die Herzogin Cecily.« Bourchier kniff die Augen zusammen und schaute auf die Stundenkerze in ihrer großen schwarzen Eisenhalterung. »Die Flamme hat beinahe den siebten Kreis erreicht«, sagte er. »Unsere Besucher werden eingetroffen sein.«

»Welche Besucher?«

»Herzogin Cecily hat all diese Berichte erfreut zur Kenntnis genommen. Sie hat ihren Gefolgsmann Walter Venables hierher zu uns geschickt, nebst Kardinal Peter Spineri.«

»Der Weiße Kardinal!« rief Kathryn. »Der päpstliche Legat?«

»Selbiger«, bestätigte Bourchier. »Er ist aus London hierhergekommen und weilt als Gast des Königs in Islip. Herzogin Cecily verlangt, daß das Leben, der Tod und die Wunder um Atworths Leiche untersucht werden. Kardinal Spineri hat versprochen, den Fall dem Heiligen Vater in Rom vorzutragen, damit Atworth seliggesprochen wird.«

Kathryn war beklommen zumute. Sie wußte, was als nächstes kommen würde.

»Ihr kennt das Verfahren«, murmelte Bourchier. »Spineri wird der Advocatus Angeli sein, des Engels Advokat. Seine Aufgabe besteht darin, zu beweisen, daß Atworth wirklich ein Heiliger ist und sich jetzt Gottes visionärer Kraft erfreut.« Er beugte sich zu Kathryn und ergriff ihr Handgelenk. »Mistress Swinbrooke, Ihr seid eine ausgezeichnete Ärztin, eine weise Frau und laßt Euch nichts vormachen. Ich kenne Euren Ruf.«

»In Canterbury arbeiten noch andere ausgezeichnete Ärzte.«

»Die sind käuflich.« Bourchier lächelte. »Man muß sie nur unter Druck setzen oder bestechen. Kathryn, mein Wunsch ist es, daß Ihr den Part des Advocatus Diaboli übernehmt. Ihr als des Teufels Advokat werdet den Beweis erbringen müssen, daß Atworths Leben, sein Tod und die sogenannten Wunder keine Seligsprechung und Heiligsprechung rechtfertigen.«

Kathryn betrachtete die wäßrigen, scharfsinnigen Augen dieses alten Erzbischofs. »Ein schlauer Fuchs«, so hatte Colum ihn beschrieben.

»Canterbury kann sich doch gewiß einen weiteren Heiligen leisten?« flüsterte sie.

Bourchier zwinkerte amüsiert.

Listig wie eine Schlange, überlegte Kathryn. Bourchier würde der Forderung der Herzogin nachgeben und nach bestem Vermögen behilflich sein, doch dieser Blick sagte ihr alles. Bourchier war der Erzbischof von Canterbury, und seine Kathedrale beherbergte die heiligen Überreste von Thomas Beckett.

»Woran denkt Ihr, Kathryn?«

»Nun, Eure Eminenz, ich bin sicher, Ihr wißt es. Canterbury kann sich nur einen Heiligen leisten. Wenn in der Kirche der Bußbrüder Jesu Christi die Überreste eines Heiligen lägen, könnten die Pilger abgelenkt werden und ihre Opfergaben anderswo lassen.«

Bourchier riß in gespielter Unschuld die Augen weit auf.

»Oh, Kathryn, wie könnt Ihr so etwas denken?«

»Ganz einfach, Eure Eminenz.«

»Werdet Ihr die Aufgabe denn übernehmen?«

»Herzogin Cecily ist eine mächtige Frau.«

»Ja, Kathryn, aber Colum Murtagh findet auch Gehör beim König.« Bourchier hob die Hand und segnete sie. »Ich bin zweiundachtzig, Kathryn.« Seine Stimme war nur noch ein Flüstern. »Ich habe Könige und Prinzen kommen und gehen sehen, doch die Macht der Kirche bleibt bestehen. Ihr steht unter meinem Schutz.«

Bourchier wartete nicht auf eine Antwort. Er beugte sich über die Armlehne seines Stuhls, hob eine kleine Handglocke vom Boden und läutete heftig. Die Tür auf der anderen Seite der Halle wurde geöffnet. »Eure Eminenz?« rief ein Diener.

Bourchier lehnte den Kopf zurück. »Sind meine Besucher eingetroffen?«

»Beide sind im Vorzimmer.«

»Dann laß sie nicht länger warten.«

Er stand unter Ächzen und Stöhnen auf. Kathryn und Luberon eilten ihm zu Hilfe. Flankiert von den beiden schritt Bourchier über die farbenprächtigen Sarazenerteppiche. In der Mitte des Raumes blieb er stehen. Diener mit Kerzenleuchtern traten ein. Ihnen folgten ein Kreuzträger und ein Kammerdiener. Während die Diener sich zu beiden Seiten der Halle aufstellten, trat der Kammerherr vor.

»Eure Eminenz, Kardinal Peter Spineri, Bischof der Kirche St. Sebastian in Rom, und Walter Venables, persönlicher Diener Ihrer Gnaden, der Herzogin von York.«

»Sie sollen vortreten.« Bourchiers sanfte Stimme erfüllte den Raum.

Der Kreuzträger und der Kammerherr traten zur Seite. Kathryn war überrascht, wie klein und plump Spineri war. Er hatte eine Tonsur, ein rundes, nußbraunes Gesicht, fröhliche Augen, eine Stupsnase und einen breiten Mund. Sie sah, warum sein Spitzname »Kardinal Albus, der Weiße Kardinal« lautete. Spineri trug die reinweiße Robe der Karmeliter, seine Halbstiefel hatten dieselbe Farbe. Die füllige Taille zierte ein silberner Gürtel, und seine schwarze Kapuze war zurückgeschlagen; er stützte sich auf einen Stock aus Ebenholz. Das Gesicht in Lachfalten gelegt, trat er vor und tauschte den »osculum pacis«, den Friedenskuß, mit Bourchier.

Venables war ein junger Mann mit dunklem, sauber rasiertem Gesicht. Das schwarze Haar war kurz über den Ohren gestutzt. Er trug ein langärmeliges, blutrotes Gewand, dessen Stulpen und Kragen mit Pelz besetzt waren. Die grüne Kniehose steckte in weichen, braunen Lederstiefeln mit silbernen Schnallen. *Ein Soldat*, dachte Kathryn, *aber auch ein Mann, der an die seidige Raffinesse bei Hofe gewöhnt ist.* Um seinen Hals hing eine silberne Kette mit einem Medaillon, in das das Wappen des Hauses York eingraviert waren. Über seine Schultern war ein dicker, breiter Kriegsgurt aus Leder geschlungen, den er dem Kammerherrn reichte. Dann trat Venables vor, kniete nieder und küßte Bourchiers Ring.

Man stellte einander vor. Venables und Spineri, Höflinge par excellence, küßten Kathryn die Hand. Spineri war überschwenglich, sein Englisch hatte einen starken Akzent und war gelegentlich mit einem italienischen Wort durchsetzt. Venables sprach leise, war achtsam und angespannt wie eine Katze. Er schien sich für Kathryn mehr zu interessieren als für die anderen beiden, als hätte er es eilig, sie einzuschätzen und festzustellen, wer sie wirklich war. Kathryn errötete vor Verlegenheit unter seinem langen, forschenden Blick.

»Sind wir uns schon einmal begegnet, Master Venables?«

Der Gefolgsmann verzog das ernste Gesicht zu einem gekünstelten Lächeln. »Nein, Mistress, aber ich wünschte, es wäre so.«

Weitere Artigkeiten wurden von Bourchier unterbunden, der den Dienern auftrug, noch mehr Stühle ans Feuer zu stellen. Ein Tablett mit Bechern und einem Teller Zuckerwerk wurde hereingetragen. Kathryn war froh, einen juwelenbesetzten Kelch zu sehen. Er war eigens gekühlt, und der kalte deutsche Weißwein schmeckte köstlich. Sie nahmen Platz, diesmal weiter vom Kamin entfernt, Spineri neben Kathryn, Venables neben Luberon.

»Es ist schon spät«, hob Bourchier an, »daher will ich

mich nicht mit langen Vorreden aufhalten. Mistress Swinbrooke hat den Auftrag angenommen, den ich ihr erteilt habe.«

»Darf ich dazu sagen«, schaltete sich Spineri lächelnd ein, »daß ich noch nie einen solch reizenden Advocatus Diaboli kennengelernt habe.« In melodramatischem Flüsterton fuhr er fort: »Ich freue mich schon, Euch auf dem Kampfplatz zu treffen, nicht Schwert gegen Schwert, sondern Geist gegen Geist, nicht wahr, Mistress?«

»Wie lange wird das dauern?« mischte Venables sich ein. Allem Anschein nach ärgerte er sich über Spineris galantes Verhalten.

»Wie lang ist ein Stück Zwirn?« fragte Spineri. »Mistress Swinbrooke, ich will Euch nicht mit dem kanonischen Recht langweilen. Dennoch ist der Advocatus Diaboli der Initiator. Ihr könnt beliebig viele Forderungen stellen.«

»Gibt es Dokumente über Atworth?« fragte Kathryn.

»Ein paar, wahrscheinlich in der Obhut der Bruderschaft.«

»Und Personen aus seinem früheren Leben?«

»Eine Reihe alter Soldaten in und um Canterbury.«

»Ich werde sie nicht aufsuchen«, erklärte Kathryn. »Sie können zu mir kommen, wenn sie wollen.«

Venables beobachtete sie genau. Spineri war offenbar eher mit seinem Wein beschäftigt. Kathryn versuchte den plumpen, fröhlichen Kardinal einzuschätzen. Er war durch und durch ein Mann des Königs: Wollte Cecily von York ihre Katze heiligsprechen lassen, würde Kardinal Spineri sich kaum weigern.

»Und diese Wunder? Das waren doch Leute aus dem Ort?«

Bourchier nickte.

»Die hätte ich gern sorgfältig überprüft.«

»Wollt Ihr die Wunder leugnen?« fragte Venables aufgebracht.

»Sir, ich leugne nichts. Ich will lediglich Beweise vorbringen, damit Seine Eminenz eine eigene Entscheidung fällen kann. Doch vor allem«, fuhr sie fort, »muß ich Prior Anselm und andere befragen. Schließlich muß Atworths Leiche exhumiert werden.«

Venables lächelte ihr zu und nickte zustimmend.

»Ist das wirklich notwendig?« protestierte Spineri.

»Wenn die Leiche noch nicht verwest ist, Eure Eminenz …?«

Spineri verzog das Gesicht.

»Letzten Endes«, stellte Kathryn abschließend fest, »braucht die Kirche einen Beweis für die Heiligkeit. Ich glaube, Bruder Atworths Leiche könnte die Wahrheit ans Licht bringen.«

Kathryn nippte an ihrem Wein und unterdrückte ein Schaudern. Sie würde in Anwesenheit dieser verschlagenen, verschlossenen Männer ihre Meinung für sich behalten. Dennoch überkam sie eine ungekannte Angst. Dieser Angelegenheit wohnten viele Geheimnisse inne, und sie fragte sich, wie stark Bouchiers Schutz wirklich war.

ZWEI

»Obwohl ihr stets auf der Suche seid, werdet ihr es nie finden.«

Chaucer, Die Erzählung des Dienstmanns des Stiftsherrn

In der Klosterkirche der Bußbrüder Jesu Christi herrschte ein Spiel aus Licht und Schatten. Das hoch aufragende, gewölbte Dach fing alle Geräusche auf und gab sie als Echo wieder; runde, gedrungene Säulen im Mittelschiff bewachten düstere Querschiffe, in denen frühere Angehörige des Ordens unter gemeißelten Sarkophagen begraben lagen und auf die Auferstehung warteten. Statuen starrten blind aus ihren Wandnischen herab. Am oberen Ende der Säulen grinsten bösartige Fratzen. Gegen Abend waren die meisten Kerzen heruntergebrannt. Die von Weihrauch geschwängerte Luft war frostig. Ein feiner Nebel kroch unter den Türen hindurch, seine Schwaden zogen durch das Mittelschiff wie dürre Gespenster auf der Suche nach einem Versteck. In jeder Ecke lauerten Schatten. Es war eine düstere Kirche, doch die drei Mönche, die in einem kleinen Lichtkreis vor der Marienkapelle knieten, hatten keinen Blick für die sich wandelnden Formen und Schatten ringsum. Sie bliesen in die Hände und rieben sich die Arme in dem vergeblichen Versuch, warm zu bleiben. Das einzige Licht ging von den Kerzen aus, die vor der Statue der Schwarzen Madonna angezündet waren, einem uralten Holzbildnis der Jungfrau Maria mit dem Göttlichen Kind, das seine Arme einer abweisenden Welt entgegenstreckte. Die Mönche hatten den Blick auf die Steinfliesen gerichtet. Die Worte, die dort frisch eingemeißelt waren, sprangen sie geradezu an: HIC JACET FRATER ROGER ATWORTH OBIT … Die Inschrift ging noch weiter: Bruder Roger habe das Leben eines frommen Mönches geführt und sei im Jahre des Herrn 1473 im Geruch der Heiligkeit gestorben.

»Wenn schon nicht der Geruch der Heiligkeit«, murmelte der Mönch in der Mitte, »dann wenigstens etwas dergleichen.«

»Ist es richtig, was wir machen?« fragte einer seiner Gefährten.

»Wir haben keine andere Wahl«, erwiderte ihr Anführer, das Gesicht tief unter der Kapuze verborgen. »Wir drei müssen uns schwören, zu schweigen. Wir müssen unseren großen Heiligen ehren.«

Er stellte den Abendmahlskelch in die Mitte der Steinplatte, darauf den rechteckigen weißen Hostienteller. Diesen berührte er mit den Fingern und flüsterte die geheiligten Worte. Seine Begleiter taten es ihm nach, wenn auch weniger entschlossen. Dabei beteten sie im stillen, der gesegnete Roger, der nun gewiß im Lichte weilte, möge ihr Vorgehen verstehen.

Die Zusammenkunft im Palast der Erzbischofs war beendet. Kathryn, Venables und Spineri hatten vereinbart, sich am darauffolgenden Tag zur feierlichen Exhumierung der Leiche von Roger Atworth zu treffen. Kathryns Interesse war geweckt, vergessen war das anfängliche Zögern. Sie war wirklich neugierig und fragte sich immer wieder, was es mit den von Bourchier beschriebenen Phänomenen auf sich haben mochte.

»Wie ich sehe«, erklärte sie, nachdem Spineri und Venables sich zurückgezogen hatten, »hat Seine Eminenz, der Kardinal, sich bereits eine Meinung gebildet.«

»Oh, dessen bin ich mir sicher.« Bourchier nahm einen Schluck aus seinem Kelch. »Wenn Spineri nach Rom zurückkehrt, wird er ein Saumpferd mit sich führen, das mit Geschenken beladen ist, sowohl für Spineri selbst als auch für seine Freunde in der Kurie.«

Kathryn warf einen sehnsüchtigen Blick auf die Stundenkerze. Sie zeigte die achte Stunde an; es war höchste Zeit für Kathryn, zu gehen. Luberon und Bourchier indes blieben noch sitzen. Der kleine Schreiber war aufgeregt. Unentwegt scharrte er mit den Füßen und räusperte sich, wie üblich, wenn er nervös war.

Kathryn machte Anstalten, aufzustehen. »Eure Eminenz, es ist spät geworden.«

»Ich lasse Euch sicher in die Ottemelle Lane zurückgeleiten, Kathryn«, Bourchier bedeutete ihr, sitzen zu bleiben. Er senkte den Blick, als wäre er fasziniert vom Halsband der schlafenden Dogge.

»Eure Eminenz, wir sind doch gewiß nicht hier, um uns mit Eurem Hund zu beschäftigen?«

Bourchier hob die Hand. »Ihr beschämt mich. Ich glaube, es ist am besten, Simon, wenn …«

Luberon hustete. »Kathryn, fühlt Ihr Euch wohl?«

»Um der Liebe Gottes willen, Simon«, entgegnete sie mit schneidender Stimme, »ich fühle mich *nicht* wohl. Ich habe einen arbeitsreichen Tag hinter mir, eine lange Reihe von Patienten. Jetzt vor diesem Feuer bin ich auf einer Seite halb geröstet, die andere erfriert.«

Bourchier lachte kleinlaut.

»O Simon, kommt zur Sache.«

»Ihr seid nicht verheiratet?«

Kathryn warf lachend den Kopf in den Nacken. »Sehr scharfsinnig, Simon.«

»Ihr wohnt in der Ottemelle Lane?«

Kathryn funkelte ihn wütend an.

»Ihr seid eine angesehene Ärztin und von vielen wohl gelitten. Seine Eminenz vertraut Euch ebenso wie die Ratsversammlung der Stadt …«

»Genug!« unterbrach Kathryn ihn.

Luberon schloß die Augen. Kathryn hatte diesen sturen, streitlustigen Gesichtsausdruck, den er so gut kannte.

»Ich glaube, ich habe diesen Sermon schon einmal gehört«, erklärte sie. »Kathryn Swinbrooke, Mitglied der Apothekergilde, Ärztin im Auftrag der Ratsversammlung, Beraterin Seiner Eminenz Bourchier, Kardinal Erzbischof, wohnhaft in einem Haus in der Ottemelle Lane« – Kathryns Augen weiteten sich in gespielter Unschuld, während sie die Stimme zu einem heiseren Flüstern herabsenkte –, »und bei ihr lebt ein Mann, Colum Murtagh, ein irischer Soldat, Aufseher der königlichen Stallungen draußen in Kingsmead. Auch er ist unverheiratet. Thomasina wohnt ebenfalls bei mir, und der

Himmel weiß, wie oft *sie* verheiratet war. Agnes, meine Magd, ist nicht verheiratet, ebensowenig wie mein Lehrling Wulf. Wir haben ihn immer ›Wuf‹ genannt, bis er sich dagegen zur Wehr setzte. Er bevorzugt Wulf nach dem geheiligten Wulfestan, der, wie ich meine, Eure Eminenz, ein Bischof der Kirche war? Ich stehe einem großen Haushalt vor. Ich leiste gute Arbeit als Ärztin und Apothekerin. Doch was ich des nachts zwischen den Laken mache« – Kathryn wurde rot vor Zorn – »ist meine Sache! Witwe Gumple mit ihren albernen Kopfbedeckungen, ihrem feisten Gesicht und ihrer bösen Zunge geht mich nichts an!« Abermals machte sie Anstalten, sich zu erheben.

»Kathryn, Kathryn« – Bourchier beugte sich zu ihr und tätschelte ihr die Hand –, »Ihr seid für mich wie eine Tochter.«

»Für mich, Eure Eminenz, seid Ihr ein Schnüffler!«

Bourchier schmunzelte. »Es heißt, Ihr habt ein loses Mundwerk, Kathryn.«

Die Ärztin warf Luberon einen Blick zu und bedauerte ihren Ausbruch zutiefst. Er saß zusammengesunken mit weit aufgerissenen Augen und offenem Mund wie ein kleiner Junge auf der Stuhlkante.

»Ich wollte Euch nicht kränken, Mistress«, flüsterte er.

»Schon gut« – Kathryn zwang sich zu einem Lächeln –, »aber ich wünschte, Ihr kämt zur Sache. Ich tue, was ich kann, um Menschen zu heilen. Für Klatschmäuler bin ich nicht verantwortlich.«

»Liebt Ihr Colum Murtagh?« Bourchiers Stimme klang erstaunlich barsch.

Kathryn spürte, wie ihr die Kehle austrocknete. Wäre es ein anderer Mann gewesen, hätte sie ihn wütend beschimpft. Doch Bourchier war ein guter Priester, ein Hirte, der sich wahrhaft um seine Herde sorgte, nicht nur um deren Wolle. Luberon wich ihrem Blick aus.

»Sagt es mir, Kathryn, bitte.«

»Ja, Eure Eminenz«, erklärte sie hitzig. »Ich bin nicht seine Mätresse. Ich bin eine selbständige Frau.«

»Seid Ihr einander versprochen, verlobt?«
»Nein, aber Colum hätte es gern.«
»Warum nicht?«
»Das wißt Ihr genau.« Kathryn lehnte sich auf ihrem Stuhl zurück. »Ich war mit Alexander Wyville verheiratet. Die Geschichte ist bekannt: Vor zwei Jahren beschloß Wyville, sich den Truppen des Hauses Lancaster anzuschließen. Er verließ Canterbury und kehrte nie zurück.«
»Habt Ihr nach ihm gesucht?«
»Ja. Zuweilen glaube ich, er ist tot. Dann wiederum verdränge ich diesen Gedanken als reinen Wunsch.«
»Wollt Ihr, daß er tot ist?«
»Ich habe ihn geheiratet, Eure Eminenz, weil ich dachte, ich liebte ihn, und weil mein verstorbener Vater es wollte. Es stellte sich heraus, daß Wyville ein Grobian war – ein Mann, der lächelte und so tat, als wäre er ein Heiliger –, doch wenn er zu tief ins Glas geschaut hatte, war er ein Schurke, dem die Fäuste locker saßen. Seine Zunge und sein Herz waren in Wermut getränkt. Er hing großen Träumen von Kriegsgewinnen nach. Ich war froh, als er fortging, und der Herr möge mir verzeihen, ich bete, daß er nicht zurückkehrt. Ist das eine Sünde?«
»Nein.« Bourchier schüttelte den Kopf. »Nein, ganz und gar nicht!« Er tätschelte ihre Hand. »Aber was, Kathryn, wenn Wyville tot ist? Nach dem kanonischen Recht«, fuhr der Erzbischof hastig fort, »muß eine Frau, deren Gemahl spurlos verschwunden ist, zehn Jahre warten, bis sie wieder heiraten kann. Wollt Ihr zehn Jahre warten?«
Kathryn schloß die Augen. Sie sah Colum vor sich: Haare schwarz wie die Nacht, dunkelblaue Augen, von Lachfältchen umgeben, spöttisch verzogene Lippen, starke Hände, wenn er versuchte, Zaum oder Halfter auszubessern, der Geruch von Leder …
»Kathryn?«
Sie schlug die Augen auf.
»Ihr habt der Ratsversammlung und mir gute Dienste geleistet«, fuhr Bourchier fort. »Oh, wir zahlen ein Honorar. Jetzt möchte ich Euch belohnen, nicht herumschnüffeln.«

Kathryns Herz schlug schneller.

»Euer Privatleben ist eine Sache für die Beichte und den Priester, der Euch die Absolution erteilt, aber wie Ihr wißt, bin ich sehr einflußreich. Ich habe bereits Briefe versandt an alle Priester in den Dörfern und Städten, durch die die Truppen des Hauses Lancaster auf ihrem Weg nach Tewkesbury gekommen sind. Ich habe sie gebeten, eine sorgfältige Suche nach einem Mann namens Alexander Wyville anzustellen.«

»Er hätte unter falschem Namen auftreten können!« entgegnete Kathryn. »Er hat sich vor Westgate Fauntes Truppen angeschlossen. Selbst damals täuschte er vor, etwas zu sein, was er nicht war.«

»Ich weiß.« Bourchier kratzte sich das Kinn. »Nicholas Faunte, der verstorbene, indes nicht betrauerte Bürgermeister von Canterbury, hob eine Truppe für die Lancastrianer aus und führte sie nach Westen. Sie wollten am großen Sieg teilhaben. Auf ihrem Weg hofften sie auch, sich durch Raub und Plünderung zu bereichern. Viele nahmen andere Namen an, Decknamen. Dazu gehörten die Namen von Kräutern wie Mutterkraut, Nießwurz, Verbene. Jetzt wissen wir, daß einige dieser Truppen in Tewkesbury eintrafen, wo König Edward und seine Brüder ihnen eine verheerende Niederlage beibrachten und das Haus Lancaster im Dunkeln verschwand.« Er nahm die Handglocke und läutete.

Kathryn hörte, wie die Tür auf der gegenüberliegenden Seite geöffnet wurde.

»Führt ihn herein!« rief Bourchier. »Sagt Master Monksbane, daß ich ihn jetzt sehen will!«

Kathryn betrachtete die seltsame Gestalt, die durch die Halle auf sie zu kam. Bourchier rührte sich nicht, als der grauhaarige Mann um die Stühle herumging und vor dem Prunksessel niederkniete. Er küßte Bourchiers Ring und nahm ihm gegenüber Platz. Er war ein drahtiger Mann mit hellen Augen, trug eine Jacke aus Englischleder und eine Kniehose; seine Stiefel, die Tasche und der verzierte Kriegsgürtel hingegen wirkten kostbar. Er gehörte zu den Männern, die Kathryn in einer Menschenmenge zwar auffallen würden, die sie aber nicht im Detail zu beschreiben vermochte: beinahe gesichtslos, unauffällig. Wenn er lächelte, spürte Kathryn dennoch eine gewisse Wärme. Monksbane war offensichtlich stolz auf seinen Beruf, was immer es sein mochte, und genoß anscheinend das Vertrauen des Erzbischofs.

»Mistress Swinbrooke«, Bourchier rutschte unruhig auf seinem Stuhl hin und her, »darf ich Euch Monksbane vorstellen? Ich glaube nicht, daß er ursprünglich auf diesen Namen getauft wurde, aber so möchte er jetzt genannt werden. Er war früher einmal Student in der Advokatenkammer in der Chancery Lane. Ein Mann, der viel durchmachen mußte, sich aber wieder gefangen hat und schließlich zu einem der hauptamtlichen Rattenfänger der Hauptstadt aufgestiegen ist …«

»Um genau zu sein, des Stadtteils Farringdon, Eure Eminenz«, schaltete Monksbane sich ein. Seine Stimme war kultiviert und ruhig wie die eines Priesters.

»Ja, richtig«, stimmte Bourchier ihm zu. »Unser Monksbane ist sehr stolz auf seinen alten Beruf.«

»Ihr seid nach Canterbury gekommen, um Ratten zu fangen?« fragte Kathryn.

»Nein, Kathryn.« Luberon wirkte entspannter, obwohl es ihm schwerfiel zu verbergen, wie sehr ihn Kathryns offene Erklärung zu Colum Murtagh verstört hatte.

»Ja, Simon?« Kathryn beugte sich vor.

»Er ist nicht hier, um Ratten zu fangen.« Luberon lächelte.

»Monksbane ist *mein* Mann,« – Bourchier tätschelte Monksbane wie seine Dogge – »mein Mann in Krieg und Frieden. Er ist ein Kopfgeldjäger, Kathryn! Er war der Rattenfängerei überdrüssig und kam nach Canterbury, um mir seine Dienste anzubieten. Ihr wärt überrascht zu hören, wie oft die Kirche auf die Jagd gehen muß. Stimmt es, Monksbane?«

»Ja, Eure Eminenz. Wir leben in einem Tal der Tränen.«

Monksbanes Stimme nahm einen schwermütigen Klang an. Kathryn mußte ein Lächeln unterdrücken.

»Zwar sagt der Priester, man könne nicht Gott und dem Mammon zugleich dienen! So mancher Pfarrer flieht aus seiner Gemeinde und nimmt den Opferstock und den Hostienteller mit.«

»Gerade jetzt.« Bourchier seufzte. »Während des Krieges haben viele Priester ihre Pfründe verlassen: Mönche, Schreiber und Bettelmönche. Wenn sie fliehen, nehmen sie immer den Besitz der Kirche mit.«

»Und Monksbane macht sie ausfindig?«

»Ja, Kathryn, er ist mein Kundschafter. Er spürt sie auf, packt sie am Schlafittchen und bringt sie zurück.«

Kathryn betrachtete diesen merkwürdigen Mann. Sie merkte, worauf Bourchier hinauswollte, und war dankbar dafür.

»Und Ihr werdet meinen Gatten, Alexander Wyville, ausfindig machen?«

»Ja, Mistress.« Er hob die behandschuhte Hand. »Und Seine Eminenz wird mich bezahlen. Glaubt mir«, und an dieser Stelle wurde Monksbanes Miene hart, »wenn Alexander Wyville noch am Leben ist, werde ich ihn zurückholen.«

»Und wenn er geflohen ist?«

»Dann, Mistress, werde ich es Euch mitteilen.«

»Und wenn er tot ist?«

»Nun, Mistress, dann werde ich Euch sein Grab zeigen.«

»Wie lange wird es dauern?« fragte Kathryn.

»Nicht lange.« Monksbane grinste. »Aber ich muß alles über ihn wissen.«

Bourchier erhob sich schwerfällig, ein Zeichen, daß die Unterredung beendet war.

»Kathryn, es ist schon spät. Monksbane wird Euch nach Hause begleiten. Wir sind die einzigen, die etwas von ihm wissen, wir und alle, denen Ihr es erzählen wollt.«

Kathryn verabschiedete sich und folgte Monksbane durch eine Hintertür. Die Kreuzgänge draußen waren kalt und dunkel und nur hier und da von einer Kerze oder Öllampe in einer Nische erleuchtet. Monksbane schnallte sich den Kriegsgurt um. Kathryn fiel auf, wie leise er auftrat: kein

Waffengeklirr oder das Klappern von Stiefelsohlen. Sie hatte das Gefühl, von einem Schatten begleitet zu werden. Er führte sie unter steinernen Gewölben, durch einen stillen Garten und ein Seitentor ins Freie. Sie blieben stehen, um sich die Mäntel anzuziehen. Monksbane eilte ihr zu Hilfe.

»Ist alles in Ordnung, Mistress?«

Kathryn lief es kalt über den Rücken, und sie schaute zum klaren Abendhimmel empor. »Der Erzbischof liebt sein Feuer«, sagte sie.

»Er hat dünnes Blut.«

»Seid Ihr Arzt? Kennt Ihr Euch in Heilkunde aus?« spottete Kathryn.

Ohne zu antworten, bot Monksbane ihr seinen Arm. Kathryn hakte sich unter. Sie gingen durch die zu beiden Seiten von hohen Mauern gesäumten Gassen bis zur Palace Street, die verlassen dalag. Das Pflaster glitzerte noch vom Regen, der am Nachmittag gefallen war. Die Verkaufsstände waren fortgeräumt, die Geschäfte geschlossen, die Fensterläden verriegelt, doch draußen an den Türen hingen Hornlaternen an Haken, und durch Spalten und Lücken drang Kerzenschein. Ein paar Hunde streunten umher. Katzen thronten in königlicher Haltung auf hohen Abfallhaufen, die auf die Straßenkehrer warteten. An der Mündung einer Gasse kamen sie an einem kleinen Stock vorbei. Der Trunkenbold, dessen Hände und Kopf fest in den Löchern der schweren Holzplatte steckten, war noch nicht wieder zu Bewußtsein gekommen, obwohl ein Junge mit einer Schüssel Wasser vor ihm stand. Kathryn blieb stehen und versuchte zu helfen.

»Er ist sonst nie betrunken«, jammerte der Kleine. »Aber er hat zuviel Ale getrunken und ist mitten auf der Straße eingeschlafen.«

Kathryn tätschelte ihm den Kopf und schenkte ihm eine Münze.

Monksbane warf einen prüfenden Blick zurück und führte sie weiter. Vor dem großen Wirtshaus »Zum Sonnenglanz« an der Ecke der Palace Street blieb er stehen.

»Master Monksbane, ich bin müde«, erklärte Kathryn.

»Ich muß mit Euch reden«, erklärte er. »Das geht hier am besten.«

Schulterzuckend folgte Kathryn ihm in die Schänke. Der geflieste Durchgang war sauber und roch angenehm. Statt Kathryn jedoch in den lauten Schankraum zu ihrer Linken zu führen, ging Monksbane ihr voraus eine Holztreppe hinauf, öffnete die Tür am oberen Ende und geleitete sie in eine kleine Kammer, die bis auf einen Tisch, zwei Hocker und ein glühendes Kohlebecken in der Ecke leer war. Dicke, fettige Talgkerzen in Stahlschüsseln standen auf dem Tisch. Monksbane ließ Kathryn ablegen, ging hinunter und kam mit zwei Zinnkrügen Ale zurück.

»Mistress, morgen verlasse ich Canterbury. Ich will Euch nicht lange aufhalten. Ihr lebt mit dem Iren Murtagh zusammen? Liebt Ihr ihn?«

Kathryn errötete, doch Monksbanes Blick war nicht anzüglich, seine Miene gefaßt.

»Ich schnüffle nicht, Mistress. Ich möchte es nur wissen.«

»Ich liebe ihn.«

»Wenn Ihr frei wärt, würdet Ihr ihn heiraten?«

»Wenn er mich darum bäte, ja.«

»Und was ist, wenn Euer Gemahl zurückkehrt?«

Kathryn trank einen Schluck und drückte den kalten Krug an ihre heiße Wange.

»Das Kirchenrecht ist da sehr deutlich. Alexander war ein böser Mensch.« Hastig fuhr sie fort: »Wenn er wüßte, wie glücklich ich heute bin, wäre es ihm ein großes Vergnügen, mir eins auszuwischen. Wie ein verwöhntes Kind: Was er nicht zwingen kann, das soll auch kein anderer haben.«

»War er gottlos?«

»Nein, er war schwach. Wenn er betrunken war, ja, dann konnte er gottlos sein.« Sie tippte an den Krug. »Das war der Schlüssel zu seiner Seele, und wenn man ihn im Schloß umdrehte, purzelte alles Böse heraus.«

»Und im Bett, war er lebhaft?«

Jedem anderen Mann hätte Kathryn ins Gesicht geschlagen, doch Monksbane redete wie ein Arzt, der nach Symptomen suchte.

»Nein. Er hat mir die Schuld gegeben. Er konnte sehr gewalttätig werden.« Kathryn berührte ihre grauen Haare. »Ein kleines Erbe, ein Geschenk von meinem Gemahl.«

»War er Kaufmann?«

»Etwas in der Art. Master Monksbane, Ihr hättet Priester werden sollen.«

»Das war ich auch beinahe« – der Mann schmunzelte –, »aber ich habe eine Schwäche für hübsche Gesichter.«

»Warum seid Ihr dann kein Rechtsgelehrter?«

Er verzog keine Miene. »Auch ich war einst verheiratet. Darf ich Kathryn zu Euch sagen, ja? Ich hatte eine Frau und zwei Kinder.« Er blinzelte, das einzige Anzeichen von Gefühlsregung. »Drei hübsche Blumen.« Er schnippte mit den Fingern. »Alles fort, Kathryn, wie Tränen im Wind, vom Fieber hingerafft. Man spricht gemeinhin vom Abstieg in die Hölle. Ich war da unten und bin wieder zurückgekehrt. Ich war betrunken, gewalttätig, und als ich erwachte, war ich krank und sehr arm. Zuerst Straßenfeger, dann Rattenfänger.«

»Und jetzt?« fragte Kathryn.

»Erinnerungen«, erwiderte er. »Wir alle müssen etwas tun, Kathryn, um die Tür verschlossen, verriegelt und gesichert zu halten.« Er nahm einen tiefen Schluck aus dem Krug. »Wenn Alexander Wyville nun zurückkäme, würde er alles verderben?«

»Ja.« Kathryn nickte heftig. »Wie ein verwöhntes Kind im Garten würde er alles ausreißen und umknicken.«

»Würde Murtagh ihn umbringen?«

»Nein, es sei denn, Alexander würde ihn provozieren. Und dafür wäre Wyville zu gerissen.«

»Natürlich«, stimmte Monksbane ihr zu. »Solche Männer suchen sich ihre Gegner genau aus. Wie sah er aus?«

»Er war von mittlerer Größe, hatte rötliches Haar, ein bleiches Gesicht und grüne Augen. Er war schmal gebaut und hatte einen leichten Bauchansatz. Er mochte sein Ale.«

»Kirchgänger?«

»Wie wir alle.«

Monksbane zeigte ein wölfisches Lächeln. »War er fromm, Kathryn?«

»Ich glaube nicht. Tief in seinem Herzen mochte Alexander Wyville nichts.«

»Trotzdem habt Ihr ihn geheiratet?«

»Wir tragen Masken, Monksbane; auch Ihr tragt jetzt eine. Zuweilen ist es schwierig, das Gesicht hinter der Maske zu erkennen. Ich habe einen Fehler begangen, einen schrecklichen Fehler, und ich habe dafür gezahlt.«

»Und wenn ich ihn tot finde?«

»Dann möge der Herr ihm die ewige Ruhe schenken.«

»Und wenn er noch lebt?«

»Dann gnade mir Gott!«

»Soll ich ihn umbringen, Mistress Kathryn?«

Kathryn erstarrte. Monksbanes Ausdruck hatte sich nicht verändert. Seine Stimme war nüchtern, als spräche er über eine Besorgung auf dem Markt.

»Warum nicht?« flüsterte er. »So wie Ihr es darstellt, will ihn die Erde nicht haben, sondern Gott.«

»Soll ich für die Ermordung meines Gatten bezahlen?«

»Für die Hinrichtung, Kathryn.«

Sie schüttelte den Kopf. »Nein, ich will weder sein Blut an den Händen noch seine Seele auf dem Gewissen haben.«

Monksbane lächelte. »Ich dachte mir, daß Ihr das sagen würdet, Mistress.«

Sie merkte, daß sich sein Blick verändert hatte, beugte sich über den Tisch und packte sein Handgelenk. »Bitte!« beharrte sie inständig. »Ihr dürft das nicht tun. Ihr dürft das Gesetz nicht in die eigene Hand nehmen. Wenn Alexander Wyville noch am Leben ist, dann soll das Recht seinen Lauf nehmen.«

»Und was ist, wenn er ein Gesetzloser ist, Mistress?«

Monksbane löste sich aus ihrem Griff und legte ihre Hand sacht auf die Tischplatte.

»*Utlegatum*, ein Geächteter, der sich außerhalb des Gesetzes gestellt hat?«

»Wieso fragt Ihr danach?«

»Er ist gewalttätig, Mistress, ein Trunkenbold.« Monksbane zählte die Punkte an seinen langen, schlanken Fingern ab. »Vielleicht hält er sich versteckt, das heißt, wenn er noch lebt.«

»Wovor sollte er sich verbergen?«

»Vielleicht hat er jemanden umgebracht. Von Rechts wegen kann man einen Geächteten, der sich des Totschlags, der Vergewaltigung oder des Raubes schuldig gemacht hat, töten, sobald man seiner ansichtig wird.«

»Alexander Wyville nicht«, sagte Kathryn. »Er muß vor den Richter, vergeßt das nicht!« Kathryn nahm noch einen Schluck aus dem Krug; das Ale war gut und stark. »Vielleicht hat er wieder geheiratet und verbirgt sich eher vor dem Kirchenrecht als vor dem des Königs.«

Monksbane machte ein langes Gesicht.

»Ihr müßt mir schwören«, beharrte Kathryn, »bei den Seelen Eurer verstorbenen Gattin und Eurer Kinder, daß Ihr Alexander Wyville lebend herbeischafft, so er noch am Leben ist.«

Monksbane schürzte die Lippen. »Einverstanden. Wollt Ihr noch einen Krug?« Er schob seinen Hocker zurück.

»Nein, ich habe genug getrunken und geredet. «

»Ich bitte Euch noch um einen Gefallen«, fuhr er fort. »Ihr seid Ärztin?«

»Ja, und Ihr dürftet Euren eigenen haben.«

»Quacksalber und Blutsauger!« höhnte er. Er schob den Hocker noch weiter zurück, legte ein Bein auf den Tisch und tippte auf sein Fußgelenk. »Hier und auf der Rückseite des Beines habe ich Krämpfe; es fühlt sich hart an.«

Kathryn erhob sich und ging um den Tisch herum. Mit Hilfe der Tischkante zog Monksbane sich den Stiefel aus; die Hose darunter war sauber. Kathryn tastete die Zehen, den Fuß und das Fußgelenk ab. Sie fand keine Schwellung, doch die Muskeln auf der Rückseite des Beines waren hart, wie ein fest gezurrter Knoten.

»Leidet Ihr häufig darunter?«

Monksbane nahm das Bein vom Tisch und zog sich den Stiefel wieder an. »Zuweilen, besonders, wenn ich sitze.«

»Zeigt mir, wie Ihr sitzt.«

Monksbane folgte, doch Kathryn sah, daß er nur spielte. Sie sah den Kopfgeldjäger vor sich, wie er im Palast des Erzbischofs gesessen hatte; das rechte Bein war ständig ruhig und starr gewesen.

»Wenn Ihr trinkt, verschwindet der Schmerz?«

»Ja.«

»Und wenn Ihr aufsteht?«

»Dann spüre ich auch nichts.«

Kathryn betrachtete sein bleiches Gesicht. Die Gesichtsfarbe war einwandfrei, doch sie bemerkte die nervösen Gesten, mit denen Monksbane sich immer wieder über den Bauch strich.

»Ihr habt Angst.« Sie lächelte. »Aufgeregt, nicht wahr?«

Monksbane wandte den Blick ab.

»Aber Ihr wißt es gut zu kaschieren. Schließlich seit Ihr ein Menschenjäger, und Ihr müßt Eure Maske tragen. Dennoch wette ich um einen Silberflorin, daß Ihr schlecht schlaft. Sind die Haare an Eurem Hinterkopf verknotet, wenn Ihr aufwacht?«

Monksbane grinste verlegen. »Ich wälze mich hin und her.«

»Und Euer Magen ist nervös. Ihr müßt das Ale büßen, das Ihr gerade getrunken habt?«

»Mistress, Ihr solltet wahrsagen.« Monksbane fuhr vorsichtig in seine Stiefel, um seine Verlegenheit zu verbergen.

»Ihr leidet auch an anderen Stellen unter Krämpfen, nicht wahr?«

»Ich glaube, Ihr kennt die Antwort.«

»Eurem Bein fehlt nichts«, erklärte Kathryn, »nur mit Eurer Sitzhaltung stimmt etwas nicht. Eure Körpersäfte sind nervös und gereizt. Das nächste Mal, wenn Ihr in einem Wirtshaus sitzt, besonders dann, wenn die Begegnung unerfreulich oder gefährlich ist, dann überlegt, wie Ihr sitzt. Ihr werdet feststellen, daß Ihr die Füße in den Boden stemmt und das Bein anspannt. Die Sehnen werden hart; infolgedessen treten Krämpfe auf. Ihr solltet das Bein in heißem Wasser mit beruhigenden Kräutern baden. Bewegt es sacht; benutzt einen Stock beim Gehen.«

Monksbane schaute sie bewundernd an. »Welche Schulen habt Ihr besucht, Mistress?«

Kathryn lachte und leerte ihren Krug. »Ich habe meine Lizenz von der Ratsversammlung der Stadt erhalten, doch mein Lehrer war mein Vater. Er litt an derselben Krankheit. Sie kommt bei Männern Eurer Konstitution häufig vor. Und nun, Master Monksbane, möchte ich Euch um einen Gefallen bitten. Ihr wart doch Rattenfänger in Farringdon. Habt Ihr von der Verseuchung unserer Stadt gehört? Kennt Ihr die Ursache?«

»Es kann an allem Möglichen liegen«, erwiderte Monksbane, vorsichtig mit der Wahl seiner Worte. »Ratten leben in Nestern, bilden Kolonien. Zuweilen schwärmen sie aus. Man kann sie ebenso wie uns Menschen durch Verfolgung, Feuer und Schwert vertreiben. Sie schwimmen und klettern an Bord von Lastkähnen, die den Stour befahren. Oder nehmen wir die Ruinen vor Canterbury. Der Himmel allein weiß, warum die Ratten kommen oder woher. Ihr habt Feuer erwähnt. Das ist die beste Ausrottungsmethode: ihre Nester verbrennen und die Tiere Tag und Nacht quälen. Etwas Bemerkenswertes noch, Mistress. Ich habe mich in der Stadt umgehört, war in Wirtshäusern und habe das Gerede belauscht. In Farringdon hat es auch Rattenplagen gegeben, aber nicht so wie hier. Für gewöhnlich sieht man Ratten zunächst vereinzelt. Die Leute nehmen sie nicht ernst. ›Ach ja‹, sagen sie dann, ›ich habe die erste am Fest des heiligen Apostels Matthäus gesehen, und dann habe ich einen Monat lang nicht mehr darauf geachtet.‹ Doch die Ratten in Canterbury sind allem Anschein nach plötzlich aufgetaucht, draußen vor Westgate und dann im Norden der Stadt.« Er breitete die Arme aus. »Mehr kann ich dazu auch nicht sagen.«

Kathryn wollte schon zu ihrem Mantel greifen, als sie an der Tür ein Kratzen hörten. Ein kleiner Küchenjunge mit fettigem Haar stürmte herein. Er beachtete Kathryn nicht und zog Monksbane am Ärmel. »Ein Mann unten, ein Mann unten wünscht Euch zu sehen! Der Wirt will ihn nicht heraufkommen lassen.«

»Er will zu mir?«

»Nein, nein.« Der Junge stotterte. »Zu der Hei, Hei...«

»Der Heilerin«, unterbrach Kathryn.

Der Junge schenkte ihr ein strahlendes Lächeln, wobei er seine Zahnlücken entblößte. »Ja, der Frau, der Hei...«

Kathryn lachte.

Monksbane ging die Treppe hinunter und kam eilends zurück. Der Mann, der ihm folgte, trug einen Umhang und hatte die Kapuze tief ins Gesicht gezogen. Als er sie zurückwarf, zuckte Kathryn überrascht zusammen.

»Oh, Master Venables!«

Sie stellte Monksbane vor. Venables nickte ihm zu.

»Habt Ihr die Gabe des Zweiten Gesichts?« Kathryn lächelte. »Woher wußtet Ihr, daß wir hier sind?«

»Ihr seid uns gefolgt, nicht wahr?« beschuldigte Monksbane ihn. »Ich hatte so ein Gefühl, nachdem wir den Palast des Erzbischofs verlassen hatten.«

Venables wollte sich schon abwenden, als Monksbane plötzlich den Dolch zog; eine rasche Bewegung, und schon saß die Spitze an Venables Kinn.

»Nein!« Kathryn hob die Hand, als Venables zum Kriegsgurt greifen wollte.

»Ich habe diese Kammer gemietet, Master Venables, weil ich mit Mistress Kathryn reden wollte. Ich mag nicht, wenn man mir nachspioniert. Und mir gefällt nicht, wenn ich nicht beachtet werde, besonders von ungebetenen Gästen.«

Venables schob Monksbanes Hand sacht zur Seite. Er trat einen Schritt zurück und verneigte sich. »Wenn das so ist, Sir, dann verzeiht. Ich muß in einer dringenden Angelegenheit mit Mistress Swinbrooke reden. Es stimmt, ich bin Euch vom Palast hierher gefolgt. Ich habe draußen gewartet, da ich dachte, Ihr würdet nur einen Krug trinken, doch mit der Zeit wurde ich ungeduldig. Ich hätte gern ein Wort unter vier Augen mit Mistress Swinbrooke gewechselt.« Er lächelte Kathryn zu. »Es handelt sich um eine Angelegenheit des Königs.«

»Ich habe Seiner Eminenz versprochen, Mistress Swinbrooke sicher nach Hause zu geleiten«, entgegnete Monksbane. »Wollt Ihr mit ihm reden, Kathryn?«

Kathryn nickte. Monksbane griff nach seinem Mantel. »Dann werde ich unten auf Euch warten.«

Monksbane nahm den Küchenjungen an die Hand und verließ die Kammer.

Venables setzte sich auf den Hocker auf der anderen Seite des Tisches. Er legte seinen Umhang ab und lockerte den Kriegsgurt. Aus engstehenden Augen musterte er Kathryn. »Ihr habt einen anstrengenden Tag hinter Euch, Mistress.«

»Und die Arbeit ist noch nicht beendet«, erlaubte sie sich anzumerken. »Master Venables, was wollt Ihr?«

»Ihr seid Advocatus Diaboli im Fall Roger Atworth?«

»Ich weiß, wer ich bin, Master Venables.«

»Atworth war der Beichtvater der Herzogin Cecily.«

»Auch das ist mir bekannt.«

»Er war gesund und munter.« Venables achtete nicht auf Kathryns Schroffheit. »Herzogin Cecily ist über Master Atworths Ableben tief betroffen. In Frankreich gehörte er dem Haushalt ihres Gemahls an, er war ein guter Soldat, ein erfahrener Kämpe. Mindestens zweimal hat er die Herzogin vor Feinden beschützt, und glaubt mir, Mistress, sie hat deren viele. Er entsagte den weltlichen Genüssen« – Venables' Stimme war deutlich, klar, und er wandte den Blick nicht eine Sekunde von Kathryn ab – »und wurde Mönch. Herzogin Cecily hielt den Kontakt zu ihm aufrecht und wählte ihn zu ihrem Beichtvater. Nun wißt Ihr ja, Mistress, daß ihr Gemahl, Richard von York, vor zwölf Jahren zu Beginn der blutigen Fehde zwischen den Häusern Lancaster und York auf barbarische Weise ermordet wurde. Herzogin Cecily war nicht nur Yorks Gemahlin, sondern auch seine engste Vertraute und Beraterin.«

»Und Atworth wurde zum Hüter ihres Gewissens und zur Schatztruhe ihrer Geheimnisse?«

»Mit einem Wort, ja.«

»Und Atworth ist zu Gott gegangen. Ich verstehe die Trauer der Herzogin, aber ...«

»Herzogin Cecily glaubt nicht, daß Atworths Tod natürliche Ursachen hat.«

»Das könnte am Kummer einer Frau liegen, die sich weigert, das Unvermeidliche hinzunehmen.«

»Nein. Ihr müßt wissen, daß die Herzogin und Bruder Roger häufig miteinander korrespondierten.«

»Ich hoffe, die Herzogin war vorsichtig mit dem, was sie ihm schrieb?«

»Oh, ja«, bekräftigte Venables. »Nur ein Briefwechsel zwischen zwei langjährigen Freunden.«

»Aber Roger Atworth war ihr Vertrauter? Hat man ihr die Briefe zurückgegeben?« fragte Kathryn.

»Nein, sie werden vermißt. Atworth hat sie immer bei sich getragen« – Venables tippte auf seinen Kriegsgurt –, »in einer großen Tasche, die er an der Kordel seiner Kutte befestigt hatte. Als Atworths Leiche entdeckt wurde, fehlte die Tasche.«

»Enthielten diese Briefe etwas von Brisanz?«

Venables verzog das Gesicht. »Das weiß ich nicht, Mistress. Die Herzogin will es mir nicht sagen.«

»Aber es gibt noch mehr?«

»Ja. Bruder Roger Atworth wurde am Morgen des fünfundzwanzigsten März, an Mariä Verkündigung, tot aufgefunden. Prior Anselm zufolge hatte er sich tags zuvor unwohl gefühlt und war in seiner Zelle geblieben. Nun hatte Bruder Roger der Herzogin Anfang März geschrieben, am Fest des Heiligen David von Wales. Er versprach, Mitte des Monats, am Fest des Heiligen Joseph, noch einmal zu schreiben. Diesen Brief wollte er ihr nach Islip schicken, doch ein solcher Brief ist nie eingetroffen.«

Kathryn stützte sich mit den Unterarmen auf den Tisch und schaute auf einen Weinfleck in Form eines Wolfskopfes.

»Aber Bruder Rogers Leiche zeigte keinerlei Hinweise auf Gewaltanwendung? Habt Ihr die Geschichten vernommen?«

fragte Kathryn. »Stigmata, ein wunderschöner Duft? Seid Ihr sicher, daß die Herzogin es nicht nur aus Kummer sagt? Die Bußbrüder Jesu Christi haben einen eigenen Arzt, und der stellte nichts Ungewöhnliches fest.«

Kathryn schaute auf und fuhr fort: »Deshalb ist Herzogin Cecily auch so eifrig auf die Seligsprechung bedacht. Sie will Atworths Leiche exhumieren und von einem unabhängigen Arzt untersuchen lassen, ist es nicht so? Der König weiß von Colum Murtagh, und er kennt auch mich. Die Herzogin wird in dieser Angelegenheit über ihren Sohn Druck ausüben.«

Venables nickte.

»So sagt mir denn, Sir, warum sollte jemand Roger Atworth umbringen wollen, einen alten Mönch hinter dicken Klostermauern?«

»Atworth hat ein sehr interessantes Leben geführt«, erwiderte Venables. »Während der Feldzüge in Frankreich, als die Truppen des Dauphins, angeführt von der ›Jungfrau‹, die Normandie zurückeroberten, wurde Atworth von einem ziemlich undurchsichtigen französischen Adligen gefangengenommen, dem Vicomte de Sanglier. Sanglier hat Atworth in den Kerker gesperrt und ihn barbarisch mißhandelt. Er wurde aufs Ärgste gefoltert, man riß ihm das Fleisch mit Eisen vom Leib oder steckte ihn in eiskaltes Wasser.«

»Warum?« fragte Kathryn.

»Atworth führte immerhin eine der Söldnertruppen an. Die Franzosen hatten befohlen, daß alle englischen Soldaten, die unter den rotgoldenen Bannern dieser Kompanien gefangengenommen wurden, zu foltern und im Schnellverfahren hinzurichten seien. Aus irgendeinem Grund ließ de Sanglier unseren Atworth am Leben. Nach geraumer Zeit schenkte er ihm die Freiheit und begann ihn wie einen Ehrengast zu behandeln.«

»Wie kam es zu diesem Wandel?«

»Herzogin Cecily hat es nie erfahren. Man erzählt sich, Atworth habe Krankheit vorgetäuscht, und es sei ihm gelungen, zu entkommen. Herzogin Cecily glaubt, daß die Gefangenschaft den Wandel in Atworths Leben eingeleitet hat.«

»Aber als Atworth gefangengenommen wurde, war er Soldat, nicht Mönch oder Beichtvater der Mutter des Königs?«

Venables fuhr mit dem Finger durch eine Alepfütze. »Mistress Kathryn, habt Ihr jemals etwas von den ›Ecouters‹ gehört?«

»Das ist doch französisch, oder?« meinte Kathryn. »Und bedeutet ›zuhören‹?«

Venables lächelte. »Sprachbegabt?«

»Nein«, erwiderte Kathryn. »Aber in Canterbury leben Franzosen im Exil. Ich war eine gute Schülerin.«

»Die ›Ecouters‹«, erläuterte Venables, »sind die Spione Ludwigs XI. Sie sind im wahrsten Sinne des Wortes seine Zuhörer. Ludwig hat in England mehr Spione, ›Ecouters‹, als es Ratten in Canterbury gibt. Und wie der Zufall es will, sind sie dem Vicomte de Sanglier unterstellt, der heute ein führendes Mitglied in Ludwigs Rat ist. Vor drei Monaten erwischte Herzogin Cecily einen ihrer Diener, Gascon, seines Zeichens Kammerherr, wie er ihre Privatdokumente durchwühlte. Ich mußte ihn verhören. Am Ende wurde vor dem königlichen Marschall gegen ihn verhandelt. Er wurde der Spionage für schuldig befunden und am Galgen gehängt. Er war ein schrecklicher Mensch, nur schwer zu knacken; doch eines haben wir herausgefunden: Er suchte nach dem Briefwechsel zwischen der Mutter des Königs und Roger Atworth.«

»Warum hat er nach Briefen gesucht?«

»Wir wissen es nicht.«

Kathryn biß sich auf den Daumennagel.

»Mehr hat er nicht gestanden?«

»Nein. Wir waren verwirrt. Warum hatte de Sanglier seinen früheren Gefangenen, unseren Atworth, verschont? Die Angelegenheit wurde vom Kronrat im Grünen Zimmer in Westminster erörtert.«

Kathryn kannte den Namen des Raumes. Colum hatte oft berichtet, daß König Edward, seine Brüder und Gefolgsleute diesen Raum für ihre geheimsten Unterredungen nutzten.

»Der Raum hat eine merkwürdige Form«, hatte Murtagh erzählt. »Dicke Wände und eine Tür, die bewacht werden kann. Dieser Raum und der Tower, erst recht das Haus der Geheimnisse in London, sind die einzigen Orte, an denen der König sich wirklich sicher fühlt.« Er hatte gelacht. »Wenn die Wände Ohren hätten!«

»Und was ergab diese Beratung?« fragte Kathryn.

»Richard von Gloucester«, Venables war zum Flüsterton übergegangen, »entwickelte die verblüffende Theorie, Atworth sei ein verschlagener Mann gewesen und habe seine Wandlung nur zum Schein vollzogen.« Venables verzog das Gesicht. »Selbst wenn die Wandlung echt gewesen wäre, war Atworth vielleicht ein französischer Spion, will man Gloucester glauben.«

»Aber das ist doch lächerlich«, entgegnete Kathryn. »Wäre Atworth ein Spion gewesen, hätte keine Notwendigkeit bestanden, die Papiere der Königsmutter zu durchsuchen. Atworth hätte den Franzosen ohnehin alles erzählt.«

»Herzogin Cecily brachte dieses Argument sehr leidenschaftlich vor. Wie Ihr wißt« – Venables hob die Augenbrauen –, »ist Richard von Gloucester nicht der Liebling seiner Mutter. Sie nennt ihn das schwarze Schaf der Familie. Gloucester behauptete, Atworth habe vielleicht aus Gebrechlichkeit oder aus einem anderen Grund die Mitteilungen an Frankreich eingestellt, daher der Spion im königlichen Haushalt. Das Haus der Geheimnisse, dem unsere Spione in Frankreich unterstehen, hat ebenfalls über zwei Angelegenheiten berichtet. Erstens hatten die Franzosen tatsächlich einen Spion im engsten Kreis, im Herzen des englischen Königshofes und des Kronrates. Zweitens könnte es auch einen französischen Spion im Kloster der Bußbrüder Jesu Christi in Canterbury geben. Dieser Spion könnte entweder Atworth persönlich sein«, Venables seufzte, »oder ein anderer, der dieser Bruderschaft beitrat, um Atworth zu beobachten.«

»Ein Franzose in einer englischen Priorei würde ins Auge springen wie eine Furunkel mitten im Gesicht!«

Venables schüttelte den Kopf. »Allem Anschein nach war

der Vicomte de Sanglier viel vorsichtiger und heimtückischer. Seht, Mistress, wir sitzen nur ein paar Schritte weit weg vom größten Schrein der Christenheit. Jeder kommt nach Canterbury. Französische Könige und Königinnen, Adlige und Kaufleute, sie alle versammeln sich hier. Manche sind echt, einige unter ihnen sind Spione, beladen mit Gold und Silber, um die Gesinnung treuer Untertanen des Königs umzudrehen.«

»Ihr behauptet, das sei hinter den Mauern der Bußbrüder Jesu Christi geschehen?«

»Schon möglich.«

»Und derjenige hätte auch unseren Roger selig umgebracht?«

»Ja, Mistress.«

»Ein Sumpf aus Schatten, Master Venables, nicht wahr? Und Roger Atworths Tod …?«

»Verbirgt mehr, Mistress Swinbrooke, als wir alle meinen.«

DREI

»Denn der Tod, der von arm und reich fordert ...«

Chaucer, Die Erzählung des Rechtsgelehrten

»Mistress Swinbrooke, Ihr seid sehr gefragt.«

Monksbane stand im Türrahmen. Hinter ihm war Colum zu sehen, eingehüllt in einen Militärmantel mit Kapuze. Mit einem Aufschrei des Entzückens sprang Kathryn von ihrem Hocker, den sie dabei in ihrer Hast umstieß. Colum schlug die Kapuze zurück. Kathryn sah, daß er sich gewaschen und rasiert hatte, das schwarze, krause Haar lag feucht an seinem Kopf, sein gebräuntes, wettergegerbtes Gesicht war glatt bis auf einen Rasurschnitt auf der Wange. Kathryn freute sich so, ihn zu sehen, daß sie Venables und Monksbane völlig vergaß. Sie ergriff Colums Hände und küßte ihn auf beide Wangen.

»Hast du nach mir gesucht?«

»Ich habe nach dir gesucht, Kathryn.« Kleine Falten der Belustigung bildeten sich um Colums Augen. »Wir haben zu tun«, flüsterte er.

Kathryn trat zurück.

»Zu Hause ist alles in Ordnung. Thomasina backt Brot, flucht aber leise vor sich hin. Wulf ist mit Mörser und Stößel beschäftigt. Agnes legt die Leinenlaken im Trockenraum aus.«

»Master Murtagh.« Venables kam mit ausgestreckter Hand auf ihn zu. »Erinnert Ihr Euch an mich? Der Marsch auf Tewkesbury?«

»Aber ja.« Murtagh ergriff seine Hand. »Wie ist Euer Befinden?«

Man stellte einander vor und tauschte Artigkeiten aus. Colum fragte, was vorgefallen sei. Kathryn legte den Finger auf die Lippen und lächelte. »Ich erzähle es dir später.«

»Wie ich sehe, bedürft Ihr nun keiner Eskorte mehr.« Monksbane küßte ihr die Hand, nickte Colum zu und ging. Venables folgte ihm.

Kathryn nahm ihren Mantel und legte ihn sich um die Schultern. Colum stand neben ihr und kaute auf dem Mundwinkel herum.

»Was ist los, Licht meines Herzens?« spottete Kathryn.

»Mord.« Murtagh schüttelte seine Tagträume ab. »Ich erkläre es dir unterwegs.«

»Ich habe Hunger, und ich bin erschöpft«, stöhnte Kathryn. »Meine Beine sind schwer wie Blei. Ich könnte mich auf der Stelle hinlegen und einschlafen.«

»Das würde ich nicht tun.«

Colum legte seinen Umhang ab. Er trug eine lederne Cotehardie über einem weißen Leinenhemd, seine dunkelgrüne Hose hatte er in Reitstiefel gesteckt. Er trat zu Kathryn und öffnete die Spange ihres Umhangs.

»Ich habe vom Wirt erfahren, daß Monksbane diese Kammer gemietet hat. Wir können ebensogut jetzt etwas essen und trinken und dann unseren Geschäften nachgehen.«

Er ging zur Tür und rief die Treppe hinunter. Der Küchenjunge eilte herauf. Colum bestellte einen Eintopf aus Fleisch und Gemüse, gebackenes Huhn, mit Trauben gefüllt, und einen Krug Wein aus der Gascogne.

»Nimm Platz, Gnädigste.«

Murtagh schob ihr den Hocker zurecht. Eine Zeitlang plauderten sie über Alltägliches. Colum fluchte leise über eins der Kriegspferde draußen in Kingsmead.

»Ein herrliches Tier«, meinte er, »aber heißblütig wie Thomasina. Ach, übrigens, sie hat mit Witwe Gumple auf dem Marktplatz die Klingen gekreuzt. Thomasina hat mit Mord gedroht, zumindest damit, der Frau die Zunge auszureißen ...«

»Und was ist mit dem Mord, den du erwähnt hast?« fragte Kathryn.

Colum hob die Hand, als die Tür aufging und eine Magd ein Tablett mit zwei irdenen Schüsseln und hoch aufgetürmtem Fleisch hereinkam; zwei Laibe Brot und ein Topf Butter waren in ein Leintuch gewickelt. Colum bezahlte und wartete, bis die Tür sich wieder hinter ihr schloß.

»Die haben den Wein vergessen.«

Colum ging hinaus und kam mit einem Krug und zwei Kelchen zurück. Er füllte die Becher und stieß mit Kathryn an. Colum war allem Anschein nach ebenso ausgehungert wie Kathryn. Eine Weile aßen sie schweigend. Einmal stand Colum auf und öffnete die Tür, um sich zu vergewissern, daß kein Lauscher davor stand.

»Du suchst dir sonderbare Begleiter aus, Kathryn. Venables ist Gefolgsmann der Königsmutter, ein Kämpfer und Ränkeschmied, aber er ist dem Hause York treu ergeben. Was wollte er von dir?«

Kathryn legte ihren Hornlöffel zur Seite und berichtete in knappen Worten über ihre Zusammenkunft mit Bourchier und Luberon. Je mehr sie redete, um so erregter wurde Colum.

»Bei allen Heiligen im Paradies!« flüsterte er, als sie ihren Bericht beendet hatte. »Gib acht, Kathryn. Eines Tages werde ich dir noch mehr dazu sagen, aber die Herzogin Cecily ist eine sehr gefährliche Frau, stolz und schön, mit einem Hang zur Rache. Sie bewundert ihren Ältesten, Edward, und duldet keinen Widerspruch. Ihr Gemahl, Richard, der Herr schenke ihm die ewige Ruhe, war von derselben Sorte.«

»Warst du in Wakefield, als er getötet wurde?« fragte Kathryn.

»Nein, ich war bei den Verstärkungstruppen. Wir sind nicht schnell genug marschiert. Straßen und Wege waren zugeschneit. Richard von York mißachtete alle Ratschläge und zog gegen die Lancastrianer ins Feld. Seine Armee wurde hingemetzelt. Wie ein alter Paladin beharrte der Herzog darauf, mit dem Rücken an einem Baumstamm bis zum bitteren Ende zu kämpfen. Die Lancastrianer haben ihn getötet. Sie haben seine Leiche enthauptet, dem Kopf eine Pappkrone aufgesetzt und ihn in York öffentlich zur Schau gestellt. Als Herzogin Cecily dies zu Ohren kam, ließ sie Edward zum Nachfolger seines Vaters ausrufen, zum Erben des Herzogtums sowie der englischen Krone. Wakefield hat sie nie vergessen: Der Herr möge allen beistehen, die in jenem Kampf auf der Seite der Lancastrianer fochten und ihr in die Hände fallen.«

»Aber das wirkt sich doch nicht auf die derzeitige Situation aus?«

»Ja und nein«, erwiderte Colum. »Nach dem Tode ihres Gemahls wurde Cecily zunehmend verbittert. Wenn sie auch nur eine Minute lang glaubt, du wolltest das Andenken des seligen Atworth beschmutzen ... Dennoch«, seufzte er, »die Jagd hat begonnen, und wir können nichts machen. Gib nur acht, besonders, wenn du die Herzogin triffst.«

Er wollte sie noch weiter ausfragen, doch Kathryn beugte sich zu ihm hinüber und drückte ihm den Finger auf den Mund.

»Viel wichtiger ist Monksbane«, erklärte sie; und als sie Bourchiers Hilfsangebot beschrieb, breitete sich ein Lächeln auf Colums Gesicht aus.

»Endlich«, flüsterte er. »Meinst du, Kathryn, daß diesmal ...?«

»Aus dem wenigen, was ich von Monksbane erfahren habe, Colum, ja, ich glaube daran. Diesmal wird Alexander Wyville gefunden, tot oder lebendig!«

»Der Herr möge mir verzeihen, Kathryn, aber wenn er tot ist, würdest, könntest du mich dann heiraten?«

Er streckte die Hand aus, doch Kathryn entzog sich ihm kokett.

»Nein«, murmelte sie. »Nein, ich *sollte* es nicht tun!«

Das Lächeln auf Colums Gesicht verschwand.

»Aber ich werde und will«, neckte sie ihn.

Hätte sie nicht schnell genug reagiert, hätte Colum sie quer über den Tisch hinweg gepackt. So aber flogen Kelche und Teller mit lautem Gepolter zu Boden. Von unten waren Protestrufe zu hören. Colum ging zur Tür, öffnete sie und brüllte hinunter, alles sei in bester Ordnung, und er wolle für den Schaden aufkommen. Er schlug die Tür zu und legte den Riegel vor. Dann trat er zu Kathryn, kniete vor ihr nieder, ergriff ihre Hände und drückte sie sanft. Sein Blick suchte ihre Augen.

»Bist du sicher, Kathryn?«

»Ja, aber gewiß.« Ihre Augenlider flatterten. »Ich liebe dich, Colum Murtagh. Ich glaube, von Anfang an, und ich weiß, ich werde dich immer lieben.«

Sanft zog er sie zu sich nieder, so daß sie neben ihm kniete. »Ich habe keinen Ring«, gestand er nüchtern. »Noch nicht.«

»Und, Master Murtagh, ich bin nicht frei, noch nicht.«

Er ließ sie los, nahm ihr Gesicht in beide Hände und küßte sie hungrig auf Mund, Wangen und Augen. Er zog sie an sich und küßte sie noch einmal, wobei er ihre Haube löste. Kathryn wand sich aus seinem Griff und versetzte ihm spielerisch einen Klaps auf die Wange.

»Oh, Sir, wie könnt Ihr es wagen!« Sie küßte ihn ebenso hungrig. »Ich wette«, flüsterte Kathryn, »daß wir jetzt die Neugier einiger Gäste erregt haben. Ich bin seit über einer Stunde hier oben«, sie schmunzelte, »und habe drei Männer empfangen!«

Kathryn erhob sich, strich ihr Kleid glatt und richtete ihre Haube. Colum wollte einen Pokal mit ihr leeren, doch sie schüttelte den Kopf.

»Wir reden später, Colum«, murmelte sie. »und das, was du auf dem Herzen hast, besprechen wir unterwegs.«

Kurz darauf verließen sie mit Umhang und hochgezogener Kapuze das Wirtshaus. Die freudigen Ausrufe des Küchenjungen über Colums Großzügigkeit klangen ihnen noch in den Ohren. Straßen und Gassen waren inzwischen verlassen, bis auf den einen oder anderen streunenden Hund und die huschenden, pelzigen Ratten auf den Abfallhaufen. Colum ergriff Kathryns Hand.

»Die Ratten werden tagsüber immer vorwitziger, selbst draußen in Kingsmead. Sie werden schreckliche Verwüstungen unter unserem Pferdefutter anrichten.«

»Was ist dagegen zu tun?« fragte Kathryn und schritt behutsam über eine Pfütze.

»Feuer, Kathryn«, antwortete Colum. »Morgen werde ich,

so Gott will, ihre Nester aufstöbern und alles verbrennen, was ich finde.« Colum hielt inne und schaute zum Kirchturm von St. Swithin empor, der sich wie ein langer, schwarzer Finger in den sternenklaren Himmel streckte. »Habe ich Padraig Mafiach schon einmal erwähnt?«

»Ja, ein Landsmann von dir.«

Colum warf einen Blick zurück, um sicherzugehen, daß ihnen niemand folgte.

»Ein lustiger Mann, dieser Padraig. Er konnte Laute spielen und so flink tanzen wie ein Eichhörnchen. Ein guter Schwertkämpfer und ein ausgezeichneter Spion.«

Zufrieden, daß ihnen niemand folgte, ergriff Colum Kathryns Hand, und sie gingen weiter. Sie mieden die großen Durchgangsstraßen und benutzten die kleineren Gassen, die hinunter nach Westgate führten.

»Ein geborener Mime, dieser Padraig, und sprachbegabt. Als das Haus York ins Ausland fliehen mußte, lernte Padraig Deutsch, Französisch, Italienisch und Flämisch. Der Herr sei ihm gnädig, doch er konnte seine äußere Erscheinung verändern, wie ein Schauspieler die Masken wechselt.«

Colum blieb stehen, aber der Schatten, der aus einer Gasse schoß, war nur ein betrunkener Bettler, der mit trüben Augen und ausgestreckten Händen um Almosen bettelte. Colum warf ihm eine Münze zu, und sie setzten ihren Weg fort.

»Padraig wurde in diplomatischer Mission nach Paris geschickt. Er nahm einen anderen Namen an: Robin Goodfellow. Er spielte die Rolle eines englischen Überläufers« – Colum lachte bitter – »oder zumindest eines Iren, der die englische Sache verraten wollte. Anfangs waren die Franzosen mißtrauisch, doch Padraig konnte einen von ihnen täuschen. Der Franzose, dieser Vicomte de Sanglier, nahm ihn in seinem Haushalt auf.«

»Warum?« fragte Kathryn. »Wozu das Ganze?«

»Na ja, das paßt zu dem, was du mir über Venables erzählt hast. Unser feiner König, der Herr segne seine goldenen Locken, glaubt wirklich, daß ein Spion in den höchsten Kreisen des englischen Hofes Informationen weitergibt, nicht über

Handel oder Schiffswege, sondern darüber, was der König und sein Kronrat insgeheim beschließen – besonders Edwards Wunsch, noch lebender Lancastrianer, die ins Ausland geflohen sind, habhaft zu werden. Diese Informationen ermöglichen es König Ludwig, sich nach Belieben einzumischen. Ludwig beteuert lautstark seine Unschuld. Edward, unser König, sei sein edler Vetter, den er von Herzen liebe, und er dächte nicht im Traum daran, englische Verräter zu beherbergen, und so weiter und so fort.

Padraig hatte die Aufgabe herauszufinden, wer der Verräter war. Vielleicht hatte er Erfolg. Er übermittelte eine mündliche Botschaft an einen unserer Kaufleute in Paris, die Information sei zu gefährlich, um sie schriftlich niederzulegen oder auf anderem Wege zu verschicken, ehe er persönlich zurückkehrte. Vor zwei Wochen hat sich Padraig aus de Sangliers Haushalt abgesetzt und verschwand bei Nacht und Nebel aus Paris. Der Vicomte ließ ihn verfolgen. Sie haben versucht, die Straßen nach Calais zu sperren, doch Padraig benutzte geheime Wege und gelangte in Sicherheit. Vor ein paar Tagen segelte er nach Dover. Padraig ist allerdings verschlagen. Wie ein Fuchs lief er im Zickzack, um seine Verfolger abzuschütteln. Natürlich gelangte die Botschaft nach Islip, daß er an Land sei. Ich sollte ihn morgen treffen und sicher zum König geleiten. Gestern abend mietete sich Padraig im ›Falstaff‹ unter dem Namen Robin Goodfellow ein. Er zog sich zurück und nahm eine Mahlzeit in seinem Zimmer ein. Er bezahlte gut und verhielt sich ruhig. Clitheroe, der Wirt, brachte Padraigs Pferd im Stall unter und kümmerte sich um das Zaumzeug, doch heute wurde er am späten Nachmittag argwöhnisch, weil er seinen mysteriösen Gast weder gesehen noch gehört hatte. Zusammen mit seinen Dienstboten unternahm er das Übliche: Sie klopften an die Tür, gingen hinaus in den Hof, doch die Fensterläden waren geschlossen. Schließlich schöpfte der Wirt Verdacht, und die Tür wurde aufgebrochen. Padraig lag im Zimmer, trug Mantel und Kapuze, und aus einer schrecklichen Wunde am Kopf traten Blut und Hirnmasse aus.«

»Warst du dort?« fragte Kathryn.

»Sehr schnell. Ich ließ die Tür wieder einhängen und verschließen. Ich habe sie mit meinem Siegel versehen. Dann habe ich dich gesucht.«

»Woher wußte der Wirt, daß er dich rufen mußte?«

»Ich habe ihm vor zwei Tagen gesagt, daß ein Mann namens Padraig Mafiach eintreffen würde. Dann sollte er mich, und nur mich, benachrichtigen. Der Herrgott weiß, warum Padraig seinen Decknamen Goodfellow benutzte. Der Wirt ist ein kluger Kopf. Besorgt über einen Mord in seiner Herberge, erinnerte er sich an den irischen Akzent des Opfers. Er wurde mißtrauisch und schickte nach mir.«

»Ist der Wirt unschuldig?« Colum ließ Kathryns Hand los, legte den Arm um ihre Schultern und zog sie an sich. »Ich würde Clitheroe mein Leben anvertrauen. Er kennt mich gut von den Angelegenheiten, die ich in seinem Wirtshaus erledige. Ich treffe dort häufig Läufer des Königs.«

»Wird man dir die Schuld geben?«

Colum schüttelte den Kopf. »Nein. Padraig hat einen Fehler gemacht: Er hat seinen Decknamen benutzt und dafür mit dem Leben bezahlt.«

»Der Mörder muß demnach jemand aus dem Kronrat sein?«

»Ja«, stimmte Colum zu. »Darauf wird es hinauslaufen. Andererseits«, fügte er mürrisch hinzu, »sind wir nicht sicher. Sollten einem Mitglied des Kronrates versehentlich Informationen entschlüpft sein, oder war der Vicomte de Sanglier am Ende doch schlauer und gerissener, als wir dachten? Er hätte ein paar Agenten auf Padraigs Fährte ansetzen oder schon welche in Dover haben können, die auf Padraig warteten. Soweit ich erfahren habe, suchte Padraig bei einer Gruppe von Pilgern Schutz, die nach Canterbury zogen. Er hat sich in Westgate wieder von ihnen getrennt. Von dort aus hatte er es nicht mehr weit bis zum ›Falstaff‹, wo er sich zurückzog. Eigentlich hätte er sicher sein sollen.«

Sie bogen um die Ecke in die Pound Lane, eine breite Durchgangsstraße, auf der weiter unten Kohlebecken glühten und Pechfackeln an Stangen zeigten, daß sie sich Westgate näherten, wo mehr Geschäftigkeit herrschte als in den stillen Straßen, durch die sie gekommen waren. Kaufleute, Hausierer und Händler versammelten sich hier und baten um Erlaubnis, die Stadt auch zu so später Stunde noch verlassen zu dürfen, damit sie entweder auf freiem Felde oder in Scheunen vor der Stadt übernachten konnten. Colum zeigte seinen Ausweis, und der Wachhabende führte sie durch eine Hinterpforte. Sie gingen die Dunstan Street hinauf zum »Falstaff«, wo sie wohlige Wärme und Licht erwartete. Es war ein geräumiges Gebäude mit rotem Ziegeldach, und die Fachwerkfront war von Fackeln erleuchtet. Sie benutzten den Haupteingang. Der Schankraum hatte sich um diese Zeit bereits geleert. Clitheroe, der Wirt, war mit seinen Mägden und Küchenjungen dabei, Ordnung in das Durcheinander zu bringen. Er begrüßte Colum und schüttelte Kathryn die Hand. »Wir sind uns schon einmal begegnet, Mistress Swinbrooke.« Er deutete auf eine verheilte Narbe an seinem Handgelenk. »Am ersten Mai vergangenen Jahres habe ich mich ein wenig ungeschickt mit dem Fleischmesser angestellt. Aber kommt, ich bin froh, wenn ich das hier hinter mir habe.«

Er wischte sich die dicken Finger an seiner blutbefleckten Schürze ab und führte Colum und Kathryn die Seitentreppe hinauf. In der Mitte der Galerie schloß er eine Tür auf. Kathryn stand auf der Schwelle, während der Wirt hineinging. Dielen knackten, als er die Kerzen anzündete.

»Das ist doch merkwürdig, nicht wahr?« flüsterte Kathryn. »Solche Räume erleben nicht nur den Tod, sie behalten auch seinen Geruch.«

Colum nahm Kathryn am Handgelenk und führte sie hinein. Die Kerzen und Öllampen brannten. Es war ein behagliches Zimmer mit einem kleinen Himmelbett, farbigen Wandbehängen und einem Gemälde, das die Jungfrau mit dem Kind zeigte; Wollteppiche bedeckten einen Teil der glänzenden schwarzen Dielenbretter. Das Zimmer war mit einem Tisch, einem Stuhl, einem Hocker und einer Waschgelegenheit mit Krug und Schüssel ausgestattet sowie mit einem Haken für Handtücher. Doch die gemütliche Atmosphäre wurde durch die Leiche beeinträchtigt, die unter einem Laken auf dem Boden lag. Eine leblose Hand schaute darunter hervor; eine Blutlache war ausgetreten und eingetrocknet. Kathryn hob sich der Magen, als sie in der hinteren Ecke Ratten quieken und rascheln hörte. Sie schaute sich im Zimmer um und faßte sich wieder. Ihr fiel auf, daß das Schwert und der Dolch, die wahrscheinlich dem Toten gehörten, fein säuberlich neben dem Bett lagen.

»Die hatte er gezogen?« fragte sie.

»Ich habe sie dorthin gelegt«, erwiderte der Wirt. »Er hatte sie bestimmt gezogen, um sich zu verteidigen, trotzdem hat niemand ein Geräusch vernommen, weder Schritte noch Waffenklirren.«

»Seid Ihr sicher?« hakte Kathryn noch einmal nach.

Der Wirt hob die Schultern, nahm Schwert und Dolch zur Hand und ließ sie aneinanderklirren. Das Geräusch hallte wie Glockengeläut durch das Zimmer.

»Das wäre auch unten zu hören gewesen« erklärte Clitheroe. »Wir hatten hier schon Schwertkämpfe, Mistress. Dafür habe ich ein scharfes Ohr.«

Er legte die Waffen sorgfältig aufs Bett. Kathryn schaute zur Fachwerkdecke, deren weiße Tünche von schwarzen, schweren Balken unterbrochen wurde. Sie bemerkte einen Haken, an dem eine Laterne baumelte.

»Brannte die?«

»Nein.«

»Und die Kerzen?« fragte Kathryn. Sie sah, daß in allen Kandelabern neue Talgdochte steckten.

»Ach, die waren heruntergebrannt. Ich habe sie ersetzt.«

Kathryn tippte mit der Fußspitze auf den Boden.

»Gibt es hier keine geheimen Eingänge?«

»Mistress« – das verschwitzte Gesicht des Wirts verzog sich zu einem Lächeln –, »ich bin seit meiner Geburt im ›Falstaff‹. Das Wirtshaus gehörte meinem Vater und davor dessen Vater. Ich kenne jeden Winkel und jede Ritze. Es gibt einen geheimen Zugang zum Schankraum unten, der früher von Schmugglern benutzt wurde, um das eine oder andere Faß Wein aus der Gascogne hereinzubringen.«

Kathryn hielt inne, als Colum einen Fußschemel nahm und herüberbrachte. Er kniete neben der Leiche nieder, bekreuzigte sich und sprach leise ein gälisches Gebet vor sich hin.

»›Failte romhat, a Rina naingeal.‹«

»Was ist das?« fragte Kathryn.

»Ein Gebet, das mir meine Mutter beigebracht hat.«

Kathryn wandte sich ab. Am Fenster blieb sie stehen – es war ein verputztes Rechteck mit einem Holzrahmen und von locker sitzenden Fensterläden verschlossen, durch die ein kalter Luftzug wehte. Der Riegel war am rechten Fensterladen befestigt. Sie hob ihn an – er saß ziemlich fest –, zog ihn zurück und öffnete beide Fensterläden. Die Nachtluft strömte herein und brachte den Geruch aus den Ställen unten mit. Kathryn schaute hinaus und sah einen gepflasterten Hof, der im Lichtkreis einer Laterne lag. Am Stall gab es einen Wasserzulauf. Irgendwo sang ein Stallknecht ein Liebeslied.

»Herr, ich wünscht' ich bliebe
im Hause meiner großen Liebe!«

Kathryn war diese Rührseligkeit nicht fremd, und sie lächelte vor sich hin. »Amen«, murmelte sie.

Sie betrachtete die hölzerne Fensterbank, die keinerlei Spuren aufwies. Auf ihre Bitte brachte der Wirt eine Öllampe herbei. Sorgfältig untersuchte Kathryn beide Seiten des Fensterladens. Das Holz war behandelt und mit schützendem schwarzem Lack angestrichen. Eine Reihe Pilgermarken, die das »Falstaff« darstellten, waren angenagelt.

»Ist das Holz frisch gestrichen worden?« fragte Kathryn.

»O ja«, erwiderte der Wirt, »sobald das Fest der Reinigung vorbei und die schlimmste Winterzeit überstanden war.«

Kathryn betastete das Holz. Keine Kerbe war zu sehen

oder zu spüren. Sie schloß die Fensterläden und zog den Riegel herunter.

»Und genau so sah es aus, als Ihr den Raum betreten habt?«

»Mistress, ich schwöre Euch, die Fensterläden waren zu und verriegelt.«

Kathryn prüfte die Tür. Sie war aus schwerem Eichenholz, die Außenseite mit Eisenbändern verstärkt; innen sah sie ähnlich stabil aus. Sie wurde von drei dicken Lederscharnieren gehalten. Kathryn konnte erkennen, wo sie kürzlich erst repariert worden war. Die Tür hatte oben und unten Bolzen und Haken. Das Schloß war altmodisch, aber recht robust.

»Und das hier?« fragte sie.

»Ich kenne mein Wirtshaus.« Clitheroe kratzte sich den kahlen Schädel. »Mistress, die Tür war verschlossen und verriegelt, der Schlüssel war umgedreht, die Bolzen vorgelegt. Hier herrscht immer viel Betrieb, und wir machen ein gutes Geschäft, vor allem jetzt im Frühling. Mägde, Küchenjungen und Schankkellner gehen treppauf, treppab. Nebenan war eine Familie untergebracht und auf der anderen Seite drei Kaufleute aus Hainault, die sich betranken und hinaufgeführt werden mußten. O ja, Mistress, ich erkenne es, wenn jemand betrunken ist. Sie hatten alle zuviel geladen.«

»Und der Raum darüber?«

»Ein Ehepaar auf Pilgerreise in Canterbury; sie waren auf dem Rückweg nach London. Ziemlich hausbacken, er alt und mit säuerlicher Miene, sie viel jünger und hübscher.«

Hinter ihr murmelte Colum noch immer sein Gebet. Kathryn trat zurück. »Erzählt mir genau, was passiert ist.«

»Der Mann traf ein; er hat für ein Zimmer bezahlt. Sein Pferd und das Zaumzeug hat er im Stall untergebracht. Ich habe ihn gefragt, ob er gemeinsam mit den anderen speisen wolle. Er sagte nein. Die Mahlzeit solle man ihm direkt aus der Küche von einer der Mägde servieren lassen. Er sagte, er erwarte jemanden, aber das war alles. Er hatte dunkles Haar, war verschlossen und hatte eine leise Stimme, als wollte er seinen Akzent verbergen. Er war nüchtern und ehrbar. Mistress, wie gesagt, hier herrscht immer viel Betrieb. Er ging auf sein Zimmer, und da habe ich ihn zum letzten Mal gesehen. Der Raum war ordentlich hergerichtet, der Wasserkrug gefüllt, die Bettlaken sauber. Eine Magd hat ihm offenbar etwas zu essen und zu trinken gebracht.«

»Wo sind die Reste?« fragte Kathryn.

»Ich habe sie nach unten getragen. Er hat gut gegessen und getrunken und das Nachtgeschirr benutzt, das ich auch geleert habe.« Der Wirt wedelte mit der Hand. »Jedenfalls ging der Tag weiter, und ich wurde erst nachmittags argwöhnisch. Wir warteten noch eine Weile, und dann setzte das übliche Verfahren ein: an die Tür klopfen, hinaus in den Hof gehen und zum Fenster hinaufschauen. Mir fiel die Bitte von Master Murtagh ein, und ich schöpfte Verdacht. Deshalb habe ich zusammen mit ein paar Männern aus dem Stall die Tür aufgebrochen.«

»Sagt mir genau, was Ihr gesehen habt.«

»Ich habe den anderen gesagt, sie sollten draußen bleiben, und bin ins Zimmer gegangen. Die Kerzen waren heruntergebrannt. Der arme Kerl lag in einer Blutlache am Boden. Ihr könnt die Wunde selbst sehen. Schwert und Dolch lagen dicht neben der Leiche.«

»Hatte er geschlafen?«

»Nein, die Bettdecke war nicht zurückgeschlagen.«

»Und seine Habseligkeiten?«

Der Wirt zeigte in eine Ecke des Zimmers. Kathryns Blick fiel auf Satteltaschen.

»Die habe ich nicht angerührt. Ich will nicht beschuldigt werden.«

Kathryn schaute auf das kleine schwarze Kruzifix, das an der gegenüberliegenden Wand hing.

»Colum, bist du fertig?«

Der Ire erhob sich.

»Wie konnte das geschehen?« fragte Kathryn.

»Padraig war ein guter Kämpfer, flink wie ein Tänzer. Er mußte es oft unter Beweis stellen«, erwiderte Colum.

»Ein Mann, der sein Leben verteidigt hätte?«

»Ein Mann, der bis zum Tode gekämpft hätte«, antwortete er.

Kathryn durchquerte den Raum. Mit dem Fußschemel zog sie das Laken zurück. Beim Anblick des Gesichts blieb ihr das Herz stehen. Padraig glich in mancher Hinsicht Colum, obwohl das geschwollene Gesicht jetzt totenbleich war, die halb geschlossenen Augen leblos und das schwarze, krause Haar durchtränkt mit Blut aus der furchtbaren Wunde auf der rechten Kopfseite. Kathryn betrachtete die Wunde genauer und berührte sie mit den Fingern.

»Diese Seite des Kopfes ist zerschmettert«, stellte sie fest und wischte sich die Hände am Laken ab. »Blut und Hirnmasse sind ausgetreten.«

Kathryn hatte Schwierigkeiten, das gesamte Ausmaß der Wunde zu erkennen. Sie spürte Risse und Spalten im Schädel.

»Ein Knüppel«, erklärte sie. »Ein Streitkolben oder ein Morgenstern.«

Sie öffnete den Mund des Mannes und schnüffelte, konnte aber nichts Ungewöhnliches feststellen, bis auf den beißenden Geruch nach Wein und der Mahlzeit, die der Mann zuletzt zu sich genommen hatte. Die weißen Zähne waren fleckenlos, die Zunge war weißlich, aber weder geschwollen noch zerbissen. Dann tastete sie den Rest der Leiche ab, Bauch, Brust und Beine. Colum half ihr, die Leiche umzudrehen, doch Kathryn konnte keine weiteren Wunden oder Male entdecken. Gemeinsam mit dem Wirt hoben sie den Körper auf das Laken. Colum murmelte ein weiteres Gebet, während er Kathryns Anweisungen nachkam und die Leiche entkleidete. Kathryn fand verheilte Narben, doch keine weitere Wunde. Der Bauch war leicht aufgebläht, die Gliedmaßen waren schwer und wurden allmählich starr, die Haut fühlte sich klamm und kalt an.

»Die Leichenstarre hat eingesetzt«, sagte sie.

Kathryn sah, daß das Hemd unter dem Lederwams falsch geknöpft und die Spitzen der Kniehose ungeschickt gebunden waren. Sie zeigte es Colum.

»Vielleicht war er müde?« sagte Colum traurig.

Kathryn erhob sich, durchquerte den Raum und wusch sich die Hände in der Schüssel. Der Wirt fragte, ob sie noch Hilfe brauchten. Kathryn schüttelte den Kopf. Daraufhin ging er hinaus und schloß die Tür hinter sich.

Kathryn setzte sich auf den Hocker. Colum holte sich den Stuhl und setzte sich ihr gegenüber. Kathryn preßte die Lippen zusammen und schüttelte den Kopf. »Wir haben einen kampferprobten Mann«, hob sie an. »Padraig Mafiach, ein Spion, ein Soldat, ein Mann, der von Geburt an dazu erzogen wurde, wachsam zu sein wie ein Fuchs. Er kam im ›Falstaff‹ an und zog sich in sein Zimmer zurück. Er ist verschlagen und aggressiv. Die Tür ist verschlossen und verriegelt, die Fensterläden sind zu.« Sie schaute hinüber, konnte durch einen schmalen Spalt in der Mitte der Fensterläden die Dunkelheit dahinter erkennen. »Ein Mann, der sein Leben teuer verkaufen würde, oder? Niemand außer einer Schankmagd, die ihm das Essen brachte, betrat sein Zimmer. Er muß von ihr überredet worden sein, sonst hätte er sie nicht hereingelassen. An dieser Stelle wollen wir aufhören, Colum. Wer ist für das Essen verantwortlich?«

»Nun ja, der Wirt. Er prahlt mit seinen kulinarischen Fähigkeiten. Er ist einer der besten Köche in Canterbury, läßt sich zwar von Mägden und Küchenjungen helfen, aber …«

»Hol ihn noch einmal herauf!« befahl Kathryn.

Colum ging hinaus. Kurz darauf kam er mit einem erbost wirkenden Wirt zurück.

»Ja, Mistress?«

»Habt Ihr das Abendessen für den Toten gekocht?«

»Muß ich wohl!« rief er. »Ich bin hier der einzige Koch. Hin und wieder helfen mir meine Frau und andere.«

»Und was hat er gegessen?«

»Einen Eintopf mit Fleisch, ein Stück Brot, Wein.«

»Hat er das bestellt?«

»Das muß er wohl, sonst hätte man es ihm nicht heraufgebracht.« Der Wirt hielt kurz inne. »Ja, ja, er hat bestellt. Er sagte, er wolle in seinem Zimmer zu Abend essen. Er sagte, er wolle mir Bescheid geben, wann.«

»Und wer hat es nach oben gebracht?«

»Na ja, eine Magd.«

»Wißt Ihr noch, welche?«

»Mistress, ich kann versuchen, sie zu finden, aber meine Bediensteten gehen diese Treppe rauf und runter wie ein emsiger Eimer im Brunnen. Es war wohl ...« Er fuhr fort: »Eines ist sicher, an jenem Abend« – der Wirt deutete auf die Leiche – »hat er sein Zimmer nicht ein einziges Mal verlassen. Das weiß ich.«

»Woher?«

»Oh, am Fuße der Treppe stehen Schankkellner. Niemand geht hinauf außer Mägden und zahlenden Gästen. Wir hatten gelegentlich eine Hure, die nach Kundschaft suchte, ganz zu schweigen von den Strauchdieben hier am Ort, die ein unverschlossenes Zimmer vorzufinden hofften. Ich sag Euch, Mistress, die einzigen, die gestern Abend die Treppe hinaufgegangen sind, waren Gäste, Mägde und Schankkellner mit Tabletts und anderen Notwendigkeiten.« Er verzog das Gesicht. »Ich stelle viele Gelegenheitsarbeiter ein.«

Kathryn war es zufrieden und entließ ihn. Sie wartete, bis die Tür geschlossen war. Colum ging hin und drehte den Schlüssel herum.

»Das genügt mir.« Sie seufzte. »Mafiach war doch vorsichtig mit allem, was er aß oder trank?«

»O ja.«

Kathryn schlug sich mit der flachen Hand vor die Stirn. »Colum, der Wirt verliert gewiß die Geduld. Ich möchte ihn noch um einen Gefallen bitten. Geh hinunter und frag ihn, was auf dem Tablett übriggeblieben war. Das will ich sicherstellen.«

Colum protestierte zwar leise, verließ aber das Zimmer. Kathryn hörte ihn nach dem Wirt rufen und die Treppe hinuntergehen. Sie betrachtete die Leiche, ging hinüber und zog das Laken von dem wächsernen Gesicht.

»Ich frage mich, ob er uns jetzt sieht?« Colum war wieder ins Zimmer getreten und schloß die Tür.

»Wer?« Kathryn schaute auf.

»Na, Padraig natürlich. In meinem Land heißt es, der Geist eines Ermordeten schwebt tagelang über seiner Leiche.«

»Eine solche Situation liegt hier vor«, sagte Kathryn mürrisch und setzte sich wieder. »Ich wünschte nur, der Geist könnte reden. Und?«

Colum grinste, legte den Kriegsgurt ab, warf ihn auf das Bett und nahm Kathryn gegenüber Platz.

»Ich glaube, wir sollten dem Wirt jetzt keine Fragen mehr stellen, er hat viel zu tun und wird allmählich wütend. Er hat mir erklärt, als sie heute die Tür aufgebrochen haben, seien Fleisch und Brot verzehrt und der Weinkelch leer gewesen; er schätze, Padraig habe einen, vielleicht zwei Becher getrunken. Im Krug sei noch viel übrig gewesen. Der Wirt hat am Kelch gerochen und nichts Ungewöhnliches festgestellt. Als er den Krug in die Spülküche trug, hat er mit seinen Dienern den restlichen Wein geleert, was ohne Folgen blieb. Sie sagten sogar, er habe sehr gut geschmeckt. Meinst du denn, Kathryn, Padraig sei vergiftet worden, ehe man ihn ermordete? Ich sage dir«, fügte er hinzu, »falls Padraig etwas gegessen und getrunken hat, und das Gift, wie bösartig auch immer, hätte sich bemerkbar gemacht, wäre er zur Tür gelaufen und hätte um Hilfe geschrieen.«

Kathryn rieb sich über das Gesicht.

»Ich bin müde«, sagte sie, »aber die Sache hat mich neugierig gemacht. Wir haben einen kampferprobten Mann in seinem Zimmer. Die Tür war abgeschlossen und verriegelt. Niemand konnte hineingelangen. Es gibt keine geheimen Zugänge oder Durchgänge. Und selbst wenn, hätte Padraig den Eindringling gestellt und um sein Leben gekämpft. Die einzige andere Möglichkeit, ins Zimmer zu gelangen, ist durch das Fenster, doch die Fensterläden sind verschlossen, der Riegel liegt vor. Colum« – sie lächelte –, »leg dich auf das Bett. Nein, ich komme nicht zu dir. Tu so, als wärst du Padraig.«

Colum legte sich schulterzuckend auf das Bett. Kathryn wartete eine Zeitlang.

»Licht meines Lebens«, neckte Colum sie, »willst du mich hier die ganze Nacht schlafen lassen?«

Kathryn zog sich die weichen braunen Lederstiefel aus und ging auf Zehenspitzen durch das Zimmer. Dabei knarrten die Dielenbretter. Sie packte den Riegel an den Fensterläden und schob ihn nach oben. Da er nicht richtig geölt war, quietschte er leise. Kathryn öffnete die Fensterläden. Vor der kalten Nachtluft zuckte sie zurück. Dann ging sie auf Zehenspitzen zum Bett. Colum hatte die Augen geschlossen. Plötzlich schlug er sie auf und wollte Kathryn packen, doch sie war zu schnell und wich zurück.

»Ich habe jede Bewegung gehört.« Colum saß auf dem Bettrand. »Du hast die Stiefel ausgezogen und bist zum Fenster geschlichen. Ich habe gehört, wie der Riegel nach oben geschoben, die Fensterläden geöffnet wurden und wie du auf Zehenspitzen zurückkamst.«

»Vielleicht hat Padraig tief und fest geschlafen?«

Colum lachte laut. »Padraig war wie eine Katze. Er konnte sich entspannen, doch er hat in zu vielen gefährlichen Betten gelegen, als daß er nicht ein Auge oder ein Ohr offen hatte für alles, was aus dem Dunkeln auftauchen mochte.«

Kathryn zog sich die Stiefel wieder an. Colum holte Padraigs Schwert und Dolch. Kathryn untersuchte sie eingehend. Die Griffe waren mit Draht umwickelt und mit Leder bezogen. Die Klingen der beiden Waffen waren scharf und glänzten.

»Geh raus, Colum.«

Er gehorchte. Kathryn schloß die Tür hinter ihm. Sie hob die Waffen und schlug Schwert und Dolch aneinander.

»Laut und deutlich wie eine Totenglocke«, sagte Colum, als er wieder ins Zimmer trat. Er nahm Kathryn die beiden Waffen aus der Hand, beugte sich vor und küßte sie. Spielerisch drückte er ihr die Schwertspitze an die Kehle. »Ich könnte Euch übel mitspielen, Mistress.«

»Und morgen«, erwiderte sie, »würde ich Euch ein Mahl vorsetzen, das Ihr nie vergessen würdet, Ire!«

Colum fiel ein, wo er war. Nach einem Blick auf die Leiche bekreuzigte er sich hastig.

»Verzeih, ich vergaß. Ich sehe das Problem sehr wohl, Kathryn. Padraig wußte offenbar, daß der Mörder im Zimmer war. Er hatte die Stiefel an und zog Schwert und Dolch, und dennoch hat niemand ein Geräusch vernommen. Es muß Hiebe, Paraden und Ausfälle gegeben haben. Jetzt liegt Padraig mit eingeschlagenem Schädel da, und wir haben keine Ahnung, wer sein Mörder ist, wie er herein oder hinaus kam.« Colum warf einen Blick zum Fenster. »Es gibt eine Möglichkeit. Was, Kathryn, wenn Padraig auf dem Bett oder am Tisch saß? Er hört ein Kratzen am Fensterladen. Er zieht Schwert und Dolch, geht ans Fenster, hebt den Riegel an und öffnet die Fensterläden. Sein Mörder ist draußen. Entweder hat er die Wand mit Hilfe einer Strickleiter erklommen oder auf andere Weise.«

Kathryn trat an die Fensterläden.

»Was willst du damit sagen, Colum? Daß Padraig sagte: ›Oh, so tretet doch ein.‹«

»Nein.« Der Ire trat neben sie und öffnete die Fensterläden. »Padraig streckt den Kopf nach draußen; sein Mörder hängt an einem Seil neben dem Fenster. Er schlägt mit einem Knüppel auf ihn ein. Padraig taumelt zurück. Der Mörder folgt ihm ins Zimmer.«

Kathryn schloß die Fensterläden und lehnte sich an.

»Möglich«, überlegte sie. »Aber Colum, denk doch mal nach! Wenn du Padraig wärst, dieses Kratzen an den Fensterläden. Was würdest du machen? Würdest du sie öffnen? Ich meine, mitten in der Nacht? Woher willst du wissen, daß dein Mörder, der an einem Seil hängt oder auf einer Leiter steht, nicht einen Knüppel oder den Bolzen einer Armbrust bei sich hat?«

»Sehr gut, meine kleine Soldatin!« gestand Colum ihr zu.

»Und würde Padraig, selbst wenn er die Fensterläden öffnete, seinen Kopf nach draußen strecken? Wie oft hört man schon in einem Zimmer im ersten Stock jemanden an die Fensterläden klopfen? Warum sollte Padraig sie öffnen? Und wenn sein Mörder ihn nun nicht träfe? Warum sollte sein Mörder so freundlich sein und einen Knüppel benutzen, wenn eine Armbrust doch viel tödlicher ist? Wenn Padraig so listig war, wie du behauptest, hätte er den rätselhaften Klopfer weiter pochen lassen, hätte zu Schwert und Dolch gegriffen, wäre schnellstens die Treppe hinuntergelaufen in den Hof, während er gleichzeitig das ganze Wirtshaus in Aufruhr versetzt hätte.«

Colum funkelte sie finster an. »Es war ja nur eine Theorie.«

»Ich weiß, ich weiß.«

Kathryn betrachtete die Leiche am Boden.

»Ich vermute, daß der Mörder ohne Padraigs Wissen ins Zimmer kam.«

»Hat er sich vielleicht schon hier versteckt?«

»Was aber das Problem nicht löst, daß Padraig Widerstand geleistet und um Hilfe gerufen hätte. Und was deine beiden Theorien betrifft, Colum, wie konnte der Mörder so schnell und leise verschwinden und alles hinter sich verschließen?«

Als es an der Tür klopfte, hielten sie inne. Der Wirt trat ein.

»Ich habe mich bei den Mägden erkundigt. Sie sind sich nicht sicher. Einige, die an dem Abend gearbeitet haben, sind nicht hier, die anderen haben nur ungenaue Erinnerungen, ob eine Mahlzeit hinaufgetragen wurde.« Er hob die Augenbrauen. »Mehr kann ich nicht sagen.«

»Sagt«, bat Kathryn, »war irgend etwas in Unordnung? Hocker oder Stuhl umgeworfen?«

Der Wirt schüttelte den Kopf.

»Mistress, wäre ich kein gottesfürchtiger Mann, würde ich sagen, ein Dämon ist durch Stein, Fachwerk und Holz eingedrungen, hat den armen Mann überrumpelt und totgeschlagen. Nichts war durcheinander. Kein Geräusch. Na ja, außer den üblichen eben, wenn Türen auf- und zugehen, aber ganz bestimmt wurde kein Alarm ausgelöst, kein Waffengeklirr, keine Schreie oder Rufe.«

Der Wirt ging hinaus. Kathryn nahm die Satteltaschen, legte sie auf das Bett und schüttete den Inhalt aus.

»Hatte er eine Botschaft bei sich, Colum?«

»Wahrscheinlich.«

Die Habseligkeiten waren dürftig: ein kleiner Geldbeutel voller Münzen, die für die Ehrlichkeit des Wirts zeugten, Kleidung zum Wechseln, ein kurzer Dolch, ein Kruzifix aus hohlem Metall, Vollmachten und Lizenzen, die belegten, daß Mafiach über Dover eingereist war, ein Gürtel und ein Rosenkranz. Kathryn suchte nach einer verborgenen Tasche oder einer Falte im Futter, fand aber nichts. Colum hatte den Rosenkranz in die Hand genommen.

»Nicht viel«, murmelte er, »für ein Leben, das nur aus Kampf und Mühen bestand, ganz zu schweigen von seiner Treue zum Hause York.«

»War er vermögend?« fragte Kathryn.

»Der König hatte ihm ein kleines Anwesen in London geschenkt«, erwiderte Colum zerstreut. »Padraig würde Geld bei Goldschmieden hinterlegen, vielleicht hier oder in York.« Er schaute Kathryn traurig an. »Ein wandernder Minnesänger, unser Padraig. Er hat einmal gesagt, er wolle eine gute Frau kennenlernen und sich niederlassen. Er träumte davon, auf die gesegnete Insel zurückzukehren.«

Colum schaute unverwandt auf die Rosenkranzperlen und begann, unter den Kissen auf dem Bett etwas zu suchen.

»Was ist?«

»Ein Psalter«, stieß Colum hervor. »Padraig hat einmal eine schöne Frau kennengelernt. Er hat sie beschrieben: feuerrotes Haar und Augen so grün wie das Meer. Er machte ihr einen Heiratsantrag. Sie behauptete, sie habe ihr Leben Gott geweiht, und schenkte ihm diesen Rosenkranz. Die Perlen sind aus Koralle, aber sie hat ihm auch einen Psalter geschenkt. Kathryn, dieses Buch hätte Padraig ebensowenig hergegeben wie sein Leben. Er hing sehr daran. Der Psalter enthielt ein paar Psalme und Gebete auf Gälisch. Komm schon!« drängte er.

Kathryn schloß sich seiner Suche an. Sie zog die Laken zurück, hob die Matratze an, schaute unter den Tisch. Colum fluchte fast unhörbar vor sich hin.

»Wenn er eine Botschaft bei sich hatte« – Colum hielt inne –, »hätte Padraig sie in jenen Psalter kopiert, und den hat der Mörder entwendet. Aber Padraig wußte Bescheid: Er hatte die besten Jahre hinter sich, wie wir in Irland sagen.«

Colum trat wieder ans Bett und nahm das Messingkruzifix von der Wand.

»Wie?« wollte Kathryn wissen.

»Padraig fertigte stets eine Kopie an.«

Colum untersuchte das Kruzifix. Der aufrechte Balken und das Querholz waren aus hohlem Metall. Colum stieß einen Laut der Überraschung aus, als er den oberen Teil aufstemmte und eine dünne, weiße Papierrolle aus dem senkrechten Balken schüttelte.

»Sein Geist ist noch hier«, flüsterte er.

Colum fügte noch etwas auf Gälisch hinzu und machte mit den Händen eine Geste, als stünde Padraig neben ihm.

»Kathryn, wir können nichts mehr tun. Ich werde einen Boten zu Cuthbert ins Hospital für arme Priester schicken. Er wird sich um die Leiche kümmern und für Padraigs Bestattung sorgen.« Er hielt die Rolle hoch. »Padraigs Tod war nicht ganz vergeblich.«

VIER

»Es ist besser, den faulen Apfel aus dem Vorrat zu entfernen, bevor er auch den Rest zum Faulen bringt.«

Chaucer, Die Erzählung des Kochs

Das Ratszimmer im königlichen Palast zu Islip erstrahlte trotz der späten Stunde in hellem Licht und lebhaften Farben. In schwarzen Eisenkandelabern brannten Bienenwachskerzen zu Hunderten. Im großen Kamin loderte ein Feuer. Kohlebecken waren hereingerollt worden, und die Kräuter, die man darübergestreut hatte, verbreiteten frischen Sommerduft. Trotzdem handelte es sich nicht um einen festlichen Anlaß. Die Fensterläden vor den zweiflügeligen Fenstern waren geschlossen. Auf den Fluren und Galerien, die zum Ratszimmer führten, drängten sich Bannerherren in der Livree des königlichen Haushalts. Dort saß Edward von England am Kopf eines langen ovalen Tisches. Er hatte gerade die Schreiber hinausgeschickt. Nur seinem »engsten Beraterkreis«, wie er ihn nannte, war es gestattet, an dieser Ratssitzung teilzunehmen. Zu seiner Linken saß Bourchier, die Augen halb geschlossen. Edward dachte, der alte Erzbischof schliefe, obwohl er es besser hätte wissen müssen. Bourchier war eine gerissene alte Spinne. Er würde seine Meinung für sich behalten und seine eigenen Netze spinnen. Zu Edwards Rechten saß seine verwitwete, noch immer schöne Mutter, »die Rose von Raby«, Cecily von York. Edward fragte sich müßig, wie seine ungestüme Mutter wohl gelaunt war. Man sah es ihr nicht an. Sie trug ein dunkelrotes, mit weißem Pelz besetztes Samtkleid, dessen Mieder und Ärmel eng anlagen. Cecily hatte das Brokatband unterhalb der hoch geschnittenen Taille gelockert und sich der kurzen Schleppe entledigt. An ihren Fingern glitzerten herrliche Saphire, um den Hals trug sie eine Kette mit den gleichen funkelnden Edelsteinen. Edward hatte seine Mutter stets für eine der schönsten Frauen gehalten, und das Alter hatte sie nicht welken lassen. Noch immer hatte sie ein zartes Gesicht wie aus Porzellan, einen Mund, der die unterschiedlichsten Launen preisgab, und vor allem die dunkelblauen Augen, die ebenso lustig zwinkern wie bedrohlich und haßerfüllt aufblitzen konnten.

Edward seufzte und schaute auf die Pergamentstücke, die vor ihm auf dem Tisch lagen. Nie hatte er seine Mutter anders gesehen als mit gezupften Augenbrauen, dünn aufgetragener weißer Schminke und einem Hauch Rot auf den Wangenknochen. Viele behaupteten, Edward von England habe sein Leben lang der eigenen Mutter nachgestellt. Mehr als ein Höfling hatte über die Ähnlichkeit zwischen Cecliy von York und Edwards Gemahlin getuschelt, der verblüffenden Schönheit Elizabeth Woodville. Edward schloß die Augen. Er wünschte, er wäre mit Elizabeth im Schlafgemach, die Arme fest um ihren kühlen Alabasterleib geschlungen und das Gesicht zwischen ihren Brüsten vergraben.

»Eure Hoheit, wir warten!«

»Lieber Bruder.«

Edward hob den Kopf und lächelte George zu, dem Herzog von Clarence, seinem gutaussehenden, verräterischen Bruder, dem das goldene Haar in den Nacken fiel. Das schöne, ovale Gesicht wurde nur durch das schwere Kinn, die zynischen blauen Augen und die hervortretende Unterlippe gestört.

»Habt Ihr getrunken, Bruder?« fragte Edward freundlich.

»In durstigen Zügen vom Wasser des Lebens, Eure Hoheit.«

Der Mann neben Clarence lachte laut. Im Gegensatz zu seinen Brüdern war er nicht in den königlichen Farben Blau, Rot und Gold gekleidet. Richard von Gloucester war im Wald von Canterbury auf der Jagd gewesen. Er trug noch ein grünes, fleckiges Wams über einem weißen Leinenhemd. Richard war ein zarter Mann mit schmalem Gesicht. Er konnte bezaubernd sein, wenn er wollte, und unerbittlich gegenüber allen, die er bekämpfte. Jetzt saß er da und drehte eine Kappe mit Federschmuck in den Händen oder betrachtete den Ring mit seinem Wappen, dem roten Eber.

»Worüber amüsiert Ihr Euch, mein Bruder?«

Edward wünschte sich, er hätte nicht soviel getrunken; sein Bauch war hart und aufgebläht. Er lockerte die Brokatjacke, während er sich unter den Männern umschaute, die in blutigen Schlachten Schulter an Schulter mit ihm gekämpft hatten, in Towton, Mortimer's Cross, Barnet und Tewkesbury: der dunkelhäutige Hastings, mit dem er viele Mätressen gemeinsam gehabt hatte, sein Gefährte der Lust; Francis Lovell, der Richard von Gloucester gegenübersaß und den Bruder des Königs ansah wie ein Windhund seinen Herrn. *Wechselvolle Bündnisse*, dachte der König und stöhnte insgeheim. Er hatte mutig um die Krone gekämpft. Nun hatte er seine liebe Not mit den Eifersüchteleien seiner eigenen siegreichen Kriegspartei, die sich in einzelne Fraktionen aufgesplittert hatte und sich in Hofintrigen verlor.

Edward trommelte mit den Fingern auf den Tisch. Seine Mutter beobachtete ihn und versuchte ihre Wut ebenso zu unterdrücken wie ihre Angst. *Du wirst fett, Edward*, dachte sie, als sie sah, wie stramm seine Ringe an den Fingern saßen und fast in Hautfalten verschwanden. Edward der Schöne, über sechs Fuß groß, einst »der königliche Leopard« genannt, »der goldene Löwe«, »Yorks liebliche weiße Rose«, hatte beim Feiern und Trinken etwas übertrieben. Das war einzig und allein die Schuld seiner Gemahlin, dieser hochnäsigen Woodville, die sich herausputzte, als wäre sie die Königin von Saba! Und sie, Cecily, die Witwe des großen Helden von York, mußte die zweite Geige spielen; aber nicht jetzt! Sie hatte ihren Sohn wachgerüttelt und diese Versammlung gefordert. Mit einem wütenden Blick auf die lächelnden Gesichter ihrer anderen beiden Söhne fragte sich Cecily, welche Rolle sie wohl spielten. Sie wünschte sich, Walter Venables säße neben ihr und flüsterte ihr gute Ratschläge zu. Dennoch war der König unnachgiebig gewesen: »Keine Gefolgsleute, Mutter. Wenn du deine mitbringst, werden meine beiden lieben Brüder die ihren nicht vor der Tür stehen lassen.«

Edward schaute noch immer unverwandt ans Ende des Tisches, als wäre er fasziniert von dem blau-weißen Schild, der über der Wandtäfelung aus Eichenholz angebracht war. Cecily betrachtete ihre Söhne mit finsterem Blick. Richard würde ihr ewig ein Rätsel bleiben; er war gleichsam der Schatten seines älteren Bruders. Wenn Edward sagte, Montag sei Sonntag, würde Richard ihm glauben. Verschlossen und in sich gekehrt! Cecily bedauerte den Beinamen, den sie ihm gegeben hatte, »das schwarze Schaf der Familie«. Das würde er ihr nie vergessen! Ungestüm und sehr stolz! Richard blickte auf; der Blick aus seinen grünen Augen begegnete dem seiner Mutter. Er schenkte ihr ein schiefes Lächeln, als könnte er ihre Gedanken lesen. Clarence neben ihm tat, als schliefe er. Unter dem Tisch drückte Cecily ihr verknotetes Taschentuch. Clarence war äußerst gefährlich, ein wahrhaft labiler junger Mann. Er hatte für die Yorkisten gekämpft, aber auch für die andere Seite, hatte sich mit Verrätern verbündet. Dennoch besaß Clarence die Schlauheit einer Katze: Er wußte, wann er geschickt die Seiten zu wechseln hatte. Wußte Clarence von ihren Ängsten? Hatte er sie dem jungen Richard eingeflüstert, den er mit seinen goldenen Locken und seiner falschen Jovialität stets zu verführen suchte?

Cecily von York betrachtete das Bild ihres Gemahls an der gegenüberliegenden Wand, sein breites Gesicht und die goldblonden Haare. Der Künstler hatte ihm geschmeichelt. Cecily hatte ihren Gemahl nicht richtig geliebt, doch sie hatte seine Sache unterstützt, hatte mit ihm Triumphe geteilt, aber auch die bittere Asche der Niederlage gegessen: Flucht, Armut und Exil. Und Schmach? Bei dem Gedanken lief es Cecily kalt über den Rücken. Dennoch durfte sie nicht in Panik geraten. Der Reigen konnte beginnen: König Ludwig, die alte Spinne, hatte in seiner mit Zinnen bewehrten Festung sein Netz gesponnen, um zu sehen, welche Fliegen er fangen konnte. Ein Spion lauerte hier. Der König wollte es noch nicht glauben, doch Cecily war davon überzeugt. Venables hatte etwas angedeutet, eine flüchtige Bemerkung hinter vorgehaltener Hand. Sie hatte ihr ganzes Vertrauen in den Iren gesetzt, diesen Padraig Mafiach, und inständig gehofft, seine Nachrichten entlarvten den Verräter und brächten ihn an den Galgen, damit ihm der Mund ein für alle Mal versiegelt wäre. Wenn nur Roger selig noch lebte! Er hätte ihr einen Rat erteilt. Gespenstisch im Beichtstuhl sitzend, hätte sie ihm Gehör geschenkt und auf seinen Rat gehört, der Frucht aus Gebet, Buße und Fasten. Aber Roger lebte nicht mehr. Vielleicht, wenn sie seine Sache vorantriebe und dafür sorgte, daß er im himmlischen Hof als heilig anerkannt wurde ...? Sie warf dem alten Bourchier einen finsteren Blick zu. Der hatte sie nie gemocht! Von Anfang an hatte er ihr ein Hindernis nach dem anderen in den Weg gelegt. Spineri hingegen, der päpstliche Legat, gehörte ihr mit Leib und Seele. Sie hatte einen Hofarzt angefordert, doch Bourchier hatte sich geweigert und statt dessen irgendeine Frau beauftragt, eine Apothekerin aus der Stadt. Cecily würde sich dieser Frau schon bald annehmen oder es Venables überlassen.

»Padraig Mafiach ist tot.«

Das verknotete Taschentuch rutschte Cecily aus den nervösen Fingern.

Der König hielt ein Stück Pergament in die Höhe. »Er wurde in einem Zimmer im Wirtshaus ›Falstaff‹ ermordet.«

»Ihr habt gesagt, er sei nicht in Gefahr!« fuhr Cecily ihn an.

Sie hätte sich am liebsten auf die Zunge gebissen, denn schon hoben die anderen beiden Söhne den Kopf, wie Jagdhunde, die ihre Beute gerochen hatten.

»Ihr habt gesagt, er sei nicht in Gefahr!« wiederholte sie und versuchte, möglichst gelassen zu klingen. »Er gehörte meinem Haushalt an.«

»Madam« – Edward lächelte –, »er wurde auch mit meinem Gold bezahlt. Der Mann war ein Narr. Er kam hierher und versteckte sich noch immer unter seinem Decknamen Robin Goodfellow.«

»Wie ist er gestorben?« fragte Cecily träge.

»Man hat ihm mit einem Knüppel den Schädel eingeschlagen.«

»Und sein Mörder ist gefaßt?« fragte Gloucester mit beißendem Spott.

»Es gibt keine Spur von einem Mörder. Colum Murtagh, der königliche Stallmeister, hat die Sache in die Hand genommen.«

Cecily hob das Taschentuch vom Boden auf, um ihre Bestürzung zu verbergen. Sie fühlte sich unter den Blicken Bourchiers unwohl, doch ihre Anspannung ließ allmählich nach. Der Ire Murtagh war einer der Gefolgsleute ihres verstorbenen Gemahls, einer der wenigen, der sich nicht für einen Beutel Münzen kaufen ließ.

»Und die Botschaft?« fragte Bourchier. »Mafiach hat doch eine Botschaft mitgebracht, oder?«

»Eine Textstelle aus dem Propheten Zephanja sowohl in Latein als auch in Englisch, mit ein paar Bemerkungen darunter. Meine Schreiber aus dem Schatzamt teilten mir mit, sie sei verschlüsselt, aber sie verstehen sie nicht. Ich habe den Text ins Haus der Geheimnisse in London schicken lassen.«

»Enthält die Botschaft den Namen des Verräters?« Hastings, Edwards leitender General, trank den Weinbecher leer, den er allen Widerständen zum Trotz mit in die Beratung gebracht hatte. »Ich meine, wenn ein Name darin enthalten ist, haben wir einen Fall. Und wenn wir einen Fall haben, dann gibt es einen Prozeß.« Er hielt inne. »Dann wird ein Haupt mehr die London Brigde schmücken.«

»Aber genau hier liegt das Problem.« Edward lehnte sich auf seinem Stuhl zurück. »Die Botschaft, so könnte man sagen, enthält die Buchstaben aller hier Anwesenden.«

»Wie?« fragte Lovell.

»Das hat mir mein Schreiber gesagt, der für Entschlüsselungen zuständig ist.« Edward breitete die Arme aus. Er nahm ein Stück Pergament in die Hand und klopfte damit auf den Tisch. »Ich habe noch mehr Nachrichten. Unser lieber Bruder Ludwig aus Frankreich möchte sein gutes Einvernehmen und die Freundschaft mit uns unter Beweis stellen. Vicomte de Sanglier ist bereits auf See. Morgen wird er in Dover an Land gehen und innerhalb der nächsten Tage in Islip eintreffen.«

»Warum?« fragte Cecily barsch. »Um den Friedenskuß auszutauschen?«

»Das glaube ich nicht.« Bourchier verzog das stark geäderte Gesicht zu einem Lächeln. »Ich glaube, er kommt hierher, um nachzusehen, welcher Schaden sich anrichten läßt. Wenn die Schüssel Risse bekommt und Milch verspritzt wird, taucht immer die Katze auf.«

»Wohl gesprochen, Eure Eminenz.« Clarence beugte sich über den Tisch und zupfte mit den Fingern an der Unterlippe.

»Wir alle fürchten Ludwig«, erwiderte Bourchier. »Er hat sowohl einen Spion im königlichen Haushalt als auch einen in Canterbury. Ich glaube, dieser Spion hat Mafiach umgebracht. Wer außer uns und Murtagh wußte, daß Mafiach kommen würde? Wer hätte außerdem noch gewartet?« Als laute Einwände erhoben wurden, lehnte er sich zurück. »Ihr könnt protestieren, soviel Ihr wollt«, fuhr Bourchier fort, »doch ich gehe von Tatsachen aus. Mafiach wurde umgebracht, und Murtagh, der mir dieses Pergament brachte, sagte, der Psalter des Iren sei gestohlen worden. Mafiach allein wußte, wie man den Code entschlüsselte. Er hat ihn ausgewählt und das Geheimnis mit ins Grab genommen.«

»Hätte de Sanglier« – Gloucesters Stimme war kaum mehr als ein Wispern – »nicht Agenten auf ihn ansetzen können, die ihn verfolgten?«

»Ja gewiß«, murmelte Bourchier. »Doch meine Hypothese ist logischer. Ich vermute, es wird noch schlimmer kommen, ehe es besser wird.« Seine Augen hielten jetzt den Blick der Herzogin Cecily fest. »Euer Beichtvater, Madam, Roger Atworth. Morgen zwischen zwölf und ein Uhr mittags soll seine Leiche in der Sache der Seligsprechung exhumiert werden.«

Bourchier ließ Clarences hämisches Lachen unbeachtet.

»Und was hat das mit Mafiach zu tun?« fragte Edward mürrisch.

»Vielleicht irre ich mich ja« – Bourchier legte die Hände wie zum Gebet zusammen –, »aber Atworth kannte zu viele

Geheimnisse, ebenso wie der verstorbene, bedauernswerte Mafiach. Madam, ich sage es nicht gern, aber ich frage mich, ob der selige Roger eines natürlichen Todes gestorben ist?«

Proteste und Fragen wurden laut, er solle deutlicher werden. Bourchier schüttelte den Kopf und zog sich das dicke Gewand noch fester um die Schultern, ohne den Blick von Herzogin Cecily abzuwenden.

»Etwas an Atworths Tod war rätselhaft«, fuhr der Erzbischof fort. »Madam, soviel ich weiß, hätte er Euch schreiben sollen, aber das ist nicht geschehen? Daß er sich aus dem Leben der Gemeinschaft zurückzog, kurz bevor er starb, all diese merkwürdigen Phänomene ...«

»Ein Zeichen für den Willen Gottes!« fuhr Cecily ihn an. »Atworth war ein Heiliger!«

»Ja, Madam, aber er war auch ein Sünder, so wie wir alle in den Augen Gottes.«

Cecily fror plötzlich, als hätte eine mysteriöse Hand die Wärme aus diesem wohlriechenden Raum entfernt und die kalte Nachtluft hereingelassen. *Du alter Fuchs*, dachte Cecily, *du weißt Bescheid über mich*! Sie warf einen Blick über den Tisch und ließ die Unterhaltung an sich vorbeirauschen, während die anderen Bourchier ausfragten. Cecily setzte eine unbeteiligte Miene auf, doch sie fühlte sich in eine Zeit zurückversetzt, als ihre Söhne noch lange nicht das Licht der Welt erblickt hatten. Sie war mit ihrem Gatten in Calais, als die französischen Truppen immer näherrückten und Englands großes Reich in Frankreich in Stücke ging – ungestüme, heißblütige Tage! Sie schaute auf. Edward sah sie merkwürdig an.

»Madam«, flüsterte er. »Was habt Ihr?«

Bourchier war damit beschäftigt, Clarence eine Frage zu beantworten, doch aus den Augenwinkeln beobachtete er sie noch immer.

»Eure Eminenz«, sagte sie laut und vernehmlich, »der selige Roger Atworth war mein Beichtvater. Wißt Ihr, wem er in der Bruderschaft beichtete?«

»Nun, Madam, er hatte dort niemanden.«

»Aber er muß doch zur Beichte gegangen sein? Er war, wie Ihr schon sagtet, vor Gott ein Sünder wie wir alle.«

»Gewiß, Madam, aber hat er es Euch denn nie gesagt?« Bourchier faltete die Hände. »Ich habe ihm die Beichte abgenommen.«

Cecily von York mußte sich am Tisch festhalten, um sich zu fangen. *Du lügst*, dachte sie. *Du mußt lügen*! Alles, was sie geheimgehalten hatte, zerbröckelte jetzt und brach zusammen. Ihr einziger Gedanke galt Atworth. Die Herzogin fuhr zusammen, als der König mit seinem Dolchgriff auf den Tisch schlug.

»Ihr habt vernommen, was ich weiß. Es wird spät; wir können nicht mehr viel tun.« Als ein Raunen einsetzte, hob Edward die Hand. »Wir müssen uns auf die Ankunft des Vicomte de Sanglier vorbereiten«, fügte er mit seidenweicher Stimme hinzu. »Der Abend ist schon fortgeschritten, und die Damen erwarten uns.«

Seine Worte wurden mit schallendem Gelächter begrüßt. Bourchier stand auf, verneigte sich und watschelte hinaus. Die anderen erhoben sich und schlenderten davon. Edward tippte seiner Mutter mit dem weichen Lederstiefel auf den Zeh, ein Zeichen, daß sie bleiben sollte. Sobald der Raum sich geleert hatte, streckte Edward sich und stand auf. Er öffnete die Tür und sagte etwas zum Hauptmann der Wache, dann schloß er die Tür und verriegelte sie.

»Mutter, Ihr seid verstört?«

»Nein, mein Sohn.«

»Mutter, Ihr lügt. Was bedeutet Euch dieser Atworth? Ein fader alter Mönch, der sich Eure kleinen Sünden angehört und Euch die Absolution erteilt hat? Oh, ich weiß, ich weiß« – er hob die mit Ringen geschmückte Hand –, »Ihr habt ihn in Frankreich schon gekannt.«

»Er war mein Kammerdiener.« Mit rauschenden Taftröcken setzte Cecily sich so, daß sie ihren Sohn direkt ansehen konnte. »Ich war jung.« Sie lächelte. »Dein Vater und ich waren nach Frankreich gegangen und wollten versuchen, die Zeit zurückzudrehen, doch die Männer des Dauphin glaubten an die ›Jungfrau von Orléans‹, Jeanne d'Arc. Sie behaupteten, es sei Gottes Wille. Ich weiß nicht, ob Er es wirklich so wollte«, fügte sie trocken hinzu, »aber uns wollte Er gewiß nicht. Die englische Armee gab auf und ergriff die Flucht; dein Vater und ich fanden in Calais Unterschlupf.«

»Und was geschah dort?« beharrte Edward.

»Ich habe einen Mord begangen. Mehr sage ich dir nicht, mein Sohn. Ich habe einen Mann getötet. Er hat mich und deinen Vater bedroht.«

»Auch ich habe getötet.« Edward beugte sich vor, stützte sich mit den Armen auf dem Tisch ab und blickte seine Mutter forschend an, als könnte er in ihrem Gesicht die Wahrheit entdecken. »Wir alle haben getötet, Mutter. Alle, welche die Krone tragen oder tragen wollen, waten durch ein Meer von Blut zum Thron.« Er hielt kurz inne. »Ihr habt nichts zu befürchten. Wer war dieser Mann?«

»Er war ein Feind; er hätte uns vernichten können.«

»Und Ihr könnt mir seinen Namen und den Grund nicht nennen?«

»Nein.« Cecily bemühte sich, ihre Stimme ruhig zu halten. »Doch der Vorfall lastet auf meinem Gewissen.«

»Aber wie kann er Euch heute bedrohen?«

»Ich weiß nicht«, flüsterte Cecily, »doch ich habe das Gefühl, es spielt eine Rolle.« Sie küßte ihre Fingerspitzen und drückte sie auf die Lippen ihres geliebten Sohnes. »Und das, mein Goldjunge«, flüsterte sie, »ist alles, was ich dazu sagen werde!«

In den Wäldern im Norden von Canterbury stieg die Frau, die sich Blanche Southgate nannte, behutsam von dem Zelter, den sie auf dem kleinen Pferdemarkt vor Queningate gekauft hatte. Den Anweisungen folgend, führte sie das Pferd über den schmalen Pfad. Zu jeder anderen Zeit wäre Blanche nervös gewesen, doch heute abend war sie zuversichtlich. Der Kaufmann hatte ihr Sicherheit und obendrein Reichtum versprochen, und Blanche schwelgte in Tagträumen von ihrem neu erlangten Wohlstand. Der Zelter, das Zaumzeug und der Sattel mußten eine schöne Stange Geld gekostet haben; dasselbe galt für das Kleid, die Jacke und den Umhang, die sie jetzt trug. Ihre Füße steckten in festem Schuhwerk, und ihr Haar war wie der restliche Körper gewaschen und hergerichtet worden, damit sie hübsch aussah und gut roch.

Ringsum waren die Geräusche der Nacht zu hören, das Rascheln im Unterholz, der einsame Ruf einer jagenden Eule. Blanche mußte schlucken, um ihre Nervosität zu verbergen. In den Satteltaschen hatte sie einen Dolch stecken, doch die Wälder waren sicher. Hier streiften keine Gesetzlosen umher. Die Wachposten der Stadt waren sehr wachsam gewesen, und Truppen des königlichen Haushalts, die sich nur eine Meile entfernt in Islip aufhielten, hatten diese einsamen Dickichte hier durchsucht und die Bettler und Kesselflicker vertrieben, Männer, die im Schatten lebten, in sicherer Entfernung vom Licht des Gesetzes.

Blanche war stolz darauf, das alles zu wissen. Sie war kein unwissendes Mädchen, sondern hatte einer Truppe fahrenden Volkes angehört, die in London vom Pech verfolgt worden war. Blanche hatte die Welt gesehen. Sie war in den Haushalten der Großen des Landes aufgetreten. Sie hatte mächtige Kaufleute unterhalten und ihre Gunst für nicht weniger als ein Silberstück verkauft. Blanche wünschte sich nur, der Mann, der sie bezahlt hatte, hätte sie bei sich behalten und nicht darauf bestanden, daß sie ein bequemes Bett verließ, um ihn hier lange nach Mitternacht unter sternenklarem Himmel zu treffen. Der Zelter blieb wie angewurzelt stehen und wieherte. Er drehte den Kopf, als hätte er ein Geräusch vernommen. Blanche hielt den Halfter fest und starrte in die Dunkelheit. Sie nahm die Bäume wahr und das Glitzern des Mondlichts auf einem kleinen Weiher.

»Was ist da?« fragte sie und tätschelte den Hals des Zelters.

Das Pferd schnaubte und ließ sich weiterführen. Ein kleines Tier huschte über den Pfad. Blanche erschrak, das Pferd wieherte und scheute, doch es war gut dressiert, und Blanche hatte nichts zu fürchten. Sie schnalzte mit der Zunge und führte es weiter, wie sie es von den kleinen Packpferden ihrer

Truppe gewöhnt war. Schließlich gelangte sie auf die vom Mondlicht überflutete Lichtung. Sie roch das feuchte Holz, und von fern stieg ihr der Geruch von Holzbrand in die Nase, wahrscheinlich vom Feuer eines Wilderers.

Blanche war fest entschlossen. Beim leisesten Anzeichen von Gefahr würde sie sich auf den Zelter schwingen und wie der Wind in die Behaglichkeit und Sicherheit der Stadtmauern zurückreiten. Sie erblickte das kleine, unbenutzte Haus eines Köhlers. Das Dach war längst eingefallen, die aus Flechtwerk bestehenden Wände waren den Elementen preisgegeben. Sie führte den Zelter darauf zu und blieb stehen.

»Guten Abend, Blanche.«

Ruckartig fuhr sie herum. Der wie ein Mönch gekleidete Mann war wie aus dem Nichts aufgetaucht. Blanche war sich nicht sicher. War das der Kaufmann?

»Verzeiht, daß ich zu spät komme«, stammelte sie. »Aber« – sie lachte nervös – »besser spät als nie!«

»Ja, Blanche, besser spät als nie.«

Sie erkannte die Stimme und entspannte sich.

»Kommt, ich nehme das Pferd.«

Sie reichte ihm die Zügel, und vor lauter Freude sah sie kaum das Messer, das der Mann ihr mehrmals tief in den Leib rammte. Blanche taumelte zurück, während die verhüllte Gestalt sie beobachtete und gleichzeitig das Pferd besänftigte, das plötzlich Blut roch.

Kathryn saß am Küchentisch. Thomasina, deren Haube sich wie das Segel einer großen Kogge aufbauschte, rechte mit hochrotem, verschwitztem Gesicht die Kohlen aus dem Brotofen neben dem Herd.

»Ich bin auf das Fegefeuer vorbereitet«, murmelte Thomasina, »aber das Brot ist gebacken, Kathryn.« Sie schaute zum Korb empor, der zum Schutz vor freßlustigen Mäusen bis an die Deckenbalken hochgezogen war. »Die kleinen Diebe kommen doch nicht dran, oder? Wo ist denn Wulf schon wieder?«

»Draußen im Garten«, erwiderte Kathryn zerstreut.

»Ihr habt viel zu tun gehabt.«

Thomasina stand vor ihr, die Hände in die Hüften gestemmt. Kathryn stimmte ihr geistesabwesend zu. Den ganzen Morgen über hatten sich die Kunden im Laden an der Vorderseite des Hauses die Klinke in die Hand gegeben. Die Ratsversammlung hatte ihr keine Zulassung für einen Verkaufsstand erteilt; statt dessen kamen die Kunden ins Haus, um ihre Kräuter und Gewürze zu kaufen: Geißbart, Estragon, Thymian, Basilikum, Hasenkohl, Schwarzpappel, Weißklee. Manche hatten nach jenen Phiolen und Töpfchen mit Giften gefragt, die sie in ihrer Stahlkassette verschlossen hatte: den giftigen Pilz oder die Blätter und Rinde der Kornelkirsche. Diese Verkäufe trug Kathryn in ihr großes Hauptbuch ein. Sie kannte den Grund solcher Käufe. Alle Welt beklagte sich über die Nagetiere und fragte nach Giften, um sich ihrer zu entledigen.

Die üblichen Patienten waren gekommen: Molkyn der Müller klagte über seinen Bauch; Edith und Eadwig, die Töchter Fulkes des Gerbers, bei denen zum ersten Mal die Monatsblutung eingesetzt hatte; ein Hausierer mit Zahnfleischentzündung; eine Frau mit einem Furunkel an der Brust. Kathryn hatte das Furunkel sorgfältig untersucht, achtete sie doch auf solche Dinge ganz besonders. Wenn etwas vorlag, das sie nicht verstand, eine ansteckende Krankheit oder ein bösartiger Tumor, schickte sie die Patienten direkt zu Vater Cuthbert ins Hospital für arme Priester. Thomasina war stets bereit, die Begleitung zu übernehmen. Kathryn schaute auf. Thomasina erfüllte alle Rollen, war Magd, Mutter, Ladenbesitzerin und vor allem Busenfreundin. Nichts liebte sie mehr, als durch das Haus zu stapfen, doch wenn sich eine Gelegenheit zum Besuch im Hospital für arme Priester ergab, war sie die erste, die eifrig zugriff. Thomasina, die mehrfach verwitwet war, hatte als junges Mädchen leidenschaftlich für den jungen, gutaussehenden Vater Cuthbert geschwärmt, der ebenso wie Kathryns Vater in Salerno und Montpellier Physik und Medizin studiert hatte.

»Wann kommt denn Agnes zurück?« Thomasina packte ihr Messer wie ein Henker und nahm ein Stück Schinken in Angriff.

»Du weißt, wo sie ist«, erwiderte Kathryn und schaute auf das handbeschriebene Stück Pergament in ihrer Hand. »Sie ist zum Buttermarkt gegangen.«

»Und Colum?«

»Er ist in aller Eile nach Kingsmead geritten. Er wird seinem Leutnant Holbech die dortigen Pflichten übertragen.«

»Und dann kommt er zurück und heiratet Euch?«

»Nein, Thomasina, er kommt zurück, um mich zu den Bußbrüdern Jesu Christi zu begleiten.«

»Noch so ein Hexenzirkel von Zeitverschwendern«, grummelte Thomasina. »Kann Mönche nicht ausstehen, kann Bettelorden nicht ausstehen, kann Iren mit heißem Blick und gierigen Fingern nicht ausstehen.«

»Du magst Colum«, erwiderte Kathryn, als betete sie einen Psalm herunter. »Colum mag dich. Ich liebe Colum. Colum liebt mich. Ich habe dir gesagt, wenn Monksbane die Wahrheit herausfindet, werden Colum und ich in St. Mildred heiraten. Du und Vater Cuthbert könnt auf dem Rasen tanzen.«

»Ich kann nicht tanzen!« polterte Thomasina und verschwand in der Speisekammer.

Kathryn senkte den Kopf. Colum hatte in aller Eile eine Kopie dessen angefertigt, was sie in Padraig Mafiachs Zimmer im »Falstaff« gefunden hatten. Sie waren erst kurz vor Mitternacht nach Hause gekommen. Kathryn hatte sich sogleich zurückgezogen, doch sie waren alle vor dem Morgengrauen aufgestanden und hatten hier in der Küche ihr nächtliches Fasten gebrochen. Kathryn hatte erzählt, was tags zuvor geschehen war. Agnes hatte die Augen weit aufgerissen, Wulf hatte mit vielen »Ohs« und »Ahs« sein Staunen ausgedrückt, und Thomasina hatte ihren Kommentar vor sich hin gebrummelt.

Kathryn stützte das Kinn in die Hand und kaute an ihrem Fingernagel. So sehr sie auch versuchte, sich einen Reim darauf zu machen – Mafiachs Ermordung war ein ebenso großes Rätsel wie die Botschaft, die er kopiert und in das Kruzifix gesteckt hatte. Sie hatte die Familienbibel zur Hand genommen, die ihr Vater in der Cheapside gekauft hatte, und die Stelle im Propheten Zephania gefunden. Sie schaute sie sich noch einmal an.

Regis regum rectissimi prope est dies domini
dies irae et vindicatae tenebrarum et nebulae
diesque mirabilium tonitruorum fortium
dies quoque angustiae meroris ac tristitiae
in quo cessabit mulierum amor ac desiderium
hominumque contentio mundi huius et cupide.

Des Vaters großer Tag ist nahe; er ist nahe und eilt sehr,
denn dieser Tag ist ein Tag des Zornes,
ein Tag der Trübsal, Verzagtheit und Sorge,
ein Tag des Wetters und Ungestüms,
ein Tag der Finsternis und der Schwärze,
ein Tag der Wolken und Nebel,
an dem vergehen wird die Liebe des weiblichen Geschlechts
und der Kampf der Männer und die Lust dieser Welt.

Dann die merkwürdige Botschaft darunter: »recto et verso« (von vorn und von hinten)? Doch hinten war nichts! Fehlte noch etwas? Und das seltsame lateinische Gekritzel am Schluß: »veritas continet veritatem«? Eine holprige Formulierung, die übersetzt lautete: »Die Wahrheit enthält die Wahrheit.« Was um alles in der Welt sollte das bedeuten?

»Mafiach war ein Gelehrter«, hatte Colum stolz erklärt, »und er liebte nichts so sehr wie Verschlüsselungen, doch diesmal hat er es übertrieben.«

Colum hatte das Original nach Islip geschickt, mit einem Boten, der zwei Gassen weiter wohnte und häufig derartige Erledigungen für Kathryn und Colum tätigte.

Wo lag die Wahrheit, fragte sich Kathryn, im lateinischen Text oder in der Übersetzung? Colum hatte begonnen, Chaucers Gedichte zu zitieren.

»Die hätte ich verwendet«, sagte er. »Ich frage mich, wieso Mafiach sich für Zephanja entschied?«

Kathryn nahm die Schreibfeder zur Hand und zog die Schreibunterlage zu sich heran. Sie versuchte, der Verschlüsselung einen Sinn abzugewinnen, konnte aber kein Muster erkennen. Als es an der Haustür klopfte, schrak sie zusammen.

Im Nu huschte Thomasina in den Korridor. Die Tür ging auf, und Kathryn vernahm eine barsche Stimme, die nach ihr verlangte. Thomasina erhob mit lieblicher Stimme Einwendungen, doch die Stimme des Fremden war laut und beharrlich. Thomasina kam zurück. Die stämmige Person hinter ihr nahm die Lederkappe ab und blieb auf der Türschwelle zur Küche stehen; es war ein großer, untersetzter Mann mit dem roten Gesicht eines Trinkers, das von Warzen und Pokkennarben gezeichnet war, einer Glatze und unstetem Blick.

Zunächst war er allem Anschein nach mehr an dem Raum als an Kathryn interessiert und sah sich geschwind um, als wollte er den Wert abschätzen. Er war ganz in Leder gekleidet: ein dunkelbraunes Wams, das vorn mit Kordeln geschlossen wurde, und eine Kniehose aus demselben Material und in derselben Farbe sowie schwere Lederstiefel an den Füßen. Einen Kriegsgurt trug er nicht, aber der breite Riemen, der ihm über die Schulter hing, beulte sich vorn aus; hierin steckten eine Reihe merkwürdiger Gerätschaften in kleinen Scheiden: Schlüssel, Seile, kleine Messer.

»Seid Ihr Kathryn Swinbrooke?«

»Nein, sie ist die Königin von England!« erklärte Thomasina, die sich schnaufend vor dem Fremden aufbaute.

»Ich bin Mistress Swinbrooke.« Kathryn erhob sich. »Und Ihr …?«

Der Mann trat vor, die großen schwieligen Hände ausgestreckt. »Malachi Smallbones, Rattenfänger. Früher bekleidete ich eine solche Position in der königlichen Stadt Oxford. Jetzt bin ich vom Bürgermeister und dem Rat der Stadt Canterbury angestellt, um dergleichen Ungeziefer hier ein für alle Mal auszurotten.«

»Zweibeiniges oder vierbeiniges?« unterbrach Thomasina.

Kathryn verzog keine Miene. Malachi war, wie viele seiner Art, von seiner Wichtigkeit und seiner Stellung überzeugt. Seine Augen zeigten das scharfe, humorige Aufblitzen eines listigen Mannes. Sie wußte, er war die Art von Hausierer oder Händler, Reliquienverkäufer oder Taschenspieler, die in Scharen nach Canterbury kamen, weil sie reichen Profit von den Pilgern erwarteten.

»Am besten, Ihr nehmt Platz, Master Smallbones«, sagte Kathryn.

Der Mann wollte sich schon auf Colums Stuhl am Ende des Tisches setzen, doch Thomasina schob ihn fast gewaltsam auf eine Bank an der Seite.

»Darf ich Euch einen Krug Ale anbieten?«

Der Mann schmatzte. Thomasina trug zwei schwere, lederne Trinkkrüge auf; der für Kathryn war bis an den Rand gefüllt, der für Malachi nur zur Hälfte. Kathryn lächelte entschuldigend und tauschte die Krüge aus. Sie prostete Malachi zu.

»Viel Glück für Eure Arbeit, Master Malachi.«

»Ich bin auf Veranlassung von Luberon hier, dem Schreiber der Stadt.« Malachi trank noch einen Schluck und schaute Kathryn aus wäßrigen braunen Augen an. »Er sagte, ich müsse mich an Euch wenden und Euch darüber auf dem laufenden halten, was ich zu unternehmen gedenke.«

»Und das wäre?«

»Na ja, ich habe bereits angefangen.« Malachi schaute in seinen Krug. »Die Zahl der Straßenfeger ist verdoppelt worden, und die Büttel der Stadt sind alle unterwegs. Aufrufe über das Abladen von Unrat sollen an Kirchentüren angeschlagen werden. Master Luberon wollte alle streunenden Katzen und Hunde töten lassen, doch ich bat ihn, es nicht zu tun. Solche Tiere können Ratten töten, und wir brauchen alle Hilfe, die Gott uns gewährt.«

Malachi hob die Augen wie bei einer Fürbitte. Kathryn betrachtete ihn genau. Auf den ersten Blick hatte Smallbones etwas dümmlich gewirkt, doch je länger er redete, um so unsicherer wurde Kathryn in ihrer Einschätzung. Malachi war ein Schauspieler, gab den rohen, unbeholfenen Rattenfänger. Doch die Art und Weise, wie er trank, seine Wortwahl, zum Beispiel *Ausrottung*, sein belustigter, distanzierter Blick straften diese Rolle Lügen. Der Ring, den er in einem Ohrläppchen trug, war anscheinend aus purem Gold, und der Armreif an seinem linken Handgelenk sah recht kostbar aus. Sein Lederwams war von guter Qualität, ebenso wie der Gürtel und die merkwürdigen Geräte darin. Malachi folgte ihrem Blick.

»Seile und Fallen«, erklärte er, »für unseren Feind, das Ungeziefer. Beutel voll Gift und Zünder. Zwei Sachen, die Ratten verabscheuen: Gift und Feuer. Und, Mistress, wollt Ihr mich anleiten?«

»Wollt Ihr wirklich meinen Rat, Master Smallbones? Seid Ihr nicht erfahren genug? Woher kommt Ihr?« Sie hatte seine schnarrende Aussprache bemerkt.

»Aus Helston in Cornwall.« Der Rattenfänger ging ein wenig in die Defensive.

»Und wo arbeitet Ihr?«

»Überall im Königreich. Meinen letzten Vertrag hatte ich mit der Stadt Oxford abgeschlossen, wo ich das Ungeziefer aus den Straßen und Kellern vertrieb.«

»Ihr seid wohlhabend, Master Smallbones?«

»Ich habe mich in der Mercery eingemietet, aber mein Haus steht in London. Ein kleines Wohnhaus in der Nähe von St. Giles Cripplegate.«

»Ah ja«, stimmte Kathryn ihm zu, als wäre ihr die Hauptstadt bekannt wie ihre Westentasche. »Und die Verseuchung hier, Master Smallbones?«

»Oh, die ist zu dieser Jahreszeit üblich.«

»Was haltet Ihr für die Ursache?«

Malachi löste den Gürtel vor seiner Brust und legte ihn sacht zu Boden.

»Wahrscheinlich ein Schwarm, Mistress. Ratten schwärmen aus. Auf meiner Reise nach Canterbury sah ich eine Reihe verlassener Dörfer. Ratten leben, wie Menschen, in Kolonien. Weiß der Teufel, warum, aber manchmal ziehen sie um.«

»Ihr werdet gut bezahlt«, stellte Kathryn fest.

»Ja, Mistress, und ich werde schwer arbeiten.«

»Wie habt Ihr das Problem in Oxford gelöst?«

»Tja, Oxford ist kleiner als Canterbury, Mistress, deshalb war die Arbeit dort leichter. Senkgruben und Gossen wurden gereinigt. Straßenfeger entfernten den Unrat aus Straßen und Gassen; aber in Oxford gibt es Ruinen und unterirdische Keller und Bäche. Wie schon gesagt, Feuer ist ein großartiges Reinigungsmittel!«

»Das werdet Ihr hier doch nicht tun«, warnte Kathryn und dachte mit Schrecken an die dicht an dicht gebauten Fachwerkhäuser.

»Nein, Mistress, wir werden zuerst Gift auslegen, dann werden wir sehen, wie es läuft. Aber das ist das Problem.« Er kratzte sich am Kopf. »Gift ist teuer. Was könnt Ihr empfehlen, Mistress?«

Kathryn schürzte die Lippen. Wenn ich ehrlich sein soll, dachte sie, habe ich keine Lösung. Der Rattenfänger hatte recht: Gift kostete gutes Silber. Sie müßten etwas Gewöhnliches finden und zugleich alle Haushalte auf die damit verbundenen Gefahren aufmerksam machen.

»Ich werde es mir überlegen, Master Smallbones.«

»Ich muß jetzt gehen.«

Malachi stand auf und griff nach seinem Gürtel. Kathryn hatte den Eindruck, daß er sie nur aufgesucht hatte, um sich vorzustellen, und nicht, um ihren Rat einzuholen.

»Master Smallbones, habt Ihr eine Karte von Canterbury?«

»Master Luberon hat mir eine besorgt.«

»Sind alle Stadtteile befallen?«

»Nein, noch nicht.«

»Was habt Ihr also vor?«

»Ich gehe zum Gelände der Kathedrale. Ich habe Zettel anbringen und am Marktkreuz öffentliche Bekanntmachungen ausrufen lassen. Ich stelle Männer ein. Wir werden jeden Stadtteil durchsuchen; manche Anwohner haben Katzen, doch die werden nicht sehr nützlich sein. Wir werden das Ungeziefer einfach aufspüren und töten.« Er ging zur Tür. »Mistress, falls Euch etwas einfällt, ich bin im ›Standard‹ in der Mercery abgestiegen. Kurz nach der Vesper werde ich dort immer anzutreffen sein.«

Thomasina begleitete ihn hinaus.

»Was haltet Ihr davon?« fragte Thomasina, als sie wieder in die Küche kam.

»Ich weiß nicht.«

Kathryn setzte sich an den Tisch und faltete das Stück Pergament zusammen. Sorgsam steckte sie es in ihre Schreibmappe, zusammen mit ihrem Tintenfaß, Schreibfedern, Bimsstein und einem Messer zum Schärfen. Sie überprüfte den Lederriemen, ob er noch gut und fest war, und ging in ihre Schreibstube, ohne auf Thomasinas Geschnatter zu achten. Rasch warf sie einen Blick in das Stück polierten Stahl, das ihr als Spiegel diente.

»Ich bin bereit für die Bußbrüder Jesu Christi«, flüsterte sie ihrem Spiegelbild zu. Thomasina hatte bereits verkündet, Kathryn sehe in ihrer hellblauen Haube und dem ausgefransten gleichfarbigen Gewand wie eine Nonne aus. Kathryn hatte keine Schminke aufgetragen; sie bemerkte die Ringe unter den Augen.

»Medice sane te ipsam: Arzt, heile dich selbst«, flüsterte sie.

Colum würde bald nach Hause kommen. Trotz aller Aufregung am vergangenen Abend konnte Kathryn nicht vergessen, wie selbstsicher Monksbane in dem Zimmer des Wirtshauses gesessen hatte. Sie hörte die Glocken von St. Mildred zum mittäglichen Angelus läuten. Kurz darauf kam Colum zurück und »stank zum Himmel«, wie Thomasina sich äußerte, »nach Pferden und Weide.« Er wusch sich rasch, aß und trank etwas, während Kathryn berichtete, was geschehen war. Der Ire saß auf einem Hocker und wechselte die Stiefel. Er nickte und unterbrach sie hin und wieder mit einer Frage.

»Ich habe über Mafiach nachgedacht. Ich muß Vater Cuthbert bitten, in der Messe ein Requiem für ihn zu singen. Sergeant Holbech war traurig. Er hat in Frankreich an Mafiachs Seite gekämpft, sowohl vor Calais als auch am Ärmelkanal. Ich habe Holbech auch von den Ratten erzählt.« Er schmunzelte. »Hast du je von einem Gedicht mit dem Titel *Beowulf* gehört?«

»Ja«, antwortete Kathryn. »Es handelt von einem Krieger in alter Zeit, der gegen ein großes Ungeheuer kämpfte. Ich habe die Erzählung gelesen.«

»Holbech hat mich überrascht. In *Beowulf* behauptet der Held, daß jeder Mann sich insgeheim vor etwas fürchtet. Holbech gab zu, er habe Angst vor Ratten. Er stammt aus einem der Häfen im Süden, Rye oder Winchelsea. Vor Jahren landeten dort französische Freibeuter. Sie brachten Tod und Verderben mit. Holbechs Eltern wurden ermordet. Er verbarg sich in den Abwasserkanälen, wo es von Ratten wimmelte wie ein Misthaufen von Fliegen. Merkwürdig, oder? Holbech gestand, er stünde lieber nur mit einem Hornlöffel bewaffnet einem Ritter hoch zu Roß gegenüber, als daß er in einem Keller durch knietiefes Wasser voller Ratten watete. Er hat sie beobachtet. Holbech behauptet, weil Ratten verfaulte Abfälle fressen, würde sie das, was einen Menschen umbringt, kaum berühren.«

Kathryn, die das sehr interessierte, zog sich einen Hocker heran und setzte sich Colum gegenüber.

»Was empfiehlt er also?«

»Er behauptet, Gift werde ein Vermögen verschlingen und sei sehr gefährlich. Er sagte noch etwas Merkwürdiges. Er hat das Gerede in den Wirtshäusern mitbekommen und hält die Verseuchung für höchst sonderbar. In manchen Teilen von Canterbury gibt es keine einzige Ratte …«

»Während sie in anderen Stadtteilen zuhauf auftreten«, vervollständigte Kathryn seinen Satz.

»Ja.« Colum erhob sich und schnallte den Kriegsgurt um. »Holbech ist völlig verängstigt. Er sagt, er geht nirgendwohin, wo Ratten sind. Offenbar gibt es in Westgate sehr viele, an der High Street und in der Umgebung der Kathedrale. Das haben ihm die Straßenfeger berichtet. Wie dem auch sei, genug von unseren vierbeinigen Freunden, ›unseren kleinen Alpträumen in schwarzem Samt‹, wie Holbech sie nennt. Nun zu den Bußbrüdern Jesu Christi. Thomasina«, er wandte sich zu ihr um, »du empfängst in unserer Abwesenheit keine jungen Männer? Ich habe meine Spione, das weißt du.«

»Ja, und die habe ich auch, speziell für irische Sumpfnomaden!«

Colum lachte, half Kathryn in den Mantel und führte sie sanft am Ellbogen durch den Korridor.

In der Ottemelle Lane war es ruhig, doch sobald sie in die Hethenman's Lane einbogen, trafen sie auf die Menschenmengen, die zum Marktplatz strömten. Sie kamen in die High Street, wo die Menschen sich geschäftig zwischen den herausgeputzten Ständen drängten. Die Garküchen und Schänken waren überfüllt, der Duft von Gewürzen und Soßen lag in der Luft. Verloren wirkende Pilger bahnten sich staunenden Auges den Weg, in der einen Hand ihren Stab, die andere lag auf ihren Taschen und Geldbörsen. An jeder Ecke warnten Büttel der Stadt lauthals vor Beutelschneidern und anderem Diebesgesindel. Auch die Bettler waren unterwegs. Die Blinden streckten die Hand aus und baten um Almosen. Hausierer und Handwerksgesellen, die keine Handelslizenz von der Ratsversammlung besaßen, boten ihre Ware feil und riefen mit heiserer Stimme nach Kundschaft, mit einem Auge auf den Gewinn schielend, mit dem anderen auf die Marktbüttel, die allzeit bereit waren, sie im Schnellverfahren in den Stock am Marktkreuz zu stecken. Kathryn hielt ihre Schreibmappe fest, die ihr über die Schulter hing. Der Tag war verblüffend schön, und es war warm geworden. Der Lärm, das Krakeelen, das Meer von wogenden Farben machte es ihnen nicht leicht, voranzukommen.

Zu beiden Seiten erhoben sich die großen Fachwerkhäuser der wohlhabenden Kaufleute und Ratsherren. Die zweiflügeligen Glasfenster glitzerten in der Sonne. Ein Affe mit einer gelben Kappe auf dem Kopf rannte über die Straße, zwei Hunde und ein schreiendes Kind auf den Fersen. Ein Verbrecher, der zum zweiten Mal beim Diebstahl an den Verkaufsständen erwischt worden war, wurde mit einem Ohr an den Pranger genagelt; seine Schreie zerrissen die Luft, doch man hatte nur wenig Zeit oder gar Mitleid mit ihm. Bänkelsänger und Prediger versuchten die Menge mit Geschichten oder glühenden Predigten auf sich aufmerksam zu machen. Ein Hausierer bot Pilgermünzen feil. Ein Lehrjunge mit einem Stück Stoff über dem Arm schoß hervor.

»Madam, der würde Euch stehen, und wenn es Euch an etwas mangelt …« Er deutete hinter sich auf den Verkaufsstand, den sein Lehrherr hütete.

Kathryn schüttelte den Kopf. Der Lehrjunge ließ nicht locker und zog sich erst zurück, als ihn Colums wütender Blick traf. Hier und da sah Kathryn den Erfolg von Malachis Arbeit: Straßenfeger, die Senkgruben und Rinnsteine reinigten und den Unrat auf ihre hochwandigen Karren warfen – sehr zum Mißfallen der Händler, die behaupteten, der Geruch und das Durcheinander vertreibe die Kundschaft.

Kathryn war froh, in eine schattige Gasse abbiegen zu können. Hier gab es ebenso viele Bettler, aber sie schrieen weniger laut. Kathryn und Colum überquerten ein Stück Brachland und tauchten in den Schatten des großen Torhauses der Bußbrüder Jesu Christi ein. Ein Laienbruder führte sie durch eine Hintertür. Erleichtert schloß Kathryn die Augen. Im gepflasterten Innenhof herrschte Stille, der Lärm der Stadt war nur als fernes Echo wahrzunehmen. Colum stellte Kathryn und sich vor und erklärte den Grund ihres Kommens. Der Laienbruder nickte. Sie kamen durch kühle, schattige Kreuzgänge, in denen Springbrunnen plätscherten und wilde Rosen blühten, und durchquerten steinerne Gewölbe. Die Stille wurde nur vom fernen Gesang aus der über ihnen aufragenden Kapelle oder dem Murmeln der braungewandeten Mönche in ihren Schreibstuben und Zellen unterbrochen. Hinter einem kleinen Garten gelangten sie durch einen Portikus an eine Tür.

»Das ist das Empfangszimmer des Priors«, flüsterte der Laienbruder, als sie das Allerheiligste betraten. »Ich glaube, Vater Anselm und die anderen erwarten Euch bereits.«

Der Laienbruder klopfte an die Tür, öffnete sie und bedeutete ihnen freundlich, einzutreten.

FÜNF

»Das geronnene Blut zersetzt sich trotz aller ärztlicher Kunst und verbleibt in seinem Körper.«

Chaucer, Die Erzählung des Ritters

»Mistress Swinbrooke.«

Venables, in einer kostbaren Cotehardie aus Samt, die er am Kragen aufgeknöpft hatte, übernahm die Vorstellung im Empfangszimmer des Klosters.

»Darf ich Euch Bruder Jonquil vorstellen, Laienbruder und Diener des verstorbenen Roger, Bruder Gervase, der Subprior, Bruder Simon, der Krankenpfleger, und Prior Anselm. Ehrwürdige Herren, dies ist Colum Murtagh, der Aufseher der königlichen Stallungen in Kingsmead.«

Während dieser Vorstellungsrunde trat man unruhig vor und zurück; einzig Venables schien Haltung zu wahren. Prior Anselm schenkte ihnen ein Lächeln aus wäßrigen Augen und bat sie, an einem polierten Tisch aus Walnußholz Platz zu nehmen, während Jonquil ihnen Weißwein und einen Teller voller Naschwerk vorsetzte. Kathryn hängte ihre Schreibmappe über die hohe Rückenlehne des reich verzierten Stuhls und nahm Platz. Sie war einmal als Kind bei den Bußbrüdern Jesu Christi gewesen und dann nie wieder. Es war ein wohlhabendes Kloster, wie das Empfangszimmer zeigte: hohe Holzpaneele, darüber cremefarben getünchte Wände, geschmückt mit bunten Stoffen und kleinen Bildern mit Darstellungen aus dem Leben Christi. Das Feuer im großen Kamin brannte nicht, doch der Raum war warm und behaglich; Läufer lagen auf dem Boden, dessen Steinfliesen eigens in Rautenform gemeißelt waren, passend zu den kleinen Scheiben in den geteilten Fenstern.

Prior Anselm bedeutete Jonquil, Platz zu nehmen, und schob raschelnd Papiere auf dem Tisch hin und her. Anselm war ein großer, eckiger Mann mit hohen Wangenknochen und eingefallenen Wangen. Seine Haare waren bis auf ein paar weiße Büschel ausgefallen. Kathryn schätzte ihn als vorsichtigen, rücksichtsvollen Mann ein, darauf erpicht, zu gefallen, und äußerst nervös. Subprior Gervase wirkte recht finster mit seinen buschigen Augenbrauen und den rot geäderten Wangen. Seine Stupsnase, die aufgeworfenen Lippen und der hervortretende Bauch erinnerten Kathryn an das Ferkel, das Thomasina einmal gehalten hatte. Der Krankenpfleger Simon schien noch jung zu sein, hatte ein glattes Gesicht und olivfarbene Haut. Seine Tonsur war perfekt geschnitten, seine braune Kutte makellos sauber; die weiße Kordel mit den Knoten saß korrekt über seiner schlanken Taille, die Kapuze lag in ordentlichen Falten auf seinem Rükken.

Bruder Simon hatte schöne weiße Hände mit langen, weiblich anmutenden Fingern. Ein recht schüchterner Mann, der errötete und zur Seite schaute, sobald er Kathryns Blick begegnete. Bruder Jonquil sah aus wie ein Bauernjunge: blonde Haare, rote Wangen, hervortretende blaue Augen und ein leicht geöffneter Mund. Auch er war noch ziemlich jung, Kathryn schätzte ihn auf unter dreißig. Im stillen fragte sie sich, ob er all seine Sinne beisammen hatte. Prior Anselm saß am Kopf, Venables lässig am anderen Ende des Tisches. Der Gefolgsmann der Königsmutter machte den Eindruck, als hätte er schlecht geschlafen. Leise trommelte er mit den Fingern auf die Tischkante. Colum neben ihr schob seinen Stuhl zurück und verschränkte die Arme, als wollte er beobachten, ohne am Geschehen direkt teilzunehmen. Prior Anselm starrte wie gebannt auf den Kandelaber, der auf einem flachen Bronzeteller stand.

»Vater Prior!« Bruder Gervase richtete sich kerzengerade auf. »Am besten, wir fangen jetzt an.«

»Ja, ja, das sollten wir.« Prior Anselm nahm eine Pergamentrolle zur Hand und tippte damit auf den Tisch. »Ich … ich«, stammelte er, »ich heiße Euch hier willkommen. Äh …« Er warf dem Subprior, der ihn nur wütend anstarrte, einen verzweifelten Blick zu. »Ich weiß wirklich nicht, wo ich anfangen soll, aber gut, fangen wir ganz von vorn an, ja? Äh …«

»Vor zehn Tagen«, schaltete Simon, der Krankenpfleger, sich ein, »wurde Bruder Roger Atworth vor der Marienkapelle in unserer Klosterkirche beigesetzt. Er war ein frommer Mann, ungeachtet seines Vorlebens. Er starb im Geruch der Heiligkeit, sowohl buchstäblich als auch im übertragenen Sinne.« Er lachte über seinen Witz. »Seither ist Bruder Jonquil eine Erscheinung über der Grabstätte zuteil geworden, und gewisse Wunder haben sich ereignet.«

»Ruft Ihr die Empfänger dieser Wunder zusammen?« meldete Venables sich zu Wort.

»Aber ja.« Der Krankenpfleger nickte eifrig. »Sie werden sich morgen hier einfinden.«

»Fahrt fort«, befahl Venables.

Prior Anselm, der seine Nervosität jetzt unter Kontrolle hatte, räusperte sich. »Wir haben die Erscheinung gehabt, wir hatten die Wunder.«

»Angebliche Wunder«, erklärte Gervase.

»Und wir haben das Interesse der Königsmutter und des Kardinals Spineri. Seine Eminenz ist bereits in der Kirche.«

»Dann sollten wir uns dorthin begeben.«

Anselm machte den Eindruck, als wollte er fortfahren. Kathryn spürte geradezu die Aufregung dieser Mönche, war sich aber über die Ursache nicht im klaren.

»Alles hängt von der Exhumierung ab«, Bruder Jonquil beugte sich vor und flüsterte: »Wenn die gut ausgeht, wird Bruder Roger doch ein Heiliger sein, oder?«

Kathryn lächelte ihn nur an. Der Prior führte sie mit hochrotem Kopf aus dem Empfangszimmer, über Korridore, durch einen Portikus und über einen kleinen Innenhof in die Kirche. Sie gelangten durch die Galilea-Pforte hinein. Sogleich fiel Kathryn auf, wie beeindruckend und düster die Kirche war. Statuen mit ernsten, vertrauten Gesichtern neben höchst grotesken und häßlichen Fratzen von Dämonen und Affen, Hasen mit hervortretenden Augen, Greifvögel und Drachen. Das Innere der Kirche war gewaltig: ein langes Mittelschiff und kleine, ovale Fenster hoch oben in den Wänden, ein Dach mit schwarzen Balken, gestützt von gedrungenen Säulen, die düstere Querschiffe bewachten. Der Boden war mit Steinfliesen ausgelegt, ordentlich verlegt und sauber geschrubbt; sie fingen alle Geräusche ein und gaben sie als Echo wieder.

»Wahrhaftig ein Ort für eine Erscheinung«, flüsterte Colum.

Sie gingen durch das Mittelschiff auf den Lettner zu, eine große, aus Holz geschnitzte Trennwand vor dem Eingang zum Allerheiligsten, das von Kerzen hell erleuchtet war, ebenso wie die Nische zu ihrer Linken, in der sich eine Gruppe Laienbrüder mit Hacken, Stangen und Pfosten um einen Grabstein versammelt hatte. Kathryn erblickte Spineri, der sich einen thronähnlichen Stuhl aus dem Allerheiligsten hatte holen lassen, um seine Würde zu wahren. Der Kardinal saß nun dort wie ein Richter kurz vor dem Urteilsspruch.

Angeführt von Prior Anselm beugten sie am Eingang zum Lettner das Knie. Mit einem Seitenblick erfaßte Kathryn den Hochaltar, dessen hohe Kerzen brannten, und zu beiden Seiten das polierte Chorgestühl der Bruderschaft. Die Marienkapelle war ähnlich prächtig, eine kleine Kirche für sich mit gefliestem Boden. An den Wänden hingen Bilder mit Darstellungen aus dem Leben der Jungfrau. Vorn stand ein kleiner Altar und darüber eine schwarze, alte Statue der Jungfrau Maria. Sie thronte dort gleich einer Königin mit dem Jesuskind auf dem Arm. Durch ein wunderschönes Erkerfenster aus leuchtend buntem Glas drang Licht herein. Vor dem Schrein befanden sich Eisengestelle mit kleinen blauen Öllampen, welche die Gläubigen anzünden konnten, nachdem sie eine Münze in den fest im Boden verankerten Opferstock neben dem rot gepolsterten Betschemel geworfen hatten.

Kathryn schlenderte umher, wollte diesen geweihten Ort in Augenschein nehmen, ehe sie sich den anderen anschloß. Spineri hatte sich erhoben und streckte die Hand aus, damit zunächst Colum, dann Kathryn den Bischofsring küssen konnten. Spineris Hand war weich, warm und stark parfümiert, und der Granatring funkelte im Licht. Im ersten Moment herrschte völlige Verwirrung. Jonquil wollte allen mitteilen, wo er gekniet hatte, als ihm die Erscheinung zuteil wurde. Anselm versuchte, Ordnung in die Schar der Laienbrüder zu bringen, die verstört umherliefen. Für Kathryn, Prior Anselm und seine Gäste wurden Stühle herbeigeschafft. Kathryn untersuchte den Grabstein, in den Atworths Inschrift gemeißelt war. Die Prüfung fiel zu ihrer und Spineris Zufriedenheit aus. Der Stein wurde angehoben, und die Exhumierung konnte beginnen. Nach der Entfernung von lockerem Erdreich und Schutt lag das Grab offen vor ihnen. An diesem Punkt legte Kardinal Spineri Wert auf ein Gebet, und er stimmte das »Veni Creator Spiritus« an, dem sich die Brüder anschlossen. Dann wurde das Grab mit Weihwasser besprenkelt, und man ließ einen der Laienbrüder behutsam in die Grube hinab, damit er Seile an den Griffen zu beiden Seiten des Sarges befestigte. Ein Raunen erhob sich unter den Mönchen. Kathryn stand auf und trat an das Grab. Zunächst war sie sich nicht sicher, doch dann gewahrte sie ein höchst angenehmes Aroma; es roch nach süßen, zerstoßenen Rosen, schwer und intensiv wie das Parfüm einer hochwohlgeborenen Dame.

»Ist das Myrrhe oder Weihrauch?« murmelte Kathryn.

»Ich rieche es auch!« rief Venables.

Colum, dessen Neugier geweckt war, trat hinzu. Kathryn schaute sich rasch um.

»Was ist?« Spineri sprang auf die Füße, die plumpen Hände wie zum Gebet gefaltet.

»Hier duftet es sehr intensiv«, erwiderte Kathryn nüchtern. »Und ich suche nach der Quelle.«

»Aber das kann nicht sein!« Simon, der Krankenpfleger, meldete sich zu Wort. »In der Marienkapelle sind keine Blumen. Keine Körbe. Ich sage Euch, es kommt aus dem Grab!«

Kathryn blieb nichts anderes übrig, als zuzustimmen. Sie zog sich zurück. Während der Sarg langsam nach oben gehievt wurde, scheuerte und kratzte er an den Seitenwänden entlang. Sobald er an der Oberfläche war, wurden rasch Bretter über die Graböffnung geschoben. Der Sarg, der aus feinstem Holz bestand, war mit Staub und Erde bedeckt, die silbernen Griffe angelaufen und verfärbt. Der angenehme Duft indes war stärker geworden, als wäre ein Gefäß mit diesem Stoff auf den harten Steinfliesen zerbrochen. Die Laienbrüder hoben den Sarg an und stellten ihn auf eine über Böcke gelegte Holzplatte, die eigens hereingeschafft worden war. Nachdem sie ihre Aufgabe erledigt hatten, befahl man ihnen, sich zurückzuziehen.

Kathryn und Spineri wurden aufgefordert, mit der Untersuchung zu beginnen. Spineri ging um den Sarg herum. Kathryn hingegen nahm das kleine Messer aus ihrer Schreibmappe und überprüfte den Sargdeckel vorsichtig. Der Duft war jetzt sehr intensiv. Kathryn zog an dem Holz, doch die Verschlüsse hielten stand. Sie waren nicht geöffnet worden, und niemand hatte sich daran zu schaffen gemacht. Auf ihre Bitte hin zogen Colum und Venables die Handschuhe an und begannen, die Verschlüsse aufzuschrauben. Die Sonne draußen verblaßte. Unheimliche Dunkelheit senkte sich über das Mittelschiff. Kerzen wurden herbeigetragen.

»Alle Schrauben sind gelockert.« Colum trat zurück.

Er wirkte ziemlich verängstigt und fühlte sich offenbar nicht wohl in seiner Haut. Ein echter Ire, dachte Kathryn und zwinkerte ihm zu: Colum war ein Mann von dieser Welt mit gesundem Respekt vor allem, was hinter dem Schleier liegen mochte.

Der Sargdeckel wurde entfernt. Kathryn rechnete mit Fäulnisgeruch, den üblichen Ausdünstungen und schlechten Körpersäften, die jede Leiche absonderte, doch außer einem durchdringenden Wohlgeruch konnte sie nichts feststellen. Die Leiche lag unter Leinentüchern verborgen, und als Kathryn diese entfernte, bemerkte sie, daß sie mit einem feinen roten Staub bedeckt waren, ebenso wie die weißen Satinpolster an den Rändern des Sarges. Zuletzt wurde die Leiche des seligen Rogers vollends freigelegt, was erstaunte Ausrufe zur Folge hatte.

Selbst Kathryn war verblüfft. Atworth war in der braunen Kutte, dem weißen Gürtel und den offenen Ledersandalen der Bußbrüder Jesu Christi beigesetzt worden. Er war bereits seit Tagen tot, doch obwohl seine faltigen Wangen leicht eingesunken waren und dünnes Haar um Mund und Kinn gewachsen war, sah er aus, als wäre er erst in den letzten vierundzwanzig Stunden gestorben. Sein Körper erschien wächsern, wie Kathryn es bei Bildnissen in Begräbnisprozessionen gesehen hatte. Die Hände des toten Mönchs waren auf dem Bauch gefaltet. Zwischen den Fingern steckte ein Kruzifix, das leicht zur Seite gerutscht war. Kathryn schaute in den Sarg, nahm, ohne auf die frommen Stoßseufzer zu achten, diesen angehenden Heiligen genau in Augenschein. Atworth hatte ein strenges Gesicht, ähnlich dem eines Jagdfalken: festes Kinn, die Lippen jetzt blutleer, eine Hakennase und tiefliegende Augen. Die Haut war alt und runzlig, der Haarwuchs um die behelfsmäßige Tonsur nur noch spärlich. Doch vor ihrem inneren Auge konnte Kathryn sich diesen Mann mit einem Kriegshelm vorstellen, mit glitzernden Augen, oder auch als einen Heiligen, der vor dem Altar kniet und in mystischer Trance starr auf ein Kruzifix oder eine Statue schaut. Sie berührte die Haut der Leiche an Gesicht, Händen und Hals; es war, als berührte sie kaltes, weiches Wachs. Sie roch den Duft, doch der bittersüße Geruch seiner Haut interessierte sie weit mehr. War das Verwesung? Kathryn tastete die Beine und Arme ab, die schwammig, aber schon etwas steif waren. Mit der Hand strich sie an der mit Satin ausgeschlagenen Seitenwand des Sarges entlang. An ihren Fingern blieb roter Staub hängen.

Konnte das sein? Sie trat zurück und wischte sich hastig die Hände am Kleid ab. Ihr fiel ein Vortrag ihres Vaters ein, und eine Erinnerung aus der Vergangenheit stieg in ihr auf: der Kirchhof von St. Mildred an einem regnerischen Nachmittag im Oktober, sieben oder acht Jahre mochte es her sein. Der Coroner des Königs, die Erde aus einem Grab hoch aufgeschichtet, das Holz eines exhumierten Sarges, dessen Deckel entfernt worden war. Ihr Vater hatte die Leiche anschließend im nahegelegenen Beinhaus untersucht, das durch das Flackern der fettigen Talgkerze noch gespenstischer und dunkler gewirkt hatte. Wie hieß die Frau noch gleich? Ja, richtig, Margotta! Sie war mit einem halb zerfallenen Hemd bekleidet, ihr Gesicht war noch zu erkennen gewesen.

Venables streckte die Hand aus, um die Leiche zu berühren.

»Halt!« rief Kathryn.

Hastig zog sich Venables zurück. Die anderen starrten Kathryn aus großen Augen an.

»Prior Anselm, ich hätte gern Schüsseln mit heißem Wasser und saubere Tücher. Schnell! Niemand darf den Sarg berühren. Wenn es nicht zu verhindern ist, dann müssen sich diejenigen sehr sorgfältig die Hände waschen.«

Der Prior schaute sie ängstlich an.

»Warum? Was liegt vor?«

»Ich bin nicht sicher«, erwiderte Kathryn. »Vielleicht irre ich mich. Ich muß in meinen Unterlagen nachsehen. Dennoch glaube ich, daß Roger Atworth« – schloß sie hastig – »womöglich nicht eines natürlichen Todes gestorben ist, sondern an einer Überdosis roten Arsens, einem tödlichen Gift.«

»Wie?« Bruder Simon trat mit ausgestreckten Händen vor. »Was sagt Ihr da, Mistress Swinbrooke? Der selige Roger soll vergiftet worden sein? Ihr irrt, Ihr törichtes Weib!«

»Hütet Eure Zunge, Mönch!«

Colum riß sich aus seinen Tagträumen und stellte sich neben Kathryn, die rasch einen Blick in die Runde warf. Anselm stand da wie ein eingeschüchterter Junge, die Finger an den Lippen. Jonquil begriff nicht, was vor sich ging. Gervase grinste, als freute er sich über einen geheimen Witz.

»Verzeiht.« Der Krankenpfleger ließ die Arme sinken und trat zurück.

»Werdet Ihr tun, worum Mistress Swinbrooke bat?« beharrte Colum.

Simon schnippte Jonquil mit den Fingern zu. »Geht schon!« drängte er. »Holt das Wasser!«

Nun war Kathryn der Mittelpunkt, nicht die Leiche. Nur Venables hatte ihr den Rücken zugekehrt. Kathryn fragte sich, ob er damit seine Überraschung verbergen oder die Leiche genauer betrachten wollte. Kathryn ging ins Mittelschiff zurück und setzte sich auf die unterste der Stufen, die zum Allerheiligsten hinaufführten. Die anderen versammelten sich um sie.

Kathryn schaute immer wieder auf ihre Hände. »Ich ersuche Euch dringend, die Leiche nicht zu berühren und nicht mit verschmutzten Händen zu essen. Prior Anselm, habt Ihr eine Bibliothek hier, Manuskripte? Ein amtliches Arzneibuch?«

Der Prior nickte.

Kathryn ließ die Hände im Schoß ruhen. Sie war erleichtert, als Jonquil eiligen Schrittes zurückkam. Er hatte die Geistesgegenwart besessen, neben dem Wasser auch einen kleinen Teller mit kastilianischer Seife mitzubringen. Kathryn stand auf, wusch sich gründlich die Hände und trocknete sie am bereitliegenden Handtuch ab.

»Arsen«, sagte Kathryn, jetzt etwas gefaßter, »ist eins der tödlichen Gifte der Natur; es gibt zwei Hauptarten, weißes und rotes Arsen. Beide sind schädliche Substanzen. Nimmt man sie in beträchtlicher Menge zu sich, führen sie zum plötzlichen Tod.«

Simon, der Krankenpfleger, verlor die Fassung und kaute nervös auf seinen Lippen.

»Arsen ist ein weithin bekanntes Gift«, erläuterte Kathryn. »Das ist in jedem Buch über Kräuter oder Substanzen nachzulesen. Arsen vermischt sich mit den Körpersäften und bleibt noch lange nach dem Tod im Körper. Es kann den Prozeß des Verfalls und der Verwesung anhalten, ja sogar verhindern. Ich muß die Leiche noch weiter untersuchen«, fügte sie hastig hinzu, »doch meiner Ansicht nach ist das der Grund für ihren Zustand und dafür, daß das Leichentuch sowie der Satin am Rand des Sarges mit feinem rotem Staub überzogen sind: Das ist die Wirkung des Arsens. Wer diesen Sarg und seinen Inhalt anrührt, sollte unter allen Umständen Handschuhe tragen und Hände und Gesicht sorgfältig von Überresten dieses Staubes reinigen. Bruder Simon, stimmt Ihr dem zu?«

»Diese Wirkung ist bekannt.« Der Krankenpfleger schaute nicht auf.

»Ich kann mich an einen ähnlichen Fall in Canterbury erinnern«, fuhr Kathryn fort. »Es war nach Michaelis, vor sieben oder acht Jahren. Die Kinder einer Frau namens Margotta Arrowsmith setzten den Coroner davon in Kenntnis, daß ihre Mutter von ihrem zweiten Mann vergiftet worden sei. Am Ende gab die Kirche der Bitte nach, und eine Exhumierung wurde angeordnet. Mein Vater fand Margottas Leiche in einem ähnlichen Zustand. Als der Mörder mit dem Beweis konfrontiert wurde, gestand er, daß er nach Dover und London gereist sei und eine beträchtliche Summe für den Kauf großer Mengen Arsens ausgegeben habe.«

»Aber was ist mit den Stigmata?« rief Prior Anselm.

Kathryn zog ihre Schreibmappe heran, öffnete sie und streifte ihre kostbaren Kalbslederhandschuhe über. Sie bat die anderen, dort zu bleiben, und ging wieder zur Leiche hinüber. Ein paar weiße Haarsträhnen hingen fransig in die bleiche Stirn. Als sie die Haare zurückstrich, sah Karhryn rote Male wie von einer Dornenkrone, wenn auch die Schnitte seit der Bestattung verblaßt waren. Dann schaute sie sich die Handgelenke an: Sie waren mit braunen Stoffstreifen verbunden, ähnlich der Kutte, in der Atworth beigesetzt worden war. Kathryn schnitt die Streifen mit einem kleinen Messer auf und erblickte die dunkelroten Wunden auf der Innenseite der Handgelenke. Beide Wunden waren knapp drei Zoll lang und etwa einen Zoll breit. Auf dem Rücken der Handgelenke glichen die Wunden eher einem kleinen, roten Mal; der Blutfluß war durch den Tod sowie durch das Liegen der Leiche im Sarg geronnen. Anschließend entfernte Kathryn die Sandalen und die Stoffstreifen und untersuchte den Knöchel. Mit dem Finger erstastete sie die Wunden in den Spalten zwischen den Knochen. Die Wunden waren denen an den Handgelenken sehr ähnlich, kleine, rote Löcher auf der Vorderseite beider Beine direkt auf dem Schienbein.

Kathryn achtete nicht auf die entsetzten Rufe der Brüder, als sie die Leiche auf die Seite drehte und den Gürtel löste.

Sie zog die braune Kutte und das Hemd darunter hoch und legte die weiße, geäderte Haut bloß. Der Bauch war leicht gebläht, doch anscheinend hatte man die inneren Organe entfernt, als man die Leiche für die Bestattung präparierte. Die Wunde auf der linken Seite direkt unter dem Brustkorb war lang und schmal, als wäre ein Schwert hineingetrieben worden; ein dunkelroter Spalt im weißen, wächsernen Fleisch. Der Wohlgeruch hatte inzwischen nachgelassen, und der Leichengeruch war eindringlicher. Kathryn schüttelte den Kopf und trat einen Schritt zurück.

»Ich sehe die Wunden«, rief sie zu den anderen hinüber. »Prior Anselm, ich muß darauf bestehen – und ich will nicht unhöflich sein –, daß die Leiche zum Beinhaus überführt wird, wo sie ausgezogen und gründlich gewaschen werden sollte.«

»Das kann nicht …«

»Es *wird* geschehen«, beharrte Kathryn. »Die Kleidung.« Sie hielt einen braunen Verband hoch. »Alles muß verbrannt werden.«

Kathryns Gedanken überschlugen sich, Fetzen von Information, Erinnerungen, Bilder. Nach der anstrengenden Untersuchung der Leiche fühlte sie sich etwas kraftlos und wünschte, sie hätte mehr gegessen, ehe sie von der Ottemelle Lane aufbrach.

»Ich würde gern nachdenken« – sie lächelte schwach –, »ich bin nicht so fachkundig, wie ich aussehe.«

»Und ich bin ein beschäftigter Mann.« Spineri hatte sein joviales Gebaren abgelegt. Er spielte mit der Quaste seines schwarzen Umhangs und hatte es eilig, zu gehen. Noch vor Ablauf der nächsten Stunde würde er in Islip eintreffen und der Königsmutter alles berichten. Vielleicht war es besser, wenn er ginge, ehe noch mehr entdeckt wurde? Kathryn sah an den Gesichtern der Mönche, an ihren schuldbewußten Blicken und an der Art und Weise, wie Bruder Simon sich unentwegt die trockenen Lippen leckte, daß die guten Brüder mehr über den Tod des seligen Roger wußten, als sie zugegeben hatten.

»Prior Anselm, wäre es möglich, daß ich etwas zu essen bekomme?«

»Ich werde dafür sorgen«, schlug Colum vor.

Er nahm Kathryn beim Ellbogen, hob ihren Mantel und die Schreibmappe auf und ging durch das Mittelschiff über den Portikus in den kleinen, mit Gras bewachsenen Innenhof. Die anderen folgten ihnen. Kathryn setzte sich auf eine Steinbank. Anselm bestand darauf, mehr zu erfahren. Kathryn schlug vor, man solle sich wieder im Empfangszimmer treffen, nachdem sie nachgedacht habe. Venables verabschiedete sich flüchtig von Spineri, der wiederum seinen Weggang ankündigte, als hätte er eine dringende Verabredung mit dem Heiligen Vater. Als er ging, machte er zerstreut ein Segenszeichen über ihnen. Die anderen entfernten sich, Murtagh eilte hinüber in die Küche.

Kathryn beugte sich auf der Steinbank zu den gelben Rosen hinüber und betrachtete den rankenden Busch. Die Knospen waren erst kürzlich aufgesprungen, und die Blüten waren noch jung und frisch, ihre Blätter fest eingerollt auf ihrer Suche nach der stärkenden Sonne. Hinter sich hörte Kathryn die Laienbrüder, die unter der Aufsicht des Krankenpflegers in die Kirche gingen, um Atworths Leiche ins Beinhaus zu bringen.

Kathryn beschloß, keine Schriften zu konsultieren, sie versuchte, sich an alles zu erinnern, was sie über Arsen wußte, seine tödliche Wirkung und sein eigenwilliges Wesen. Ihr Vater hatte erklärt, es sei ein Mineralextrakt. Was hatte er noch gesagt? Ja, richtig! Daß erst die Leiche eines Menschen die Anzeichen einer Vergiftung verriet, die nicht in Erscheinung traten, solange der Mensch noch lebte. »Das Urteil Gottes« hatte ihr Vater es genannt. Er war, ähnlich wie die Fachwelt, nicht in der Lage gewesen, die Gründe zu erklären, doch die Zeichen tauchten immer nach dem Tod auf. Atworths Leiche wies mit Sicherheit alle Spuren einer Arsenvergiftung auf: das wächserne Äußere, die weiche Haut, der rote Staub und die langsame Verwesung. Er mußte eine ordentliche Dosis zu sich genommen haben. Oder war es etwas anderes? Sie hörte

Schritte und schaute auf. Colum kehrte mit einem Laienbruder zurück, der Dörrfleisch in einer leichten Kräutersoße, ein kleines weißes Brot und einen Becher Wein auf einem Tablett mitbrachte. Dazu frisches Wasser und ein Tuch. Kathryn säuberte sich die Hände. Sie dankte dem Laienbruder, lehnte den Wein ab, nahm aber die Schüssel entgegen und aß vorsorglich mit dem Hornlöffel aus ihrer eigenen Tasche. Colum entfernte sich, als wäre er von dem Rosenbusch fasziniert.

»Ich habe zugesehen, wie sie es auftrugen«, rief er Kathryn über die Schulter hinweg zu. »Wenn du recht hast, Kathryn, mußt du achtgeben, was du hier zu dir nimmst.«

»Oh, ich glaube nicht, daß wir in Gefahr sind«, erwiderte sie. »Wenigstens noch nicht.«

»Atworth ist also vergiftet worden?«

»Zweifellos! Wir müssen nur feststellen, auf welche Weise.« Kathryn stellte die Schüssel auf den Steinsitz. »Aber komm, wir können die anderen nicht warten lassen.«

Sie kehrte mit Colum ins Empfangszimmer zurück. Die vier Brüder und Venables waren anwesend. Der einzige, der zufrieden wirkte, war Gervase. Kathryn nahm am Kopfende des Tisches Platz.

»Die Leiche ist ins Beinhaus gebracht worden«, erklärte Prior Anselm. »Ich habe angeordnet, daß die Kutte und die restliche Kleidung verbrannt werden, ebenso der Sarg.«

»Aber das ist der einzige Beweis, den Ihr habt«, sagte Gervase gedehnt und kicherte fast vor Vergnügen. »Der wird zerstört, Vater Prior. Dann habt Ihr keine Reliquien.«

»Bruder Gervase«, fragte Kathryn, »warum seid Ihr so zufrieden?«

»Ich habe Atworth nie leiden können.« Der Subprior machte einen gelösten Eindruck. »Ich würde meinen kürzlich verstorbenen Bruder nicht als Lügner bezeichnen, aber er war eine Scharade, eine Fälschung, ein listiger Mann.«

»Könnt Ihr das beweisen?« fragte Jonquil, hochrot vor Wut.

»Er wollte der Welt entfliehen« – Gervase blies die Wangen auf –, »und trotzdem blieb er der Beichtvater der Königsmutter und hat wichtige Menschen getroffen. Er hat ihre Briefe empfangen, ganz zu schweigen von den Geschenken, die sie und andere geschickt haben.«

»Das ist ungerecht.« Prior Anselm klopfte mit den Knöcheln auf den Tisch. »Bruder Roger hat all seinen Besitz stets mit den Armen geteilt und nichts für sich behalten.«

Kathryn musterte Gervase, sein Gesicht, die geäderten Wangen, den an ein Fischmaul erinnernden Mund und das zynische Lächeln. Das war ein Mann, der das Leben kennengelernt hatte, schloß sie, mit schrankenlosem Ehrgeiz, aber ohne entsprechende Begabung. Gervase war vermutlich eifersüchtig auf Atworth gewesen, auf die Gönnerschaft, die er genoß.

»Ihr solltet auf der Hut sein, Gervase«, mahnte der Krankenpfleger.

»Nein, nein.« Der Subprior hob die Hand. »Ich sage, was ich zu sagen habe. Der Heilige Thomas à Beckett mag ein Heiliger und Märtyrer sein, und unser Ordensgründer, der heilige Franziskus, ist es zweifellos. Aber Atworth? Ein Soldat, ein Kaufmann, ein Mann, der aß, trank und machte, was er wollte, bis alles in seinem Mund zu Asche wurde!« Gervase machte ein rüdes Geräusch mit den Lippen.

»Ihr wart an ihm interessiert«, schrie Jonquil geradezu, »ständig um ihn besorgt! Wußte er, daß Ihr so heuchlerisch wart?«

»Hat er Euch je gesagt«, mischte Kathryn sich mit leiser Stimme ein, »daß er sich selbst vergiftete?«

»Was!«

Anselm hob beide Hände, als hätte Kathryn die Wiederkunft Christi angekündigt.

»Das ist nicht so ungewöhnlich«, fuhr Kathryn fort. »Sagt, Bruder Simon, Ihr seid der Krankenpfleger. Führt Ihr sorgfältig ein Hauptbuch über die Pulver, die Ihr an Eure Gemeinschaft ausgebt?«

Der Krankenpfleger nickte sichtlich verlegen mit hochrotem Gesicht.

»Und Ihr habt Arsen?«

»Nun, ja«, stammelte er.

»Wie viele andere Ärzte auch, verschreibt Ihr es in winzigen Mengen gegen Magenbeschwerden – einschließlich derer von Bruder Atworth?«

Der Krankenpfleger stimmte zögerlich zu. »Er klagte über Magenkrämpfe, Koliken, Würgereiz und Durchfall, seitdem er hier war. Mein Vorgänger hat es verschrieben, daher habe ich weitergemacht: die winzigsten Dosen, nicht einmal genug, um einen Spatzen zu töten. Was wollt Ihr sagen? Daß ich die Dosis erhöht habe? Ihr könnt mein Hauptbuch durchsehen ...«

»Das hättet Ihr mir schon früher sagen können«, meinte Kathryn mit honigsüßer Stimme. Allem Anschein nach hatten auch Anselm und Jonquil davon gewußt. Gervase lachte still in sich hinein, daß die Schultern vor Vergnügen zuckten.

»Ich habe Arsen in der Kirche erwähnt«, fuhr Kathryn fort, »und Ihr habt nichts gesagt! Bruder Simon, bitte, spielt vor mir nicht den Unschuldigen. Womöglich habt Ihr sogar gewußt, wie die exhumierte Leiche aussehen würde, und habt dieses Wissen Euren Mitbrüdern mitgeteilt!«

»Es war nur eine ganz geringe Dosis«, stammelte Jonquil. »Es könnte immer noch Gottes Werk sein ...«

»Wird das Arsen an einem sicheren Ort aufbewahrt?« fuhr Kathryn ihn an.

»O ja, so wie bei Euch, Mistress Swinbrooke«, erwiderte Bruder Simon gehässig, »in einem Kasten mit drei Schlössern. Nur ich und einer der Helfer haben die Schlüssel. Der Kasten kann nie von einem allein geöffnet werden, schon gar nicht von einem anderen außer uns.«

»Habt Ihr eine Bibliothek?« fragte Kathryn. »Eine Pharmakopöe?«

»O ja, die Werke der großen Meister: Hippokrates, Galen. Wollt Ihr sie sehen?«

»Sie sind nicht nötig«, sagte Kathryn. »Ich zitiere aus einer Abhandlung, die mein Vater aus Salerno mitgebracht hat: ›Arsen wird in kleinen Dosen zuweilen für Magenkrankheiten verwendet.‹ Das ist bei solchen Pulvern nicht ungewöhnlich. Belladonna wird manchmal als Kosmetikum verwendet, Fingerhut bei Erkrankungen des Herzens. Einige Arzneien werden vom Körper ausgewaschen. Meinem Vater und anderen zufolge ist Arsen anders; da es ein Mineral ist, wird es Teil der Körpersäfte und des Fleisches. Es mag dem Magen helfen, doch in einer Zeitspanne von Monaten oder gar Jahren wird die schädliche Wirkung verstärkt.«

»Warum ist der selige Roger nicht früher gestorben?« fragte Anselm.

Kathryn schaute zu Venables, der aufmerksam lauschte und den Kopf etwas zur Seite gelegt hatte, als könnte er schlecht hören.

»Arsen ist ein Rätsel«, gestand Kathryn, »ein zweischneidiges Schwert. Zum einen heilt es angeblich, doch am Ende tötet es. Wenn es lange und oft genug eingenommen wird, hat Arsen sogar die Eigenschaft, den Patienten noch widerstandsfähiger dagegen zu machen.«

»Das verstehe ich nicht«, meldete sich Venables zu Wort. »Mistress Swinbrooke, ich kenne mich in Medizin nicht aus.«

»Aber ich«, schaltete Colum sich ein. »Es ist wie bei der Dressur eines Kriegspferdes. Zuerst setzt man es nur leichtem Blutgeruch aus, und seine Angst schwindet. Dann geht man Schritt für Schritt weiter. Ich habe Männer gekannt, die Kriegspferden am Ende den blutigen Kadaver eines Schafes in den Stall brachten.«

»Ja«, stimmte Kathryn zu, »so ähnlich ist es auch mit den Körpersäften. Sie beherbergen diesen sonderbaren Gast; womöglich ziehen sie Kraft daraus. Nur mit der Zeit überwindet er ihre Abwehr. Bruder Simon, das wußtet Ihr doch sicher, ebenso wie die wichtige Tatsache, daß sich Arsen im Körper erst nach dem Tode bemerkbar macht, obwohl der Himmel weiß warum?«

»Ich habe davon gehört«, gestand er. »Aber Bruder Roger hat nur ganz kleine Mengen bekommen. Wie dem auch sei, warum sollte er ausgerechnet jetzt sterben?«

»Wie ein Schlüssel, der herumgedreht wird«, erwiderte Kathryn. »Er sagte doch, er sei krank, nicht wahr?«

»Ja, er war erkältet, hatte einen tiefsitzenden Husten.«

»Vielleicht war sein Herz geschwächt«, führte Kathryn aus, »sein Körper erschöpft, und so starb er im Schlaf.«

»Was hat er gegessen und getrunken?« fragte Venables.

»Ich habe ihm seine Mahlzeiten gebracht«, erklärte Bruder Jonquil. »In der Woche vor seinem Tod waren sie kärglich, das kann die Küche bestätigen. Brunnenkressesuppe mit Fleischeinlage, kleine Brotstückchen, ein wenig Honig und verdünntes Ale. Bruder Atworth hat gegessen wie ein Spatz.«

»Ja, das interessiert mich«, erklärte Kathryn. »Bruder Roger ist am Morgen des Festes Mariä Verkündigung gestorben, zumindest wurde er zu diesem Zeitpunkt tot aufgefunden. An den beiden vorangegangenen Tagen hatte er sich in seine Zelle zurückgezogen?«

»Ja«, bestätigte Prior Anselm und krempelte die Stulpen seiner braunen Kutte hoch. »Bruder Roger kapselte sich ab. Er hielt sein Gemach stets verschlossen und verriegelt. Die einzigen, die sich ihm nähern durften, waren die, die hier vor Euch sitzen, insbesondere Bruder Jonquil.«

»Und sonst hat ihn niemand gesehen?« wollte Kathryn wissen.

»Nein.« Prior Anselm hielt ihrem Blick stand.

»Aber er hatte versprochen, der Königsmutter zu schreiben?«

»Er war schwach geworden, war nicht auf der Höhe.«

»Diese Briefe«, schaltete Venables sich ein, »die ihm die Königsmutter geschickt hat? Wo sind die jetzt?«

»Er hob sie in einer Tasche an seinem Gürtel auf. Wohin er auch ging, er nahm sie immer mit.«

»Aber jetzt sind sie verschwunden«, erklärte Venables mürrisch. »Ihre Hoheit die Herzogin hätte sie gern zurück.«

»Vielleicht hat Bruder Roger sie vernichtet«, entgegnete der Prior. »In seinem Zimmer stand ein Kohlebecken. Bruder Roger wußte, daß seine Tage gezählt waren, und wollte vor seinem Tod alles vernichten, was ihm gehörte. Er war ein frommer Mann, der vielleicht ahnte, daß er nicht mehr lange in diesem Tal der Tränen zu verweilen hatte.«

Gervase gluckste vernehmlich.

»Es stimmt«, unterbrach Jonquil. »Am Abend vor seinem Tod wollte er die Tür nicht aufmachen. Als mich am nächsten Morgen Schweigen empfing, habe ich Vater Prior alarmiert. Wir haben die Tür aufgebrochen, und das Kohlebecken war voller Asche. Man sah, daß er etwas verbrannt hatte.«

»Was?« fragte Kathryn.

»Oh, sein Rosenkranz war verschwunden, außerdem die kleinen Gegenstände, die er bei sich hatte: ein Holzkruzifix, ein Passionstriptychon.«

»Wichtig ist«, ergriff Prior Anselm das Wort, »was Mistress Swinbrooke andeutet. Ich glaube nicht«, fügte er leise hinzu, »daß der selige Roger absichtlich vergiftet wurde.«

Kathryn gab keine Antwort.

»Er ist einfach im Schlaf gestorben«, fuhr der Prior fort. »Vielleicht erlitt er einen Anfall und erkannte, daß seine Stunden gezählt waren. Er lebte wahrhaft im Geist der Armut. Mag sein, daß er aufstand und seine Habe verbrannte, mitsamt den Briefen. Nun« – er wedelte mit der Hand –, »das Arsen mag der Grund dafür gewesen sein, warum sein Körper erhalten blieb, aber die anderen Phänomene?«

»Das werde ich überprüfen.« Kathryn schob ihren Stuhl zurück. »Ich muß die Leiche noch einmal untersuchen. Jetzt aber würde ich mir gern Atworths Zelle anschauen.«

»Es ist nicht weit, nur ein Stockwerk höher«, erwiderte Anselm. »Dort sind drei Räume: meiner, Jonquils und der von Bruder Roger.«

»Warum wohnte er nicht bei den anderen?« fragte Kathryn.

»Weil er ein Heiliger war.« Gervase verdrehte die Augen gen Himmel und legte spöttisch die Hände wie zum Gebet zusammen.

Die anderen beachteten ihn nicht. Sie verließen das Empfangszimmer und gingen die Holztreppe hinauf, die vom kleinen Flur nach oben führte. Kathryn fiel auf, wie karg die Unterkünfte waren, bis auf die vielen Wandmalereien. Darauf waren geweihte Szenen des Martyriums und der Leiden festgehalten, dargestellt in dunklen Farben. Das fehlende Talent hatte der Künstler mit roher Vitalität wettgemacht: St. Sebastian, von Pfeilen durchbohrt, Appollonia, der die Zähne mit Zangen gezogen wurden, St. Lawrence, über einem lodernden Feuer langsam zu Tode gegrillt. Colum blieb stehen und sah sich die Bilder an.

»Alles, bis auf die Höllenqualen«, flüsterte er.

Die Galerie im ersten Stock war sauber, die getünchten Wände hellgrün gestrichen. Kleine Erkerfenster gingen auf einen Garten hinaus, und auf der anderen Seite lagen drei Zimmer.

»Atworths Zimmer liegt am Ende«, erklärte der Prior. »Eigentlich war es ein Lagerraum, doch er behauptete, für ihn sei es gut genug.«

Die Tür war angelehnt. Anselm schob sie auf, und sie traten ein. Es war nicht mehr als eine enge, weiß getünchte Zelle mit schwarzen Balken unter der Decke, hoch oben in der Wand ein kleines Fenster mit Holzläden, darunter ein Tisch, ein Hocker, eine Bank und ein leerer Kasten, dessen Deckel zurückgeklappt war. Ein Kruzifix aus schwarzem Holz hing an der gegenüberliegenden Wand. Direkt an der Tür stand ein schmales Feldbett ohne Laken und Dekken; nur die dünne, mit Stroh gefüllte Matratze war geblieben. Eine Laterne hing an einer Kette von einem der Balken, doch die Kerze war entfernt worden. Jonquil öffnete die Holzläden. Kathryn sah, daß es weder Kerzenleuchter noch Raumschmuck im Zimmer gab. Noch nie hatte sie einen so kahlen, freudlosen Raum gesehen. Sie prüfte die Tür an den Stellen, wo sie aufgebrochen worden war, und kniete sich neben das Bett. Sie roch an der Matratze und nahm einen leichten Duft wahr, vermischt mit Körpergeruch.

»Ihr habt also die Tür aufgebrochen? Und wo war Bruder Roger?«

Jonquil gestikulierte. »Er lag da, als ob er schliefe, die Hände über dem Schoß gekreuzt.«

»Zeigt es mir.«

Jonquil gehorchte. Befangen legte er sich auf die Matratze, drehte den Kopf leicht zu einer Seite und legte die Hände auf den Lenden übereinander.

»War es so?« Kathryn wandte sich an die anderen.

»O ja«, versicherte ihr Anselm.

»Aber die Decken?« fragte Colum. »War er denn nicht zu Bett gegangen?«

»O nein« – Jonquil stand auf –, »es hat den Anschein, als habe er sich einfach auf das Bett gelegt und sei gestorben.«

»Und wo stand das Kohlebecken?«

Anselm deutete auf die gegenüberliegende Ecke.

»Da drüben. Es war erloschen und voller Asche. Er hatte auch einen Kandelaber aus Bronze; alle drei Kerzen waren heruntergebrannt. Alles ist jetzt fortgeräumt worden.«

Colum schickte sich an, noch eine Frage zu stellen, doch Kathryn warf ihm einen warnenden Blick zu, so daß er schwieg.

»Gut, gut, gut.« Venables lehnte sich an die Tischkante. »Ihre Hoheit die Herzogin wird das interessieren.«

»So wie mich.« Kathryn war neugierig geworden. »Sagt, was hat Roger hier gemacht außer gebetet, gefastet und mit der Herzogin korrespondiert?«

»Er hatte gute Augen«, erläuterte der Prior. »In der Bibliothek steht ein Buch mit seinen Gebeten. Es gefiel ihm, die Großbuchstaben zu illuminieren. Doch darüber hinaus, wie Ihr schon sagtet, beten, gute Werke tun, fasten.«

»Hatte er Feinde?« fragte Colum und schaute Gervase an.

»Nicht, daß ich wüßte«, antwortete der Subprior kurz angebunden. »Hatte den Blick nicht auf diese Welt gerichtet, sondern auf die nächste, der Bruder Roger.«

»Er ging gern spazieren«, fügte Jonquil hinzu. »Oft schlenderte er durch Gethsemane. Das ist ein Garten ganz hinten auf dem Gelände der Priorei. Es ist ein üppiges Rasenstück, von Bäumen gesäumt, in der Nähe der Blendwand. Bruder Roger behauptete, Gethsemane habe das Beste aus beiden Welten: Er sei heiter und ruhig, und dennoch könne er den Lärm der Stadt vernehmen. Die Mauer ist hoch, es gibt keine Hintertür ...«

Er wollte schon fortfahren, als der Prior ihn mit einer Geste zum Schweigen brachte.

»Kann ich dorthin gehen?« fragte Kathryn.

Der Prior wirkte überrascht, doch er war einverstanden.

»Wie Ihr beliebt, Mistress.«

Colum stellte sich neben sie, und Kathryn tippte sanft mit ihrem Fuß an seinen Stiefel.

»Ich möchte auch heute abend in Eurem Gästehaus übernachten. Dann bleibt mir das Hin und Her erspart. Morgen muß ich die Wunder Bruder Rogers untersuchen.«

»Zweifelt Ihr sie an?«

»Das habe ich nicht gesagt.« Kathryn lächelte taktvoll. »Dennoch würde ich jetzt gern noch ein Wort unter vier Augen mit Master Murtagh wechseln.«

Venables verabschiedete sich und ging. Von der Galerie aus rief er ihnen zu, er werde nach Islip zurückkehren, aber am nächsten Tag wiederkommen. Colum schloß die Tür.

»Was ist, Kathryn?«

Sie ging zur Tür, öffnete sie, warf einen Blick auf die nun verlassene Galerie und schloß die Tür wieder.

»Alles ist verkehrt«, murmelte sie. »Ich bezweifle, daß Bruder Roger im Schlaf gestorben ist.«

»Wie kommst du darauf?« Colum ergriff ihre Hand; sie setzten sich auf den Bettrand.

»Kannst du dich erinnern, wie Jonquil sich hinlegte?« Kathryn klopfte mit der flachen Hand auf die Matratze. »Ich habe schon so manchen Toten gesehen, Colum, einschließlich solcher, die im Schlaf gestorben sind. Aber das habe ich noch nie gehört: Füße zusammen, Hände über den Lenden gefaltet, Gesicht ernst.«

»Mag sein, daß sie lügen.« Colum zupfte sich eine Klette

von der Hose. »Diese Mönche wollen, daß Bruder Roger zum Heiligen erklärt wird. Sie müssen ihn so darstellen, als sei er im Geruch der Heiligkeit gestorben.«

»Aber ist es nicht eigenartig, Colum? Da ist ein Mann, der glaubt, daß er stirbt. Er verbrennt sogar seine Habe auf dem Kohlebecken, eine Ledertasche voller Briefe, anderen Tand, unnütze Dinge.« Sie hielt kurz inne. »Hast du vom Leben der großen Franziskaner gelesen, Colum? Eines war ihnen und den bedeutenden Ordensgründern, wie zum Beispiel dem ehrenwerten Anthonius von Padua, sehr wichtig: Sie wollten stets in der Kirche vor dem Altar sterben. Warum hat Roger das nicht getan? Warum hat er nicht nach Jonquil rufen lassen und darum gebeten, man möge ihn zum Hochaltar tragen? Dieser Heilige, der den Beweisen zufolge ähnliche Stigmata trug wie Franz von Assisi, lehnte es ab, seinem großen Meister zu folgen?« Kathryn schüttelte den Kopf. »Atworth war allem Anschein nach mehr daran interessiert, Dinge zu verbrennen. Er hat nicht Abschied genommen, keine Briefe geschrieben, sondern ist still im Geruch der Heiligkeit gestorben.« Sie breitete die Arme aus. »Und dann diese Phänomene, die Stigmata, der wunderbare Duft, die Erscheinung, der nicht verwesende Leichnam …«

»Du glaubst, das liegt am Arsen?«

»Das weiß ich«, versicherte Kathryn ihm.

»Kann er absichtlich vergiftet worden sein?«

»Schon möglich, doch wir wissen, daß er nur geringe Mengen einnahm.«

»Da ist noch etwas« – Colum stand auf –, »das du untersuchen mußt, Kathryn. Hat es in diesem Haus rätselhafte Besucher gegeben? Irgend eine Verbindung zwischen den Bußbrüdern Jesu Christi und dem französischen Hof?« Er beugte sich zu ihr hinunter und küßte sie auf die Stirn. »Aber gib acht«, warnte er sie, »geweihte Domfreiheiten sind kein Schutz vor plötzlichem Tod!«

SECHS

»Radix malorum est cupiditas.«

Chaucer, Die Erzählung des Ablaßkrämers

Bruder Timothy, einer der Älteren unter den Bußbrüdern Jesu Christi, hatte nur sehr wenige Beschäftigungen im Leben außer zu beten und aus einem kleinen Fenster zu schauen, das auf das Rasenstück des Gethsemane-Gartens hinausging. Bruder Timothy liebte den Anblick: Die mit Kies bestreuten Wege dort unten waren immer ruhig. Gern schaute er auf den großen Rasen hinunter, der sich bis zur hohen Blendwand erstreckte, und auf die Bäume, die den Rasen in Form eines Hufeisens umgaben. Gethsemane veränderte sich mit den Jahreszeiten. Klirrender Frost an einem Wintermorgen oder eine dicke Schneedecke konnten den Garten in den weißen Innenhof eines himmlischen Palasts verwandeln. Atemberaubend war vor allem der sanfte Hauch des Frühlings, wenn das frische Gras lang aufschoß, wenn die Vögel herabstießen, die Knospen aufbrachen und gleich dem Auferstandenen wieder zum Leben erwachten. Bruder Timothy war der Gärtner unter den Bußbrüdern gewesen, kannte jeden Zoll des Gartens. Besonders fasziniert hatte ihn eine Wieselkolonie, die in der Blendwand hauste und häufig auf dem Rasen nach Futter suchte.

»Schade um die Kaninchen«, murmelte er.

Die Wiesel hatten blutige Rechnungen mit ihnen beglichen, aber so war das Leben! Bruder Timothy hatte die achtzig längst überschritten. Als junger Bogenschütze hatte er in der Schlacht bei Agincourt unter dem großen Heinrich gekämpft. Er hatte mit eigenen Augen ansehen müssen, wie hilflose Kriegsgefangene hingerichtet wurden. Davon war er krank geworden und mit dem festen Entschluß nach Hause zurückgekehrt, sich einem Leben in Gebet und Wiedergutmachung zu widmen. Bruder Timothy verließ seine Zelle nur selten. Gewissenhaft führte er Buch über alles, was er sah. Zuweilen malte er die verschiedenen Vögel und Tiere in das Pergamentbuch, das der Skriptor der Klosterschreibstube ihm gegeben hatte. Im Gebäude selbst ging es geschäftig zu, doch der Garten Gethsemane wurde kaum aufgesucht. Er war wie eine verlorene Insel der Träume im rastlosen Alltag des Klosters – bis auf den seligen Roger!

Bruder Timothy mümmelte mit zahnlosen Kiefern und wischte sich mit dem Handrücken etwas Speichel von den Lippen. Bruder Timothy hielt sich für den Wächter von Gethsemane. Er wußte, welche Mönche sich dort aufhielten – manchmal war es Anselm, der Prior, und natürlich Gervase, der Subprior, der direkt für das Klostergelände zuständig war. Schließlich war da noch Bruder Roger Atworth mit dem schafsäugigen Laienbruder, seinem ständigen Begleiter und Schatten. Atworth war oft im Garten spazierengegangen, war sogar bis in den hinteren Winkel vorgedrungen. Bruder Timothy hielt sich am Fensterbrett fest. Ach ja, der Winkel hinter dem großen Hagedorngebüsch, diese steinerne Zelle, die an die Mauer gebaut worden war, das kleine Gefängnis der Verfluchten. Ach ja! Bruder Timothy neigte den Kopf.

»Jesu miserere!« Der alte Mönch flüsterte ein Gebet für die Frau, die dort in Gefangenschaft saß. Er schaute auf. Der Tag neigte sich. Er hatte von der Aufregung gehört – daß man Bruder Roger Atworth tot aufgefunden hatte, daß seinen Tod unheimliche Phänomene begleiteten, die Erscheinung in der Kapelle. Bruder Timothy lächelte trübe. Er war in seinem fünfundachtzigsten Sommer und glaubte nicht an Erscheinungen. Der Herr im Himmel war zu beschäftigt, um sich über Canterbury Gedanken zu machen, das mit den Gebeinen des Heiligen Beckett ohnehin schon gut versorgt war. Einer der Laienbrüder hatte auch die Ankunft bedeutender Männer erwähnt, wichtiger Personen bei Hofe. Aber wessen Hof? Manchmal war Bruder Timothy verwirrt. Immer dieser Streit, diese blutigen Schlachten, Armeen, die vordrangen und wieder zurückwichen. Sogar eine Ärztin war anwesend! Bruder Timothy begannen die Beine zu schmerzen, daher setzte er sich auf den Stuhl. Jemand hatte gesagt, es sei Swinbrookes Tochter. Der alte Mönch schmunzelte, und um seine Augen bildeten sich kleine Falten. Er hatte den alten Swinbrooke gemocht. Der Arzt war während der Pest hierhergekommen, und war da nicht immer eine helläugige, rothaarige, rundliche Frau bei ihm gewesen? Wie hieß sie doch gleich? Aminsa? Thomasina? Wie auch immer, dem geschwätzigen Bruder Eadwig zufolge, der ihm die Mahlzeiten brachte, würde diese Ärztin über Nacht bleiben.

So alt Bruder Timothy auch sein mochte, er war stolz auf sein Gehör und sein Sehvermögen. Er hörte den Kies auf dem Pfad knirschen. Keck wie ein Spatz kehrte der Alte wieder an seinen Fensterplatz zurück und schaute hinaus.

»Aha!« Es war Subprior Gervase. Timothy erkannte es an dem weißen Hermelin, mit dem die Kapuze des Subpriors gesäumt war. Bruder Timothy beobachtete, wie Gervase den Rasen überquerte und zwischen den Bäumen und Büschen am anderen Ende verschwand. Warum machte er das? War er nicht am frühen Nachmittag schon dort gewesen? Bruder Timothy schüttelte den Kopf. Gervases Verhalten war in den vergangenen Monaten sehr merkwürdig geworden. Ob er die Gefangene besuchte? Wäre Timothy noch besser zu Fuß gewesen, wäre er hinausgegangen und hätte nachgesehen, was es in der hinteren Ecke von Gethsemane so Interessantes gab.

Die Glocken der Priorei begannen zu läuten, ein Zeichen dafür, daß sich die Brüder innerhalb der nächsten Viertelstunde in der Kirche versammeln würden, um das Brevier zu singen; Gervase würde wohl nicht lange bleiben. Bruder Timothy blieb auf seinem Wachposten. Er sah eine kleine, schemenhafte Gestalt unter einem Busch hervorkriechen und über das Gras hasten. Timothy war abgelenkt. War das nicht so eine verdammte Ratte? Ein paar Wochen zuvor hatte Timothy die erste gesehen, die sich frech auf den Rasen wagte, um Nahrung zu suchen; dann waren die Ratten verschwunden. Timothy hatte in einem Buch in der Bibliothek nachgeschlagen und das blutige Handwerk seiner alten Freunde erkannt, der Wiesel. Bruder Timothy hatte Eadwig nach der Verseuchung befragt. Eadwig hatte sogar eine Ratte gefangen und getötet, so daß Timothy sie in sein Skizzenbuch malen konnte. Timothy hatte einen Blick auf den blutigen, ziemlich verkohlten Kadaver geworfen und sich seine eigenen Gedanken gemacht.

»Ein häßliches Tier, vom Teufel gemacht!« hatte er ausgerufen, doch er hatte das Geschöpf aus seinem Gedächtnis verbannt. Er drehte sich um, ging wieder an seinen Tisch und nahm das Skizzenbuch mit den zerknitterten Seiten zur Hand. Ja, da war es, mit schwarzem Kopf, einer langen, bösartigen Schnauze, schwarzen, glänzenden Augen und einem teufelsgleichen Schwanz.

»Habt Ihr es verbrannt?« hatte er Eadwig gefragt und an das verkohlte Fell gedacht.

»Ich weiß nicht, wovon Ihr sprecht«, hatte der Laienbruder erwidert. »Ich war in einem der Außengebäude. Da tauchte so ein Scheusal auf, und ich habe es mit einem Knüppel erschlagen.«

Bruder Timothy fiel seine Wache wieder ein, und er trat ans Fenster. Die Schatten auf dem Rasen wurden länger, die Glocke rief zum Brevier, doch Bruder Gervase war noch nicht wieder aufgetaucht. Timothy spürte ein kaltes Prickeln zwischen den Schulterblättern. Da stimmte doch etwas nicht! Warum sollte Gervase dort bleiben? Timothy zerbrach sich den Kopf. Natürlich, die Ruinen! Hier hatten schon Gebäude gestanden, ehe das Kloster errichtet wurde: Das Haus eines Kaufmanns war vor etwa 250 Jahren an den Orden gefallen; die Grundmauern und Keller lagen noch hinter jenen Büschen, nichts weiter als feuchte Gruben. Bruder Timothy fiel die messingbewehrte Tür am Fuße einer zerfallenen Treppe ein. Alcuin, der alte Bibliothekar, hatte ihm davon erzählt. Vor langer Zeit, noch ehe die Franziskaner überhaupt nach Canterbury kamen, war dies ein Park gewesen. Er hatte einem Adligen gehört, der wiederum auf noch älteren Grundmauern gebaut hatte. Gethsemane war sein Privatgarten gewesen. Das Haus hatte dort gestanden, wo später die Lagerräume der Mönche errichtet worden waren. Vielleicht hatte Gervase dort zu tun?

Bruder Timothy setzte sich auf seinen gepolsterten Stuhl, der eigens ans Fenster gerückt worden war, so daß er sich während seiner Wachen ausruhen konnte. Er wußte sehr viel über dieses Gelände. Und wenn Bruder Gervase nun zurückkäme? Timothy stand auf und öffnete das vergitterte Fenster. Die Abendluft war kalt, duftete aber noch immer nach Blumen und Bäumen und trug sogar den fernen Lärm der Stadt herüber. Wieder läutete eine Glocke. Bruder Timothy vernahm ein Geräusch. Er lehnte sich auf die Fensterbank und schaute hinaus. Gervase stand neben dem großen Hagedornbusch, die Kapuze auf dem Kopf, die Hände in die Ärmel seiner Kutte gesteckt. Er stand einfach nur da, als wäre er tief in Gedanken versunken. Bruder Timothy blinzelte und schaute noch einmal hin. War das eine Rauchfahne? Von Grauen gepackt, stockte ihm der Atem. Gerade noch stand Gervase dort; im nächsten Augenblick war es, als hätte die Erde sich geöffnet und Feuer gespuckt.

»Gervase!« schrie er.

Das Herz des alten Timothy schlug schneller. Starr vor Entsetzen sah er, wie der Subprior plötzlich in einer Feuerzunge aufging, die zum Himmel emporloderte. Bruder Timothy grub die Fingernägel in die Handflächen. Er versuchte zu rufen, doch es gelang ihm nicht. Der Subprior stand noch immer, die Flammen hüllten ihn ein. Bruder Timothy taumelte nach Atem ringend vom Fenster, nahm die Handglocke vom Tisch, sank auf die Knie und begann kräftig zu klingeln.

Kathryn war in ihrem Zimmer im Gästehaus, als die Sturmglocke zu dröhnen begann. Man hatte ihr eine angenehme Unterkunft zur Verfügung gestellt, ein geräumiges, sauberes und gut ausgefegtes Zimmer mit einem bequemen Bett, Stuhl, Tisch und einem schmalen Fenster, das auf die Klostergärten hinausging. Colum war gegangen und hatte versprochen, daß er oder Thomasina noch einmal zurückkämen mit Kleidung zum Wechseln und anderen Dingen, die Kathryn benötigte. Sie saß gerade am Tisch und öffnete ihre

Schreibmappe, als die durchdringenden Töne der Glocke sie aufschreckten. Sie zögerte, etwas zu unternehmen, denn sie war nur zu Gast und darauf bedacht, sich nicht in den glatten Klosterbetrieb einzumischen. Schritte polterten über die Galerie. Dann folgte ein hastiges Klopfen an ihrer Tür. Bruder Jonquil stürmte mit bleichem Gesicht herein, die Augen weit aufgerissen.

»Mistress Swinbrooke, am besten, Ihr kommt gleich mit! Es ist abscheulich, Ihr …«

»Was?« Kathryn sprang auf und schlüpfte rasch in ihre Sandalen. Ruckartig zog sie an ihrem Kleid, um die Spangen zu schließen, und fing Bruder Jonquils verlegenen Blick auf. »Seid unbesorgt, Bruder«, spottete sie, »es sind nur meine Knöchel. Was ist geschehen?«

»Gervase … Gervase, er steht in Flammen!«

Kathryn konnte sich keinen Reim darauf machen, folgte jedoch Jonquil die Treppe hinunter aus dem Gästehaus ins Freie. Jonquil ging schnell durch schmale Gänge, über einen Kiespfad, der zur einen Seite vom Kloster, zur anderen von der Blendmauer gesäumt war. Andere Mitglieder der Gemeinschaft liefen, die Kutten gerafft, mit ängstlichem Blick und besorgten Mienen in dieselbe Richtung. Kathryn bog um eine Ecke. Klostergebäude mit kleinen Erkerfenstern, hervorstehenden Simsen und Stützpfeilern lagen zu ihrer Linken. Zu ihrer Rechten erstreckte sich jenseits eines breiten, mit weißem Kies bestreuten Pfades eine wunderschöne Rasenfläche in U-Form, gesäumt von Bäumen und Büschen. Am anderen Ende der Rasenfläche hatte sich eine Gruppe Mönche versammelt. Schwarze, dicke Rauchwolken trugen den erstickenden Gestank verbrannten Fleisches herüber.

»Um Gottes Willen!« flüsterte Kathryn.

Der Rauch und der entsetzliche Gestank zerstörten die Heiterkeit des Gartens. Anselm stand dort drüben und winkte sie herüber. Sie lief über den Rasen. Die Gruppe der Mönche teilte sich und gab den Blick auf ein breites, dunkles Leinentuch frei, das die Überreste des Feuers abdeckte. Unter den Rändern kringelten sich noch immer Rauchschwaden empor, und der eklig süße, entsetzliche Geruch hing in der Luft.

Anselm sah aus, als habe er den Verstand verloren; sein Gesicht war eigenartig bleich. Er packte Kathryns Hand und schluckte. »Der Herr möge mir verzeihen, Mistress, mir geht es nicht gut. Mir wird übel.«

Kathryn stützte ihn am Arm und führte ihn fort. »Kniet nieder«, befahl sie.

Der Prior folgte ihr, hustete, würgte und bedeckte den Mund mit der Hand.

»Jonquil«, befahl sie, »kümmert Euch um Vater Prior!«

Kathryn ging wieder zu der kleinen Gruppe. Simon erkannte sie, die anderen nicht; der Krankenpfleger war aschfahl, seine Hände zitterten.

»Der Herr möge uns verzeihen, Mistress, aber Bruder Gervase ...!«

Kathryn wartete nicht mehr. Sie zog das Tuch fort. Hätte der Krankenpfleger es ihr nicht gesagt, hätte Kathryn die Leiche nicht erkannt. Sie bestand nur noch aus Klumpen versengten Fleisches an geborstenem, gelblichem Gebein. Kopf und Gesicht waren nicht zu erkennen, geschrumpftes Fleisch, das durch die hervorstehenden Zähne und die leeren schwarzen Augenhöhlen noch grotesker wirkte.

»Ist das Gervase?« fragte sie.

Sie sah, daß alle Kleidungsstücke und die Schuhe verbrannt waren und nur die grauenhafte Parodie eines Menschen übriggeblieben war. Kathryn hatte ähnliche Leichen gesehen, die man aus brennenden Häusern gezogen hatte, unkenntlich, nichts weiter als verkohlte Knochen, an denen noch Klumpen schwarzen Fleisches hingen.

»Er trug eine Eisenkette um den Hals«, vertraute ihr Simon an, »mit dem Lorraine-Kreuz daran. Und einer unserer Alten hat gesehen, wie er hierher ging.«

Kathryn bückte sich und rief sich den Rat ihres Vaters ins Gedächtnis: »Denke nicht, überlege nicht, laß deine Körpersäfte nicht deinen Verstand verdüstern oder ihn mit Bildern krank machen.« Kathryn schluckte. Sie bat den Krankenpfleger, ihr einen Stock zu holen. Er eilte davon und kam mit einem Ast wieder, von dem er Zweige und Blätter entfernt hatte. Kathryn drehte die verkohlten Überreste um und hielt sich vor dem üblen Geruch die Nase zu.

»Bedenkt, Bruder«, flüsterte sie, »das ist die Leiche eines Mannes, der den Flammen zum Opfer fiel. Das Feuer hat seine Kleidung verbrannt, sein Unterzeug, die Hose und die Schuhe. Es hat auch den größten Teil des Fleisches verzehrt, das Blut und die lebenswichtigen Organe verbrannt. Wie die Augen sind auch die meisten Organe flüssig geworden.« Sie betrachtete den großen Fleck auf dem Gras rings um die Leiche. »Ist er hier verbrannt?«

»Nein, nein, er wurde hierhergebracht.«

Kathryn war froh, die schwelenden Überreste liegen lassen zu können, und folgte dem Krankenpfleger unter die Baumgruppe und zwischen die Büsche, die den Rasen von der hohen Blendwand des Klosters trennten. Es war dunkel und schattig hier, eher ein Dickicht voller Dornengestrüpp, Büsche und verschiedener Baumarten: Platanen, Eschen und Eichen. Simon blieb stehen, um einen Hagedornbusch zur Seite zu halten. Kathryn fiel auf, daß ein großer Teil dieses Busches sowie die Erde darunter ebenfalls schwarz verkohlt war; dasselbe stellte sie an einem zwei Schritt breiten Stück gegenüber fest. Der Brandgeruch erstickte jeglichen Gartenduft. Kathryn ging in die Hocke und betrachtete die Erde. Gras und Unterholz waren zu schwarzer Asche verkohlt, die unter ihren Füßen knirschte. Sie erhob sich und untersuchte den Hagedornbusch, der auch teilweise vom Feuer verzehrt worden war. Asche schwebte wie Federn in der abendlichen Brise.

»Was ist das?« fragte sie.

Bruder Simon deutete über den Rasen, inzwischen von Schatten gesprenkelt in der untergehenden Sonne, die sich in den geteilten Glasscheiben der Erkerfenster spiegelte.

»Das ist Gethsemane, Mistress Swinbrooke – ein kleiner Park oder Lustgarten, in dem die Brüder spazierengehen. Der Adlige, dem das hier einmal gehörte, hat ihn unserem

Kloster nur unter der Bedingung überlassen, daß dieser Teil nie bebaut werden dürfe. Er nannte ihm sein Gethsemane.«

Kathryn nickte. Gethsemane war ein heiterer, freundlicher Ort, voller Freuden der Natur, doch jetzt befleckt von diesen grotesken, stinkenden Überresten, dem gräßlichen Fleck auf dem Rasen und dem durchdringenden Geruch nach Brand und Vernichtung. Andere Mitglieder der Klostergemeinschaft standen in wachsamem Schweigen auf der gegenüberliegenden Seite des Rasens. Diejenigen, die einen schwachen Magen hatten, waren nach einem Blick auf die Szene fortgegangen und hatten sich auf die Steinbänke entlang des Kiespfades gesetzt. Prior Anselm hatte seine Fassung wiedererlangt. Gestützt von Bruder Jonquil, betrachtete er entsetzt den Ort des grausamen Geschehens.

Auch Kathryn war übel, und als sie die Hand auf den Mund legte, mußte sie bei dem Brandgeruch beinahe würgen. Sie ließ die Hand sinken und atmete ein paarmal tief ein und aus.

»Ist alles in Ordnung, Mistress?«

Kathryn drehte sich nicht um. Sie streckte sich und lehnte sich an einen Baum.

»Mistress, stimmt etwas nicht?«

Kathryn schüttelte den Kopf und gestikulierte mit der anderen Hand. Sie blieb eine Weile stehen und lauschte den fernen Geräuschen der Stadt hinter der Mauer.

»Ist es nicht merkwürdig?« murmelte sie. »Eigentlich müßten hier Vögel singen, und doch – wie still es geworden ist.«

»Was sollen wir tun?« Prior Anselms Jammern zerriß die Stille.

Kathryn ging zurück.

»Bruder Simon«, sie packte den Krankenpfleger beim Ellbogen, »laßt die Überreste einhüllen und ins Beinhaus bringen. Sagt Euren Brüdern, sie sollen jetzt gehen.«

»Soll ich Wasser holen lassen«, schlug der Krankenpfleger vor, »damit das Gras gereinigt wird?«

»Nein, nein.« Kathryn ging über den Rasen zurück. Sie

hielt den Blick auf das Klostergebäude gerichtet, denn sie wollte nicht auf die Überreste schauen, die jetzt von den Brüdern abgedeckt wurden. »Schafft sie fort!« sagte sie rasch. »Prior Anselm, Bruder Simon!« rief sie. Die beiden Mönche folgten ihr über den Rasen.

Der Rest der Gemeinschaft wurde nun höflich fortgescheucht. Kathryn setzte sich auf eine der Steinbänke, schloß die Augen und war um Haltung bemüht. Anselm, Simon und Jonquil entfernten sich ein Stück und unterhielten sich flüsternd. Jemand berührte Kathryn sacht am Knie, und sie schlug die Augen auf.

»Ich bin Eadwig.« Der Laienbruder lächelte sie aus freundlichen Augen an. Er bot ihr einen Weinkelch an. »Leicht gewürzt«, erklärte er. »Dasselbe bringe ich auch den anderen Brüdern. Es wird Euch stärken.«

Kathryn ergriff den Zinnkelch. Der Wein war ein kräftiger Bordeaux, fruchtig und frisch und spülte den fauligen Geschmack von ihrer Zunge. Sie trank in vorsichtigen Schlukken; Eadwig hockte vor ihr und beobachtete sie genau.

»Er hat es gesehen, müßt Ihr wissen.« Er zeigte mit der Fingerspitze nach oben.

»Gott sieht alles, Bruder.«

»Nein, nein.« Ein Lächeln huschte über Eadwigs schmales Gesicht. »Nicht Gott, aber jemand, der fast genauso alt ist: Bruder Timothy. Er hat den Alarm ausgelöst.«

Kathryn richtete sich auf. Es ging ihr besser, auch wenn Gervase tot war, seine Seele zu Gott gegangen, sein Körper vom gräßlichen Feuer verzehrt. Sie konnte nichts für ihn tun, nur beten und herausfinden, was wirklich geschehen war. Eadwig setzte sich neben sie. Kathryn warf einen Blick über den Rasen. Gervases Leiche, die jetzt in das Leinentuch eingewickelt war, wurde auf einer provisorischen Bahre davongetragen. Das einzige, was von seinem brutalen Tod übrigblieb, war der scheußliche Fleck im Gras, der schwache Geruch, der noch immer darüber hing, und Rauchschwaden, die wie die Schatten verlorener Seelen über dem Gras schwebten.

»Ist es nicht furchtbar?« meinte Eadwig. »So ein Kontrast. Grünes Gras, ein frischer Frühlingsabend, die untergehende Sonne, und dann schlägt der Tod zu: wie ein Pfeil ins Herz, nicht wahr, Mistress?«

»Was hat Gervase da drüben gemacht?« fragte Kathryn.

»Das weiß niemand.«

Anselm und die anderen beiden schlossen sich ihnen an.

»Was geht hier vor?« fragte Anselm mürrisch und warf Eadwig einen zornigen Blick zu. »Was gibt es hier zu schwätzen?«

»Vater Prior, ich versuche nur, zu helfen.« Eadwig stand auf. »Ich habe es Euch bereits gesagt; ich habe den Alarm ausgelöst. Bruder Timothy hat alles gesehen.«

»Wer ist dieser Bruder Timothy?« Kathryn warf dem Prior einen kurzen Blick zu. »Kann er herunterkommen? Ich würde mich gern mit ihm unterhalten.«

»Mistress«, entgegnete Prior Anselm, darauf bedacht, seine Stellung zu stärken, »Ihr habt hier keine Befugnisse.«

»Ich habe alle Befugnisse.« Kathryn seufzte. »Wenn Ihr wollt, Prior, gehe ich zur Stadt und hole mir eine entsprechende Bestätigung. Ich bin hier, um den Tod des seligen Bruders Atworth zu untersuchen. Nun stirbt Euer Subprior, Opfer eines rätselhaften Feuers. Bitte, bringt Bruder Timothy herunter.«

Der Prior gab zögernd nach. Kathryn blieb sitzen und trank den Wein aus. Ein kleiner Korbstuhl wurde herausgetragen und vor sie hingestellt, und kurz darauf kam Bruder Timothy herausgehumpelt. Er machte es sich auf dem Stuhl bequem, knöchrige, geäderte Hände hielten einen Stock fest. Bruder Timothy lächelte Kathryn aus hellen, kecken Augen an, während er sich den kahlen Kopf tätschelte.

»Alles fort.« Er mümmelte auf den zahnlosen Kiefern. »Ich weiß, ich habe ein Gesicht wie ein Totenkopf, doch meine Augen und Ohren sind gesund. Ich kann mich an Euren Vater erinnern.« Er beugte sich vor. »Ihr seid eher wie er, und diese Amme oder Magd, Camasina?«

»Thomasina.«

»Ach ja, richtig.«

»Bruder«, Kathryn setzte sich auf die Kante der Bank, »sagt mir, was Ihr heute abend gesehen habt.«

Bruder Timothy hatte sich von seinem Schock erholt und beschrieb haargenau, was geschehen war. Prior Anselm, Jonquil und Simon trugen eine Bank herbei und setzten sich neben sie.

»Warum ist Gervase wohl dort hinüber gegangen?« fragte Kathryn.

Anselm zuckte mit den Schultern. »Das hier ist Gethsemane, der Klostergarten.«

»Aber warum ist er in die Büsche gegangen?«

»Das Klostergelände fiel in seinen Aufgabenbereich.«

»Vielleicht war er bei der Verfluchten«, murmelte Prior Anselm.

»Bei wem?« wollte Kathryn wissen.

»Mathilda Chandler.«

»Diesen Namen habe ich schon einmal gehört.«

»Es gab einmal eine Zeit, da war er in aller Munde«, schaltete der Krankenpfleger sich ein. »Mathilda Chandler war mit Robert dem Kerzenzieher in der Honeypot Lane verheiratet. Vor dreiundzwanzig Jahren, am Vorabend der Geburt Johannes des Täufers, wurden die Büttel zu Roberts Haus gerufen. Sie fanden ihn mit durchschnittener Kehle vor, und ihre vier Kinder, das älteste nicht älter als sechs Jahre, alle tot!«

Kathryn schaute zu der düsteren Baumreihe hinüber und fragte sich, welche schrecklichen Geheimnisse sie hüteten.

»Du lieber Himmel!« murmelte sie. »Man hätte sie hängen sollen!«

»Das sagten die königlichen Richter. Doch Mathilda gebärdete sich vor Gericht wie eine Verrückte. Mehr noch, sie entwischte ihren Wächtern und bat hier im Kloster um Asyl. ›Verrückt und mondsüchtig‹, ›besessen von einem Dämon‹, so lauteten die Eintragungen in der Chronik des Klosters. Der Sheriff erhielt Befehle vom Erzbischof: Wenn Mathilda Chandler um Asyl gebeten hatte, dann wolle man ihr dieses gewähren. In die Ecke der Klostermauer wurde eine kleine Zelle gebaut, ungefähr sechs Fuß hoch und drei Schritt im Durchmesser. Dort wurde Mathilda eingekerkert; es gibt einen Spalt, durch den sie Luft, Licht und Nahrung erhält.«

»Läßt man sie je ins Freie?«

»Die Zelle hat eine kleine Tür, doch die ist von einer Eisenplatte gesichert. Hin und wieder«, gestand Simon, »läßt man die arme Frau hinaus und reinigt die Zelle. Bruder Gervase war dafür zuständig. Vielleicht hat er sie besucht.«

»Ist sie noch immer verrückt?« fragte Kathryn.

»O nein, klar wie ein Frühlingsteich«, erklärte Simon.

»Bruder Atworth hat sie auch besucht. Sie haben über vieles gesprochen. Roger tat sie leid. Er gestand mir einmal« – Prior Anselm spielte mit einer Quaste an seinem Gürtel –, »er wolle versuchen, eine Begnadigung für sie zu erwirken, eine Erleichterung ihrer Schmerzen.«

Kathryn schaute über die Rasenfläche. Eine Ringeltaube stolzierte herum, gleichsam als Vorhut für die anderen Vögel, um zu spähen und herauszufinden, ob die Harmonie dieses geweihten Ortes wiederhergestellt war. Die Sonne ging unter, und der Himmel erstrahlte in roten Farben. Die Schatten der Bäume streckten sich wie lange schwarze Finger über den Rasen; die abendliche Brise frischte auf.

»Erzählt es mir noch einmal, Bruder Timothy.«

Der alte Mann drehte sich auf seinem Stuhl herum und zeigte hinüber.

»Bruder Gervase trat unter den Bäumen hervor, die Hände in den Ärmeln seiner Kutte verborgen. Er muß kurz dort gestanden haben. Ich sah eine Rauchfahne, und dann ging sein ganzer Körper in Flammen auf.«

»Hat er geschrieen? Lief er weiter?«

»Ich weiß nicht, Mistress, ich habe den Blick abgewandt. Als ich wieder hinschaute, war er zusammengebrochen und brannte lichterloh.« Bruder Timothy wandte sich an den Prior, das Kinn streitlustig vorgeschoben. »Gervase war kein schlechter Mönch. Ich habe die Brüder sagen hören, er sei gestorben, weil er nicht an den seligen Roger Atworth geglaubt habe.«

»Das ist Unsinn!« fuhr der Prior auf und erhob sich. »Mistress Swinbrooke?«

Kathryn hob die Hand. »Bruder Timothy, ich danke Euch. Vater Prior, ich würde gern noch hierbleiben. Ich möchte noch einmal über den Rasen zurückgehen.«

»Es wird dunkel«, warnte der Krankenpfleger.

»Das Licht reicht noch aus, um etwas zu erkennen.« Kathryn stand auf und küßte den Alten auf die Stirn. »Aber zuerst muß ich Eurer Küche einen Besuch abstatten.«

Sie bedankte sich bei allen und ging davon. Ein Laienbruder wies ihr den Weg. Kathryn betrat die große, mit Steinfliesen ausgelegte Küche; der diensthabende Mönch eilte emsig auf sie zu. Über dem dicken Bauch trug er eine schneeweiße Schürze. Er hörte sich an, was Kathryn wünschte.

»Gewiß, gewiß. Und Ihr wollt in Eurem Zimmer essen?«

»Ja, später«, sagte Kathryn. »Aber kann ich das haben, worum ich gebeten habe?«

Der Laienbruder reichte ihr einen kleinen Weinschlauch, ein paar Scheiben Dörrfleisch, Brot, einen kleinen Topf Honig und etwas Marzipan, eingeschlagen in saubere Leinentücher. Er steckte alles in einen Ledersack. Diesen schlang sich Kathryn um das Handgelenk und kehrte wieder nach Gethsemane zurück. Der Garten lag verlassen da, nur der Krankenpfleger segnete die Stelle, an der Gervase gestorben war, mit Weihwasser. Kathryn nickte Bruder Simon zu, der das Ritual fortsetzte, und trat zwischen die ersten Bäume. Neben dem Hagedornbusch blieb sie stehen und warf einen Blick zurück auf das Kloster. Verschwommen sah sie ein Gesicht, das sich im ersten Stockwerk ans Fenster drückte, und hob die Hand. Der alte Bruder Timothy winkte zurück.

»Demnach habt Ihr alles gesehen«, murmelte Kathryn.

Sie legte den Lederbeutel ab und stellte sich so, wie Gervase gestanden haben mochte, die Arme verschränkt. Sie bückte sich und schnüffelte. Dabei nahm sie einen leichten Duft wahr. Was war es? Seife? Etwas Schärferes? Sie ging tiefer in das Dickicht hinein. Durch das Gewirr von Büschen erblickte sie die Klostermauer; schmale, ausgetretene Pfade führten in alle Richtungen.

»Wenn jemand auf ein Stelldichein aus wäre«, murmelte sie, »ein Mönch, der seine Geliebte treffen wollte, dann wäre dies ein idealer Ort.«

Sie stellte fest, daß das Gras niedergetreten war, und hier und da waren die Dornenranken abgeknickt. Das Dickicht endete, und Kathryn betrat eine kleine Lichtung, deren Boden von totem Laub und Aststücken übersät war. Sie tippte mit dem Fuß auf; die dünne Erdschicht bedeckte harten Stein, und ein Stück weiter erhob sich eine Mauer, von der Stufen nach unten führten. Kathryn trat ans obere Ende dieser Treppe. Die bröckelnden Steinstufen waren von Menschenhand geschaffen. Die Mauern zu beiden Seiten bestanden aus gebrannten Ziegelsteinen. Kathryn wurde klar, daß sie auf den Grundmauern des alten Herrenhauses stehen mußte. Alles, was davon übriggeblieben war, war dieser Weinkeller. Vorsichtig ging sie hinunter. Die Steine waren glitschig. Ihr fiel die Rattenplage ein, und sie betete im stillen, daß ihr keiner dieser Speichellecker des Teufels begegnen möge.

Die Tür am unteren Ende war geschlossen, hatte jedoch kein Vorhängeschloß. Kathryn drückte die Klinke, schob die Tür auf und ging hinein, wobei sie die Füße über den Boden schlurfen ließ. Sie tastete an der Wand entlang und fand eine dicke, halb herabgebrannte Talgkerze; daneben lag ein Zündholz. Nachdem sie es mehrmals angestrichen hatte, konnte sie die Kerze anzünden, doch der Docht flakkerte feuerrot. Kathryn hielt die Kerze in die Höhe. Der Raum war lang und dunkel, zwei weitere Stufen führten hinab auf einen Lehmboden. Die Decke bestand ebenso wie die Mauern aus Ziegelsteinen, die Tünche war längst abgeblättert. An der gegenüberliegenden Seite standen zwei Holzsäulen, dazwischen ein Tisch. Kathryn blickte sich suchend um. In einer Ecke entdeckte sie Fässer, deren Deckel sie anhob. Das eine war voll alter Seile, das andere enthielt ein paar Ketten und Metallstücke, verrostet und verbogen. Kathryn untersuchte den Keller sorgfältig. Zufrieden blies sie die Kerze aus und ging die Treppe wieder hinauf. Da erst erkannte sie, daß sie die Tür nur angelehnt hatte, und schalt sich ihrer eigenen Dummheit. Sie würde nicht mehr an einen solchen Ort gehen ohne Colum oder einen anderen, der sie beschützte.

Draußen ließ das Licht nach, doch es reichte noch, um den Erdboden zu untersuchen. Jemand war hier gewesen. Kathryn erkannte den Abdruck von Sandalen. War es Gervase oder ein anderer? Als eine kleine, braune, pelzige Gestalt vor ihr über den Boden huschte, schrak Kathryn zusammen. Zunächst hielt sie es für eine Ratte, doch dann dachte sie an die weiße Schwanzspitze und erkannte, daß es ein Wiesel gewesen sein mußte. Sie holte den Lederbeutel mit den Nahrungsmitteln und ging zur Blendwand, an der sie sich orientierte. Die Mauer bestand aus harten, geschwärzten Ziegelsteinen, sehr alt, aber stabil und dick, ungefähr zehn Fuß hoch und mit Zinnen versehen. Kathryn blieb stehen. Von ferne hörte sie Geräusche. Sie versuchte, sich die äußere Form des Klosters vorzustellen, und kam zu dem Schluß, daß auf der anderen Seite eine Gasse entlanglaufen mußte. Sie ging weiter.

»Wer ist da?« Die Stimme schien aus dem Nichts zu kommen.

»Wer ist da?« wiederholte die Frauenstimme. »Ihr seid kein Mönch. Ich rieche Euer Parfüm. Ihr seid eine Frau.«

Kathryn schob den Zweig eines Busches beiseite. Sie hatte den hinteren Winkel erreicht. Die Zelle der Verfluchten ragte vor ihr auf, ein großes Rechteck aus Stein mit einem breiten Guckloch hoch oben in der Mauer. Kathryn erblickte schmutzige Finger und helle Augen.

»Wer seid Ihr?« Die Stimme war leiser geworden.

»Ich bin Kathryn Swinbrooke, Ärztin der Stadt. Ich bin zu Gast hier.«

»Ein Gast?« Die Stimme der Frau klang weich. »Aber Ihr wißt über mich Bescheid?«

»Ich weiß alles über Euch, Mathilda Chandler.«

»So?« spottete die Stimme. »Das über jemanden zu sagen, den man nie gesehen hat, ist überheblich, Mistress.«

Kathryn lächelte kleinlaut.

»Ihr habt ein starkes, gutes Gesicht, Mistress, obwohl Ihr erschöpft wirkt. An Eurer Stelle wäre ich auf der Hut vor einigen Mönchen hier, mit Euren vollen Brüsten, den langen Beinen und der schlanken Taille. Aber was haben graue Haare bei einer so jungen Frau wie Euch zu suchen? Ihr sagt, Ihr kennt mich. Kenne ich Euch? Es hat einmal einen Arzt mit Namen Swinbrooke gegeben; er wohnte in der Ottemelle Lane.«

»Ich bin seine Tochter.«

»Ach, ach, wie schnell sich die Welt doch dreht. Eine Ärztin!«

Kathryn trat näher heran und öffnete den Lederbeutel. Der faulige Geruch aus der Zelle stieg ihr in die Nase.

»Läßt man Euch jemals ins Freie?« fragte Kathryn.

»Hin und wieder, aber ich trage Ketten – bisher jedenfalls. Die guten Brüder reinigen meine Zelle und entfernen den Unrat.«

»Ich habe etwas zu essen für Euch.«

»Kommt näher. Ich tu Euch nichts.«

»Tretet zurück«, befahl Kathryn.

Sie vernahm ein Rascheln, ging an das Guckloch und spähte hinein. Es roch eher abgestanden denn widerwärtig. Auf dem Boden lagen frische Binsen. Die Zelle wirkte sauber; auf dem Boden lagen frische Binsen. Des weiteren enthielt sie einen Tisch, einen Hocker und ein Feldbett; ein Bord mit irdenen Töpfen, ein kleines Kohlebecken und in der hinteren Ecke einen Abtritteimer, der mit einem Ledertuch bedeckt war. Auf dem Tisch glühten zwei Kerzen in Messingschalen. Kathryn erblickte sogar ein kleines, in Kalbsleder gebundenes Buch auf dem Hocker.

»Viel bequemer als der Kerker in der Burg«, erklärte die Stimme.

Kathryn legte die Leinentücher auf den Rand und schrak

zusammen, als plötzlich ein Gesicht vor ihr auftauchte. Mathildas Augen waren dunkelblau, ihre Haut verblüffend braun, wenn auch um die Augenpartie herum eingefallen. Mathilda drückte Kathryn beide Hände.

»Ich will Euch nicht verletzen, Mistress. Ich danke Euch für das Essen.«

Die Leinentücher verschwanden. Kathryn vernahm Eßgeräusche; dann kam Mathilda zurück.

»Marzipan«, flüsterte sie. »Es reinigt den Mund, nicht wahr? Es ist herrlich, etwas Süßes zu essen.«

Kathryn rührte sich nicht vom Fleck. Sie hatte oft genug mit Verrückten zu tun gehabt und kannte die Anzeichen, doch von Mathilda Chandler ging keine Gefahr aus.

»Behandeln die Mönche Euch gut?«

»Oh, das ist unterschiedlich. Es tut mir leid, daß Bruder Atworth tot ist. Er hat mir mehr Bequemlichkeit verschafft. Ihm verdanke ich die Binsen auf dem Boden und mehr zu essen. Er nannte mich ›Unglückliche‹«, sie blinzelte, »während die anderen mich ›Verfluchte‹ nennen.«

»Seid Ihr das?«

»Ich war es einmal; jetzt habe ich gebüßt. Habt Ihr über mein Verbrechen gehört?«

»Ihr habt Euren Gemahl und Eure vier Kinder ermordet.«

»Ach, immer noch die alte Geschichte. Ich habe es einmal erzählt, ich habe es immer wieder erzählt, doch niemand hat mir zugehört. Ja, ich habe meinen Gemahl umgebracht. Habe ihm die Kehle durchgeschnitten, als er sturzbetrunken war. Wißt Ihr warum, Mistress Swinbrooke? Er hat meine Kleinen umgebracht. Betrunken war er und böse. Er war Kerzenzieher von Beruf, hat alles versoffen. Mir blieb nur noch, das wenige zu nehmen, was er herstellte, und es auf einem Tablett in der Mercery feilzubieten.« Die Augen hinter dem Mauerspalt musterten Kathryn. »Eines Abends kam ich nach Hause, es war ein schöner Juniabend. Im Haus war es still. Ich schob die Tür auf. Mein erstes Kind lag gleich dahinter, der kleine Kopf war aufgeplatzt wie ein Ei.« Die Frau begann zu schluchzen.

Kathryn blieb an dem Sehschlitz stehen und wartete. Ringsum vernahm sie die Geräusche des Dickichts, den gedämpften Abendgesang der Vögel, die sich auf die Nacht vorbereiteten, das Rascheln im Unterholz. Von ferne hörte sie das Läuten einer Klosterglocke als Echo jener Glocken, die in der Stadt zur Vesper riefen. In der Gasse jenseits der Mauer rumpelte ein Karren vorüber.

»Lauscht Ihr auf derlei Geräusche?« fragte Kathryn.

»Sie halten mich bei Verstand.« Mathilda war wieder am Mauerschlitz, ihre Augen tränennaß. »Ich sage Euch, Mistress, ich fand meine anderen Kinder. Sie waren ebenso brutal umgebracht worden. Robert schlief tief und fest in unserem Bett, betrunken wie ein Schwein. Ich nahm ein Messer und schnitt ihm die Kehle durch. Als die Büttel kamen, versuchte ich, es ihnen zu erklären. Ich nehme an, der Rest ist Euch bekannt.«

»Habt Ihr keinen Widerspruch eingelegt?«

»Wer hätte mir schon Glauben geschenkt?«

»Hat Roger Atworth Euch geglaubt?«

»Ja. Er hat mir immer die Beichte abgenommen. Ich habe ihm von dem Mord erzählt, und er hat mir von einigen der scheußlichen Verbrechen berichtet, die er begangen hat. Glaubt mir, Mistress, in gewisser Weise war er ein schrecklicher Mann: Frauen vergewaltigt, Kinder umgebracht, Männer an ihren eigenen Türen erhängt, ganze Dörfer geplündert und niedergebrannt. Ich habe ihm gebeichtet, er mir. Er hat mir erzählt, wie eine Alte ihn einst zu einem gewaltsamen Tod verflucht hat. Ihm blieb nichts anderes übrig, als sich darauf vorzubereiten. Er tröstete mich und sagte, daß ich in den Himmel käme, während er damit rechne, bis in alle Ewigkeit im Fegefeuer zu leiden. Er stand immer da, wo Ihr jetzt steht, Mistress Swinbrooke, und weinte wie ein Kind.«

»Was für ein Mensch war er?« fragte Kathryn.

»Ein gebrochener, ängstlicher Mann, der glaubte, die Dämonen seien ganz in der Nähe.«

»Hat er jemals über Herzogin Cecily gesprochen?«

»O ja. Er sagte, wir alle hätten unsere Geheimnisse, einschließlich der Großen des Königreichs.«

»War er ein Heiliger?«

Kathryn wartete.

»Nein, Mistress, ein großer Sünder, der büßen wollte.«

»Was hat er Euch erzählt?«

»Das kann ich Euch nicht sagen. Es ist nicht richtig, das Siegel der Beichte zu brechen, aber er sprach von Mord, davon, daß er Menschenleben zerstört hat, wie Ihr oder ich eine Fliege zermalmen würden. Er sagte, in Gethsemane drängten sich die Toten zuweilen um ihn: all seine Opfer, viele, viele Menschen, die ihn aus leeren Augen anstarrten.«

»Ging er hier oft spazieren?«

»O ja. Er fand die Gesellschaft der anderen Brüder erdrükkend. Ihr Leben erinnerte ihn nur an seine Sünden.«

»Und Bruder Jonquil?«

»Ein Kreuz« – Mathilda lachte lauthals –, »das er zu tragen hatte.«

»Was meinte er damit?«

»Jonquil ist seltsam. Er spielt den Narren, aber ich nehme es ihm nicht ab. Er ist kein Mönch. Er kam vor ein paar Monaten hierher. Er hat kein feierliches Gelübde abgelegt, nur ein einfaches.« Wieder lachte Mathilda. »Wie es zu einem Einfaltspinsel paßt. Roger Atworth behauptete, Jonquil sei sein Schutzengel, mehr wollte er nicht sagen.«

»Und die anderen Brüder?«

»Sie sind unterschiedlich. Manche sind freundlich, die meisten nehmen mich nicht zur Kenntnis, ein paar sind grausam.«

»Und Gervase?«

»Ah, ich habe von seinem Tod erfahren. Er hat nie mit mir gesprochen, mir nie in die Augen gesehen. Er brachte mir etwas zu essen, stand da und fütterte mich, als wäre ich ein Hund.«

»Ihr mochtet ihn nicht?«

»Ich kannte ihn nicht, Mistress; vielleicht war das die größte Grausamkeit, als ein Nichts betrachtet zu werden. Er rülpste und furzte sogar, als wäre er allein. Ein Mann voller Geheimnisse, dieser Gervase.«

»Ihr könntet mir mehr erzählen, oder?« fragte Kathryn.

»Mistress, ich kann Euch nur sagen, was ich sehe und höre.«

»Atworths Tod?«

»Jonquil kam und sagte es mir. Ich weinte eine Weile und sprach ein Gebet.«

»Glaubt Ihr, er wurde ermordet?«

»Ich sitze hier seit über zwanzig Jahren in Gefangenschaft, Mistress. Ich habe keine Erscheinungen, und kein Engel des Lichts hat mich je besucht. Ich weinte ein wenig, als ich von Atworths Tod erfuhr, und sagte das Requiem. Vielleicht findet er Frieden. Er hat über Magenschmerzen geklagt, schwere Koliken, behauptete aber, er habe eine Arznei zur Linderung der Schmerzen.«

»Und heute abend?« fragte Kathryn. Sie erschrak, als es neben ihr raschelte.

»Oh, seid unbesorgt, Mistress. Das sind nur meine Freunde, die Wiesel. Sie mögen die Mauer. Sie bauen ihre Nester dort und richten unter den Kaninchen und Ratten blutige Verwüstungen an.«

»Den Ratten?« fragte Kathryn zerstreut.

»Aber ja. Vom einen auf den anderen Tag waren sie hier, unverschämt und ausgehungert.« Sie tippte auf das Sims. »Ich habe hier ein paar kleine Krumen für die Vögel hingelegt; sie sind meine Boten. Ich bete zu ihnen. Ich hoffe, sie tragen meine Worte zu meinen Kleinen.« Ein Lächeln trat in die Augen hinter dem Mauerschlitz. »Eines Morgens wachte ich auf und sah eine Ratte, wie ein schwarzgewandeter Knappe. Sie war die Mauer heraufgekrochen und fraß die Krumen, hatte sich hier auf dem Sims festgeklemmt, so versessen war sie.« Das Augenpaar verschwand und tauchte wieder auf. Kathryn sah einen kleinen erhobenen Knüppel. »Ich habe ihr einen Hieb auf die Schnauze versetzt. Bruder Atworth fand den Kadaver und sagte, er sei versengt gewesen. Er hat sie da drüben vergraben.«

»Und die anderen Ratten?« fragte Kathryn.

»Ich habe die Nachricht vernommen. Bruder Atworth pflegte mir den neuesten Klatsch aus der Stadt zu berichten. Er behauptete, die Ratten könnten an einem so geweihten Ort nicht leben und seien aus dem Kloster geflohen. Ich erwiderte, wenn das der Fall sei, warum kämen dann andere seltsame Geschöpfe des Nachts hierher?«

Kathryn schauderte, ein Prickeln der Angst lief ihr über den Rücken.

»Geschöpfe?« fragte sie.

»Das hier ist kein geweihter Ort, Mistress«, flüsterte Mathilda heiser. »Alle möglichen Teufeleien werden begangen!«

SIEBEN

»Seinen Tod habe ich in einer Vision gesehen.«

Chaucer, Die Erzählung des Büttels

Kathryn schaute zurück durch die Büsche. Mathildas Zelle lag völlig abgeschieden, obwohl Kathryn die Strebepfeiler, die Simse und das Glitzern der Fenster im Kloster ausmachen konnte. Der Himmel über ihr wurde dunkler. Sie wollte in ihr Zimmer zurückkehren, doch die rätselhaften Andeutungen der Gefangenen hatten sie neugierig gemacht.

»Ihr habt gehört, was ich gesagt habe, Mistress. Ich bin nicht die Verfluchte. Ich bin eine arme Frau, eingeschlossen in dieser Zelle wegen eines Mordes, den ich nicht begangen habe. Meine Welt ist das, was ich sehe und höre, und glaubt mir, das Äußere trügt. Ihr meint, dieses Dickicht aus Bäumen und Büschen«, ihre Stimme fuhr wie beiläufig fort, »sei einsam, Nistplatz für Vögel und Jagdgebiet für Wiesel?«

»Was habt Ihr gehört?« fragte Kathryn. »Was habt Ihr gesehen? Außer Bruder Atworth?«

»Gervase kam oft herüber, nicht nur, um für mich wie für einen Hund im Zwinger zu sorgen. Ich glaube, er hat sich mit jemandem getroffen.«

»Mit wem?«

»Mit einem anderen Mönch.«

Kathryn erinnerte sich an die Klatschgeschichten aus der Schänke, die Thomasina immer wieder gern erzählte.

»Sprecht Ihr von einer unerlaubten Beziehung?«

»Ich richte niemanden, Mistress Swinbrooke. Ich habe zwei Gestalten im braunen Mönchshabit gesehen. Der eine war ganz bestimmt Gervase, der andere war maskiert.«

»Wie oft?« fragte Kathryn.

»In den letzten paar Monaten fünf- bis sechsmal. Gervase kam heute abend offenbar herüber, aber ich habe ihn diesmal nicht gesehen.«

»Wie?« rief Kathryn.

»Ich habe die Flammen gesehen, das Knacken gehört und den Rauch gerochen«, erwiderte Mathilda. »Aber jetzt, da ich mit Euch rede, werde ich auch neugierig. Gervase kam Stunden zuvor schon einmal herüber.«

»Seid Ihr sicher?« fragte Kathryn.

»Ich habe Euch gesagt, Mistress ...«

»Bitte, sagt Kathryn zu mir.«

»Danke, das werde ich. Gervase kam für gewöhnlich gegen drei Uhr herüber, um den Fremden zu treffen, dann, wenn es im Kloster am stillsten ist. Bruder Timothy hält um die Zeit ein Nickerchen, und Atworth ruhte auch. Ich sah Gervase durch die Büsche kommen. Einmal hörte ich Stimmen, eine war laut, wütend. Das war vor zwei Wochen.«

»Habt Ihr Gervase jemals danach gefragt?«

»Kathryn, ich bin keine Närrin: Was ich weiß und was ich sage, sind zwei verschiedene Dinge.«

»Und heute nachmittag habt Ihr Gervase viel früher gesehen?«

»Ja.«

»Aber es war kein Kommen und Gehen, bis er in Flammen aufging?«

»Nein.«

»Habt Ihr sonst noch etwas gesehen oder gehört?«

»Niemanden außer Gervase!«

Kathryn trat zurück. »Ich komme morgen wieder«, erklärte sie. »Kann ich Euch etwas mitbringen?«

»Meine Freiheit.«

Kathryn lag auf der Zunge, etwas zu versprechen. Sie könnte sich an den Erzbischof und an Luberon wenden, außerdem war es bekannt, daß Menschen im Dienste des Königs, so wie zum Beispiel Colum, die Krone um Begnadigung baten.

»Seid guten Mutes«, erwiderte Kathryn. »Ich komme morgen wieder.«

Kathryn ging zurück zu den Büschen und schob das verschlungene Unterholz zur Seite. Mit einer Hand stützte sie sich an der Blendwand ab. Dies war der tiefste Teil des Dikkichts, der vom Kloster nicht einzusehen war. Neben dem Strebepfeiler war der Boden auffallend zertrampelt. Sie ging in die Hocke, tastete den Boden ab. Dann roch sie an ihren Fingern: Blut, Wasser? Sie konnte es nicht feststellen. Kathryn schaute an der Mauer empor. Der Stützpfeiler war wie eine natürliche Leiter, und sie begann, vorsichtig hinaufzuklettern. Leise lachte sie in sich hinein; es erinnerte sie an ihre Kindheit, als sie in Goodman Proutlers Obstgarten gestiegen war. Sie stieß sich die Finger an und scheuerte sich das Knie auf, aber sie erreichte das obere Ende und spähte über den Rand. Die Gasse darunter war ein Gemisch aus Schlamm und Pflastersteinen und stank nach verfaulendem Gemüse – ein einsamer Ort. Auf der anderen Seite erhob sich die Gartenmauer eines großen Kaufmannshauses. Diese Gasse im Dunkeln zu meiden, war sicher ratsam. Kathryn warf rasch einen Blick an der Außenmauer hinunter – die Arme schmerzten unter der Anstrengung – und bemerkte die Spalten in den bröckelnden Ziegelsteinen, eine gute Fußstütze für jeden, der herüberklettern wollte. Behende stieg sie wieder hinunter, klopfte sich den Schmutz von den Kleidern und schaute über die Schulter. Mathildas Zelle war jetzt verborgen. Kathryn kehrte auf den Rasen zurück. Es dämmerte. Sie fror und war müde, wenn auch immer noch interessiert an Gervases Besuch am frühen Nachmittag. Bei ihrer Rückkehr ins Kloster suchte sie sogleich Prior Anselms Gemach auf. Der Vespergottesdienst war vorüber, und die anderen Brüder waren im Refektorium, doch Anselm und seine beiden Begleiter hatten sich im Empfangszimmer versammelt und nahmen dort eine Mahlzeit zu sich – offenbar in ein Gespräch vertieft, nach den verärgerten Mienen zu schließen, die Kathryn begrüßten, als sie anklopfte und eintrat.

»Was gibt es?« erkundigte sich Anselm.

»Sind die Überreste von Bruder Gervase entfernt worden?« fragte Kathryn.

»Gewiß.«

»Habt Ihr sein Zimmer durchsucht?«

»Nein, das wird morgen erledigt.«

»Ich würde gern jetzt dorthin gehen.«

»Aber, Mistress, das ist …«

»Bitte!«

Anselm seufzte, warf die Serviette auf den Tisch und nahm einen Schlüsselbund vom Schreibpult. Begleitet vom Krankenpfleger und von Jonquil führte er Kathryn über einen kleinen gepflasterten Hof, durch einen Seiteneingang und eine schmale Treppe hinauf. Die Galerie darüber war ähnlich der, auf der Prior Anselm wohnte. Gervases Gemach befand sich gleich an der Treppe.

»Weiß der Himmel, wo Gervases Schlüssel ist!« rief Anselm, als er den Schlüssel im Schloß herumdrehte. »Vielleicht ist er mit ihm verbrannt?«

»Das glaube ich nicht«, sagte Kathryn und dachte an die grauenvollen Überreste, die sie untersucht hatte.

Die Tür schwang zurück. Jonquil klappte die Holzläden auf und zündete eine Kerze an. Es duftete nach Weihrauch und Bienenwachspolitur; an den Wänden hingen ziemlich üppige, dunkelblaue Stoffe mit goldener Borte; blutrote Vorhänge mit purpurroten Quasten hüllten ein Himmelbett ein. Das silberne Kruzifix auf dem Tisch stand neben dazu passenden Kerzenleuchtern. Es gab kleine Kästen und Truhen sowie Regale voller Bücher. Kathryn fiel sofort auf, wie ordentlich alles war.

»Ich würde gern Gervases Habseligkeiten durchsuchen. Bitte, Prior, verwehrt es mir nicht. Ein menschlicher Körper geht für gewöhnlich nicht in Flammen auf. Gervase wurde ermordet, dessen bin ich mir sicher.«

»Aber wie?« fragte der Krankenpfleger. »Man hat gesehen, wie er dort hinüberging.«

»Und was hat er davor gemacht? Hat jemand Gervase am Nachmittag gesehen? Wißt Ihr, daß er gegen drei Uhr durch Gethsemane ging?«

Anselm schaute den Krankenpfleger dümmlich an. Kathryn trat näher heran. »Ihr wißt etwas, nicht wahr?«

»Wir haben gerade darüber gesprochen«, gestand Anselm.

»Offenbar war Gervase nicht auffindbar, kurz nachdem wir Euch trafen, Mistress Swinbrooke. Er schien verschwunden, zumindest bis Bruder Timothy ihn durch Gethsemane gehen sah.«

»Schaut Euch um«, drängte Kathryn. »Fällt Euch nichts Merkwürdiges auf, Vater Prior? Wie ordentlich und sauber alles ist?«

»Gervase war ein pedantischer Mann.«

»Nicht in diesem Ausmaß.« Kathryn ging zum Tisch hinüber. »Es ist gerade so, als hätte jemand aufgeräumt, weil er wußte, daß Gervase nicht zurückkehren würde.«

»Oh, das ist Unsinn! Nur er und ich haben einen Schlüssel zu diesem Zimmer.«

»Hatte er noch andere Schlüssel?« fragte Kathryn.

»Gewiß, schaut Euch nur das Schreibpult an. Das Werk eines Meisters, jede Schublade ist verschließbar.«

Kathryn ging in die Hocke. Gern hätte sie ein solches Schreibpult besessen mit einer feinen Eichenplatte oben und klug erdachten Schubfächern, das Werk eines Schreinermeisters entweder hier oder aus der Stadt. Sie zog an einer Schublade, doch sie ging nicht auf. Dasselbe galt für die im Raum verteilten Kästen.

»Gervase trug seine Schlüssel immer bei sich«, erklärte Simon der Krankenpfleger.

»Und als man ihn tot auffand?« Kathryn erhob sich. »Ich kann mich nicht erinnern, Schlüssel gesehen zu haben, und diejenigen, die ihn ins Beinhaus trugen, haben auch nichts dergleichen gefunden.«

»Das stimmt.« Der Krankenpfleger trat ans Fenster und schaute hinaus. »Was wollt Ihr damit sagen, Mistress?«

»Ich möchte, daß diese Schubfächer und Kästen aufgebrochen werden. Ihr müßt es machen«, drängte sie.

Anselm faltete die Hände, als wollte er um Beistand beten.

»Es muß geschehen«, wiederholte Kathryn.

Simon stimmte zu. Jonquil ging hinaus und kehrte mit Holzhammer und Meißel zurück. Kathryn tat es weh, zusehen zu müssen, wie die herrlich geschnitzten Schubladen und die Vorhängeschlösser an den Kästen gewaltsam aufgebrochen wurden. Sie brachten Stunden damit zu, den Inhalt zu durchsuchen, doch sie fanden nichts, nur Briefe, Rechnungen, Schriftrollen mit Berichten, Rosenkränze, einen Psalter, persönliche Erinnerungen und Habseligkeiten. Prior Anselms Verärgerung wuchs; einmal beschuldigte er Kathryn des Schnüffelns.

»Natürlich bin ich eine Schnüfflerin!« fuhr sie ihn an. »Aber wer sollte etwas dagegen haben? Gervase? Er ist heimgegangen. Findet Ihr es nicht merkwürdig, Vater Prior? Wir haben hier einen Mönch, der sich heimlich an der Blendwand verabredete, von wo man einen Überblick über Gethsemane hat, und doch fehlt nichts von seinem Besitz.«

»Welche Verabredungen?« erkundigte sich der Prior. »Davon höre ich jetzt zum ersten Mal.«

»Nun, wenn sie geheim waren, werdet Ihr kaum davon erfahren haben!«

Kathryn erklärte, was sie gehört hatte; dabei wurden die Mönche immer aufgeregter.

»Führte Gervase ein gutes Leben?« fragte sie.

»Nicht die Spur eines Skandals. Oh, er konnte hochfahrend und zynisch sein, doch er hielt sich an seine Gelübde. Er war ein guter Verwalter, ein gewissenhafter Priester.«

Kathryn bat alle drei, Platz zu nehmen, und schloß die Tür.

»Hört«, begann sie und zog sich einen Hocker heran. »Gervase hat dort mit Sicherheit jemanden aus der Stadt oder ein Mitglied Eurer Gemeinschaft getroffen. Was sie zu bereden hatten, muß höchst vertraulich gewesen sein. Deshalb hat Gervase den Zeitpunkt und den Ort gewählt. Obwohl ich es nicht beweisen kann, würde ich die Vermutung wagen, daß diese Begegnungen mit Roger Atworth in Verbindung standen. Ich weiß nicht, warum« – sie hob die Hand –, »ich glaube es einfach. Atworth ist gestorben; jetzt wurde Gervase ermordet.«

Anschließend berichtete Kathryn vom Mord an Padraig Mafiach im Wirtshaus »Falstaff«. Während sie die drei Mönche betrachtete, erhärtete sich ihr Verdacht. Sie merkte, daß das meiste dessen, was sie hier gesehen und was man ihr erzählt hatte, auf einer Lüge beruhte. Der Krankenpfleger war ruhiger, und Jonquil versteckte sich hinter einer feierlichen Miene, doch Prior Anselm verhielt sich auffälliger, kratzte sich unentwegt an der Wange, blinzelte und wich ihrem Blick aus.

»Was wollt Ihr andeuten, Mistress?« fragte der Krankenpfleger.

»Bruder Roger Atworth«, erwiderte Kathryn, »war der Beichtvater der Herzogin Cecily. Demnach kannte er ihre Geheimnisse, wie jeder Priester, der den Großen und Mächtigen die Beichte abnimmt. Atworth war einmal Gefangener des Vicomte de Sanglier, der heute das Heer der Spione des französischen Königs leitet. Nun gibt es Spione bei Hofe, nahe dem Kronrat«, Kathryn hielt kurz inne. »Diese Information ist vertraulich; Ihr dürft sie nicht weitergeben. Es besteht auch die Möglichkeit, daß es hier im Kloster der Bußbrüder Jesu Christi einen französischen Spion gibt. Vielleicht war es Atworth selbst. Herzogin Cecily plauderte, und Euer verstorbener Bruder war mit den Ereignissen bei Hofe wahrscheinlich vertrauter als selbst unser Erzbischof.«

»Dem stimme ich zu«, schaltete Prior Anselm sich ein. »Wenn Herzogin Cecily hierher kam, blieb sie manchmal einen oder mehrere Tage. Sie und Atworth drehten ihre Runden in Gethsemane, untergehakt wie Geschwister. Aber Atworth und ein Spion! Er war alt und gebrechlich, hat das Kloster nie verlassen. Er hat sonst kaum jemanden getroffen.«

»Gewiß«, antwortete Kathryn, »aber er ging in Gethsemane spazieren. Vielleicht hat er dort jemanden getroffen, Botschaften weitergegeben. Eine zweite Möglichkeit ist die, daß jemand hier unter seinen Brüdern ihn ausspionierte.«

»Wir sind Franziskaner«, unterbrach Simon der Krankenpfleger, »und widmen uns der Armut, dem Gebet und der Keuschheit.«

»Ja, Bruder, aber nicht jeder Apfel ist bekömmlich! Ich

frage Euch, gibt es jemanden hier im Kloster, der Verbindungen zum französischen Hof unterhält, wie zart sie auch sein mögen? Hattet Ihr kürzlich Besucher, französische Kaufleute, Pilger?«

»Vereinzelte Gäste«, erlaubte sich Jonquil zu bemerken. »Aber niemand, der sich mit Bruder Roger traf. Mistress Swinbrooke, wir sind alle Engländer und Gott und dem König treu ergeben. Was hätten wir davon, zu spionieren oder uns auf Verrat einzulassen? Besucht unsere Zellen. Wir leben zwar in gewisser Bequemlichkeit, doch welchen Nutzen soll der Verrat von Geheimnissen der Krone auch nur einem von uns bringen?«

»Gut formuliert, Bruder.«

Kathryn betrachtete diesen jungen Laienbruder. *Ich darf nicht vergessen*, dachte sie, *daß du nicht so dümmlich bist, wie du vorgibst.*

»Gibt es etwas« fragte sie und stand auf, »was Ihr mir über Atworths Tod sagen könnt?«

»Es ist so, wie wir gesagt haben«, erwiderte der Prior. »Atworth war ein guter Mönch, er führte ein frommes Leben, was immer er in seiner Jugend getrieben hat. Er wurde krank und starb. Ich bin unten im Krankenzimmer gewesen und habe den Bericht durchgelesen. Ihr habt recht, Mistress. Bruder Simon wird einen Eid darauf schwören: Atworth litt seit längerem an Magengrimmen und bekam häufig kleine Mengen Arsen verabreicht.« Er stand auf und schnaubte vernehmlich. »Mistress, wie lange werdet Ihr hierbleiben?«

Kathryn lächelte über seine unterdrückte Wut.

»Ach, Vater Prior, das kann ich nicht sagen. Ich habe eine Reihe von Aufgaben zu erledigen.« Sie zählte sie an den Fingern auf. »Ich möchte die Leichen von Atworth und Gervase untersuchen. Ich muß diejenigen befragen, denen die sogenannten Wunder zuteil wurden. Ich muß mit Euch reden, Bruder Jonquil, über die Erscheinung in der Marienkapelle. Ich hätte gern, daß man mir den Psalter ins Zimmer bringt, den Bruder Roger geschrieben und illuminiert hat. Aber« –

Kathryn spielte mit den Armbändern an ihrem Handgelenk – »ich muß auch trinken, essen und ruhen. Bruder Jonquil, wenn Ihr mich bitte zu meinem Zimmer führen würdet?«

Kathryn ließ den verdatterten Prior und den Krankenpfleger stehen.

Jonquil führte sie durch ein Gewirr von Korridoren und Säulengängen zurück ins Gästehaus. Er erklärte, daß nur zwei weitere Besucher zugegen seien: ein englischer Kaufmann aus Southampton und eine Priorin auf dem Weg zu Becketts Schrein. Kathryn nahm den Schlüssel aus ihrer Tasche und schloß die Zimmertür auf. Sie schaute sich um. Alles schien unverändert, doch sie war mißtrauisch. Der Läufer auf dem Boden war verrutscht, die Decke auf dem Bett war in Unordnung, als wäre jemand im Zimmer gewesen.

»Ist alles in Ordnung?« fragte Jonquil und zündete die Kerzen an. »Ich werde Euch aus dem Refektorium eine Mahlzeit schicken lassen.«

»Bruder Eadwig soll sie mir bringen. Ihr wißt ja« – Kathryn lächelte –, »der, der Bruder Timothy bedient.«

Jonquil nickte und ging hinaus. Kathryn zog die Schuhe aus und knöpfte ihr Kleid auf. Sie wusch sich Hände und Gesicht. Kaum war sie fertig, kam Eadwig unter lautem Geklapper herein. Er trug ein Tablett mit einem kleinen Weinkrug, einem irdenen Kelch und einer Schüssel.

»Rindfleisch« – er schmunzelte –, »es ist frisch! Gewürfelt, in Pilzsoße.« Er deutete auf die nächste Schüssel. »Und ein wenig Gemüse aus unserem Garten. Das Brot ist vom Schub für morgen, so daß es weich und warm ist.« Er stellte alles auf den Tisch. »Habt Ihr sonst noch einen Wunsch, Mistress?«

»Nur eins noch.« Kathryn öffnete ihre Geldbörse und drückte Eadwig eine Münze in die Hand. »Nein, behaltet sie«, drängte ihn Kathryn, als Eadwig das Geld ablehnen wollte. »Bitte, fragt Bruder Timothy, zu welcher Stunde er Gervase gesehen hat und ob ihm etwas Merkwürdiges an ihm aufgefallen ist.«

Eadwig schaute sie überrascht an, war jedoch einverstanden und ging. Kathryn wusch den Hornlöffel ab und setzte sich an den Tisch. Sie füllte den Weinkelch und betrachtete den Krug. Er erinnerte sie an das Zimmer im »Falstaff«. Was hatte sie gehört, das aus der Reihe fiel? Etwas störte sie. Sie probierte den Wein. Die Mönche waren großzügig gewesen; es war kein gewöhnlicher Wein, sondern ein sehr guter Bordeaux. Das Essen war gleichermaßen köstlich. Kathryn aß mit Heißhunger. Eadwig kam zurück und tapste wie ein kleiner Junge in den Raum.

»Gegen sechs Uhr!« rief er ihr von der Tür her zu.

»Und war etwas merkwürdig?«

»Nein. Gervase überquerte den Rasen. Er hatte die Kapuze aufgesetzt. Mehr kann Timothy nicht sagen. Vergeßt nicht, Mistress, er ist schon sehr alt.«

Der Laienbruder machte Anstalten, zu gehen.

»Sagt mir, Eadwig«, fragte Kathryn beiläufig über die Schulter, »Ihr habt den Subprior durch das Kloster gehen sehen?«

»O ja.«

»Hatte er je die Kapuze aufgesetzt?«

»O nein! Das machen wir nur, wenn wir als Prozession in die Kirche ziehen, oder wenn es draußen besonders kalt ist.«

»Danke.«

Sie wünschte Eadwig eine gute Nacht; er schloß die Tür hinter sich und ging. Kathryn füllte den Kelch erneut und stellte sich ans Fenster. Die Nach brach herein. Sie fragte sich, wie es wohl in der Ottemelle Lane aussah. Thomasina würde schimpfen, doch sie hätte alles im Griff …

»Kommt Ihr denn nie nach Hause?«

Kathryn hätte beinahe den Weinkelch fallen lassen, als sie sich mit einem Ruck umdrehte.

Colum stand im Türrahmen, die Satteltaschen über die Schulter gelegt.

»Ich darf eigentlich nicht hier sein.« Er grinste. »Der Hausmeister des Gästehauses hat gesagt, nicht länger als eine halbe Stunde. Männer und Frauen sollen kein Zimmer teilen.«

Kathryn trat zu ihm. »Dann erledige das, was du zu erledigen hast, schnell«, sagte sie neckisch.

Colum stellte die Satteltaschen auf dem Boden ab, zog Kathryn an sich und trat die Tür mit dem Fuß hinter sich zu. Er küßte sie ausgiebig auf Mund und Wangen. Kathryn horchte auf, als sie Schritte auf der Treppe vernahm, und löste sich aus Colums Umarmung.

»Wie ich hörte, hat es einen Todesfall gegeben«, sagte Colum und trat einen Schritt zurück.

Er hob die Satteltaschen auf und ging zu dem Stuhl, den Kathryn ihm anbot. Sie berichtete, was geschehen war. Colum pfiff leise durch die Zähne.

»Ich habe Gerüchte in der Mercery gehört. Die Leute reden darüber.«

»Ist in der Ottemelle Lane alles in Ordnung?« erkundigte sich Kathryn.

»Aber gewiß doch. Thomasina hat sich aufgeregt, daß du nicht nach Hause gekommen bist. Warum gehst du nicht heim, Kathryn? Es ist doch nur ein kurzes Stück zu Fuß.«

»Nein, nein, ich will das Haus hier kennenlernen.«

»Du könntest in Gefahr sein.«

»Dasselbe gilt für jede beliebige Gasse in Canterbury. Irgendwelche Neuigkeiten von Monksbane?«

Colum schüttelte den Kopf. »Das ist noch zu früh.«

Kathryn trat zu Colum, küßte ihn auf die Stirn und klopfte ihm auf die Schulder.

»Nun gut. Höre, was ich zu sagen habe. Übrigens, warum kommst du eigentlich erst so spät?«

»Ärger in Kingsmead – der königliche Hof verlangt mehr Pferde –, aber fahr fort!«

»Wenn mein Vater bei einem Patienten auf rätselhafte Krankheiten stieß«, hob sie an, »stellte er eine Hypothese auf, entwickelte eine Theorie, dann suchte er nach Beweisen. Genau das mache ich jetzt auch, Colum. Wir wissen von Atworth, einem ehemaligen Soldaten, einem grausamen Ecorcheur, der bereute und Mönch wurde. Aus einem uns unbekannten Grund wählte Herzogin Cecily von York ihn zu ihrem Beichtvater. Sie hat ihn häufig besucht. Nun hat Herzogin Cecily ohne Zweifel ihre Geheimnisse, aber hat das etwas mit Atworths Tod zu tun?«

»Könnte man ihn umgebracht haben, um ihn zum Schweigen zu bringen?« fragte Colum.

»Dann wäre Herzogin Cecily die Mörderin oder jemand, dem sie oder Atworth die Geheimnisse anvertrauten, jemand, der ähnlichen Schaden nähme, wenn diese Geheimnisse an die Öffentlichkeit gerieten.«

Kathryn setzte sich und fuhr fort. »Aber das ist lächerlich. Atworth war im hohen Alter ein Heiliger, versuchte, ein guter Mann zu sein, ein frommer Priester. Er hätte nicht im Traum daran gedacht, die Beichte eines anderen offenzulegen, schon gar nicht die der Herzogin Cecily.«

»Aber das Arsen?«

»Ein Unfall, Colum. Ich behandle viele Patienten in Canterbury. Oftmals wird Krankheit, ja sogar Tod, dadurch verursacht, daß die Menschen sich selbst behandeln oder sich Arzneien bei einem gewieften Mann kaufen. Erinnerst du dich an den armen Zimmermann, der von seiner Frau vergiftet wurde? Die ihn gezwungen hat, geweihtes Wasser zu trinken, das faulig war wie das aus einer Pferdetränke?« Kathryn seufzte. »Ich glaube auch, daß Gott sich offenbart, aber Erscheinungen, Düfte?«

»Du hast von einer Hypothese gesprochen?« spöttelte Colum.

»Ich weiß nicht, ob ich auf die richtigen Symptome schaue. Atworth ist etwas sehr Merkwürdiges zugestoßen. Dann haben wir diese andere Geschichte, den Verräter am englischen Königshof, Padraig Mafiachs Mord.«

»Könnte es da eine Verbindung geben?«

»Allem Anschein nach nicht«, antwortete Kathryn kopfschüttelnd. Sie tätschelte sich den Bauch. »Aber wie schon einer meiner alten Patienten, ein Mann aus Yorkshire, immer sagt: ›Ich hab's im Urin‹, daß eine Verbindung besteht.«

»Womit wir bei Gervases Tod sind.«

»Ja, mein wuschelköpfiger Ire. Ich glaube, das ist der Haken. Jemand will nicht, daß Atworths Tod aufgeklärt wird. Gervase hat vielleicht etwas gewußt.«

Kathryn verstummte, als es an der Tür klopfte.

»Herein!«

Eadwig schlurfte verängstigt ins Zimmer. »Mistress Swinbrooke, verzeiht, aber der Hausmeister …«

Colum setzte eine möglichst grimmige Miene auf, erhob sich und fuhr mit der Hand an den Kriegsgurt, doch der Laienbruder rührte sich nicht vom Fleck.

»Schikaniert mich nicht, Colum Murtagh. Ich kenne Euch. Ich habe als Bogenschütze im Gefolge des Herzogs von York gedient. Damals kannte man mich unter dem Namen Edmund Appletree.«

»Ihr seid das!« Colums Gesicht verzog sich zu einem Lächeln. Er streckte die Hand aus. »Flink wie ein Heimchen wart Ihr. Wieso versteckt Ihr Euch hier?«

»Nach St. Albans – erinnert Ihr Euch, Ihr wart noch ein Bürschchen? – hat mich eine Gruppe Lancastrianer gefangengenommen. Sie banden das eine Ende eines Stricks um meinen Hals, das andere warfen sie über einen Ast. Ich schwor meinem Schutzheiligen Antonius von Padua einen heiligen Eid, daß ich mein Leben Gott widmen würde, wenn ich verschont bliebe.«

»Und sie haben Euch gehen lassen?«

»O nein«, Eadwig gluckste. »Sie haben mich gehängt!«

Colum musterte den Laienbruder von Kopf bis Fuß.

»Für einen Geist seid Ihr recht munter!«

»Der Ast brach.« Eadwig strahlte Kathryn an. »Die Lancastrianer hielten es für ein Zeichen Gottes. Sie gaben mir meinen Kriegsgurt und einen Penny und schickten mich fort, damit ich mein Versprechen einlösen konnte.« Er tippte mit dem Fuß auf den Boden. »Der alte Colum Murtagh versucht grimmig dreinzuschauen! Ihr wurdet auch einmal fast gehängt, oder?«

»Als Junge, in meiner wilden Zeit.«

»Sagt« – das Geplauder des Laienbruders hatte Kathryn nachdenklich gestimmt –, »Ihr habt unter dem Herzog von York gekämpft, Eadwig?«

»Er war ein großartiger Mann, Mistress. Colum wird es Euch bestätigen: anmaßend, eitel wie ein Gockel, aber ein guter Kämpfer. Er war stets freundlich zu ›den Regenwürmern‹, wie er uns nannte.«

»Dann müßt Ihr Atworth doch gekannt haben?«

»O ja, aber ich habe es ihm nie gesagt.«

Kathryn erhob sich und schloß die Tür.

»Der Hausmeister soll warten«, flüsterte sie, »oder seine blühende Phantasie walten lassen. Warum habt Ihr niemandem gesagt, daß Ihr Atworth kanntet?«

»Mistress, wir legen Gelübde ab, wenn wir hierher kommen. Wir entsagen der Welt und damit der Vergangenheit. Es war nicht meine Pflicht, zu Bruder Roger zu gehen und ihm zu sagen: ›Ich kannte Euch. Erinnert Ihr Euch noch, damals?‹«

»Was war er für ein Mann? Kommt, sagt es mir.«

»Ein Mörder durch und durch, Mistress. Auf jeden Fall zu der Zeit, als er Soldat war.«

»Fand er Gefallen am Töten?«

»Nicht, als er nach England zurückkehrte. Er war ein Gefolgsmann. Master Murtagh weiß, was ich meine. Wenn der Herzog sagte ›Tu das‹, dann führte Atworth es aus. Ich kannte ihn nur kurz, dann trennten sich unsere Wege. Ich trat zuerst ins Kloster ein. Als ich Roger das erste Mal sah, fiel ich beinahe aus meinem Chorstuhl. Er hatte sich verändert. Er war ein großer Sünder, der versuchte, ein großer Heiliger zu sein. Deshalb hat Herzogin Cecily ihn zu ihrem Beichtvater gewählt.«

»Was hat er gemacht?« fragte Kathryn.

»Er lebte sehr zurückgezogen. Der Prior und Bruder Simon kümmerten sich um ihn, oh, und dieser Jonquil.«

»Ihr haltet nicht viel von ihm?« fragte Colum.

»Nein. Bruder Atworth nannte ihn seinen Schutzengel. Ich glaube, Jonquil ist hier eingeschleust worden.«

»Eingeschleust?« Kathryn packte Eadwigs Hand. »Die Geschichten sprudeln ja geradezu aus Euch heraus, Bruder Eadwig.«

Eadwig tippte sich an die Nase. »Ich beobachte und höre zu.« Er drückte Kathryns Hand. »Um ehrlich zu sein, Mistress, ich hätte es Euch ohnehin erzählt. Ich mag Anselm nicht, und ich glaube, Jonquil ist ein Spion.«

»Wessen?« fragte Kathryn.

»Na ja, Mistress, der Herzogin.«

»Die ihren eigenen Beichtvater ausspionieren läßt?«

»Ja, obwohl ich nicht weiß, warum.«

»Wie lange ist er schon hier?«

»Oh, ein paar Monate. Nachdem die Yorkisten an die Macht kamen, tauchte er mit Empfehlungsschreiben von einem Kaufmann in London am Klostertor auf. Zunächst hielt ich ihn für einen angenehmen Zeitgenossen, ein wenig schlicht, bis mir auffiel, daß er das Kloster zu verlassen pflegte und in den frühen Morgenstunden zurückschlich.«

»Ist das üblich?« fragte Colum.

»Nein, die Brüder hier sind ihren Gelübden ziemlich treu. Ihre Sünde besteht darin, daß sie gefräßig sind und zu tief ins Glas schauen, keine Fleischeslust. Wißt Ihr, Mistress, ich mag den Alten. Bruder Timothy kann hervorragend Geschichten erzählen. Man kann ihm gut zuhören, solange man nur die Hälfte dessen glaubt, was er erzählt. Ich bringe den Alten ins Bett. Dann verstecke ich mich in seinem Gemach, weit genug von den anderen entfernt, die doch immer nur sagen: ›Eadwig, hol mir dies, Eadwig hol mir das.‹ Es ist wunderbar, was man von seinem Fenster aus sehen kann.«

»Jonquil durchquert also Gethsemane?«

»Flink wie ein Eichhörnchen verschwindet er hinter den Büschen. Ich wette, er hat die Mauer so oft berührt, daß die Steine selbst aufschreien und ihn erkennen würden.«

»Und was glaubt Ihr, wohin er geht?«

»Er legt seine Kutte ab. Wenn er ein Wams, eine Kniehose und Stiefel trägt und sich wohlweislich von gewissen Orten fernhält, ist er frei wie ein Vogel.«

»Demnach wird Jonquil für Besorgungen in der Stadt benutzt?«

»Aber gewiß, Mistress! Ich habe mich schon gefragt, warum Jonquil das Kloster nicht einfach verläßt. Er hat noch kein Gelübde abgelegt und verhält sich wie ein Fisch auf dem Trockenen. Er folgte Bruder Roger überallhin; der einzige Grund für seinen Aufenthalt im Kloster der Bußbrüder Jesu Christi war Bruder Roger. Ich setze einen Krug Wein gegen einen Krug Ale, daß Bruder Jonquil noch vor Michaelis fort ist.«

»Und Ihr verratet niemandem, was Ihr seht oder vermutet?« fragte Colum.

»Ich bin doch nicht dumm, Ire. Ich weiß, wo ich hingehöre.«

»Wollt Ihr mir helfen?« fragte Kathryn.

»Wenn ich kann, Mistress, aber …«

»Bruder Eadwig!« Die Stimme draußen vor der Tür dröhnte wie eine Glocke.

»Aha, mein Meister ruft. Ire, ich glaube, Ihr solltet besser gehen.« Der Laienbruder öffnete die Tür. »Ich warte draußen auf Euch. Beeilt Euch.«

Sobald Edwaig gegangen war, umarmten sich Kathryn und Colum. Der Ire hielt sie fest umschlungen und küßte sie auf Wangen und Stirn.

»Gib acht«, flüsterte Colum. »Eadwig vertraue ich. Wenn etwas geschieht, schick ihn zu mir!« Er trat zurück. »Wie lange bleibst du?«

»Bis ich mir ein Bild gemacht habe.« Kathryn stellte sich auf die Zehenspitzen und drückte ihm einen Kuß auf das Kinn. »Und jetzt gehst du am besten, bevor du am Ende gar exkommuniziert wirst.«

Colum zwinkerte ihr zu, strich ihr zärtlich mit der Hand über die Wange und schlüpfte zur Tür hinaus. Traurig vernahm Kathryn Colums Gelächter, als er mit Eadwig die Treppe hinunterging und sich vielmals beim Hausmeister entschuldigte. Die Schritte entfernten sich, eine Tür ging auf und fiel ins Schloß. Kathryn schauderte und schaute auf ihre Füße. Sie war versucht, ihre Habe einzusammeln und dieses Haus zu verlassen. Sie trat ans Fenster. Hier und da brannte Licht, doch im Kloster war es still. Kathryn ging zur Tür, schob die Riegel vor und drehte den Schlüssel im Schloß herum. Eine Weile legte sie sich auf das Bett, doch sie war unruhig. Sie stand auf und zündete noch mehr Kerzen an, die sie auf das Schreibpult stellte. Die Ereignisse des vergangenen Tages wirbelten ihr durch den Kopf: Malachi, der unverschämt in ihrer Küche saß, die geflüsterten Geständnisse der Mathilda Chandler, Bruder Atworths wächserne Leiche, die gräßlichen, schwelenden Überreste Gervases.

»Ich werde dem trotzdem einen Sinn abgewinnen«, murmelte Kathryn.

Sie nahm ein Stück Pergament zur Hand. »Quid novi?« kritzelte sie die lateinische Redewendung hin: »Was ist neu?« Sie schrieb den Titel nieder. »Zum Thema Ratten.« Kathryn tauchte ihre Schreibfeder in das kleine Faß mit schwarzer Tinte. Vater hatte ihr das Schreiben beigebracht, nicht verschlüsselt, sondern mit Abkürzungen, wie ein Schreiber. Sie ordnete ihre Gedanken. Die Verseuchung war plötzlich aufgetaucht, in manchen Stadtteilen verstärkt, in anderen gar nicht. Hier im Kloster waren die Kadaver zweier Ratten als versengt beschrieben worden. »Hat es hier gebrannt?« schrieb sie weiter. »Oder in einem anderen Stadtteil?« Kathryn konnte sich an keinen größeren Brand erinnern. Warum waren die Ratten von hier verschwunden? Wer hatte Wiesel erwähnt? Ach ja, Mathilda Chandler!

Kathryn seufzte und zog einen Strich. Die zweite Spalte betitelte sie: »Zum Tode von Padraig Mafiach«. Kathryn atmete tief ein. Colum konnte es gut verbergen, aber er war beunruhigt. Er hatte Mafiach treffen sollen, doch der Agent war ermordet worden. Wie? Kathryn hielt im Schreiben inne. Was konnte sie über den grausamen Mord festhalten? Wie war es möglich, daß ein Mann wie Mafiach erschlagen wurde und sein Mörder so leicht entkam? Sie schrieb die Frage nieder: »Was bedeutet die Geheimschrift?« Und da war noch etwas. Was hatte sie in jenem Zimmer gesehen oder gehört? War es etwas, was der Wirt gesagt hatte? Kathryn warf die Schreibfeder wütend hin. Sie kniete auf dem Betschemel nieder.

»O Herr«, flüsterte sie, »was für ein Durcheinander!«

Dabei war sie noch gar nicht bei Bruder Roger angelangt! Kathryn war davon überzeugt, daß Atworths Tod eine Folge der Selbstvergiftung war, aber die anderen Phänomene? Und Gervase? Warum war er auf so barbarische Weise ermordet worden? Und wieso spionierte Jonquil hier hinter Atworth her? Geschah es im Auftrag der Herzogin? Oder eines anderen?

Kathryn stand auf, ging im Zimmer auf und ab. Da erst bemerkte sie das Stück Pergament, das unter der Tür hindurchgeschoben worden war; es war ausgefranst und ziemlich schmutzig. Das Herz blieb ihr stehen. Sie hob es auf. Die Botschaft war hingekritzelt. »Trefft mich jetzt sofort an der Grabstätte des seligen Roger Atworth.«

Kathryn fiel auf, daß die Wörter »trefft« und »selig« falsch geschrieben waren. Auf dem Zettel stand »treft« und »seelig«. Das Gekritzel konnte jedermanns Handschrift sein. Darunter stand eine weitere Botschaft, ein Zitat aus dem Buch der Toten: »Und das Grab wird seine Geheimnisse lüften.« Eilig zog Kathryn die Stiefel an und griff nach ihrem Mantel. Sie wollte gerade die Riegel zurückschieben, als ihr auffiel, daß der Ringgriff der Tür bewegt worden war. Er war zur Seite gedreht. Kathryn schob den ersten Riegel zurück und bückte sich, um den unteren zu bewegen, als sie ein fernes Schlurfen vernahm. Zu Tode erschrocken trat sie von der Tür zurück.

»Dummes Mädchen!« flüsterte sie.

Sie schaute auf die Botschaft. Wer die unter der Tür hindurchgeschoben hatte, stand direkt davor. Kathryn fiel das dunkle Treppenhaus ein. Das Gästehaus war fast leer. Jeder hätte die Botschaft schreiben oder schreiben lassen können.

Kathryn ging zu ihren Taschen, öffnete mit zitternden Fingern die Schnallen. Kalter Schweiß trat ihr in den Nacken. Sie zog den Dolch heraus – ein Geschenk von Colum – und warf die Samtscheide ab. Dabei ließ sie die Tür nicht aus den Augen. Rasch trat sie ans Fenster. Die kleinen gitterförmigen

Fensterflügel waren sicher verschlossen. Sie zog den Holzladen zu, legte den Riegel vor, drehte sich um und schaute zur Tür.

Ich bin nicht in Gefahr, überlegte sie, *solange ich die Tür nicht öffne und ins Dunkle hinaustrete.* Am liebsten hätte sie geschrieen. Einerseits fürchtete sie sich vor dem, was auf sie wartete, andererseits erkannte sie, daß eine simple Holztür sie womöglich von der Lösung einiger Rätsel trennte, die dieses Haus barg. Wer könnte es sein? Jonquil? Ein gedungener Mörder? Kathryn atmete tief ein. Der Dolch wurde schlüpfrig in ihrer verschwitzten Hand. Sie ging zur Tür und drückte das Ohr ans Holz. Mit angehaltenem Atem lauschte sie angestrengt auf Geräusche und versuchte, ihre Panik und ihre Phantasie zu zügeln. Abermals vernahm sie es, eine leichte Bewegung, ein Knarren, das sie zu jeder anderen Zeit entweder gar nicht gehört oder nicht weiter beachtet hätte. Kathryn trat einen Schritt zurück. Dieses Katz-und-Maus-Spiel konnte stundenlang weitergehen, wenn nicht einer der Brüder käme, um nachzusehen, ob alles in Ordnung wäre. Und selbst wenn, wem könnte sie trauen? Kathryn rührte sich nicht vom Fleck, starrte die Tür an und fuhr zusammen, als es vernehmlich klopfte.

»Wer ist da?« rief sie.

Keine Antwort.

»Wer ist da?« wiederholte sie.

»Mistress, bitte, macht auf, ich habe Botschaften!«

Die Stimme war verstellt. Die dicke Tür, das kahle Treppenhaus; die Stimme klang näselnd. Und wenn nun ... Kathryn packte den Dolch und schalt sich ob ihres Ungestüms. Sie hätte darum bitten sollen, auch Colum ein Zimmer zu geben, hätte eine Art Schutz verlangen können. Sie war allein hier. Viele Mönche dächten nicht im Traum daran, ein Gästehaus zu betreten, in dem eine Frau untergebracht war, oder zu so später Stunde noch an ihre Tür zu klopfen. Abermals pochte es an der Tür, flüsterte eine Stimme. Kathryn hatte Mühe, die aufsteigende Panik in Zaum zu halten.

»Ich mache nicht auf!« rief sie. »Sagt, wer Ihr seid! Was wollt Ihr?«

Wer war noch im Gästehaus, fragte sie sich. Ein Kaufmann? Kathryn hörte die Tür knarren. Sie schaute auf die Lederscharniere. Versuchte ihr mutmaßlicher Mörder, die Tür mit Gewalt einzudrücken? Würde er sich auf die schwächste Stelle konzentrieren, die steifen Lederscharniere? Kathryn wurde die Kehle trocken. Das Fenster war zu klein, um hinauszusteigen, doch es war ihr einziger Ausweg. Hastig durchquerte sie das Zimmer, zog die Holzläden zurück und drückte die Gitterflügel auf. Unter dem Fenster lag alles im Dunkeln. Kathryn schaute sich um. Was konnte sie nehmen? Ihr Blick fiel auf die Pergamentstücke auf dem Tisch. Sie griff nach einem und hielt es über die brennende Kerze, sah, wie sich der Rand schwärzte, als die Flamme daran leckte. Mit dem brennenden Stück Pergament lief Kathryn ans Fenster und rief um Hilfe, winkte so lange wie möglich mit dem Pergament. Die Flamme wurde stärker, angefacht vom leichten Wind, und die Hitze versengte ihr die Finger, so daß sie das Pergament fallen lassen mußte. Sie schrie nun aus Leibeskräften, griff nach dem nächsten Stück Pergament und zündete es an, wobei sie sich bewußt war, daß unentwegt an die Tür geklopft wurde. Kathryn schmerzte die Kehle vom lauten Rufen. Sie vernahm einen Schrei von unten, dann war es still im Treppenhaus. Schwer atmend bückte sie sich nach dem Dolch, den sie hatte fallen lassen. Sie hörte Schritte, dann lautes Klopfen.

»Mistress, Mistress Swinbrooke!«

Sie erkannte Eadwigs Stimme.

»Gebt Euch zu erkennen!«

»Mistress, Ihr kennt mich.«

»Was macht Ihr hier?« verlangte Kathryn zu wissen. »Warum wart Ihr so spät in der Nacht in der Nähe des Gästehauses?«

»Mistress, Master Murtagh bat mich, zu kommen.«

Kathryn lehnte sich an die Tür und wischte sich mit ihrem Gewand den Schweiß von der Stirn. Sie war so angespannt, daß die Mahlzeit, die sie zu sich genommen hatte, ihr wie Blei im Magen lag. Sie stellte sich neben die Tür.

»Eadwig« – sie bemühte sich um einen gleichmäßigen Tonfall –, »seid Ihr das?«

»Mistress, ich habe das brennende Pergament gesehen.«

»Das Gästehaus«, fragte Kathryn, »ist es leer?«

»Ja, Mistress, der Kaufmann ist vor zwei Stunden gegangen. Ich fand die Eingangstür leicht angelehnt.«

»Ist sonst noch jemand da?« beharrte Kathryn, als weitere Schritte durch das Treppenhaus hallten. Sie vernahm Prior Anselms aufgeregte Stimme und die des Krankenpflegers, der sich erkundigte, was Eadwig dort treibe. Kathryn seufzte erleichtert, schob die Riegel zurück und drehte den Schlüssel um. Eadwig fiel förmlich ins Zimmer; ihm folgten der Prior und Bruder Simon. Kathryn setzte sich mit zitternden Knien auf ihre Bettkante.

»In Gottes Namen«, Simon hockte sich neben sie, »Mistress, Ihr seht aus, als hättet Ihr ein Gespenst gesehen!« Sacht löste er ihr die Hände vom Gesicht.

»Da draußen war jemand.«

»Mistress, da war niemand.«

»Und was ist das dann?« fragte Kathryn und zeigte auf das Stück Pergament auf dem Boden.

Der Mönch hob es auf. »Das hätte jeder schreiben können.«

»Nein, Vater Prior, das hat nicht irgend jemand geschrieben«, entgegnete Kathryn. »Es ist soeben unter meiner Tür hindurchgeschoben worden. Und ich war beinahe so dumm, die Riegel zurückzuschieben, die Tür aufzuschließen und hinauszugehen. Niemand wartete an Roger Atworths Grab auf mich. Da stand nur ein Mörder, um mich in das meine zu befördern, mit Schwert, Dolch, Axt oder Galgenstrick!« Kathryn spürte Wut in sich aufsteigen.

Der Prior und der Krankenpfleger wirkten jetzt nicht tröstlich, vielmehr wie besorgte Männer.

»Mistress, wir sind hier in einem Kloster.«

»Nein, meine Herren, es ist ein Haus voller Rätsel und plötzlicher Todesfälle. Ich befinde mich unter Eurer Obhut. Woher wußtet Ihr, daß ich …«

»Ich habe sie alarmiert«, erwiderte Eadwig. »Ich habe Eure Rufe vernommen und sah das brennende Pergament zu Boden fallen. Ich lief zum Prior und rannte dann hierher. Mistress, da war niemand.«

»O doch«, sagte Kathryn, »und ich will sichergehen, daß er nicht zurückkommt.« Sie kämpfte gegen ihre Tränen an, stand auf und wandte ihnen den Rücken zu. »Wie ich bereits sagte, Vater Prior, das hier ist ein Haus voller Mord und Rätsel. Aber ich werde die Wahrheit herausfinden, und Ihr werdet mir dabei helfen!«

ACHT

»Einige hatten Salben bereit, andere Zaubersprüche;
sie tranken Kräuterarzneien und auch Salbei ...«

Chaucer, Die Erzählung des Ritters

»Per ipsum et cum ipso ... Durch Ihn, mit Ihm und in Ihm, sagen wir dir, Heiliger Vater, in der Einheit des Heiligen Geistes, alle Ehre und Verherrlichung, Welt ohne Ende ...«

»Amen«, sang Kathryn.

Sie saß vor dem Marienaltar und beobachtete den Priester, der mit dem Rücken zu ihr Becher und Hostie zur gequälten Gestalt Jesu Christi am Kreuz emporhob. Kathryn ließ das unpassende offene Grab Bruder Rogers außer acht, das zu ihrer Rechten lag: die angehobenen Steinfliesen, den Erdhaufen, das gähnende Loch im Boden des Querschiffes. Noch immer nahm sie den schwachen Duft wahr, und die Frage nach seinem Ursprung lenkte sie von der Messe ab.

»Mögen Leib und Blut Christi«, stimmte der Priester an, »mir nicht zu meinem Unheil gereichen.«

Wohl wahr, dachte Kathryn. Aus den anderen Seitenschiffen vernahm sie ähnlich geflüsterte Worte der Messe. Beging einer dieser Bußbrüder Jesu Christi Sakrileg und Blasphemie? War der Mörder unter ihnen, der Bruder Gervase so barbarisch umgebracht und in der vergangenen Nacht im Treppenhaus auf sie gewartet hatte? Sie schaute zu der Fratze an einer der Säulen empor, die den Altar vom Allerheiligsten trennte – ein makabres, teuflisches Antlitz. Kathryn konnte sich nicht entschließen, ob es dämonisch oder menschlich war mit seinen hervortretenden Augen und den verzerrten Lippen.

Bruder Eadwig läutete die Handglocke, das Zeichen für die Kommunion des Priesters. Kathryn warf einen Blick auf den Altar und zuckte zusammen. Sie mußte die Augen vor dem gleißenden Sonnenlicht schützen, das durch das rosa

Erkerfenster über dem Marienaltar fiel. Es war so stechend, so glänzend, daß Kathryn sich abwenden mußte. Zunächst hielt sie es für ein Phänomen, doch dann wurde ihr bewußt, daß der Altar nach Osten ging: Draußen stieg die leuchtende Sonne am klaren Aprilhimmel auf. Schwarze Flecken tanzten ihr vor den Augen. Kathryn schüttelte den Kopf und versuchte sich zu fangen. Sie mußte auf der Bank ein Stück rükken und spähte aus den Augenwinkeln auf den Altar. Der alte Mönch, der die Frühmesse hielt, hatte sich umgedreht, war an die Stufen getreten und wartete, eine kleine Hostie zwischen den Fingern. Kathryn lächelte kleinlaut, ging zu ihm und kniete nieder. Sie legte den Kopf in den Nacken, und der silberne Hostienteller, den Eadwig hielt, scheuerte an ihrem Kinn, damit nichts vom geheiligten Brot oder Wein zu Boden fiel.

»Ecce Corpus Christi! Sehet den Leib Christi!«

»Amen«, erwiderte Kathryn.

Sie nahm die Hostie entgegen und ließ sie im Mund zergehen. Der Priester ging wieder an den Altar, während Kathryn in ihre Bank zurückkehrte und sich gesenkten Hauptes setzte. Sie ließ sich nicht ablenken, schloß die Augen und betete inbrünstig für Colum, Thomasina, Agnes und Wulf. Sie sprach das »Miserere« für die Seelen ihrer verstorbenen Eltern und bat um Schutz und Sicherheit bei der Lösung dieses mörderischen Durcheinanders. Kathryn warf einen raschen Blick auf die Statue der Jungfrau und betete, Monksbane möge mit guten Nachrichten zurückkehren. Die Messe war vorüber. Der Priester verließ den Seitenaltar. Eadwig setzte sich neben sie. Sie bekreuzigte sich als Zeichen dafür, daß ihr Dankgebet beendet war.

»Und?« Eadwig rutschte auf der Bank näher. »Mistress Swinbrooke, ich bin jetzt Euer Schutzengel. Ich werde Euch folgen, wohin Ihr auch geht. Ich werde vor Eurem Gemach schlafen. Ich werde jeden Eurer Schritte bewachen.«

Kathryn lächelte über seine grauen Bartstoppeln und die freundlichen braunen Augen.

»Verzeiht, ich habe gestern abend die Fassung verloren.«

»Ich habe noch nie jemanden in einem solchen Zustand gesehen«, stimmte Eadwig ihr zu. »Anselm hätte umsichtiger sein sollen. Wenn Euch etwas zugestoßen wäre, hätte Colum Murtagh hier alles in Schutt und Asche gelegt.« Eadwig lachte über seinen Scherz. »Und nun kommt, Ihr habt den Geist genährt, jetzt müßt ihr den Körper nähren.«

»Nein, wartet noch.«

Kathryn stand auf und untersuchte die angehobenen Steinfliesen. Sie nahm etwas Erdreich in die Hand und ließ es durch die Finger rinnen. Den Wohlgeruch konnte sie nicht bis zu seinem Ursprung verfolgen, doch er war noch da, ein unterschwelliger, schwebender Duft, der sowohl ihre Sinne als auch ihr Gedächtnis reizte.

»Meint Ihr, dieser Duft ist geistigen Ursprungs?« fragte sie.

»Wollt Ihr damit sagen, Gott könne sich kein Parfüm für seine Heiligen leisten?« spöttelte Eadwig.

Kathryn schüttelte den Kopf und folgte Eadwig durch die Leichentür auf den überwachsenen Friedhof. Die Grabsteine waren hinter dem hoch aufgeschossenen Gras und den Wildblumen fast verschwunden; es war ein friedlicher, sonnenbeschienener Fleck. Der perlende Gesang der Amseln hallte in den Eiben wider, deren Äste sich wie die Arme eines Ungeheuers ausbreiteten.

»Mein letzter Ruheplatz«, murmelte Eadwig. »Jetzt im Frühling müssen wir das Gras mähen. Wir lassen es sehr hoch wachsen; nach dem Winter liefert es gutes Futter. Mistress, wollt Ihr Euer nächtliches Fasten brechen?«

»Hat Vater Prior alle versammelt, denen ein Wunder an Atworths Grabstätte widerfuhr?« fragte Kathryn ihn über die Schulter. Sie hatte darüber nachgedacht, welche wilden Kräuter hier wohl gediehen, und sich im stillen geschworen, daß sie eines Tages wieder hierherkommen wollte: An derlei wilden, überwucherten Stellen waren oft seltene Pflanzen und Kräuter zu finden.

»Sie werden gegen Mittag zusammenkommen«, erwiderte Eadwig.

Kathryn drehte sich zu ihm um. »Und Ihr folgt mir überallhin?«

Eadwig griff nach dem Stab, den er vor der Messe unter dem Portal hatte stehenlassen.

»›Ob tausend fallen zu deiner Seite‹«, zitierte er aus den Psalmen, »›und zehntausend zu deiner Rechten, so wird es doch dich nicht treffen‹.«

Kathryn konnte nicht an sich halten, ihr lautes Gelächter verwandelte ihre Gesichtszüge. Eadwig schloß sie sogleich in sein Herz.

»Euch wird nichts geschehen, Mistress.«

»Und Euch?« neckte Kathryn. Sie tippte auf ihre Schreibmappe, die an einem Lederriemen über ihrer Schulter hing. »Seid Ihr an Leichen gewöhnt, Eadwig?«

»Bei St. Albans, Mistress, lagen sie kniehoch, hervortretende Augen, fehlende Gliedmaßen, das Blut knöcheltief.«

»Schon gut.« Kathryn schnappte nach Luft. »Dann sollten wir das Beinhaus aufsuchen, um einen letzten Blick auf die Leichen von Atworth und Gervase zu werfen. Ich hätte Euch gern an meiner Seite.«

Eadwigs Lächeln verblaßte.

»Ich halte es für das Beste«, erklärte Kathryn, »wenn wir derlei grauenhafte Überreste untersuchen, bevor wir essen.«

Eadwig schluckte und stimmte ihr zu. Er führte sie um die Kirche herum zur Krankenstation. Dahinter stand das Beinhaus in einem kleinen Hof, eine niedrige, eingeschossige Kammer, deren Decke von schwarzen Säulen gestützt wurde und deren Wände gegen Fliegen und anders Ungeziefer dick gekalkt waren. Der Boden war in ähnlicher Weise behandelt worden. Der Laienbruder, der sie einließ, war nur zu froh, ins Freie gehen und, wie er es ausdrückte, »Gottes frische Luft schnappen« zu können. Drei Leichen lagen unter den Leintüchern. Eadwig erklärte, die erste sei ein armer Bettler, den man tot in einer Gasse gefunden habe. Die zweite war Atworth. Eadwig zog das Leintuch weg, und Kathryn begann mit einer eingehenden Untersuchung. Sie stellte fest, daß Luft die Verwesung und den Verfall beschleunigt hatte. Die

Leiche verlor allmählich das Wächserne, der Bauch blähte sich auf, und das linke Auge war zu ihrer Überraschung leicht geöffnet.

»Ein schlechtes Zeichen«, murmelte Eadwig hinter vorgehaltener Hand. »Es bedeutet, daß noch jemand sterben muß.«

Kathryn war indes in ihre Untersuchung vertieft. Sie überprüfte jeden Zoll der Leiche, Brust, Bauch und Rücken, konnte jedoch unter diesen Umständen nichts Ungewöhnliches feststellen. Alte Narben aus Atworths kämpferischen Tagen bedeckten Arme, Schultern und Rücken. Der rechte Arm wies einen Bruch auf, war aber fachgerecht von einem Bader oder Arzt gerichtet worden. Kathryn richtete ihre Aufmerksamkeit auf die sogenannten Stigmata an Handgelenken und Fußknöcheln: große Stichwunden auf einer Seite und durchbrochene Haut auf der anderen, sowohl an den Handgelenken als auch an den Knöcheln. Die Wunden waren leicht eingedrückt, als wären sie verbunden worden. Kathryn erinnerte sich an die festen Verbände. Nach wie vor nahm sie einen leichten Wohlgeruch wahr, aber sonst nichts. Nun wandte sie sich Gervases Leiche zu. Anhand der schwarzen Überreste konnte man sich nur schwer vorstellen, daß dies noch tags zuvor ein kraftvolles menschliches Wesen gewesen war, ein bedeutender Mönch, führend in dieser Gemeinschaft. Jetzt waren sein Gesicht, sein Haar und seine Gliedmaßen entsetzlich verkohlt, zusammengeschrumpft in jenem furchterregenden Feuer.

»Wenn wir nicht Bruder Timothys Aussage hätten«, flüsterte sie, »könnte es jedermanns Leiche sein. Aber warum? Was war er für ein Mensch, Eadwig?«

»Gervase war ein guter Bruder. Es verstößt gegen unsere Regel, über andere die Nase zu rümpfen oder unsere Hand gegen einen anderen zu erheben oder schlechtes Zeugnis über ein Mitglied unserer Gemeinschaft abzulegen«, plauderte der Laienbruder munter drauflos. »Gervase war auf seine Weise freundlich, aber er hatte seine Schwächen.«

»Und die wären?« fragte Kathryn.

»Oh, weder Wein noch Weiber. Er war der Schatzmeister des Klosters. Er mochte es, wenn Gold und Silber in unsere Kassen flossen. Mistress«, Eadwig verzog das Gesicht, »müssen wir uns hier unterhalten?«

Kathryn war seiner Meinung. Sie gingen hinaus und wuschen sich die Hände an einem Brunnen.

»Nun«, fragte sie, »hat Gervase Bruder Atworth geachtet?«

»Mistress, Ihr wißt, daß es nicht so war. Trotzdem hat Gervase vor ungefähr acht Monaten, zu Beginn des Herbstes, angeboten, Atworths Lebensgeschichte niederzuschreiben. Bruder Roger lehnte ab. Gervase war zutiefst gekränkt.«

Kathryn schaute zum Kirchturm empor. Der blaue Himmel war wolkenlos, und der Tag versprach warm zu werden. Nur wenige Mönche waren unterwegs. Die anderen waren im Refektorium oder im Kapitelhaus.

»Die Brüder behaupten«, plauderte Eadwig weiter, »Gervase sei von einem himmlischen Feuer verzehrt worden.«

»Unsinn!« erwiderte Kathryn und wischte sich die Hände an ihrem Rock ab. »Gervase wurde ermordet.«

Eadwig schnappte nach Luft. »Ermordet? Und warum hat man ihm dann nicht einfach die Kehle durchgeschnitten? Oder ein Messer zwischen die Schulterblätter gestoßen?«

»Darüber habe ich auch nachgedacht«, sagte Kathryn. »Kommt, ich zeige es Euch.«

Sie nahm ihre Schreibmappe, warf noch einen Blick auf die Tür des Beinhauses und führte Eadwig zurück nach Gethsemane. Im Morgenlicht war es ein Paradies: Die weite Rasenfläche war von hohen Bäumen gesäumt, die Luft duftete nach frischem Grün. Natürlich mußten sie Bruder Timothy zuwinken, der das Flügelfenster geöffnet hatte und zu ihnen herunterschaute. Er erinnerte Kathryn an einen alten Vogel, der aus seinem Nest lugte.

»Ich habe nichts Ungewöhnliches gesehen!« rief der Alte ihnen zu. »Ich habe die Stelle beobachtet, wo Bruder Gervase gestorben ist. Da war nichts.«

Eadwig dankte ihm, und als sie den Rasen überquerten, klang sein Segen noch in ihren Ohren. Kathryn blieb an dem großen, dunklen Fleck stehen, auf dem Gervases Leiche gelegen hatte, und ging dann zum Hagedornbusch. Der Boden war noch immer übersät von grauer, fedriger Asche.

Kathryn bückte sich. Sie versuchte sich ins Gedächtnis zu rufen, was sie am Abend zuvor gesehen hatte. »Jemand war hier.« Sie hob einen morschen Ast hoch und stocherte in der Asche herum.

»Ja, gewiß«, erwiderte Eadwig, »ein paar Brüder sind heute morgen hier gewesen: Die ganze Gemeinschaft redet über den Mord an Gervase.«

»Ich vermute, der Mörder ist zurückgekehrt, um sein Werk zu überprüfen.«

Kathryn ging weiter ins Gebüsch hinein. Hinter der Blendwand war das Geräusch eines Handwagens zu hören, der durch die Gasse rollte.

»Was wollt Ihr damit andeuten, Mistress?«

Kathryn packte Eadwig an der knochigen Schulter und schaute ihn eindringlich an. »Eadwig, ich will es Euch sagen! Gestern abend habe ich im Bett darüber nachgedacht. Warum sollte Gervase plötzlich in Flammen stehen? Nein, ich glaube nicht, daß das Feuer vom Himmel fiel oder aus der Hölle kam. Der alte Bruder Timothy hat mich darüber in Kenntnis gesetzt, daß Gervase hierherzukommen pflegte, scheinbar, um Mistress Chandler zu besuchen.«

»Ach ja, die Verfluchte!«

»Wir wollen sie die Witwe nennen«, erwiderte Kathryn. »Auch mit ihr habe ich gesprochen. Gervase behandelte sie wie ein Haustier. Dennoch kam er gestern nicht hierher«, fuhr sie fort, »weil er sich um sie sorgte, sondern weil er jemanden traf. Wen, weiß ich nicht. Warum?« Sie schüttelte den Kopf.

Eadwig riß vor Staunen die Augen weit auf.

»Das ist nur eine Vermutung«, fuhr Kathryn fort. »Aber ich glaube, Gervase hat diese Stelle ausgewählt, weil sie wahrscheinlich die sicherste im ganzen Kloster ist, oder?«

Eadwig nickte.

»Schließlich hat der junge Jonquil hier das Kloster für seine schändlichen Zwecke verlassen«, fügte sie hinzu.

»Könnte er der Mörder sein?«

»Jeder könnte es sein. Ich vermute, Gervases Tod hat mit meiner Ankunft hier zu tun. Gestern hat sich Gervase am frühen Nachmittag an diesem verschwiegenen Ort mit seinem Mörder getroffen und wurde umgebracht.«

»Unmöglich!« spottete Eadwig. »Ich bin vielleicht kein Gelehrter oder ein gebildeter Mann« – er tippte sich mit dürrem Finger an die Schläfe –, »aber ich habe einen scharfen Verstand. Gervase ist am frühen Abend gestorben.«

»Nein.« Kathryn führte ihn noch tiefer ins Gebüsch. »Folgendes ist geschehen: Gervase kam am frühen Nachmittag her und traf seinen Mörder. Gott allein weiß, was dann passierte, aber der Mord ging schnell und in aller Stille vor sich.«

»Woher wißt Ihr das? Die Chandler?«

Kathryn zeigte an der Mauer entlang.

»Die Witwe hat nichts gehört. Gervase wurde überrascht: ein rascher Messerstich in den Rücken oder ein Schnitt durch die Kehle.«

»Und dann?«

»Der Mörder wußte, daß er die Leiche nicht einfach liegenlassen konnte. Er brauchte auch Zeit. In Bruder Gervases Kleidung oder – als wäre er ein Mitglied dieser Gemeinschaft – in der Kutte eines einfachen Mönchs nahm er die Schlüssel des Subpriors und begab sich in dessen Zimmer.«

»Warum?« Eadwig schaute die junge Frau verblüfft an. Ihre Theorie in bezug auf den Tod des Subpriors war nicht so rätselhaft wie jene, die im Refektorium besprochen wurden, sondern ergab mehr Sinn.

»Ich weiß es nicht« – Kathryn überlegte kurz –, »nur daß der Mörder Gervases Habseligkeiten durchsuchen wollte. Nachmittags ist es im Kloster recht still. Jeder geht seinen Pflichten nach, oder?«

Eadwig stimmte ihr zu.

»Der Mörder zog sich die Kapuze tief ins Gesicht und

schlüpfte unerkannt ins Zimmer der Subpriors. Er hat dessen Schlüssel und kann sich Zeit lassen.«

»Jemand hätte ihn stören können.«

»Oh, der hätte an die Tür geklopft, aber der Mörder hätte sich still verhalten. Er bekommt, was er haben will, stellt alles wieder ordentlich an seinen Platz, räumt das Zimmer auf und kehrt hierher zurück.«

»Aber er hätte auffallen können.«

»Ach, kommt.« Kathryn lächelte. »Würdet Ihr zweimal hinschauen, wenn ein Mönch den Rasen überquert?«

Eadwig legte die Hände aneinander. »Ihr beschämt mich, Mistress.«

»Ich glaube«, Kathryn zeigte auf den Hagedornbusch hinter sich, »daß der Mörder mit einem Weinschlauch voll Öl hierher zurückkehrte. Ihr habt als Soldat gedient, Eadwig, und Unfälle in Garküchen erlebt. Ich habe es auf jeden Fall schon gesehen: Wenn ein Küchenjunge, dessen Schürze ölgetränkt ist, einer offenen Flamme zu nahe kommt?«

»Oh, das ist mir auch schon passiert«, stimmte Eadwig zu.

»Gervases Leiche wird von Kopf bis Fuß in Öl getränkt. Wer weiß, womöglich wurden Salpeterkörner oder irgendeine leicht brennbare Mischung beigefügt.«

»Warum hat er sie nicht einfach im Gebüsch verbrannt?«

»Bruder Timothy hat steif und fest behauptet, daß Gervase neben dem Hagedornbusch stand. Schaut Euch um«, schlug Kathryn vor. »Sucht mir eine starke Stange, einen Ast.«

Eadwig hob die Schultern, tat aber, wie ihm geheißen. Er ging ins Unterholz und kam wieder.

»Ich mag mich irren, Eadwig, aber laßt uns etwas ausprobieren. Ihr könnt die Leiche spielen.« Kathryn drehte den Laienbruder um und schob ihn zum Hagedornbusch. »Bruder Timothy sah nur, daß Gervase hier stand.«

Kathryn nahm den langen Ast, bohrte das eine Ende in den Boden und lehnte das andere zwischen Eadwigs Schulterblätter.

»Seine Hände waren in den Ärmeln!« protestierte Eadwig.

»Handgelenke kann man locker zusammenbinden«, antwortete Kathryn. »Seine Kapuze war hochgezogen. Jetzt haben wir eine Leiche, die aufrecht steht und hinüber zum Kloster schaut. Der Mörder ist sowohl durch den Busch als auch durch die Leiche verdeckt.«

»Und wie wurde das Feuer entzündet?«

»Eine Zündschnur«, erklärte Kathryn und ließ den Ast fallen.

Eadwig drehte sich um.

»Ein Stück Schnur oder Seil, in Öl getränkt und hinten an Gervases Kutte befestigt. Auch das hätte Bruder Timothy im Sonnenlicht nicht gesehen. Die Flamme läuft daran entlang, und Gervase wird zu einer menschlichen Fackel. Nun ja«, sie spreizte die Hände, »ich habe es ungeschickt formuliert. Vielleicht hat es keine Stange gegeben? Vielleicht wurde Gervase von den Ästen des Hagedorns gestützt? Kommt mit.« Sie ging zur anderen Seite des Busches, die vom Feuer nicht erfaßt worden war. Hier waren die Äste stabil und fest.

»Eine Weile würden sie einen aufgerichteten Mann halten.«

»Ihr habt recht, Mistress. Ich habe ähnliche Geschichten von Soldaten gehört, die eine Burg angriffen. Die Verteidiger haben sie mit Öl übergossen und brennende Holzscheite auf sie geworfen.«

»Das hätte Colum Murtagh auch gesagt«, erwiderte Kathryn und schaute zum Himmel empor. »Feuer ist gefräßig. Man kann es nicht so schnell löschen. Bis jemand kommt, ist Gervase nur noch Asche und unkenntlich.«

»Und der Mörder?«

»Er hat alles gut vorbereitet. Der Ölschlauch wird über die Mauer geworfen, der Erboden von Blutflecken gereinigt, und jede Spur dessen, was wirklich geschah, ist gelöscht.«

»Aber warum?« beharrte Eadwig.

»Wie schon gesagt, um dem Mörder Zeit zu geben, die Habseligkeiten des Subpriors zu durchsuchen, und um ein Trugbild zu schaffen – an dem Eure Gemeinschaft festhält –, daß nämlich Gervases Tod mit den Zweifeln am Tod des seligen Roger Atworth zu tun hat. Trugbilder verdecken oft die Wahrheit.«

»Und der Mörder?«

»Das weiß allein Gott.« Kathryn hob ihre Schreibmappe auf. »Der Mörder hat wahrscheinlich jeden Zoll dieses Bodens untersucht. Er hat seine Spuren verwischt. Mag sein, daß er woanders war, als das Feuer richtig aufloderte. Schaut Euch um, Bruder. Zu beiden Seiten stehen Bäume, die Blendmauer, die verlassene Gasse dahinter. Eine ganze Schar Gesetzloser könnte sich hier stundenlang verbergen, ohne entdeckt zu werden.«

»Könnte Gervase diese Person in seinem Zimmer getroffen haben?« Eadwig bereute seine Frage sogleich und grinste beschämt. »Nein, das ist unmöglich!« rief er.

»Genau«, stimmte Kathryn ihm zu. »In einem Kloster haben die Wände Augen und Ohren. Wie auch immer, laßt mich beweisen, daß meine Theorie stimmt.«

Kathryn stellte Eadwig neben den versengten Hagedornbusch und überquerte den Rasen. Sie drehte sich um.

»Setzt die Kapuze auf!« rief sie. »Steckt die Hände in die Ärmel!«

Eadwig gehorchte. Kathryn ging zu der Bank, auf der sie am Abend zuvor gesessen hatte.

»Natürlich!« murmelte sie.

Eadwig, der reglos dastand, sah aus wie jeder andere Mönch, während alles, was hinter ihm war, verdeckt wurde. Eine ganze Horde von Mördern hätte dort lauern können. Das Gebüsch war so dicht, daß es jegliche Bewegung verbarg. Kathryn stellte sich vor, wie die Gestalt die Leiche nach vorn schob, ohne entdeckt zu werden. Tatsächlich waren Eadwigs Füße aufgrund des hohen Grases, des Unterholzes und der Dornenranken am Rand der Rasenfläche nicht zu sehen. Kathryn fiel ein, was Bruder Timothy gesagt hatte: »Ich schaute auf, und da stand er.«

»Mistress!« rief Eadwig kläglich.

Kathryn ging zu ihm hinüber. »Danke. Und jetzt besuchen wir Mistress Chandler. Ich wünschte, ich hätte etwas zu essen mitgenommen. Bruder, Ihr werdet Euch ihrer annehmen, ja?«

»Oh, gewiß! Gestern abend, nach der Begegnung mit Euch, sagte Prior Anselm, daß jemand ihre Versorgung übernehmen müsse.« Er strahlte. »Vielleicht kann ich mich freiwillig melden?«

Sie verließen den Rasen und drangen tiefer ins Gebüsch vor. Bei hellem Tageslicht wurde Kathryn bewußt, wie gut sich diese Stelle für Heimlichkeiten eignete. Mathilda hatte sie kommen hören, und Kathryn war erleichtert, als sie laut begrüßt wurden.

»Ich muß mit Colum reden.« Kathryn blieb stehen.

»Warum?« fragte Eadwig.

»Mein nächtlicher Besucher geht mir nicht aus dem Kopf. Wenn ich Mistress Chandler nach etwas Verdächtigem fragen will, dann muß dem Mörder derselbe Gedanke gekommen sein.«

»Sie ist da drinnen einigermaßen sicher«, erwiderte Eadwig.

»Bis auf den Mauerschlitz«, erklärte Kathryn. »Sagt, was wäre, wenn etwas geschähe, wenn unser Mörder Öl durch den Spalt gösse?«

Eadwig verzog das Gesicht. »Eine Eisenplatte sichert die Tür. Die Gefangene könnte nicht hinaus.«

»Worüber unterhaltet Ihr Euch?« Die Stimme der Witwe war kräftig. »Mistress, habt Ihr etwas zu essen mitgebracht?«

Kathryn trat an das kleine Guckloch und spähte hinein.

»Tretet zurück!« befahl sie. »Ich möchte Euer Gesicht sehen.«

Mathilda gehorchte. Kathryn nahm ein zerfurchtes, ziemlich dunkles Gesicht wahr, dichtes, eisengraues Haar und helle Augen.

»Ist alles in Ordnung, Mistress Swinbrooke?«

»Gewiß«, erwiderte Kathryn, »aber ich mache mir Sorgen um Euch. Ihr habt etwas gesehen und gehört, nicht wahr, Mistress? Gervase wurde umgebracht. Ich möchte Euch nicht beunruhigen, aber es kann sein, daß der Mörder Euch im Auge hat.«

»Ich scheide, wenn Gott mich ruft.« Mathilda trat wieder ans Guckloch und lugte hinaus.

»Es geht eher darum, wie dieser Ruf ergehen wird«, erwiderte Kathryn. »Mistress Chandler, ich vertraue Euch. Auf meine Verantwortung wird Eadwig hierherkommen ...«

»Oh, den kenne ich. Er wuselt beständig um Bruder Timothy herum, nicht wahr?«

»Genau«, rief Eadwig fröhlich zu ihr hinauf, doch als er Kathryn anschaute, trübte sich sein Blick.

»Ich weiß.« Kathryn sprach seine Gedanken aus. »Das Gesetz hat angeordnet, sie unter Verschluß zu halten, doch das Gesetz hat auch hinzugefügt, daß sie in Sicherheit sein soll. Mistress Chandler, ich werde die Eisenplatte entfernen lassen, so daß Ihr herauskönnt, falls Ihr in Gefahr seid oder auch nur spazierengehen, die Sonne spüren oder frische Luft schnappen wollt.«

Mathilda trat zurück und schüttelte den Kopf.

»Nein, nein, dafür werden sie mich bestrafen. Sie werden mich an den Stock bringen und auspeitschen.«

»Niemand wird Euch bestrafen«, versicherte Kathryn. »Darüber hinaus werde ich Euch etwas zu essen und Wein bringen. Bruder Eadwig wird mir helfen.«

Sie gingen um die Steinzelle herum. Kathryn bückte sich und zog mit Eadwigs Hilfe die rostige Eisenplatte zwischen den Holzleisten hervor, die sie an die Holztür drückten.

»Mistress«, flüsterte er, »sie ist nicht die einzige, die Ärger bekommt.«

»Murtagh wird sich um alles kümmern. Seht, Bruder, ich möchte, daß Ihr zur Küche geht. Wir brechen unser nächtliches Fasten an der frischen Luft. Ich möchte auch, daß Ihr ein scharfes, spitzes Messer mitbringt; ich will es Mistress Chandler geben, damit sie sich verteidigen kann.«

Eadwig sah aus, als wollte er sich weigern. Kathryn packte ihn an der Hand. »Bruder, ich will ihr Blut nicht an den Händen kleben haben. Es ist nur eine Frage der Zeit.«

»Dann sollte sie in den Kerker der Burg übersiedeln.«

»Vielleicht! Aber vorläufig macht, was ich Euch gesagt habe.«

Eadwig bekreuzigte sich und eilte davon. Kathryn betrachtete die Holztür. Die Eisenplatte war nicht größer als ein Fuß im Quadrat und zwischen zwei Holzleisten befestigt, um zu verhindern, daß die Tür von innen geöffnet wurde. Kathryn stellte fest, daß die Tür frisch gestrichen und neu eingehängt war.

»Mathilda«, sie öffnete die Tür. »Ihr könnt ins Freie, wenn Ihr wollt.«

Kathryn trat zurück. Zuerst herrschte Schweigen, dann vernahm sie ein leises Schluchzen. Sie war versucht, die arme Frau hinauszuführen. Statt dessen entfernte sich Kathryn, setzte sich auf einen umgestürzten Baumstamm und wartete. Schließlich wurde die Tür aufgestoßen. Mathilda Chandler schlurfte heraus. Sie schirmte die Augen vor dem Licht ab und lehnte sich kurz an die Mauer ihres Gefängnisses. Kathryn schätzte sie auf über vierzig: Die Witwe war leidlich hübsch, klein, die Schultern ziemlich gebeugt, das Gesicht gezeichnet von der langen Gefangenschaft.

»Hier bin ich, Mathilda!«

Die Frau richtete sich auf und kam herüber. Sie blieb stehen und schaute zu einem Ast auf. Dann setzte sie sich neben Kathryn, senkte den Kopf und legte die Hände in den Schoß.

»Ihr habt mir eine große Gnade erwiesen, Mistress, dafür bin ich Euch wirklich dankbar.«

»Wie oft läßt man Euch ins Freie?« fragte Kathryn neugierig.

»Zwei-, vielleicht dreimal im Jahr, nicht länger als eine Stunde, immer um die großen Feiertage zu Ostern, Weihnachten und Michaelis. Ist es nicht schön, unter Gottes freiem Himmel zu sein?«

Kathryn ergriff ihre Hand. Die Haut war schwielig, Mathildas Fingernägel waren vollkommen abgebissen.

»Ich will für Euch tun, was ich kann«, versprach Kathryn.

»Aber Mistress Chandler, die Zeit drängt. Ich werde Euch ins Vertrauen ziehen.«

Kathryn beschrieb rasch, was Gervase zugestoßen war, und wie der Mörder zugeschlagen hatte; auch Jonquil erwähnte sie.

»Ich kann nur sagen, was ich sehe und höre«, erwiderte Mathilda. »Hin und wieder höre ich Schritte, oder das, was ich für Schritte halte, einen knackenden Zweig, Geräusche, als klettere jemand über die Mauer. Einmal einen leisen Fluch. Aber vergeßt nicht, Mistress Kathryn, alle wissen, daß ich hier bin. Mein kleines Fenster zur Welt ist schmal und versperrt, und oft schlafe oder döse ich.«

»Hat Gervase jemals mit Euch gesprochen?« fragte Kathryn.

»Ein paarmal.«

»Und Jonquil?«

»Oh, den habe ich mit Bruder Atworth gesehen. Einmal meine ich ihn allein gesehen zu haben, aber das kann ich nicht beschwören.«

»Und Gervase?« hakte Kathryn nach. Sie war sich sicher, daß die Frau mehr wußte, als sie sagte.

»Er pflegte hier herüberzukommen.« Mathilda faltete die Hände. »Einmal habe ich Stimmen gehört, die laut stritten. Und das Klirren von Münzen.«

»Münzen?« fragte Kathryn.

»Es war ein sehr klarer Tag, kurz nach Mittag. Im Kloster war es still, und bestimmte Geräusche tragen weit. Gervase war unter den Bäumen. Ich hörte das Klirren von Münzen, aber vergeßt nicht, Mistress, vor Gericht würde es heißen, ich sei der Welt entrückt.«

»Was wißt Ihr noch?«

Mathilda saß mit hängendem Kopf da. Eadwig kam zurück und brachte eine Platte mit, drei Schüsseln voll dampfender Hafergrütze, Brot, in ein Leinentuch gehüllt, ein kleines Buttergefäß und einen Topf Honig, drei Hornlöffel und ein gefährlich aussehendes Fleischmesser. Er wollte sich ihnen anschließen, doch Kathryn bedeutete ihm mit einem

Blick, sein Essen woanders einzunehmen. Eadwig nahm sich eine Schüssel und einen Hornlöffel und entfernte sich außer Hörweite. Kathryn überredete Mathilda, zu essen.

»Ich habe kein Ale bekommen!« rief Eadwig herüber. »Die Küche war zu beschäftigt, und ein neues Faß mußte angestochen werden.«

»Ich habe auch ein kleines Faß«, murmelte Mathilda. »Das schmeckt gut, Mistress.«

Sie nahm den Honig, goß etwas über ihre Hafergrütze und begann, mit Heißhunger zu essen. Kathryn tat es ihr gleich. Die Hafergrütze war heiß und köstlich, so ähnlich hätte Thomasina sie auch gemacht. Kathryn wartete, bis Mathilda die Schüssel geleert und abgestellt hatte. Die Frau griff nach einem der kleinen, weißen Brotlaibe und benutzte das Fleischmesser, um ihn mit Butter und dem Rest Honig zu bestreichen.

»O Gott«, flüsterte Mathilda, »ist das himmlisch!« Mit Tränen in den Augen wandte sie sich zu Kathryn um. »Die einfachen Dinge des Lebens, was, Mistress?«

»Sagt mir, was Ihr wißt«, drängte Kathryn.

Mathilda biß noch einen Happen ab. »Ich sagte schon, es herrscht ein Kommen und Gehen.«

»Die Wahrheit«, beharrte Kathryn.

»Atworth war sehr verängstigt«, begann Mathilda. »Er behauptete, die Sünden seiner Vergangenheit verfolgten ihn. Ich sagte ihm, er solle Gott vertrauen. Er antwortete mit einer Geschichte, wie er in Frankreich eine junge Frau vergewaltigt und ein altes Weib gehängt hat, das ihm Vorhaltungen machte. Sie hatte prophezeit, daß Atworth eines gewaltsamen Todes sterben würde.«

»Aber das ist nicht eingetreten«, schaltete Kathryn sich ein. »Er ist im Bett gestorben, gleichsam im Geruch der Heiligkeit.«

»Wirklich?« Mathilda warf ihr einen argwöhnischen Blick zu. »Atworth hat mir noch etwas erzählt, nicht in allen Einzelheiten. Er kannte Geheimnisse der Großen und Mächtigen. Ich vermute, er sprach über die Herzogin, und er verband diese Geheimnisse mit seinen Ängsten.«

Kathryn schaute kurz zu Eadwig hinüber, der mit dem Rücken an einem Baum saß und zufrieden aß. Der Morgen hatte seine Helligkeit eingebüßt. Kathryn hatte Angst, nicht nur um sich, sondern auch um diese Frau.

»Fahrt fort.«

»Atworth sagte, daß andere seine Geheimnisse liebend gern erführen.«

»Wer? Hat er die Franzosen erwähnt?«

»Oh, er hat mir über seine Gefangenschaft in Frankreich erzählt. Ein gewisser de San... San...?«

»De Sanglier?« half Kathryn nach.

»Genau. Dieser Mann habe ihn sehr grausam behandelt. Man habe ihm glühende Eisen auf die Haut gedrückt.«

»Hatte der fromme Atworth Angst vor dem Tod?«

Mathilda lachte kurz und freudlos auf.

»Das habe ich ihn auch gefragt. Zuweilen, Mistress, wenn ich hier hinter den Mauern eingesperrt bin«, sie zeigte auf ihr Gefängnis, »verliert der Tod einen Teil seines Schreckens. Er wird eher wie ein alter Freund, der gern zu Besuch käme. Atworth ging es genauso. Er sagte, wenn es nicht eine so große Sünde wäre, nähme er sich das Leben.«

»Wovor hatte er denn Angst?«

»Daß sie ihn holen würden, jene, die danach trachteten, hinter seine Geheimnisse zu kommen.«

Kathryn schloß die Augen und lächelte. Sie hatte es gefunden! Es mußte eine Verbindung zwischen Atworth und dem Mord an Mafiach geben.

»Er hat nicht gesagt, wer es ist. Als ich ihn fragte«, Mathilda wählte ihre Worte mit Bedacht, »sagte er nur, jene, die Macht haben. Er behauptete, einen Mann umgebracht zu haben.«

»Aber er hat doch viele ermordet?«

»Ja, Mistress, aber das war ein Mord, der ihm auf der Seele lag.«

»Hat er sich vor Rache gefürchtet?«

»Nein, er sagte, er leide unter seiner Tat.«

»Ist alles in Ordnung?« rief Eadwig.

»O ja.«

Kathryn legte Mathilda den Arm um die Schultern. Von nahem roch die Frau unangenehm, und ihr Gewand war fleckig und durchgewetzt. Beim Anblick ihrer knochigen, gebeugten Schultern überkam Kathryn plötzlich Mitleid.

»Ist es nicht seltsam?« Mathilda schaute auf und legte zögernd die Hand auf Kathryns Knie, wie es ein Kind bei seiner Mutter tut. »Da hat Atworth, der Heilige, der Beichtvater der Herzogin und weiß der Himmel was noch alles, Mathilda Chandler gebeichtet. Wißt Ihr, Mistress Swinbrooke, als er an jenem Tag mit mir sprach, hatte er wirklich Angst. Der Herr allein weiß, welche Geheimnisse Atworth hütete! Ich bat ihn, sie mir anzuvertrauen, aber er schüttelte den Kopf und verkündete laut, er nähme mir die Beichte ab, wenn er mit mir redete. Er gab immer vor, mir die Absolution zu erteilen, und machte das Kreuzzeichen. Ein paarmal brachte er mir das Viatikum mit. Ich mußte ihm Geheimhaltung schwören. Ich breche dieses Gelübde jetzt, weil ich glaube, er hätte Euch gemocht.«

Kathryn bemühte sich, ihrer Aufregung Herr zu werden.

»Wollt Ihr die Geheimnisse ergründen?« Mathilda warf ihr einen verschlagenen, berechnenden Blick zu. »So wahr Gott der Herr mein Zeuge ist, Atworth hat es mir nie erzählt. Er sagte, wenn er sie mir verriete und andere es erführen, wäre ich des Todes. Das ist nicht schwer zu bewerkstelligen. Das Urteil gegen mich lautet, daß man mich töten kann, sobald ich das Kloster der Bußbrüder Jesu Christi verlasse.«

Kathryn wischte die Krümel vom Rock.

»Ist Atworth darauf noch einmal zu sprechen gekommen?«

»Nein, aber mir fiel auf, daß Atworths Gelassenheit in diesem Jahr zunichte war, bestimmt in den letzten Monaten vor seinem Tode. Er klagte über zunehmende Schmerzen im Bauch.«

»Und sein Tod?« fragte Kathryn weiter.

»Wie ich schon sagte, ich war darauf gefaßt.«

»Er starb am Fest Mariä Verkündigung?« fragte Kathryn.

»So lautet die offizielle Angabe. Aber am Abend zuvor ereignete sich etwas sehr Merkwürdiges.« Mathilda hatte sich offenbar entschieden, Kathryn alles zu sagen. »Die beiden Tage vor dem Tode des seligen Roger waren äußerst seltsam! Ihr sprecht von Menschen, die in dieses kleine Waldstück kommen und wieder gehen. An jenen beiden Tagen vernahm ich mehr Geräusche als sonst. Ich hörte ein Knarren, als würde eine Tür geöffnet, Stöhnen, als ob jemand Schmerzen litte. Ich erinnere mich genau an den Abend des Verkündigungsfests, denn da es ein Festtag war, brachte Gervase mir ein paar Bonbons, eine Delikatesse für mich.« Mathilda verdrehte die Augen und schaute zur offenen Tür ihrer Zelle hinüber. »Ihr wollt die Eisenplatte fortlassen?«

»Ja«, erwiderte Kathryn.

»Und was ist mit dem Messer?« Mathilda nahm es vom Tablett. »Eadwig fällt nicht auf, daß es fehlt, wenn er wieder in die Küche geht?«

Kathryn lächelte still.

»An jenem Abend«, fuhr Mathilda fort, »hörte ich auf jeden Fall Anselm und Jonquil und einen dritten. Sie waren dort, abgeschirmt hinter den Büschen.«

»Habt Ihr Worte vernommen?« fragte Kathryn.

»Nein, Mistress, aber Anselms Stimme ist hoch, vor allem, wenn er verdrossen ist. Er hat mich gelegentlich besucht. An jenem Abend war er aufgeregt. Dann gingen sie wieder. Ich aß und trank. Ich betete den Rosenkranz. Als es dunkel wurde, und ich bin mir dessen sicher, Mistress, kehrte mehr als eine Person hierher zurück. Sie trugen keine Laternen oder Fackeln, deshalb stolperten sie umher.«

»Was hatten sie vor?« fragte Kathryn.

»Ich weiß nicht. Es hielt eine Weile an.«

»Sind sie über die Mauer geklettert?«

»Nein, ich bin mir sicher, daß sie aus dem Kloster kamen und dorthin zurückgekehrt sind.«

Mathilda öffnete die kleine, zerdrückte Geldtasche, die an einer schlichten Kordel um ihre Taille hing. Sie nahm den Rosenkranz heraus sowie einen Gegenstand, der aussah wie ein Stück Membran, dünn und durchsichtig.

»Das ist Tierhaut.« Sie schenkte Kathryn ein Lächeln. »Sie ist im Laufe der Jahre dünn geworden. Ich spiele oft damit, wenn ich aufgeregt bin.« Sie rollte die Membran zwischen den Fingern und hob den Rosenkranz. »Den hat Atworth mir gegeben.«

Kathryn untersuchte den beschädigten Rosenkranz: Die Kette war leicht verrostet, während die schwarzen, harten Perlen abgestoßen und abgeschliffen waren.

»Er sagte, es sei ein Geschenk. Mistress, mehr kann ich Euch nicht sagen.«

Mathilda erhob sich und streckte sich. Kathryn fiel auf, daß das Messer verschwunden war, verborgen in den Kleiderfalten der Frau.

»Ich gehe lieber wieder hinein.« Sie entfernte sich und drehte sich noch einmal um. »Ihr habt Angst, nicht wahr, Mistress?«

Kathryn nickte.

»Um mich und auch um Euch?«

»Der Herr möge uns erretten, ja.«

Mathilda betrat unterdessen ihre Zelle und schlug die Tür hinter sich zu, beinahe, als hätte sie Kathryns Worte nicht gehört. Eadwig schlenderte herbei.

»Die Zeit vergeht, Mistress. Der Prior hat die Wundersuchenden kommen lassen.«

»O ja.« Kathryn stand auf und zeigte auf das Tablett. »Erzählt niemandem, was Ihr heute morgen gehört und gesehen habt. Bruder, wollt Ihr das in die Küche zurückbringen?«

Eadwig hob das Tablett auf und fegte die Krumen zu Boden. Als er mit Kathryn den Rasen überquerte, rief die Klosterglocke zur zweiten Morgenmesse.

Eadwig erkundigte sich nach Mathilda. Kathryn antwortete einsilbig. Was konnte sie tun? Sie ärgerte sich ein wenig über Bourchier und Luberon. Sicherlich hätten die ihr doch mehr sagen können? Kathryn war stärker denn je davon überzeugt, daß Mafiachs und Atworths Tod miteinander in Verbindung standen. Je tiefer sie vordrang, vor allem an diesem sogenannten klösterlichen, geweihten Ort, desto sicherer war sie, daß Atworths Tod keine natürliche Ursache hatte, umhüllt war von einem Gespinst aus Lügen und Halbwahrheiten, Betrug und Täuschung. Kathryn fiel das alte Sprichwort von den schlafenden Hunden ein und den schrecklichen Gefahren, vor denen sie stünde, wenn diese wilden Hunde geweckt würden, wer immer sie waren.

NEUN

»Und einige sagen, es sei für uns das Höchste, unabhängig zu sein und das zu tun, was uns gefällt.«

Chaucer, Die Erzählung der Frau aus Bath

Kathryn saß an einem Schreibpult in der prächtigen Klosterbibliothek. Der Raum war langgestreckt und wirkte wie ein Kirchenschiff mit den Balken unter der Decke und den farbigen Fenstern hoch oben in der Wand, durch die das Sonnenlicht drang. Vage erinnerte sich Kathryn daran, als Kind einmal an der Hand ihres Vaters hier gewesen zu sein, als er mit dem damaligen Bibliothekar eines der großen Werke der Medizin zu Rate zog. Kathryn schaute sich um. Noch immer hing der Geruch von Kalbsleder und Tinte in dem Raum. Ihr Vater hatte ihn »Bücherduft« genannt. Die Bibliothek war gut bestückt mit Manuskripten, Folianten, Hauptbüchern und Pergamenten, und die Regale waren in verschiedene Gebiete aufgeteilt: Theologie, Philosophie, Geschichte, Chroniken und Werke der Andacht. Für gewöhnlich herrschte reges Treiben in der Bibliothek, doch die Ereignisse des vorangegangenen Tages hatten den harmonischen Alltag der Brüder durcheinander gebracht. Der Bibliothekar saß an seinem hohen Schreibpult am Ende der Galerie und war in ein Manuskript vertieft, wobei er leise vor sich hin murmelte. Er hob den Kopf. Kathryn konnte sein Gesicht nicht erkennen, da sie gegen das Licht saß.

»Ist alles in Ordnung, Mistress Swinbrooke? Habt Ihr alles, was Ihr braucht? Bruder Eadwig sagte, er sei bald wieder da.«

Kathryn hob die Hand, um anzuzeigen, daß alles in Ordnung war, dann schaute sie auf den kleinen, in Kalbsleder gebundenen Band, der mit imitierten Edelsteinen besetzt war. Sie schlug die zerknitterten Seiten auf und nutzte dabei das Licht, das durch das Fenster über ihr in den Raum fiel. Auf dem ersten Blatt standen Atworths Name und das Datum, das ungefähr zwei Jahre zurücklag. Kathryn blätterte rasch durch die Seiten. Es war nur eine Gebetsammlung: das »Anima Christi«, »De Profundis«, das »Gebet an den Herrn« und das »Ave Maria«. Kathryn stellte fest, daß Bruder Atworth Psalm 51 besonders gefallen hatte:

Gott, sei mir gnädig nach deiner Güte und tilge meine Sünden nach deiner größten Barmherzigkeit. Wasche mich wohl von meiner Missetat und reinige mich von meiner Sünde. Denn ich erkenne meine Missetat, und meine Sünde ist immer vor mir.

Kathryn fiel auf, daß dieser Vers im Psalter ständig wiederholt wurde, während der Satz »Denn ich erkenne meine Missetat« immer wieder unterstrichen war. Kathryns Aufmerksamkeit wurde jedoch auf die primitiven Miniaturbilder gelenkt, die häufig an den Anfang der Gebete gemalt waren. Bei den ersten Worten des Psalms 51 »Gott, sei mir gnädig« war das G vergrößert und umschloß jeweils ein Bild im oberen und unteren Schnörkel des Buchstabens, beide in Rot, Grün und Schwarz gehalten. Kathryn hatte im Stundenbuch schon bessere gesehen, obwohl diese Bilder sehr lebendig waren und eine ganz eigenartige Kraft ausstrahlten. Sie nahm die Lupe zur Hand, die der Bibliothekar ihr geliehen hatte, und betrachtete die Bilder genauer. Das erste zeigte eine Frau in einem Bett, ein Mann lag an ihrer Seite. Auf dem zweiten Bild lag die Frau allein. Kathryn suchte nach Insignien, einer Livree oder einem Wappen, dem üblichen Kunstgriff, mit dem die Buchmaler kennzeichneten, wen sie darstellten, doch sie konnte nichts entdecken. Sie drückte die Lupe an sich und trommelte mit den Fingern auf das polierte Schreibpult. War es eine Szene aus dem Alten Testament? Oder vielleicht eine Fabel? Kathryn dachte nach. Sie drehte die Seite um, und ihr Blick fiel auf den Anfang des »De Profundis«. »Aus der Tiefe rufe ich, Herr, zu dir.« Auch dieses Bild nahm Kathryn genau in Augenschein. Diesmal saß keine Frau, sondern ein Mann, ein König – oder war es ein Herzog? – an einem Tisch, umgeben von seinen Rittern. Kathryn fiel sogleich die Artussage ein. Die Standarte des Königs trug das Rot, Blau und Gold der englischen Nationalfarben, während seine Uniform in den Farben des Hauses York erstrahlte. Kathryn war neugierig geworden und drehte die Seiten um.

»Das ist nicht aus der Bibel«, flüsterte sie.

Kathryn erkannte die Artussage. Ein Bild zeigte den Grünen Ritter, der an Artus' Hof erschien. Zumindest schwante ihr die Bedeutung. Atworth hatte auf seine eigene kluge Weise seinem Schutzherrn, dem Herzog von York, gehuldigt, indem er ihn als Artus darstellte. Die Bilderserie endete jedoch abrupt: Es gab keinen Bezug mehr zu York oder Artus. Statt dessen waren zwei Ritter dargestellt, von denen der eine den anderen von hinten erstach. Kathryn konnte sich nicht an eine solche Szene aus der Artussage erinnern. Ob Atworth sich entschieden hatte, die Geschichte von Kain und Abel einzubinden? Oder war das der Mord, die Sünde, die Atworth auf der Seele lag? Kathryn hörte, wie eine Tür geschlossen wurde, und schaute auf. Der Bibliothekar war gegangen.

»Hallo!« rief Kathryn. Sie erhob sich. »Hallo!«

Sie durchquerte die Bibliothek, warf einen Blick in die verschiedenen Lesenischen, in denen jedoch niemand saß. Sie drehte sich um und ging wieder an ihren Platz. Die Bibliothek war leer; sie war allein! Die Regale ragten im rechten Winkel zu den Wänden in den Raum hinein, doch von ihrem Sitz aus hatte sie das Schreibpult des Bibliothekars und die Tür dahinter gut im Blick. Sie konnte sehen, wer kam und ging. Dennoch zauderte sie, ihre Untersuchungen fortzusetzen. Das Gefühl, in Gefahr zu sein – ein kaltes Prickeln und ausbrechender Schweiß im Nacken – versetzte sie in Unruhe. Allem Anschein nach war die Bibliothek verlassen. Kathryn versuchte sich an die verschiedenen Geräusche zu erinnern, die sie unbewußt wahrgenommen hatte. Der Bibliothekar war gegangen, aber hatte sie nicht gehört, daß die Tür noch einmal aufging und wieder ins Schloß fiel? War jemand anders hereingeschlichen? Kathryn klappte Atworths kleinen Psalter zu. Dabei schnitt sie sich den Mittelfinger an etwas

Scharfem. Sie vergaß ihre Furcht, schlug das Buch auf und erkannte bei genauem Hinsehen, daß bestimmte Seiten mit einem scharfen Papiermesser fachmännisch herausgelöst worden waren, so nahe am Einband, daß ihr Fehlen für gewöhnlich niemandem auffallen würde.

Demnach enthielt das Buch Wahrheiten. Jemand hatte sich bereits daran zu schaffen gemacht! Kathryn erhob sich, ließ den Psalter in ihre Schreibmappe gleiten und ging langsam durch die Bibliothek auf die Tür zu. Hier war sie nicht im düsteren Treppenhaus vor ihrem Gemach. Die Luft war frisch, die Sonne schien durch die Fenster, Staubflocken tanzten, das glänzende Holzwerk fing das Licht ein. Dennoch erschien Kathryn jede Treppe, an der sie vorbeikam, wie der Schlund einer dunklen Gasse. Sie vernahm ein Geräusch, blieb stehen und schaute zur Tür. Der mittlere Riegel war vorgeschoben! Der Bibliothekar konnte es nicht gewesen sein. Jemand mußte hereingekommen sein, den Riegel vorschoben haben und irgendwo lauern. Es gab keine andere Tür, der Bibliothekar hatte es ihr gesagt, und die Fenster waren zu klein und zu hoch, als daß man hätte hindurchsteigen können. Kathryn schätzte die Entfernung ab und begann zu laufen. Ihre Schritte auf dem Holzboden hallten, als sie um das Schreibpult des Bibliothekars herum floh und sich auf die Tür stürzte.

»Mistress Swinbrooke?«

Kathryn schob den Riegel zurück.

»Bitte, Mistress Swinbrooke!«

Kathryn drehte sich um. Jonquil trat aus dem Schatten der Regale.

»Bleibt, wo Ihr seid!« Kathryn hob die Hand.

Die Bibliothekstür war offen. Draußen hörte sie Stimmen, und der Tisch stand zwischen ihr und diesem leisetretenden Mönch. Jonquil hingegen wirkte verängstigt, hatte beide Hände ausgestreckt und suchte krampfhaft nach Worten.

»Verzeiht. Verzeiht.« Er lehnte sich an den Tisch.

»Was treibt Ihr hier?« Kathryn stützte sich jetzt auf den Stuhl des Bibliothekars. »Ihr seid hier hereingekommen. Ich habe gerufen. Warum habt Ihr nicht geantwortet? Warum habt Ihr die Tür verriegelt? Wo ist Eadwig?«

»Mistress, ich bin mit einer Botschaft an den Bibliothekar hierhergekommen. Fragt ihn. Eadwig sagte, man dürfe Euch nicht allein lassen, deshalb bat er mich, als er ins Refektorium ging, zu bleiben und sicherzustellen, daß Ihr nicht in Gefahr seid. Ich habe den Riegel vorgeschoben. Ihr wart so vertieft in Eure Arbeit, daß Ihr mich weder gehört noch gesehen habt. Die Regel besagt, daß wir hier flüstern und leise auftreten müssen. Ihr wurdet gestört und wart aufgeschreckt, und ich wußte nicht, was ich machen sollte. Wäre ich plötzlich aufgetaucht ...« – er hob die Schultern – »Ich habe gehört, was gestern abend passiert ist.«

Kathryn wußte nicht, ob dieser Laienbruder log oder nur gerissen war. Was er sagte, ergab einen Sinn. Sie war in Atworths Psalter vertieft gewesen. Sie hatte ein paar Geräusche wahrgenommen. Kathryn schob den Stuhl des Bibliothekars zurück und setzte sich.

»Nun, Bruder, vielleicht habe ich mich geirrt. Das nächste Mal rate ich Euch, daß Ihr Euch sogleich bemerkbar macht und nicht wie eine Katze im Schatten lauert, die auf die Maus wartet.«

»Es tut mir leid«, stammelte er.

»Tut es Euch auch leid, Bruder, wenn Ihr über die Klostermauer im hinteren Teil von Gethsemane klettert und in die Stadt schleicht?«

»Ich muß oft etwas für Vater Prior erledigen.«

»Habt Ihr denn eine Abneigung gegen Tore und Türen?«

Jonquil seufzte. Sein Bauerngesicht war jetzt bleich, die Augen blinzelten unentwegt, und Schweißperlen hatten sich auf seiner Stirn gebildet.

»Soll ich Euch sagen, was Ihr wirklich seid, Jonquil?« fuhr Kathryn fort. »Ich glaube, daß Ihr ebensowenig Mönch seid wie ich. Ihr seid ein Knappe, nicht wahr?«

Jonquil ließ den Kopf hängen.

»Ihr gehört dem königlichen Haushalt an, Ihr seid Gefolgsmann der Herzogin Cecily von York. Ihr habt Euch als

Laienbruder den Bußbrüdern Jesu Christi angeschlossen, ohne Gelübde abzulegen, um den seligen Atworth zu bewachen und zu beschützen, ja, ihn sogar auszuspionieren. Prior Anselm, Bruder Gervase, Simon der Krankenpfleger und womöglich auch Atworth selbst haben es gewußt. Seht Eure Handgelenke an. Kommt, zieht die Ärmel Eurer Kutte hoch.«

Jonquil gehorchte zerknirscht.

»Starke Arme«, stellte Kathryn fest. Sie nahm eine Schreibfeder und fuhr mit dem Ende über die roten Stellen an Jonquils Handgelenken. »Colum Murtagh gefallen die *Canterbury-Erzählungen* von Chaucer. Habt Ihr je Chaucers Beschreibung des Dienstmanns des Stiftsherrn gelesen? Der Bogenschütze mit den Schutzmanschetten an den Handgelenken? Wart Ihr das, Jonquil, ein Bogenschütze, ein Meister der Armbrust? Ihr habt gute Arbeit geleistet, nicht wahr? Doch hin und wieder lockten die Freuden der Stadt. Eine Magd aus der Schänke hier, ein Mädel mit fröhlichen Augen dort, an denen Ihr Gefallen fandet, ein Krug Ale und eine Fleischpastete? Atworths Tod kam Euch wohl gelegen, und wenn diese Angelegenheit vorbei ist, werdet Ihr zu Herzogin Cecily zurücktraben.«

Jonquil hob den Kopf. »Ich bin ein echter Laienbruder«, protestierte er. Sein Blick war härter, der Gesichtsausdruck entschlossener.

»Gewiß seid Ihr das.« Kathryn lächelte. »Ihr werdet ohne die Erlaubnis der Herzogin nichts zugeben. Ich werde bald mit der Herzogin reden.«

Jonquil wandte den Blick ab.

»Habt Ihr wirklich eine Erscheinung gehabt?« fragte Kathryn.

»Der selige Roger ist wahrlich ein Heiliger.«

Kathryn lehnte sich zurück und kratzte sich am Kinn. Jonquil hatte eingewandt, er sei sehr wohl ein Laienbruder, doch ihre Behauptung hatte er nicht widerlegt. War er am Abend zuvor draußen im Treppenhaus gewesen? Hatte er Gervase umgebracht?

»Erzählt mir etwas über Atworth.«

»Er war ein Heiliger. Ich war sein Laienbruder, sein Diener. Zuweilen war er schwach. Er führte ein gutes Leben und ist einen guten Tod gestorben.« Jonquil hatte seine Nervosität abgelegt. »Mehr kann ich dazu auch nicht sagen, Mistress.«

»Und Gervase?«

»Ich mochte ihn nicht. Er mochte mich nicht. Der Grund war der selige Roger.«

»Und hat Roger selig mit Euch über sein Leben, seine Ängste, sein Begehr gesprochen?«

Kathryn wählte ihre Worte mit Bedacht. Sie wollte das, was Mathilda Chandler ihr anvertraut hatte, nicht verraten. Jonquil, der sich wieder gefaßt hatte, zuckte mit den Schultern und legte die Kordel um seine Taille.

»Mistress, ich bin Laienbruder. Prior Anselm schickt mich oft in die Stadt, und ja, zuweilen langweilt mich das Klosterleben. Ich habe nicht die Gelübde der Armut, der Keuschheit oder des Gehorsams abgelegt. Was ich mache und wohin ich gehe, sind meine …«

Er verstummte, als es an der Tür klopfte. Eadwig platzte herein.

»Mistress, verzeiht, daß ich mich verspätet habe. Ihr habt Besuch.«

Er trat hastig zur Seite, als Murtagh und Venables zur Tür hereinstürmten. Bei jeder anderen Gelegenheit wäre Kathryn aufgesprungen. Colum war für gewöhnlich ein willkommener Anblick, doch sein Auftreten in diesem Augenblick überraschte sie: Sein Gesicht war rasiert, die Haare geschnitten und gewaschen. Er trug eine Cotehardie aus dunkelgrünem Samt, darunter ein weißes Hemd, einen gold-silbernen Gürtel um die Taille und eine dazu passende Kniehose, die in seinen besten Reitstiefeln aus spanischem Leder steckte. In der Hand hielt er seinen Kriegsgurt, nicht den üblichen, sondern ein Geschenk des Königs, glänzend und weich, mit kunstvoll in roten Stichen verzierten Scheiden.

»Master Murtagh«, neckte sie, »Ihr seht aus, als wolltet Ihr zur Hochzeit schreiten.«

Colum kam zu ihr, bückte sich und küßte sie auf die Wange. Ein leichter Duft nach dem Öl, mit dem er sich eingerieben hatte, stieg ihr in die Nase. Seine dunkelblauen Augen blitzten schelmisch.

»Gut, Euch zu sehen, Mistress. Es wird Zeit, daß Ihr zurückkommt. Wir haben zu tun, nicht wahr, Master Venables?«

Der Gefolgsmann der Herzogin trat herzu und gab Kathryn einen Handkuß. Auch er war fein gekleidet mit aller Finesse des Höflings: eine Jacke mit Puffärmeln und elfenbeinfarbenem Kragen, eine enge, bunte Kniehose und polierte Stiefel. Seine Kleidung war mit den Abzeichen oder Farben der Herzogin geschmückt, und an seinen Fingern funkelten Ringe.

»Vermählt auch Ihr Euch heute?« fragte Kathryn. »Was hat dieser Aufzug zu bedeuten?«

Colum hob den Kopf und bedeutete den beiden Laienbrüdern, sich zu entfernen.

»Nun, Mistress, wir werden den König treffen.«

Kathryn stand auf.

»Zumindest seine Mutter. Am Spätnachmittag« – Colum hielt Kathryns Blick fest – »haben sie auf dem Gelände des erzbischöflichen Palasts den Vicomte de Sanglier zu Gast, den persönlichen Gesandten des französischen Königs. Wir sind alle eingeladen.«

Kathryn musterte die beiden von Kopf bis Fuß. Neben diesen beiden Gockeln kam sie sich recht schäbig und zerzaust vor.

»Wir sind nicht zum Bankett eingeladen«, erklärte Venables, als könnte er ihre Gedanken lesen. »Im übrigen, Mistress, seht Ihr allemal so elegant aus wie die Damen bei Hofe. Ihre Hoheit wünscht Euch zu sehen. Ich bin sicher, ihre geliebten Söhne werden ebenfalls anwesend sein.«

»Aber ich bin hier noch nicht fertig.«

»Der Empfang findet auch erst am späten Nachmittag statt.«

Colum ergriff Kathryns Hand. »Master Venables, könnte ich mit Mistress Swinbrooke unter vier Augen sprechen?«

Venables lächelte schief. »Ich stelle mich vor die Tür und halte Wache.«

Er ging hinaus, und Kathryn und Colum umarmten sich.

»Gott sei Dank können diese Bücher nicht reden«, flüsterte Kathryn und befreite sich aus der Umarmung. »Ich bezweifle, daß sie einen solchen Kuß jeden Tag zu sehen bekommen.«

»Ich hoffe nicht«, spöttelte Colum. Er zog sich einen Hokker heran und bedeutete ihr, Platz zu nehmen. »Wir sind gerade erst eingetroffen, doch ich sehe Prior Anselm an, daß etwas nicht in Ordnung ist. Was ist passiert?«

Kathryn erläuterte ihm unumwunden, was geschehen war, nachdem er sich verabschiedet hatte. Colums gute Laune war im Nu verflogen. Er erhob sich und ging auf und ab, spielte erregt mit dem Dolch an seinem Kriegsgurt.

»Anselm hätte es sich denken können«, fauchte er. »Hast du dieses Stück Pergament noch?«

Kathryn öffnete ihre Schreibmappe und reichte es ihm. Colum las es.

»Ich bin zwar nicht dein Gemahl, Kathryn, aber das eine weiß ich: Das war die letzte Nacht, die du bei den Bußbrüdern Jesu Christi verbracht hast.«

»Und was ist mit Mistress Chandler?« fragte Kathryn. »Kannst du etwas für sie tun?«

»Wenn der König mir Gehör schenkt, ja. Aber was schließt du aus dem Ganzen?«

»Was die Ratten betrifft« – sie versuchte, ihn zum Lachen zu bringen – »habe ich nur vage Vermutungen.«

»Zum Teufel mit den Ratten!« platzte es aus Colum heraus. Er funkelte sie an. »Was ist mit Bruder Atworth? Und Padraig Mafiach. Weiß der Himmel, morgen werden wir seinen Leichnam in aller Eile in ein einsames Grab betten.«

»Wie Mafiach umgebracht wurde, weiß ich nicht, Colum. Es gibt eine vage Idee, doch ich tappe im Dunkeln. Und was den Vers aus Zephanja betrifft?« Sie schüttelte den Kopf.

»Den muß ich mir noch einmal genau ansehen. Es ist kein Zufall«, fügte sie hinzu, »daß der Vicomte de Sanglier hier ist. Ist er gekommen, um zu triumphieren?«

»Zu triumphieren und zu kassieren«, erwiderte Colum. Er war immer noch wütend, nagte an den Lippen und schaute zur Tür. »Und Bruder Atworth?« fragte er.

»Er mag zwar ein frommer Mann gewesen sein« – Kathryn kratzte sich an der Hand, die sie sich beim Zurückschieben des Riegels verletzt hatte –, »aber er war auch gefährlich. Herzogin Cecily hat ihm vertraut, ihn vielleicht sogar geliebt. Sie haben ein schreckliches Geheimnis miteinander.«

»Hältst du es für möglich, daß Atworth ihr Geliebter war?«

Kathryn hob die Augenbrauen. »Die große Herzogin Cecily, ›die Rose von Raby‹, läßt sich dazu herab, einem Söldner ihre Gunst zu schenken? Nein, das ist es nicht.«

»Was dann?«

»Vielleicht sollten wir Herzogin Cecily fragen?«

Colums Hand schnellte vor, und er legte Kathryn den Finger auf den Mund. »Niemals«, warnte er.

Kathryn nahm seine Hand fort. »Es mag sein, daß wir es tun müssen. Dennoch«, fuhr sie lebhaft fort, »hat Herzogin Cecily Atworth gebeichtet. Ich vermute, sie waren seelenverwandt. Aber es ist etwas geschehen: Die Geheimnisse, die sie miteinander teilten, sind womöglich durchgesickert. Herzogin Cecily war in höchster Sorge. Sie besuchte Atworth noch häufiger. Sie sorgte sich auch um Atworths Sicherheit. Dieser Laienbruder, der sich Jonquil nennt, wurde hierhergeschickt, um den seligen Roger zu bewachen und zu beschützen. Ich vermute, Anselm, Gervase und der Krankenpfleger sind auch von der Herzogin gewarnt worden – du weißt, wie heftig und hochtrabend sie sein kann – damit sie Jonquil möglichst lange Leine ließen.« Kathryn beugte sich zu Colum und senkte die Stimme. »Andere, die jetzt höchst interessiert waren, traten aus dem Dunkeln, um an diesem makabren Tanz teilzuhaben. Ich habe keinen Beweis«, Kathryn wählte ihre Worte mit Bedacht, »aber ich vermute, daß Gervase mit Gold bestochen wurde, womöglich mit einer in Aussicht gestellten Beförderung. Er sollte über Atworth soviel wie möglich herausfinden.«

»Von wem?« unterbrach Colum sie.

»Das weiß ich nicht. Vielleicht jemand von außen. Oder ist Prior Anselm auch Leuten verpflichtet, die wir nicht kennen? Wie dem auch sei«, Kathryn seufzte, »Atworth ist gestorben. Bruder Gervase wurde nicht mehr gebraucht. Tatsächlich wurde er sogar zur Gefahr. Man lockte ihn auf die andere Seite von Gethsemane, ermordete ihn auf brutale Weise, durchsuchte sein Gemach, und dann ging der Mörder wieder zurück und verbrannte Gervases Leiche. Selbiger Mörder wurde durch meine Anwesenheit hier aufgeschreckt. Mag sein, daß er mir nur Angst einjagen wollte …«

»Nein, nein«, unterbrach Colum sie, »er kam in der Absicht, zu töten. Aber wer war es?«

Kathryn breitete die Arme aus.

»Colum, du bist Soldat, ebenso wie Venables. Du könntest auf die Mauer klettern, ins Unterholz spähen und als ein Mönch verkleidet das Gelände durchschreiten.«

»Nun, ich weiß, daß das nicht stimmt.« Colum zeigte auf die Tür. »Wie spät war es, als der Mörder dich besuchte?«

»Oh, zwischen elf und zwölf. Ich weiß noch, daß es Mitternacht schlug, nachdem Anselm gegangen war.«

»Ich war in Islip«, erwiderte Colum, »und Venables auch, zusammen mit anderen Angehörigen des Kronrates.«

»Es muß jemand von hier sein«, sagte Kathryn. Sie berichtete ihm von Jonquil, der sich in der Bibliothek versteckt hatte.

»Ich könnte ihn mit nach Kingsmead nehmen«, schlug Colum vor, »und ihn verhören.«

»Vom Prinzip her falsch, mein Ire. Mehr noch, ich vermute, daß Jonquil sich eines mächtigen Gönners erfreut.« Sie klopfte auf ihre Schreibmappe, in der Atworths Psalter steckte. »Später werde ich dir Atworths Werk zeigen. Irgend etwas nagte an seiner Seele. Er ist es auf zwei Arten losgeworden: Zum einen malte er Bilder und hat somit seine geheime Sünde in Mythen und Legenden verpackt, zum anderen hat er mit Mathilda Chandler gesprochen.«

Es klopfte an der Tür, und Venables kam herein.

»Mistress, Vater Prior ist vollkommen durcheinander. Die sogenannten Wunder warten auf uns. Hört zu!« Venables nahm einen kleinen Hocker, der neben der Tür stand, kam zu ihnen und setzte sich. »Die Herzogin ist beunruhigt darüber, wie sich die Dinge entwickeln.«

»Wie entwickeln sie sich denn, Master Venables?«

Der Gefolgsmann lächelte. »Es ist doch sonnenklar«, murmelte er. »Ihr hegt tiefe Zweifel, ebenso wie ich, Mistress, wegen der näheren Umstände des Todes von Roger Atworth. Er mag ja ein reuiger Sünder gewesen sein, aber der Himmel weiß, was noch.«

»Er hatte Angst«, erwiderte Kathryn. »Er hat oft mit jemandem gesprochen. Er fürchtete, seine Geheimnisse zu offenbaren.«

»Welche Geheimnisse?« fragte Venables. »Ich weiß, Herzogin Cecily ist noch immer tief beunruhigt über den Tod Heinrichs von Lancaster im Tower. Gerüchten zufolge haben alle ihre Söhne damit zu tun. Heinrich, oder König Heinrich, wie die Lancastrianer ihn gern betitelten, war ein Narr, aber auf keinen Fall ein heiliger.«

»Wären die Franzosen daran interessiert?« fragte Colum.

»Mag sein. Ihr Spinnenkönig täte nichts lieber, als Edward von England und seine beiden Brüder als die Mörder eines Heiligen bloßzustellen, ähnlich dem Mord an Beckett durch Heinrich II. Aber« – Venables stand auf – »Gottes Werk wartet auf uns.« Er zeigte auf die Tür.

»Wann müssen wir im Palast des Erzbischofs sein?« erkundigte sich Kathryn.

»Gegen vier Uhr heute nachmittag, wenn das Bankett beendet ist«, erwiderte Colum.

»Und du legst ein gutes Wort für Mathilda Chandler ein?«

Colum half ihr bereits vom Stuhl.

»Sei unbesorgt«, versicherte er ihr, »ich werde persönlich mit dem König sprechen.«

Sie verließen die Bibliothek und stellten fest, daß Anselm, flankiert von Jonquil und Bruder Simon, bereits auf sie wartete. Dem Prior war offenkundig höchst unbehaglich zumute. Er entschuldigte sich umständlich für die Vorkommnisse vom Abend zuvor. Kathryn wollte ihn schon beruhigen, doch Colum schaltete sich barsch ein.

»Die Zeit wartet auf niemanden«, fuhr der Ire ihn an. »Der Tag schreitet fort; wir werden erwartet.«

»Wir müssen anwesend sein«, meldete sich Simon der Krankenpfleger zu Wort. »Wir wollen dabei sein, wenn Mistress Swinbrooke diese Wunder untersucht.«

»Das sollt Ihr auch«, erwiderte Kathryn. »Je mehr, um so besser – obwohl Kardinal Spineri durch Abwesenheit glänzt.«

»Kardinal Spineri hat sich bereits eine Meinung gebildet«, entgegnete Venables.

Der Gefolgsmann verzog keine Miene, doch Kathryn sah den Humor in seinen Augen.

»Seine Eminenz hat bestätigt, daß er der Sache des seligen Roger in Rom den nötigen Nachdruck verleihen wird.«

Kathryn hätte am liebsten hinzugefügt, daß der gute Kardinal dasselbe auch für den Hausaffen der Herzogin unternähme, doch sie schluckte die Bemerkung hinunter.

Anselm führte sie in sein Empfangszimmer. Roger Atworths sogenannte Wunder warteten draußen im Korridor, nicht die glücklichste Gruppe, nervös und verlegen. Kathryn nahm am Kopfende des Tisches Platz, Murtagh und Venables zu ihrer Rechten, die drei Mönche zu ihrer Linken. Jedes sogenannte Wunder wurde aufgerufen und peinlich genau befragt. Ein pockennarbiger junger Mann, der behauptete, seine Potenz wiedererlangt zu haben, redete in zögernden, abgehackten Sätzen. Kathryn blieb ernst, und Colum mied ihren Blick, während Venables hinter vorgehaltener Hand grinste. Danach kam eine Mutter, die ihr Kind auf dem Arm trug, von dem sie behauptete, es sei am Handgelenk von einer Ratte gebissen worden. Auch sie wurde von Kathryn genau befragt. Das Kind, das geschlafen hatte, wachte auf und trug mit Schreien und Quäken seinen Teil zur Unterhaltung bei. Kathryn war froh, die Mutter mit guten Wünschen entlassen zu können. Ein Laienbruder führte sie hinaus durch das Refektorium, wo man Erfrischungen vorbereitet hatte. Einer jungen Frau mit Skrofulose folgte ein alter Soldat, der an einer Darmkrankheit gelitten hatte. Erneut erkundigte sich Kathryn nach ihrem Befinden und ihrer Behandlung, ehe sie sie entließ. Sobald sich die Tür hinter dem letzten geschlossen hatte, hob Simon der Krankenpfleger protestierend die Hand.

»Mistress Swinbrooke, Ihr seid überhastet und mit Vorurteilen vorgegangen.«

»Ein Wunder«, entgegnete Kathryn, »und verbessert mich, wenn ich mich irre, Vater Prior, ist das direkte Eingreifen Gottes, um die Gesetze der gegenständlichen Welt zu verändern und damit für Verwunderung und Überraschung unter den Gläubigen zu sorgen. Um der Liebe Gottes willen, Vater Prior, schaut Euch diese sogenannten Wunder doch einmal an! Der junge Mann, der über Potenzverlust klagte: Das kommt häufig vor bei einem jungen Bräutigam, der zuweilen befürchtet, seine Manneskraft entspräche nicht seinen eigenen Erwartungen oder denen seiner Gemahlin. Jeder Mann wird zugeben, daß seine Potenz unter Ale, Krankheit oder Furcht leiden kann.«

»Ihr scheint sehr viel zu wissen.«

»Ja?« scherzte Kathryn. »Fünf Männer sitzen hier mit mir in einem Raum. Ihr steht alle fünf unter Eid und würdet dem zustimmen, was ich gesagt habe. Dieser junge Mann war nervös. Er suchte Erleichterung. Er war zu ängstlich, um einen Arzt aufzusuchen, zu verlegen, um mit irgend jemandem darüber zu reden. Er hört vom seligen Roger, kommt hierher und findet die Erleichterung.«

»Und die junge Frau mit Skrofula?« erkundigte sich Prior Anselm.

»Das, was die Ärzte ›Königskrankheit‹ nennen«, antwortete Kathryn, »geheilt durch die Berührung des Königs. Oh, ich bezweifle nicht«, fuhr sie fort, »daß die junge Frau bei den Bußbrüdern Jesu Christi geheilt wurde. Sie war hier zu Gast, nicht wahr? Hat sie hier zu essen bekommen?«

Bruder Simon nickte.

»Und sie hat ihr bestes Kleid mitgebracht? Sie hat selbst zugegeben, daß sie ein Bad nahm, ehe sie den sogenannten Schrein besuchte. Ihre Krankheit war nicht schwerwiegend; ich hätte sie ebenso heilen können. Skrofula wird häufig durch Mangel an gutem Essen verursacht, vor allem an frischem Gemüse. Verschlimmert wird sie durch Wollkleidung, die Flöhe und Schmutz beherbergt. Gebt dem Patienten frisches Obst, ein warmes Bad und Kleidung zum Wechseln.« Sie sah Bruder Simons verlegener Miene an, daß er das alles wußte. »Es ist allgemein bekannt«, erklärte Kathryn. »Ich wußte es, ehe ich die Frau befragte. Ich habe meinen Vater sogenannte Wunder an Seeleuten vom Medway vollbringen sehen.«

»Und das Kind mit den Rattenbissen?« fragte Colum.

»Die Haut ist verheilt; das Kind ist noch klein. An solchen Bissen kann ein Kind zwar sterben. Allerdings«, erwiderte Kathryn, »hat die Mutter zugegeben, das Kind zu der Zeit noch gestillt zu haben. Den großen Medizinern zufolge kräftigt Muttermilch die Körpersäfte des Kindes, doch ich habe der Mutter genau zugehört. Die Frau trägt einen klugen Kopf auf den Schultern und weiß es nicht.« Kathryn zählte die Punkte an den Fingern ab. »Erstens hat sie den Biß mit Wein ausgewaschen. Danach hat das Kind zwar geweint und die Wunde hat sich entzündet, aber der Wein hat mehr Gutes getan als Schaden angerichtet. Dann hat sie ein altes Heilmittel verwendet, eine Mischung aus eingetrockneter Milch und Honig. In vielen Arzeneibüchern ist diese Medizin zu finden und wird auch von Ärzten zur Reinigung verschmutzter Wunden benutzt. Ich weiß nicht« – sie ließ die Hände sinken –, »wie die Wirkung zustande kommt.« Sie schüttelte den Kopf. »Doch die Mischung regt die Eiterbildung an und reinigt die Wunde.«

»Sie hat also«, Venables lehnte sich auf seinem Stuhl vor, fasziniert von Kathryns Worten, »das Kind an Bruder Atworths Grab gebracht. Die Wunde sah bösartig aus, heilte aber bereits?«

»Ja«, bestätigte Kathryn. »Es ist genauso, wie wenn man eine Verbrennung oder ein Furunkel säubert: Der Eiter und das Blut können ekelhaft aussehen, aber, wie mein Vater sagte, ›Besser nach draußen als nach innen‹. Um offen zu sein, die Wunde des Kindes wäre auch ohne den Besuch an Atworths Grab verheilt.«

Sie schaute die drei Mönche an. Anselm und Simon wirkten verlegen. Kathryn nahm sich im stillen vor, ein paar Worte mit diesen beiden listigen Priestern zu wechseln, sobald sich eine Gelegenheit dazu ergäbe. Jonquil spielte wieder die verwirrte Unschuld, doch Kathryn ließ sich nicht täuschen. Sie interessierte vielmehr, warum Jonquil überhaupt hier war. Zwar war er Atworths Schutzengel und Diener gewesen, doch er bekleidete keinen einflußreichen Posten im Kloster.

»Und der alte Soldat?« fragte Colum.

»Das ist schwierig«, sagte Kathryn. »Und es hat mich neugierig gemacht. Er hat Durchfall gehabt. Er kam ins Kloster, blieb einen Tag und ging wieder.«

»Aber er hat selbst zugegeben«, unterbrach Simon sie, »daß die Krankheit nicht wieder aufgetreten ist. Und er behauptet, mindestens sechs Jahre darunter gelitten zu haben.«

»Wie gesagt«, erwiderte Kathryn, »ich weiß es nicht. Vielleicht brauche ich den Rat anderer. Eine solche Erkrankung kann von bestimmten Nahrungsmitteln hervorgerufen werden, die dem einen bekommen, dem anderen nicht. Es könnte verschmutztes Wasser gewesen sein, oder ...« sie hielt inne.

»Oder was?« erkundigte sich der Krankenpfleger. »Mistress Swinbrooke, ich stimme Eurer Diagnose in den anderen drei Fällen zu. Eine natürliche Erklärung mag logisch sein, aber es kann sich dennoch um Wunder handeln. Dieser letzte Fall ist allerdings verwirrend.«

Kathryn spielte mit der Schnalle an ihrer Schreibmappe.

»Master Venables, habt Ihr als Soldat gekämpft?«

»Ja, sowohl zu Land als auch auf See.«

Kathryn betrachtete die schweren Augenlider des Gefolgsmannes, sein glatt rasiertes Gesicht, das ordentlich gekämmte Haar, die Finger, die leise auf den Tisch trommelten.

»Ihr seht bemerkenswert gesund aus, Master Venables. Ich will Euch nicht in Verlegenheit bringen, aber …«

Venables' verschlossenes Gesicht verzog sich zu einem Lächeln.

»Mistress, ich bin bei guter Gesundheit, sowohl körperlich als auch geistig. Dem Himmel sei Dank, daß ich die meisten blutigen Konflikte ohne Schaden oder eine Wunde überstanden habe.«

»Aber Ihr hattet Angst?« fragte Kathryn. »Ihr wart in Tewkesbury, wo König Edward auf die Lancastrianer traf?«

»Ja, ich war bei dem großen Abschlachten dabei.«

»Und an dem Morgen vor der Schlacht, habt Ihr da gegessen oder getrunken?«

Venables schüttelte den Kopf. »Mein Magen fühlte sich an wie ein ausgewrungenes Tuch. Hätte ich etwas gegessen, wäre mir übel geworden. Das geht jedem Soldaten so.«

»Natürlich«, stimmte Kathryn ihm zu. »Auf diesem Gebiet bin ich so kenntnisreich wie die Tauben draußen. Ich weiß nicht, wie der Verstand die Körpersäfte beeinflußt. Um es freimütig zu formulieren, wie Ihr schon erwähntet, Master Venables, vor Angst schlägt das Herz schneller, der Magen rebelliert, und Schweiß bricht aus.«

»Aha«, meldete Colum sich zu Wort. »Ihr wollt damit sagen, daß dieser alte Soldat …?«

Kathryn zuckte mit den Schultern. »Mag sein, daß er hier im Kloster Frieden gefunden hat. Er hat gesagt, er habe die Beichte abgelegt, und ein Priester habe ihm die Absolution erteilt. Vielleicht war die Ursache für seine Erkrankung nicht so sehr eine Frage der Därme oder des Magens, sondern vielmehr eine des Geistes?«

»Wenn dem so ist«, erklärte Prior Anselm triumphierend mit erhobener Hand, »handelt es sich gleichwohl um ein Wunder. Ihr könnt über Eure Arzneien getrost weiterplaudern, Mistress, doch der Wille des Herrn geschehe.«

Kathryn spürte, wie sie immer wütender auf diesen Prior

wurde, dessen Mangel an Sorgfalt sie beinahe das Leben gekostet hätte.

»Der Wille des Herrn«, entgegnete sie aufgebracht, »betrifft eher Erbarmen, Vater Prior! Ich werde das Kloster verlassen, und ich danke Euch für Eure Gastfreundschaft. Dennoch wäre ich äußerst dankbar, wenn Bruder Eadwig ein fürsorgliches Auge auf Mistress Chandler haben könnte.«

»Die Verfluchte!« Anselm spie die Worte förmlich aus. »Ich habe gehört, daß Ihr Euch mit ihr angefreundet habt.«

»Sie ist eine beklagenswerte Witwe«, erklärte Kathryn, »die für ihr Verbrechen längst gebüßt hat. Wenn es nach mir ginge, Vater Prior, würde dieses Kloster sie nur noch wenige Tage beherbergen.«

»Nun gut, nun gut«, murmelte der Prior. »Aber, Mistress, was ist nun mit diesen Wundern?«

»Bruder Simon ist mein Zeuge. Ich werde einen Bericht verfassen.«

»Ihr sucht nach natürlichen Ursachen?«

»Wenn ich glaube, daß sich Gottes Wille offenbart hat, dann steht der selige Roger wirklich vor Gottes Angesicht und legt im Himmel Fürsprache für uns arme Sünder hienieden ein.«

»Dann ist da noch die Angelegenheit mit der Erscheinung?« meldete sich Bruder Simon zu Wort.

Kathryn weigerte sich, in eine weitere Debatte hineingezogen zu werden. »Ich denke, wir sprechen später über die Erscheinung.«

In Kathryn schwelte noch immer Wut. Im Grunde genommen war es ihr einerlei, ob Bruder Atworth nun ein Heiliger war oder nicht. Sie störte vielmehr die Haltung des Priors, sein mangelndes Mitgefühl gegenüber Mathilda Chandler und seine Entschlossenheit, das Geistliche zu seinem und zum Vorteil seines Kloster auszunutzen.

»Etwas kann ich nicht verstehen.« Kathryn schnallte ihre Schreibmappe auf und entnahm ihr ein Stück Pergament, auf dem sie ihre Gedanken festgehalten hatte. Ihr behauptet, Vater Prior, Atworth sei im Schlaf gestorben? Ihr habt die

Tür aufgebrochen. Er lag auf dem Bett, heiter und gelassen wie ein Heiliger, als erwarte er beinahe einen Besuch Gottes oder eines seiner Engel.«

»Spart Euch Euren Sarkasmus!« rief der Krankenpfleger plötzlich laut.

»Nein, Bruder, ich meine es ernst. Euren Aussagen zufolge war die Tür von innen verschlossen und verriegelt. War das üblich?«

»O ja.«

»Und die einzigen, die sich Bruder Roger näherten, wart Ihr drei?«

Die Mönche nickten.

»Was ist dann mit den Briefen geschehen, die Bruder Roger von der Herzogin Cecily bekommen hat?«

»Wir haben Euch gesagt, daß Bruder Roger sie verbrannt haben muß.«

»Ach ja. Und Ihr habt Reliquien von Bruder Roger?«

»Was meint Ihr damit?«

»Kommt, Vater Prior. Wenn es nach Euch ginge, würde Atworths Schrein von Hunderten, vielleicht sogar Tausenden von Pilgern besucht. Sie werden Spenden mitbringen und in Eurem Gästehaus wohnen. Geld wird in Eure Kassen fließen. Eure Klosterkirche wird unter dem Schutz der Großen und Guten stehen.« Daß Venables scharf die Luft einsog, ließ sie unbeachtet. »Ist es nicht Usus, Reliquien zu haben, welche die Gläubigen berühren können?«

»Bruder Roger hatte zwei Kutten und ein Hemd«, entgegnete Anselm. »In einer wurde er beigesetzt.«

»Was ist mit der anderen?«

»Sie ist irgendwo im Kloster.«

»Könntet Ihr sie mir holen lassen?«

Der Prior starrte sie mit offenem Mund an.

»Warum? Sie wurde wahrscheinlich ins Waschhaus gebracht.«

»Ins Waschhaus?« rief Kathryn. »Dann soll sie wieder benutzt werden? Einem anderen Mönch gegeben werden oder einem armen Mann, der an Eure Pforte klopft?«

»Ja, so lautet das Gesetz des Klosters.«

»Aber es war doch die Kutte des seligen Roger!« Kathryn legte das Stück Pergament wieder auf den Tisch. »Ich dachte, man würde sie zusammenlegen und sorgfältig aufbewahren, womöglich sogar in Eurer Kirche aufhängen, damit die Gläubigen sie berühren können. Oder Ihr hättet sie zerschneiden und die Stücke als Reliquien verkaufen können.«

Prior Anselm schluckte mehrmals so heftig, daß ihm das Sprechen schwerfiel.

»Wir haben seinen Rosenkranz«, schaltete Simon der Krankenpfleger sich ein. »Und seinen Psalter.«

Kathryn klopfte auf ihre Schreibmappe.

»Nicht mehr. Ich habe ihn hier.«

»Das ist Diebstahl!« ereiferte sich Jonquil.

»Ich leihe ihn mir nur aus, Bruder. Doch ist Euch bekannt, daß manche Seiten herausgetrennt wurden?«

Die drei Mönche starrten sie an.

»Aber wir wollen mit den Reliquien fortfahren. Ich bin sehr froh, Euch alle drei gleichzeitig hier zu haben.«

Kathryn achtete nicht auf Colums warnenden Blick. Venables wurde sichtlich unbehaglicher zumute.

»Mistress Swinbrooke, wohin soll das führen? Wer fragt danach?«

»Bruder Roger ist in seinem Bett gestorben.« Kathryn legte die Hände aneinander. »Als ich sein Gemach aufsuchte, sah ich nur noch eine dünne Matratze auf einem kleinen Rollbett. Ich will nicht leugnen, daß Bruder Roger ein enthaltsames Leben geführt hat, doch er hatte bestimmt ein Kissen, Laken und eine Decke. Das waren Stoffe, die mit seinem heiligen Leib in Berührung gekommen sind. Was ist damit geschehen?« Sie hob die Hand. »Sagt es mir nicht! Das Bett wurde abgezogen, und sie sind ins Waschhaus geschickt worden, ja?«

Der Prior nickte.

»Ist Euch denn nicht der Gedanke gekommen«, fuhr Kathryn fort, »derart kostbaren Stoff als Reliquien aufzubewahren? Da wollt Ihr nun, Vater Prior, die Sache des seligen

Roger voranbringen. Allem Anschein nach habt Ihr möglichst viele von Bruder Rogers Habseligkeiten vernichtet oder entfernt.«

»Was wollt Ihr damit sagen?«

»Nichts. Es ist mir nur rätselhaft.«

»Ihr vergeßt eines.« Jonquil verschränkte die Finger und lächelte ihr aus den Augenwinkeln zu. »Wir sind hier in einem Haus von Mönchen; viele gute und fromme Männer haben hier gelebt und sind hier gestorben. Als wir Bruder Rogers Leiche fanden, waren wir verstört und traurig, doch der Tod ist nichts Außergewöhnliches. Er war ein alter Mann. Er litt an vielen Krankheiten. Wir wußten nicht, daß er ein Heiliger sein würde. Wir besitzen keine prophetischen Gaben. Es hat zwar gewisse Phänomene gegeben, wie zum Beispiel der Duft und die Stigmata an Bruder Rogers Leiche, aber wir haben die Wunder, die Erscheinungen nicht vorausgesehen ...«

Seine beiden Begleiter stimmten ihm einhellig zu. Kathryn zog ein langes Gesicht und steckte das Stück Pergament wieder ein.

»Wenn dem so ist, dann bedanke ich mich für Eure Belehrung.« Sie schnallte ihre Schreibmappe wieder zu. »Master Murtagh, könnte ich Euch kurz unter vier Augen sprechen?«

Die Unterredung war beendet. Die Mönche, die Kathryn wütende Blicke zuwarfen, rauschten aus dem Empfangszimmer. Venables erklärte, er sei sehr neugierig.

»Wenn ich es recht verstehe, wird Bruder Rogers Leiche wieder beigesetzt?« fragte er. »Die Herzogin möchte, daß ich ihm an ihrer Stelle die letzte Ehre erweise.«

»Will sie die Leiche nicht persönlich anschauen?«

»Morgen, Mistress, aber ich habe dennoch den Befehl.«

»Na gut.« Colum strich sich die Haare zurück und streckte sich. »Ich meine, du bist hier nicht sicher, Mistress Swinbrooke. Wenn es um Priester geht, hast du eine scharfe Zunge.«

»Nein, Colum«, Kathryn beugte sich zu ihm und drückte ihm die Hand, »nur wenn es um Lügner geht. Wir müssen die Spreu vom Weizen trennen. Atworth mag ein sehr frommer Mann gewesen sein; das glaube ich auch. Mag sein, daß Wunder aufgetreten sind, das leugne ich nicht. Doch je länger ich seinen Tod untersuche, um so mehr lehne ich die offizielle Geschichte ab.«

»Was? Willst du damit sagen, er ist vergiftet worden?«

»Nein, Colum«, flüsterte Kathryn, »aber ich glaube, er wurde ermordet. Ich brauche noch etwas Zeit, dann habe ich meinen Beweis.«

»Wie kommst du darauf?« beharrte Colum.

»Durch Atworth selbst. Ich habe diese guten Mönche nie gefragt – na ja, nicht gründlich – warum Atworth seine Papiere verbrennen und die Tür hätte verriegeln sollen.«

»Weil er wußte, daß er sterben würde? Hat er sich womöglich über den Tod gefreut?«

Kathryn schüttelte den Kopf. »Niemand heißt seinen Tod willkommen. Nicht einmal ein Heiliger. Unsere drei Mönche lügen, und sie verdecken die Wahrheit!«

ZEHN

»Edelleute in kostbaren Gewändern und hoch zu Roß,
Ritter des Gefolges und auch Knappen ...«

Chaucer, Die Erzählung des Ritters

Der Palast des Erzbischofs hatte sich durch die Anwesenheit des Hofstaates verwandelt. Königliche Bogenschützen mit dem persönlichen Wappen des Hauses York auf dem Lederwams standen in Gruppen an den Toren und Seiteneingängen. Auf dem Gelände flatterte tapfer die königliche Standarte mit den Goldenen Leoparden von England in der Brise des späten Nachmittags. Bannerherren in voller Rüstung, geschmückt mit dem prächtigen Heroldsrock des königlichen Haushalts, bewachten Türen, Galerien und Eingänge. Eine Gruppe berittener Kuriere stand mit ihren Pferden bereit, um die neueste Marotte des Königs auszuführen. Boten galoppierten von London und anderswo herbei und brachten Briefe und Berichte von Verwaltungsbeamten, Richtern und Bevollmächtigten. Das Gelände der Kathedrale hatte seine Aura der Heiligkeit eingebüßt, der Duft von Bienenwachs und Weihrauch war von schwerem Parfüm und dem Geruch von Pferden und Leder verdrängt worden. Die heitere Stille der Gebäude und der Gesang der Mönche waren im Klirren von Stahl und den heiseren Rufen der Diensthabenden untergegangen.

Colum, Venables und Kathryn wurden praktisch alle zwanzig Schritte angehalten. Man nahm ihnen die Kriegsgurte ab und durchsuchte sie nach Waffen, dann erst ließ man sie auf persönliches Geheiß des diensthabenden Wachmanns durch.

»Der König ist auf der Hut«, flüsterte Colum. »Im Land herrscht noch Unruhe. Das Haus Lancaster hat so manchen Verrückten, der Attentate im Kopf und Mord in der Seele hat. Edward sorgt sich besonders um die Königskinder.«

Kathryn nickte. Colum sprach häufig über die Politik bei

Hofe und im Lande. Edward von York hatte seine Feinde vernichtet. Die Kriegsherren der Lancastrianer waren auf dem Marktplatz von Tewkesbury und anderswo auf barbarische Weise hingerichtet worden, doch der letzte Thronanwärter des Hauses Lancaster, Heinrich Tudor, hatte an ausländischen Höfen Zuflucht gesucht, gemeinsam mit seinem furchtbaren Kriegsherrn de Vere, Graf von Oxford. Lancastertreue, die dem Blutbad in Tewkesbury entkommen waren, versteckten sich im Ödland oder in den Wäldern und vielen Kleinfürsten war zuzutrauen, daß ihnen der Friede nicht behagte.

»Sie würden sich wenden wie eine hochgeworfene Münze«, hatte Colum ihr anvertraut. »Aber das Wolfsrudel bleibt ruhig, solange ihr Anführer stark ist.«

»Und du, Colum?« fragte Kathryn.

Der Ire hatte lächelnd ein Sprichwort zitiert.

»›Wer unter Wölfen ist, muß mitheulen‹!«

Kathryn rief sich diese Worte ins Gedächtnis, während sie das geweihte Gelände durchschritten. Sie dachte selten daran, daß der Krieg wieder ausbrechen könnte und Colum in Kriegsrüstung zum Dienst am Königreich gerufen würde.

Sie schritten durch einen Säulengang, der auf beiden Seiten von königlichen Bogenschützen gesäumt war, die ihre Pfeile schußbereit in der Armbrust hatten, durchquerten einen weiteren Torweg, der von königlichen Rittern mit gezückten Schwertern bewacht wurde. Dann gelangten sie in den Lustgarten des Erzbischofs. Kathryn staunte über die Schönheit. Eine breite, rechteckige Rasenfläche erstreckte sich vor ihr, umrandet von Bäumen und Blumenbeeten. Hinter diesen hingen prächtige glänzende Tücher, die fest über Stangen gezogen waren, um den Eindruck eines Speisesaals im Freien zu vermitteln. Jedes dieser Tücher trug das königliche Wappen und die weiße Rose von Yorkshire, doch die Stoffe waren jeweils in unterschiedlichen Farben gehalten: in Blau, Dunkelrot, Grün, Braunrot und Burgund. Die Tücher waren mindestens zwölf Fuß lang. Oben an den Stützpfosten flatterten Wimpel mit den verschiedenen Wappen des Königshauses. Die Rasenfläche war teilweise mit Teppichen bedeckt. Am anderen Ende des Rechtecks war die königliche Tafel, gedeckt mit leuchtenden Tischtüchern, auf einem provisorischen Podest errichtet worden. Eine weitere Tafel reichte vom Podest bis über die Mitte des Rasens. Kathryn nahm den Lärm und das Geschnatter der Diener wahr, die hin und her eilten. Die Tische waren beladen mit silbernen und goldenen Platten, juwelengeschmückten Kelchen, Gabeln, Löffeln und Kellen aus kostbarem Metall. Ein Salzfäßchen aus reinem Gold in Form eines Märchenschlosses stand auf der königlichen Tafel und glänzte in der Sonne. Kathryn war geblendet.

Sie war so überrascht, daß sie die Hand schützend über die Augen legen mußte, während Colum ihr die Gäste am unteren Tisch zeigte, hochrangige Höflinge und Geistliche. Als sich Kathryns Augen an das Licht gewöhnt hatten, sah sie den König an der hohen Tafel, zu seiner Rechten die Königin und zu seiner Linken seine Mutter. Clarence, der schon betrunken war, rekelte sich am Tisch und disputierte mit seinem Bruder Richard. Edward saß unter einem silbernen Baldachin mit roten Quasten lässig auf seinem Prunkstuhl, einen Kelch in der einen Hand, die andere ruhte auf der seiner Gemahlin. Selbst auf die Entfernung konnte Kathryn feststellen, daß der König mit den Gedanken woanders war. Er schaute zum Himmel und betrachtete eine Schwalbe, als neidete er ihr die Freiheit. Hinter der königlichen Tafel waren die Herolde und Bannerherren aufgereiht. Küchendünste hingen in der Luft.

Kathryn suchte nach Bourchier und entdeckte ihn am Ende der Tafel gleich unterhalb des königlichen Podests. Der Erzbischof hatte die Augen geschlossen und die Hände wie zum Gebet gefaltet. An den Weinflecken auf dem elfenbeinfarbenen Tischtuch sah man, daß das Bankett dem Ende entgegenging. Königliche Musikanten hinter goldenen Stoffbahnen bemühten sich, Musik beizusteuern, die jedoch im Klappern der Teller und dem Hin und Her der Diener unterging.

»Sie haben gut gegessen und getrunken«, flüsterte Venables. »Der Herrgott und seine Heiligen allein kennen die Laune des Königs.«

Ein Kammerherr trat herbei und flüsterte dem König etwas zu. Edward verscheuchte ihn mit Gesten. Colum packte Kathryn am Ärmel.

»Sieh dir den Mann am Ende der königlichen Tafel an. Er hat sich gerade gesetzt.«

Kathryn schaute in die Richtung, die Colum ihr angegeben hatte. Ein kleiner, stattlicher Mann mit hellrotem Haar, gekleidet wie ein Gockel in dunkelroter Cotehardie mit hohem, edelsteinbesetztem Kragen hatte seinen Platz wieder eingenommen. Sein vom Weingenuß gerötetes Gesicht sah ebenso gelangweilt aus wie das des Königs. Unentwegt spielte er mit einem Ring an seinem Finger. Hin und wieder wandte er sich um und lächelte einer hübschen Magd zu, die einen Krug Wasser herumreichte, damit die Gäste sich die Hände waschen konnten. Der König war offenbar an der Rückkehr des Mannes interessiert, beugte sich vor und rief ihm etwas über die Länge des Tisches hinweg zu. Der Mann hob seinen Kelch, verneigte sich und prostete dem König zu.

»Der Vicomte de Sanglier«, flüsterte Colum, »der Gesandte Ludwigs von Frankreich, der hierherkam, um die reizendsten Botschaften zu übermitteln, sowie den Friedenskuß für Ludwigs liebenswürdigen Bruder in Christus, Edward von England.« Colums Worte trieften nur so vor Sarkasmus.

Der König nahm seinen Kelch in die Hand, prostete de Sanglier zu und lehnte sich zurück. Dann raunte er seiner Gemahlin etwas zu, die geziert lächelte und den Kopf senkte. Abermals flüsterte der Kammerherr dem König etwas ins Ohr. Diesmal war Edward einverstanden und hob lässig die Hand. Die Herolde hinter ihm ließen die Trompeten erschallen, bei deren Schmettern alle Gespräche verstummten. Es war das Zeichen für einen anderen Kammerherrn, durch einen der Eingänge zwischen den Wandschirmen zu treten. Hinter ihm trugen vier Köche auf einem silbernen Tablett einen herrlichen weißen Schwan ganz aus Zuckerguß herein.

Die Gäste applaudierten, als die schwitzenden Köche, die Platte fest in Händen, um die Tische herum bis zum Platz des Königs gingen. Die Pagen hinter ihnen trugen kleine Schüsseln mit Naschwerk. Der Kammerherr trat beiseite, der Tisch wurde freigeräumt und der Schwan vor den König gestellt. Wieder schmetterten die Trompeten, und das aufgeregte Geschnatter erstarb. Edward hob seinen Kelch und sprach mit starker, tragender Stimme, wenn auch leicht lallend:

»Verehrte Anwesende! Wir heißen aus Frankreich willkommen den Gesandten unseres geliebten Vetters Ludwig, den Vicomte de Sanglier, der gekommen ist, um den großen Frieden zu bekräftigen, der zwischen unseren beiden Königreichen herrscht.« Der König klang ernst, doch auf seinen Lippen lag ein zynisches Lächeln.

Abermals hob er den Kelch und trank ihn in einem Zug leer. Die anderen folgten seinem Beispiel. Der Vicomte wollte sich gerade erheben, da bedeutete ihm Edward, sitzen zu bleiben.

»Reden sind überflüssig.« Der König strahlte in die Runde. »Wir bieten Frieden, Freundschaft und brüderliche Liebe. Dieser Schwan ist ein Unterpfand unserer Wertschätzung.«

Er drehte sich zu dem Kammerherrn um, der sein Messer zog und dem König reichte. Edward beugte sich vor und öffnete den Schwan mit einem raschen Schnitt. Sechs makellos weiße Tauben flatterten heraus. Die Tiere, aufgeschreckt durch die Helligkeit und den Lärm, erhoben sich in einem Wirbel über den Gästen, die laut »oh« und »ah« riefen und in die Hände klatschten. Der König erteilte einen barschen Befehl. Die Tauben schwenkten ab, als hinter den Seidentapisserien Falkner fünf königliche Falken freiließen. Diese Jagdvögel, gut vorbereitet und hungrig, erhoben sich wie schwarze Schatten vor dem Himmel. Den Gästen verging die Begeisterung, als sie sahen, wie die Falken immer höher stiegen, kurz in der Luft zu stehen schienen, um dann mit angezogenen Flügeln wie Steine auf ihre Opfer zu stürzen. Einer

Taube gelang es, zu entkommen, doch die anderen waren derart verzweifelt und verschreckt, daß sie zur leichten Beute wurden. Ein Falke riß sein Opfer und bohrte seine grausamen Klauen hinein, so daß Blut auf die Gäste spritzte. Immer wieder regnete es Blut, während die Falken, dem Pfeifen ihrer Meister gehorchend, ihre Jagdbeute zurückbrachten. Die Gäste applaudierten. Edward saß auf seinem Thron und lächelte träge auf sie hinab. Er amüsierte sich über den einen oder anderen Höfling, der hastig die Blutspritzer von seinem prächtigen Gewand tupfte. Auch die weißen Tafeltücher trugen hier und da ähnliche Flecken davon. De Sanglier schaute auf die Ringe an seinen Fingern, als wüßte er nicht genau, was vor sich ging. Kathryn wandte sich angeekelt ab.

»Ein grausamer Akt, Colum«, flüsterte sie. »Das war keine Jagd, sondern Töten um des Tötens willen.«

»Ja, so ist unser edler Prinz«, erwiderte Colum. »Darauf hat er wahrscheinlich den ganzen Tag gewartet. Es ist eine Warnung an de Sanglier. Er kann zu Mittag speisen, er kann zu Abend essen, er kann zusehen, wie die Friedenstauben freigelassen werden, doch wenn nötig, werden die Kriegsfalken beständig am Himmel kreisen.«

Der König erhob sich. Er klatschte in die Hände zum Zeichen, daß die Feierlichkeiten beendet waren, und verließ die königliche Einfriedung. Dabei gab er de Sanglier mit einem Schulterklopfen zu verstehen, er solle ihnen folgen. Die anderen Gäste entspannten sich. Einige standen auf, um sich zu Freunden zu gesellen oder mehr Wein oder Essen zu verlangen.

»Und jetzt?« fragte Kathryn.

Venables, der zu ihrer Rechten stand, bedeutete ihnen, mitzukommen.

Sie verließen die königliche Einfriedung und überquerten einen gepflasterten Hof, durch den sie in den Privatgarten des Erzbischofs gelangten. Dort war ein üppiger königlicher Pavillon errichtet worden. Eine Wache am Eingang hielt sie an, doch nach einer kurzen Unterredung mit Venables ließ man sie durch. Das Innere des Pavillons war prächtig, der

Boden mit Teppichen ausgelegt. Stühle und Prunksessel waren in Hufeisenform aufgestellt. Davor standen kleine Eichentische. Der König und seine Familie hatten bereits Platz genommen und sich Weißwein auftischen lassen. Kathryn bemerkte, daß Bourchier und Spineri sich der königlichen Gesellschaft angeschlossen hatten. Der Kardinal war allem Anschein nach kurz davor, einzuschlafen. Mit schweren Augenlidern hörte er zu, als Bourchier ihm etwas ins Ohr flüsterte. Der König war verstimmt. Seine Mutter saß zu seiner Linken, Clarence, Gloucester und der Vicomte zu seiner Rechten. Von nahem erinnerte der Franzose mit seinem rötlichen Haar und den glänzenden, dunklen Augen Kathryn an einen kleinen Fuchs, den sie einmal als Haustier hatte. Von dem grausamen Mummenschanz, den Edward beim Bankett veranstaltet hatte, war de Sanglier offenbar wenig beeindruckt. Er hielt seinen Becher zwischen den Händen und hatte einen silbernen Zahnstocher im Mund, als wäre ein eingeklemmtes Fleischstück das Wichtigste in seinem Leben.

Als Kathryn und die anderen eintraten, zeigte der König auf die drei gepolsterten Schemel, die direkt am Eingang standen. Colum trat vor, um ihm die Hand zu küssen, doch Edward legte den Kopf in den Nacken und schnippte mit den Fingern. »Ich habe genug von Zeremonien, Ire.« Er lächelte träge. »Ich erinnere mich an Euch, Mistress Swinbrooke.« Er hob die Stimme, nicht nur, um sie zu begrüßen, sondern um den anderen zu bedeuten, ruhig zu sein.

Kathryn nahm Platz. Sie hatte das Gefühl, in ein gefährliches Spiel einzusteigen. Edward fläzte sich auf seinem Stuhl und wartete nur darauf, sich der Höflichkeiten und des Protokolls entledigen zu können. Dennoch war er noch immer ein Prinz, der sorgsam auf seine Rechte bedacht war. Herzogin Cecily neben ihm funkelte Kathryn böse an. Das starke, schöne Gesicht der Herzogin, betont durch die geschwungenen, gezupften Augenbrauen, war leicht mit weißem Puder bedeckt, ihre vom Wein feuchten Lippen waren voll und rot. Kathryn sah, daß die sogenannte »Rose von Raby« nicht zufrieden mit ihr war.

»Nun denn!« Edward beugte sich vor. »Mein Beileid, Murtagh, zum Tod Eures Freundes und Gefährten Master Mafiach.«

Es war mucksmäuschenstill geworden.

»Wer ist das?« fragte de Sanglier. Er reinigte sich den Mund jetzt mit der Zunge und schaute zunächst Kathryn, dann den König an.

»Wer ist was?« bemerkte Clarence schleppend. »Die junge Frau ist Ärztin. Und, de Sanglier, wollt Ihr Euch von ihr untersuchen lassen?«

George von Clarence lachte lauthals, seine Schultern zuckten.

»Schweig, George!« Edward schenkte Kathryn ein Lächeln. »Das, verehrter Vicomte, ist Kathryn Swinbrooke. Ich bin sicher, sie kennt den Vicomte de Sanglier bereits. Euer Ruf eilt Euch stets voraus.«

Der Franzose verneigte sich, als wäre dies ein höchst liebenswertes Kompliment.

»Und wessen Tod?« Der Franzose wedelte mit der Hand. »Ich kenne Master Murtagh«, fuhr er fort, »und Venables, aber Mafiach? Diesen Namen habe ich noch nie gehört.«

Kathryn warf einen Blick auf den Franzosen, der den König mit unschuldigem Augenaufschlag anschaute.

»Natürlich nicht«, Edward lächelte. »Er war ein Bote, ermordet in einem Wirtshaus außerhalb der Stadt.«

Der Franzose machte ein gelangweiltes Gesicht und lehnte sich auf seinem Stuhl zurück, als handle es sich um eine unbedeutende Angelegenheit. Das Lächeln des Königs verschwand. »Ihr hättet besser achtgeben sollen, Master Murtagh!«

»Eure Hoheit«, schaltete Venables sich ein, »Mafiach hätte umsichtiger sein sollen; er war unvorsichtig.«

»Das stimmt in der Tat«, gab Edward zu, »aber jetzt ist seine Seele heimgegangen.«

»Wie wurde er umgebracht?« De Sanglier weigerte sich, vom Spiel ausgeschlossen zu werden.

Edwards Blick veränderte sich. Der König blinzelte. Kathryn sah einen kurzen Augenblick lang die Wut, die in ihm kochte. »Ihm wurde der Schädel gespalten.«

»Das tut mir leid.« De Sanglier hob seinen Becher, um sein Beileid zu bekunden. »Es heißt, ›in vino veritas‹: Im Wein liegt Wahrheit. Es tut mir wirklich leid, Eure Hoheit, daß man Euch Kummer bereitet hat.«

Edward nickte und wandte sich an Kathryn.

»Und Ihr, Mistress Swinbrooke? Diese Angelegenheit bei den Bußbrüdern Jesu Christi? Unsere geliebte Mutter« – er ergriff das Handgelenk der Herzogin – »ist zutiefst besorgt. Hat sie Grund dazu? Zuerst der Tod des seligen Roger, und jetzt ist dort noch ein Mord geschehen! Kommt, Mistress, redet!«

Kathryn beschrieb, was geschehen war, und ließ alle persönlichen Belange aus. Sie erwähnte die sogenannten Wunder und Atworths Leiche, unterdrückte aber jeden Hinweis auf Rätsel oder Ränke. Während sie sprach, schaute sie sich um. Colum schwieg. Venables schaute die Herzogin an, als tauschte er geheime Botschaften mit ihr aus, und nickte leicht, wenn er dem zustimmte, was Kathryn vorbrachte. Spineri wirkte gelangweilt. Bourchier hatte die Augen halb geschlossen, doch Kathryn wußte, daß er genau zuhörte und jedes ihrer Worte abwog. Der König schaute sie einfach nur an. Herzogin Cecily blickte finster, während ihre beiden anderen Söhne sich offenbar langweilten. Je länger Kathryn redete, desto sicherer wurde sie sich, daß Edward von England mit allen Anwesenden ein Spiel trieb. Spineri mußte daran beteiligt sein, ebenso wie der Erzbischof, aber zwischen dem König und dem Vicomte spielte sich ein geheimer Kampf ab. Der französische Gesandte mußte seine Hand beim Mord an Mafiach im Spiel gehabt haben. Er konnte den Unschuldigen mimen, doch Kathryn vermutete, daß er ebensoviel über Atworth wußte wie sie. Als sie ihren Vortrag beendet hatte, lehnte sich der König auf seinem Stuhl zurück und schwenkte den Wein in seinem Becher.

»Verehrtester«, er lächelte dem Vicomte zu, »Ihr kanntet Master Atworth in jüngeren Jahren?«

»Ich hatte das Vergnügen seiner Gesellschaft, Eure Hoheit.«

Der König stützte sich mit den Ellenbogen auf die Armlehnen und legte die Fingerspitzen aneinander.

»Wenn ich Euch recht verstanden habe, Mistress, ist Atworth nach einem guten Leben einen guten Tod gestorben. Ihr äußert Zweifel an der Erscheinung und den darauffolgenden Wundern, hinwiederum seid Ihr der Advocatus Diaboli. Seine Eminenz, der Kardinal, ist bereit, diese Sache in Rom voranzutreiben. Er hat das Gehör des Heiligen Vaters. Er muß ehrlich berichten, was er vorgefunden hat, und das muß wohl beträchtlich gewesen sein.« Edwards Stimme troff vor Sarkasmus. »Er muß auch Eure Schlußfolgerungen darlegen! Würdet Ihr, Mistress Swinbrooke, anhand Eurer Untersuchungen etwas unternehmen, die Heiligsprechung des seligen Roger zu verhindern?«

Herzogin Cecily schaute Kathryn durchdringend an. Ihre Miene war weicher geworden. War das ein flehentlicher Blick? Kathryn rief sich ins Gedächtnis, was sie über Atworth wußte, über seine Grausamkeiten als Soldat, die durch ein Leben in Buße und Gebet aufgewogen wurden; das Erbarmen, das er Mathilda Chandler gegenüber gezeigt hatte.

»Nein, Eure Hoheit. Es liegen zwar durchaus Rätsel vor«, fügte Kathryn eilig hinzu. »Atworth mag als Sünder zur Welt gekommen sein und als ein solcher gelebt haben, aber ich glaube, er ist als Heiliger gestorben.«

Herzogin Cecily klatschte in die Hände und strahlte Kathryn an. Der Vicomte murmelte etwas auf Französisch und prostete Kathryn zu.

»Damit ist die Angelegenheit beigelegt?«

Der König stellte die Frage so schnell, daß Kathryn sogleich wußte, warum sie hier waren. Edward von England scherte sich keinen Deut um Atworth. Auch wenn seine Mutter einen Falken im königlichen Marstall hätte weihen wollen, wäre Edward einverstanden gewesen. Etwas anderes ging vor, aber was?

Der Vicomte meldete sich zu Wort. »Ich darf sagen, Eure

Hoheit, daß Ludwig von Frankreich, mein edler Herr, alles in seiner Macht Stehende tun wird, um diesen Fall vor der Curie zu unterstützen. Dafür habt Ihr mein feierliches Ehrenwort.«

Edward hätte zufrieden sein sollen, doch statt dessen bedachte er den französischen Gesandten mit einem langen, harten Blick.

»Oh, ich bin mir sicher, daß er das macht, Verehrtester.«

»Wir werden unser Möglichstes tun«, versicherte ihm der Vicomte. »Diese Angelegenheit liegt meinem Herrn sehr am Herzen.«

»Wir danken Euch«, mischte sich Clarence ein, streckte die Beine aus und unterdrückte ein Gähnen. »Tiefsten Dank für alles, was Ihr getan habt, Mistress Swinbrooke. Es war wohl keine angenehme Erfahrung.« Er richtete sich auf seinem Stuhl auf, ein falsches Lächeln auf den Lippen. »Habt Ihr Euch nicht gefürchtet, Mistress Swinbrooke?«

»Nein, Herr, mit Männern wie Euch in meiner Nähe empfinde ich keine Gefahr.«

Clarences Lächeln erstarb. Der Rest der königlichen Gesellschaft schwieg einen Moment lang; dann lächelte Richard von Gloucester. Edward warf den Kopf in den Nacken und lachte aus vollem Halse, und seine Gefährten schlossen sich ihm an. Der Vicomte sah Clarence an und schüttelte fast unmerklich den Kopf, als wollte er ihn zu Vorsicht mahnen. *Das werde ich mir merken*, dachte Kathryn, und von seinem Gesichtsausdruck las sie ab, daß auch er es nicht vergessen würde.

»Mistress Swinbrooke! Mistress Swinbrooke!« Der König erhob sich und klatschte in die Hände. »Wir danken Euch für alles, was Ihr getan habt.«

Die Herzogin zupfte ihn am Ärmel, und Edward beugte sich zu ihr hinab. Sie flüsterte ihm etwas zu, wobei sie mit dem Kopf in Kathryns Richtung deutete.

»Nun gut. Nun gut. Mistress Kathryn, meine liebe Mutter wünscht Euch unter vier Augen zu sprechen.«

Edward führte die königliche Gesellschaft hinaus. Bourchier zwinkerte Kathryn im Vorbeigehen zu und tätschelte ihr sacht die Schulter. Colum sagte, er wolle draußen warten. Sobald die Zeltklappe hinter ihnen zugefallen war, winkte die Herzogin Kathryn zu sich und klopfte auf den Prunksessel, den ihr Sohn verlassen hatte.

»Ihr könnt Euch hierher setzen.« Sie lächelte. »Mein Sohn wird nichts dagegen haben. Er hat schon des öfteren seinen Thron für einen anderen räumen müssen.«

Kathryn folgte. Herzogin Cecily wandte sich ihr zu und musterte sie mit ihren schönen Augen.

»Ich bin Euch dankbar für alles, was Ihr getan habt, Mistress.« Sie hob den Kopf und schaute zum Zelteingang. »Was habt Ihr noch entdeckt, Mistress Swinbrooke?«

»Eure Hoheit, ich brauche Eure Hilfe.« Kathryn beschloß, offen zu sein. »Roger Atworth hat ohne Zweifel ein frommes Leben geführt, aber er hatte auch seine Geheimnisse. Andere wollen diese herausbekommen.«

Herzogin Cecily verzog keine Miene.

»Ich kann Euch versichern, Madam, daß Euer verstorbener Beichtvater jetzt im Himmel ist, doch ich kann nicht die Gewähr dafür übernehmen, daß er seine Geheimnisse mitgenommen hat.«

Die Herzogin warf ihr einen ängstlichen Blick zu.

»Madam, warum vertraut Ihr mir nicht?« beharrte Kathryn. »Wißt Ihr …« Sie biß sich auf die Lippe.

»Was?«

»Warum die Franzosen interessiert sind?«

»Ihr habt den Faden aufgenommen und weit verfolgt, Mistress Swinbrooke.«

»Madam, ist Euch irgend etwas über Atworths Tod bekannt? Ich muß es um unser beider willen wissen.« Kathryn vergaß einen Moment lang, daß diese Frau die Mutter des Königs von England war. Sie berührte die Hand der Herzogin, die eiskalt war. »Ihr habt entsetzliche Angst, nicht wahr?«

Die Unterlippe der Herzogin zitterte.

»Prior Anselm hat mir versichert, daß Roger Atworth

meine Briefe verbrannt hat, bevor er starb.« Sie seufzte. »Dabei hat nicht viel darin gestanden.« Die Herzogin wandte den Blick ab.

»Ist Jonquil Euer Spion?« fragte Kathryn.

Herzogin Cecily antwortete nicht, sondern schaute auf ihre Brokatschuhe, die unter ihrem kostbaren Gewand hervorlugten.

»Nicht hier«, flüsterte sie, »und nicht jetzt.« Sie packte Kathryn am Handgelenk. »Und seid auf der Hut, Mistress. Mein Sohn George von Clarence« – sie schüttelte den Kopf – »nimmt Kränkungen nicht auf die leichte Schulter. Aber jetzt«, die Stimme der Herzogin wurde fester, als ob sie sich der Lauscher draußen sicher wäre, »danke ich Euch noch einmal, Mistress. Ihr steht in meiner Gunst.«

Sie erhob sich und hielt Kathryn die beringte Hand zum Kuß hin. Als Kathryn sich über die Hand neigte, beugte sich die Herzogin zu ihr hinab und raunte ihr ins Ohr: »Nicht hier und jetzt!«

Dann war sie verschwunden.

Kathryn verließ den Pavillon und fand Colum und Venables in eine Unterhaltung vertieft. Der Gefolgsmann verstummte, verabschiedete sich hastig und folgte der Herzogin über den Rasen an die kleine Pforte.

»So, so.« Colum knöpfte sich das grüne Wams auf und legte Kathryn den Arm um die Schultern. »Du hast Clarence zum Narren gemacht; er kann ein böser Feind sein.«

»Das hat seine Mutter mir auch gesagt«, bemerkte Kathryn trocken. »Und dich hat man getadelt.«

»Oh, der König wird es vergessen. Im Gegensatz zu Clarence ist er nicht nachtragend.«

»Bin ich in Gefahr?« fragte Kathryn. »Clarence hat die Augen und den Mund eines trotzigen Kindes.«

Colum schaute zu der dunklen Masse der Abteigebäude empor.

»Nein. Es wäre grausam, wenn ich dir unnötig Angst einjagte. Als sie gingen, hat der König sich bei Clarence untergehakt. Ich vermute, er will ihn mahnen, dich in Ruhe zu lassen. Aber komm, Kathryn, wir wollen sehen, daß wir aus diesem seidenen Spinnweb herauskommen.«

Durch eine Seitenpforte verließen sie das Gelände der Kathedrale. Kathryn fand es eigenartig, nach der Stille des Klosters und der Pracht von Edwards Hofstaat wieder auf den Straßen von Canterbury zu sein.

Der Tag ging zur Neige. Die Menschen eilten nach Hause, Verkaufsstände wurden abgebaut, Kaufleute, Händler und Lehrjungen drängten sich in den Wirtshäusern und Garküchen. Kathryn und Colum gingen Arm in Arm. Ihr fiel auf, daß die Straßen sauberer waren, die Gossen leer, die Abfallhaufen waren weniger geworden, während überall die Karren der Straßenfeger unterwegs waren.

»Sieht so aus, als hätte Malachis Krieg gegen die Ratten Erfolg.«

»Holbech hat noch immer Angst vor ihnen«, erwiderte Colum. »Er behauptet, gestern abend in einem Wirtshaus eine gesehen zu haben, die so groß war, daß er sie zunächst für eine Katze hielt.«

Sie gingen durch Gassen, in denen es durchdringend nach gekochtem Kohl roch. Frauen saßen in ihren schäbigen Kleidern vor der Haustür und spannen. Kinder liefen kreischend umher. An der Ecke zur St. Peter's Street hockte Rawnose der Bettler mit einem leeren Tablett und hatte die Hand ausgestreckt. Sein entstelltes Gesicht war verdreckt. Als Kathryn und Colum näherkamen, sprang er auf. Tränen rannen ihm über das pockennarbige Gesicht. Die häßliche Narbe an der Stelle, an der einmal seine Nase gesessen hatte, war noch roter und feuriger als sonst.

»Was ist los, Rawnose?«

»Ich habe einen Dämon im Bauch.« Rawnoses Blick war verzweifelt. »Tom aus dem Tollhaus und Beelzebub rumoren in meiner Seele! Oh, Mistress Swinbrooke, ein böser Dämon verfolgt mich mit der Stimme einer Nachtigall. Er hat mich durch Feuer und Flamme geführt, prasselnden Regen und Strudel, Sumpf und Morast.« Rawnose kratzte sich die Wange. »Dieser Dämon in mir lebt nicht in der wirklichen Welt, sondern unter einem dunklen Dickicht und lauert mir in der Dämmerung auf.«

Kathryn öffnete ihren Geldbeutel und nahm zwei Münzen heraus.

»Rawnose, Ihr habt all Eure Bänder und Euren Krimskrams verkauft und den Erlös versoffen, stimmt's? Hier, nehmt das. Jetzt geht zu Vater Cuthbert im Hospital für arme Priester; er soll Euch untersuchen, und dann macht Ihr genau das, was er Euch sagt. Ihr braucht Brot und eine Brühe, und so, wie Ihr ausseht, eine ordentliche Nachtruhe.« Kathryn drückte dem Bettler die Finger. »Versprecht es mir, sonst spreche ich nie wieder mit Euch!«

Rawnose nahm die Münzen gierig an sich. Schwankend hob er die Hand wie zum Schwur.

»Kein Wort mehr«, sagte Kathryn.

Rawnose schlurfte davon.

»Grundgütiger Himmel!« Colum sah ihm nach. »Sein Gesicht ist durchlöchert wie ein Käse, und er stinkt wie ein Komposthaufen.«

»Vater Cuthbert wird sich seiner annehmen.«

Ein Kind in einem zerfetzten Kittel kam auf sie zugelaufen.

»Mistress«, fragte es mit piepsiger Stimme, »habt Ihr eine Münze für mich?«

Die kornblumenblauen Augen des kleinen Mädchens lächelten.

»Warum sollte ich dir eine Münze geben?«

»Ich zeige Euch eine Fee und die Kutsche, in der sie fährt.«

Als Kathryn ungläubig die Stirn runzelte, kicherte das Mädchen und zog die Hände hinter dem Rücken hervor. In der einen hielt es einen zersprungenen Topf voll Seifenwasser aus dem Waschtrog der Mutter; in der anderen einen kleinen Stock mit einem Ring am Ende. Diesen tauchte sie in die Lauge, zog ihn wieder heraus und begann, Seifenblasen zu pusten. Kathryn lachte, als die Seifenblasen zu ihr emporschwebten. Eine landete auf ihrer Nase, und sie roch die Holzasche, die die Mutter des Mädchens verwendet haben mußte.

»Da drin sind Feen«, sagte das kleine Mädchen. »Ich habe Euch überlistet.«

Kathryn überreichte die verlangte Münze und ging weiter.

»Das habe ich auch immer gemacht«, stellte sie fest und wischte sich den Nasenflügel ab. Dann blieb sie wie angewurzelt stehen und roch an ihren Fingern.

»Kathryn, was ist? Ich will von der Straße runter und diese Sachen ausziehen. Holbech wundert sich bestimmt, wo ich bleibe. Außerdem möchte ich Mafiachs Leiche die letzte Ehre erweisen, ehe sie beigesetzt wird.«

Kathryn starrte schweigend auf ihre Finger.

»Kathryn« – Colum nahm sie an die Hand –, »ist alles in Ordnung?«

»O ja.« Wie eine Traumwandlerin setzte sie ihren Weg fort.

»Was wollte die Königsmutter?« fragte Colum. »Weiß sie, was du erfahren hast?«

»Sie vermutet«, Kathryn schaute zu ihm auf, »daß an Atworths Tod mehr ist, als es den Anschein hat. Einer Frage wich sie aus: Ist Jonquil ihr Spion? Ich bin völlig durcheinander. Ich muß mich setzen, Colum, und darüber nachdenken, was ich heute gesehen und gehört habe. Noch etwas verwirrt mich – die Bemerkungen des Vicomte, daß die Franzosen Atworths Heiligsprechung unterstützen wollen.«

Sie bogen in die Ottemelle Lane ein. Kathryn nickte Goldere, dem Schreiber, zu, der wie gewöhnlich herbeigeeilt kam, eine Hand am Hosenlatz, die andere an seinem schäbigen Gewand.

»Hast du der Herzogin von dem Psalter erzählt?«

»Nein.« Kathryn hielt kurz inne, die Hand auf dem Riegel. »Je weniger ich in derart seidiger, heimtückischer Umgebung sage, um so besser. Unsere Herzogin wird nachdenken. Vielleicht sehen wir uns wieder.«

Sie öffnete die Tür und ging ins Haus. Aus der Küche schlugen ihr Küchendünste entgegen. Agnes war in der Apotheke und scheuerte den Boden. Sobald sie Kathryn sah, ließ sie die Bürste fallen, und ihr schmales, bleiches Gesicht wurde durch ein Lächeln erhellt. Wulf tauchte hinter einem Schrank auf, wo er sich versteckt hatte. Die blonden Haare standen ihm vom Kopf ab, und sein Gesicht war klebrig und schmutzig.

»Hast du Marzipan stibitzt?« fragte Kathryn.

»Und noch viel mehr.« Thomasina kam geschäftig durch den Korridor, die Arme, nackt bis zu den Ellenbogen, waren mit Mehl bedeckt, das Gesicht von der Hitze des Herdfeuers rot wie ein Ziegelstein. »Ich habe Pasteten gebacken.« Sie funkelte Colum an. »Und ich bin froh, daß die Herrin des Hauses wieder da ist.«

Thomasina führte Kathryn in die Küche und ließ sich wortreich über alles aus, was inzwischen vorgefallen war, sowie über die Patienten, die vorbeigeschaut hatten.

»Die habe ich zu Vater Cuthbert geschickt. Die meisten klagten über Magenschmerzen. Die Leute passen einfach nicht auf, was sie essen und trinken.«

Thomasina legte das Wirtschaftsbuch vor, und Kathryn freute sich über die Verkäufe. Thomasina hatte trotz ihrer Umtriebigkeit ihre Elementarfibel sorgfältig studiert und wußte sehr viel über den Handel, was sie selbst Kathryn nicht wissen ließ.

Thomasina zwang Kathryn, auf dem Stuhl am Kopfende des Tisches Platz zu nehmen, und setzte ihr und Colum Ale und Kirschtorte vor. Kathryn zwinkerte Colum lächelnd zu. Immer wenn Thomasina aufgeregt war, schwätzte sie wie eine Elster; alle Neuigkeiten aus der Gemeinde, der Klatsch, der kleinste Skandal sprudelten aus ihr heraus. Dann kamen die Fragen: Was hatten Colum und Kathryn gemacht? Warum war der Ire wie ein Laffe angezogen? Hatten sie den König gesehen? Wie sah er aus?

Schließlich ging Thomasina, noch immer über die Schulter redend, über den Korridor und zerrte Wulf und Agnes in die Küche, »damit sie was Anständiges essen«. Kathryn aß Kirschtorte, während Colum mit der Behauptung in sein Zimmer entkam, er müsse sich umziehen. In Wahrheit ging er jedoch, um Thomasinas bissigen Bemerkungen und dem unentwegten Geschnatter zu entfliehen. Kathryn hingegen blieb sitzen und hörte mit halbem Ohr zu, während sie versuchte, ihre Gedanken zu ordnen. Sie stand auf und entschuldigte sich. Thomasina hielt mitten in einem Satz inne und lächelte ihr zu.

»Ich sehe, daß Ihr zwar körperlich hier seid, nicht aber mit dem Geiste.«

Kathryn beachtete sie nicht und ging in ihre Schreibstube gleich neben der Apotheke. Sie setzte sich an den Tisch ihres Vaters und schaute in den Kräutergarten hinaus. Dann stand sie auf und öffnete die Tür.

»Du hast gute Arbeit geleistet, Wulf. Die Beete sehen gepflegt aus.«

Wulf rief ihr mit vollem Mund etwas zu. Kathryn schloß die Tür. Eine Weile saß sie still da und ließ die Erinnerungen an die letzten beiden Tage wie Vögel durch ihren Kopf ziehen. Gervases gräßliche Leiche. Atworths wächserner Körper, der herrliche Duft. Die verschwörerischen Mienen von Anselm, Simon und Jonquil. Mathilda Chandler, die ihr durch den Mauerspalt etwas zuflüsterte. Die seltsamen Bilder im Psalter. Die angespannte Atmosphäre im königlichen Zirkel. Sie rief sich die Falken in Erinnerung und die armseligen blutigen Überreste der Tauben.

»Sie alle sind Falken«, murmelte Kathryn.

Ja, das waren sie, Edward, Richard, Clarence und der Rest: wie Wanderfalken auf ihrer hohen Warte, die sich gegenseitig ebenso beäugen wie den Boden unter ihnen. Kathryn öffnete einen kleinen Kasten und entnahm ihm etwas Pergament und eine Schreibunterlage.

»Atworth«, schrieb sie. »Die Wunder? Die Erscheinung? Die Stigmata?«

»Du bist ganz gewiß nicht im Bett gestorben«, flüsterte Kathryn.

Es klopfte.

»Ach, noch etwas.« Thomasina streckte den Kopf zur Tür herein. »Vater Cuthbert hat mehrere Botschaften geschickt; er will Euch sehen.«

»Wann sind die eingetroffen?«

»Heute morgen. Er sagte, es sei ziemlich dringend. Oh, und dieser Malachi Smallbones war übrigens noch einmal da. Das ist ein Galgenvogel, wie er im Buche steht.«

Kaum hatte Thomasina die Tür hinter sich geschlossen, als auch schon Colum klopfte und hereinkam. »Ich habe über Atworths Heiligsprechung nachgedacht. Wenn er als Heiliger anerkannt würde, was würde es den Franzosen nützen?«

»Was mir Sorge bereitet«, erwiderte Kathryn, »ist nicht, ob Atworth nun ein Heiliger oder ein Sünder ist, sondern was Atworth über die königliche Familie wußte.«

»Ach, du liebe Zeit!« flüsterte Colum. »Glaubst du wirklich, es ist so schlimm?«

»Dieses Rätsel hat verschiedene Teile«, antwortete Kathryn. »Wer ist der Spion am englischen Hof? Heute abend, Colum, sobald ich aus dem Hospital für arme Priester zurückgekehrt bin, werde ich mir den Vers aus Zephanja genau ansehen. Dann ist da noch der Mord an Mafiach. Ich glaube, der Vicomte wußte darüber Bescheid. Er köderte Edward mit seiner Frotzelei, und der König wußte es.«

»Was er allerdings nicht weiß«, unterbrach Colum sie, »ist, daß Mafiach eine Kopie der Botschaft hatte.«

»Stimmt«, räumte Kathryn ein. »Dann haben wir die eigenartigen Phänomene rund um Atworths Tod, ganz zu schweigen von der Frage, wer Jonquil ist und was Gervase zustieß. Irgendwie, Colum, glaube ich, daß alles in enger Beziehung zueinander steht.« Sie lächelte. »Eines habe ich gelernt. Erinnerst du dich an den herrlichen Duft um Atworths Leiche? Nichts als Seifenblasen in der Luft.«

»Wie meinst du das?«

»Ich erzähle es dir später.« Kathryn stand auf. »Zuerst muß ich schlafen. Nur ein wenig ausruhen, Colum. Sobald es dämmert, werden wir Vater Cuthbert aufsuchen.«

Die Dämmerung brach über das Kloster der Bußbrüder Jesu Christi herein. Es war die Zeit, in der Legenden zufolge Kobolde, Waldgeister und alle Geschöpfe der Finsternis hervorkommen. Eine einsame Zeit, in der die wispernden Bäume das Hinscheiden des Tages beklagen. Diese frühen Abendstunden waren der Mutter Kirche besonders heilig für besondere Gebete, Anrufungen Gottes gegen den Satan und seine Kumpane, die auf der Jagd nach der menschlichen Seele durch das Ödland streiften. Das tiefe Dickicht am Ende des Gartens Gethsemane im Kloster verwandelte sich in einen verlassenen, dem Spuk anheimgegebenen Ort, doch der Mörder, der unter den breiten Ästen einer Eiche hockte, fürchtete sich nicht vor Gott, den Menschen oder gar den Schrecken der Hölle. Er hatte sich das Gesicht geschwärzt und war unter der braunen Kutte nicht zu erkennen.

Er schaute zu den Lichtern des Klosters hinüber. Hier und da flackerte eine Kerze hinter einem Flügelfenster. Eine Glocke läutete, und er vernahm die gedämpften Geräusche aus den Ställen und der Küche. Der Mörder drückte den Weinschlauch an sich. Die tiefen Taschen seines Gewandes enthielten einen in Öl getauchten Hanfstrick und einen Zünder. Wie ein jagendes Tier schlich sich der Mörder an. In seinen Sandalen trat er lautlos auf, hielt nach jedem Zweig oder Ast Ausschau. Dort, wo die Bäume und Büsche sich lichteten, überquerte er die Stelle, an der Subprior Gervase seinen grausigen Tod gefunden hatte.

Der Mörder erblickte einen Lichtschimmer in der Mauerspalte der Zelle, in der die Verfluchte gefangengehalten wurde. Er legte den Weinschlauch voll Öl zu Boden und schlich weiter. An der Zelle angelangt, erhob er sich und spähte durch den Spalt in der Mauer. Eine Kerze brannte. Er sah die Umrisse Mathilda Chandlers auf ihrem Feldbett. Sie schlief tief und fest. Der Mörder kroch wieder zurück, zwängte sich um die Zelle herum und fand die Eisenplatte, mit der die Tür versperrt wurde. Er klemmte sie wieder hinter die Holzleisten und ging zum Mauerspalt zurück, hob den Weinschlauch auf, entfernte den Stöpsel und goß den Inhalt in die Zelle. Das Öl platschte und gurgelte und bildete einen unheimlichen, dunklen Strom. Dann nahm der Mörder das Hanfseil und ein ölgetränktes Holzstück und fädelte sie durch das Guckloch. Er rieb ein Zündholz an, einmal, zweimal, doch es wollte nicht recht aufflammen. Noch einmal rieb er es an und sah zu, wie die Flammen am Seil hinauf durch das Guckloch liefen. Der Mörder zog sich zurück. Durch den Spalt in der Mauer war ein Knacken zu hören. Feuer loderte auf. Zufrieden wich der Mörder noch tiefer in die Finsternis zurück.

Bruder Timothy, der Alte, schaute aus seinem sogenannten Horst über Gethsemane. Der alte Mann war baß erstaunt. Er war stolz darauf, daß sein Augenlicht und sein Verstand trotz seines hohen Alters nichts zu wünschen übrigließen. Nun überlegte er, daß er sich nicht erinnern konnte, wie Subprior Gervase an jenem schicksalhaften Nachmittag Gethsemane durchquert hatte. Oder doch, nur viel früher? Gab es noch etwas? An einem ähnlichen Abend einige Wochen zuvor, um das Fest Mariä Verkündigung, als Bruder Roger gestorben war, glaubte Bruder Timothy sicher zwei Gestalten drüben am Ende von Gethsemane mit Laternen in den Händen gesehen zu haben. Waren das nicht Vater Prior und der Krankenpfleger gewesen? Was hatten sie mitten in der Nacht da draußen gemacht? Das mußte er Eadwig erzählen. Der Alte spähte hinaus auf die dunklen Bäume und den sternenklaren Himmel. Die Ärztin, Kathryn Swinbrooke, hatte es ihm mit ihren freundlichen Augen und ihrer respektvollen Art angetan. Er vermutete, daß die Ärztin, die Gerüchten zufolge mächtige Freunde hatte, Mathilda Chandler aus ihrer Zelle befreit hatte. Bruder Timothy war sich sicher, daß er die Verfluchte am frühen Abend zwischen den Bäumen und Büschen gesehen hatte. Der Alte war zufrieden. Er war schon im Kloster gewesen, als man die arme Frau an Händen und Füßen gefesselt lebenslang eingesperrt hatte. Bruder Timothys Blick fiel auf einen Lichtschein in den Bäumen. Noch mehr Laternen? Nein, dieser Schein mußte von einem weiteren Feuer stammen! War der Teufel mit seinen Dämonen zurückgekehrt? Bruder Timothy nahm seine Handglocke und begann, heftig zu läuten.

Jetzt, da der Abend angebrochen war, lag das Hospital für arme Priester ruhig da. Vater Cuthbert, der weißhaarige, besorgte Leiter des Hauses, hatte Kathryn und Colum begrüßt und durch den langen, gut ausgeleuchteten Schlafsaal geführt, in dem es nach Seife, Politur und frischen Kräutern duftete. Die meisten seiner Patienten lagen hier auf Strohpritschen. Helfer kümmerten sich um sie. Das Hospital war ursprünglich für Priester vorgesehen, die harte Zeiten durchmachten, doch Vater Cuthberts Mitleid war inzwischen berühmt: Kein Mann und keine Frau, die durch den gewölbten Torweg des Hospitals kamen und um Hilfe baten, wurde fortgeschickt. Vater Cuthbert blieb so abrupt stehen, daß Kathryn und Colum beinahe in ihn hineinliefen; dann verzog sich sein graues, abgehärmtes Gesicht zu einem Lächeln.

»Ich weiß, warum ich nach Euch rufen ließ.« Er hob den dürren Finger. »Aber ich möchte Euch auch über diese Wunder bei den Bußbrüdern Jesu Christi ausfragen.«

Er führte sie in seine Schreibstube am Ende des Schlafsaales, ein karges Zimmer mit einem Kruzifix an der Wand, einem Bord mit ein paar Büchern und einem Kasten, der kleine Tiegel und Phiolen enthielt. Der Fußboden bestand aus lackiertem Holz. Vater Cuthbert machte es sich auf einem Stuhl bequem, der speziell für ihn gepolstert und gebaut war, da er unter ständigen Rückenschmerzen litt. Kathryn und Colum setzten sich auf Hocker.

»Darf ich Euch etwas Wein anbieten?« fragte Cuthbert. »Ich habe irgendwo noch einen Krug voll.«

»Vater, wir haben genug gegessen und getrunken«, versicherte Colum ihm. »Ich bin gekommen, um Padraig Mafiach die letzte Ehre zu erweisen.«

»Ach ja, der arme Ire.« Sorgenfalten zeigten sich auf Vater Cuthberts Gesicht. »Ich habe eine Messe für ihn gelesen, Colum. Nein, nein.« Er hob die Hand, um Colums Protest zu unterbinden. »Das war das Mindeste, was ich tun konnte.«

Vater Cuthbert zupfte an seinen Lippen. Kathryn hatte tiefes Mitgefühl für diesen alten Priester, wahrscheinlich einen der erfahrensten Ärzte in ganz Canterbury. In seiner Jugend war Vater Cuthbert einer der bestaussehenden Männer gewesen, wollte man Thomasina glauben.

»Die Damen fielen geradezu in Ohnmacht, wenn sie ihn sahen«, hatte Thomasina mit feuchten Augen geflüstert. »Aber dann ging er auf seine Reisen und fand Gott.«

Kathryn vermutete, daß die Zuneigung ihrer Freundin zu diesem alten Priester sehr tief ging.

»Ich habe von den Heilungen bei den Bußbrüdern Jesu Christi gehört. Ich liebe Wunder!«

»Nein, das ist nicht wahr, Vater«, neckte Kathryn ihn. »Ihr glaubt eigentlich nicht daran, oder?«

»Ja und nein.« Vater Cuthbert richtete sich auf. »Ich glaube, wir suchen an den falschen Stellen danach. Der Sonnenaufgang, das ist ein Wunder. Wie ein Vogel aus dem Ei schlüpft, das ist ein Wunder. Ein Mann, der sein Leben für einen Freund einsetzt, das ist ein noch größeres! Kommt, Kathryn, nun erzählt mir schon, was Ihr über diese Wunder wißt.«

Sie faßte ihre Ergebnisse zusammen. Vater Cuthbert nickte.

»Das sehe ich auch so«, seufzte er, als sie fertig war. »Bis auf das letzte: Das könnte merkwürdig sein, vielleicht die Macht des Geistes? Ich habe einmal gelesen, daß die alten Griechen Menschen in Schlaf versetzten, um ihre Körpersäfte zu beruhigen und ihnen eine Pause zu gönnen. Eine interessante Frage, nicht wahr, Kathryn? Hat Gott den seligen Roger benutzt und dem alten Mann Trost gewährt, damit sich sein Magen erholen konnte? Nun …«

»Ihr wolltet uns sprechen, Vater?« schaltete Colum sich ein. »Vielmehr Kathryn.«

»Ja.« Vater Cuthbert krempelte den Ärmel seiner Kutte hoch. »Ratten, Kathryn! Eure Begegnung mit Bourchier ist mir zu Ohren gekommen, und ich habe Malachi Smallbones kennengelernt.« Eine leichte Veränderung im Blick des alten Priesters machte deutlich, daß Vater Cuthbert den selbsternannten Rattenfänger von Canterbury nicht besonders schätzte. »Ist Euch aufgefallen, Kathryn, daß hier keine Ratten herumhuschen? Geht durch den Schlafsaal, in die Vorratsräume oder sogar ins Beinhaus. Ihr werdet kein Quieken oder das Trippeln winziger Füße hören.«

»Habt Ihr ein neues Gift entdeckt?« fragte Kathryn.

»Ach!« Vater Cuthbert hob ruckartig den knochigen Finger. »Deshalb wollte ich Euch sprechen. Verwendet kein Gift, Kathryn. Ihr wißt, daß ich ein Geheimzimmer habe?«

»Jedermann in Canterbury weiß über Euer Geheimzimmer Bescheid, Vater.«

Vater Cuthbert war überrascht.

»Ihr führt Experimente durch?« neckte Kathryn.

»Ja, und ich benutze Ratten dazu. Ich glaube, Kathryn, daß sie Krankheiten übertragen. Nicht nur über Bisse, ihren Urin oder ihren Kot. Etwas Schädliches lauert in ihrem Körper, faulige Luft oder bösartiger Geruch. Ich habe versucht, Ratten zu vergiften. Manchmal habe ich Erfolg, aber nach kurzer Zeit setzt ihr Körper sich zur Wehr.«

»So wie es auch bei Menschen der Fall sein kann«, fügte Kathryn hinzu und berichtete kurz über Roger Atworth.

»Ja, ja, ich habe davon gehört.« Vater Cuthbert richtete sich auf und schüttelte den Kopf. »Ich habe noch nie Arsen bei Magenbeschwerden verwendet. Wie Ihr wißt, sind seine Eigenschaften …«

»Vater«, unterbrach Kathryn ihn, »Ihr habt über Ratten gesprochen.«

»Frettchen!« erwiderte Vater Cuthbert.

»Wie bitte?«

»Frettchen!« Vater Cuthbert sprach das Wort aus, als käme es direkt von Gott. »Was Ihr hier braucht, Kathryn, sind ausgebildete Frettchenzüchter mit ihren Vielfraßen. Sie werden schon bald die Nester ausräumen und die Ratten töten, vor allem, wenn die Frettchen ausgehungert sind. Nach kurzer Zeit werden sie die Kadaver für Euch herausziehen.«

Kathryn fiel Gethsemane ein.

»Dasselbe ist im Kloster passiert«, erklärte sie. »Dort hat es Ratten im Garten gegeben, aber in einer großen Blendwand haust eine Wieselkolonie.«

»Die sind ebenso verfressen wie die Frettchen«, stimmte Vater Cuthbert ihr zu. »Aber man kann sie nicht dressieren. Nun möchte ich Euch etwas sehr Interessantes berichten. Ich halte meine kleinen Frettchenfreunde im Keller. Ich nenne sie ›die zwölf Apostel‹. Jedes hat einen Namen: Peter, Bartholomeus, Philippus. Es sind die heiligsten Frettchen der gesamten Christenheit. Zwei Dinge überraschen an ihnen: Erstens habe ich die Frettchen nur hier im Hospital und in den angrenzenden Gebäuden verwendet, und bisher haben sie keine Rattennester gefunden. Ist das nicht merkwürdig?«

»Das verstehe ich nicht«, schaltete Colum sich ein.

»Ratten vermehren sich wie die Fliegen«, erklärte Vater Cuthbert. »Daher ist es seltsam, daß sie keine Kolonien gebildet haben. Die einzige Antwort darauf ist, daß sie keine Zeit hatten. Das zweite … nun, kommt, ich zeige es Euch.«

Wie ein aufgeregter Junge sprang er auf und führte sie die Treppe hinunter über einen gepflasterten Hof zu einem kleinen Außengebäude. Er zündete eine Laterne an, und sie gingen hinein. Der durchdringende Kräuterduft vermochte den Hauch der Verwesung kaum zu überdecken.

»Ja, ja, es ist nicht so besonders. Wie auch immer, ich habe das hier aufgehoben.«

Er nahm einen Holzkasten vom Tisch, ging kurz fort und kam dann mit drei Duftkissen wieder.

»Haltet sie vor die Nase.« Er reichte ihnen die Kissen und hob den Deckel des Kastens. Vor ihnen lag der aufgedunsene Körper einer schwarzen Ratte. »Dieser Herr«, erläuterte Vater Cuthbert, »wurde von meinem geliebten Frettchen Thomas dem Zweifler getötet. Faßt das Tier nicht an, Kathryn.« Er nahm einen kleinen weißen Stab und strich damit über das Fell des Nagetiers. »Außerdem ist diese Ratte entsetzlich angesengt.«

Kathryn schaute sich das Tier genau an. Vater Cuthbert hatte recht, das angesengte Fell war deutlich zu erkennen.

»Anfangs sah es noch schlimmer aus«, sagte Vater Cuthbert. »Genauso ist es, wenn ich mir die Augenbrauen oder die Haare an eine Flamme verbrenne.«

Kathryn bedeutete ihm, den Deckel zu schließen, und entfernte sich. Colum war heilfroh, ihr folgen zu können. Vater Cuthbert trat zu ihnen und hieß sie, sich die Hände zu waschen. Er schüttete Wasser in eine kleine Schüssel und gab Kräuter und Rosenpulver hinzu.

»Ich habe dasselbe gesehen«, erklärte Kathryn und trocknete sich die Hände an einem Tuch ab. »Was hat das zu bedeuten, Vater?«

»Ich weiß es! Ich erinnere mich an die Bauern in Irland«, schaltete Colum sich ein. »Das eingelagerte Heu wurde zum größten Teil verbraucht, doch was den Winter und das Frühjahr überdauerte, wurde schlecht und schimmelte.«

»Eine Brutstätte für Ratten?«

»Richtig, Vater. Wir haben es angezündet. Die Ratten strömten heraus, und wir haben sie getötet.«

»Genau«, stimmte Vater Cuthbert ihm zu. »Ihr seid das alte Heu losgeworden und das Ungeziefer, das sich darin eingenistet hatte, bevor Ihr frisches, gutes Heu eingebracht habt. Um es kurz zu machen, Kathryn«, Vater Cuthbert schnüffelte an dem Duftkissen, »erstens sind diese Ratten durch Feuer aus einem Gebäude vertrieben worden. Zweitens glaube ich ...«

»Ich weiß, was Ihr sagen wollt, Vater. Sie sind absichtlich nach Canterbury gebracht worden.«

»Unmöglich!« rief Colum aus.

»Doch, doch.« Kathryn ging ins Freie und atmete die kühle Nachtluft ein. »Respekt, Vater. Ich habe etwas Ähnliches vermutet.«

»Das ist einfach zu bewerkstelligen.« Vater Cuthbert trat zu Kathryn. »Man findet eine Stelle, an der es von Ratten nur so wimmelt, die Gossen oder Sickergruben einer Stadt zum Beispiel. Vor Feuer fürchten sich Ratten am meisten. Sie fliehen zu Hunderten. Nur wurden sie diesmal nicht getötet, sondern in Käfigen, Körben und Kisten eingefangen, auf einen Karren geladen und nach Canterbury gebracht. Bei Nacht und Nebel verteilte man die Kisten überall. Die Ratten hatten noch keine Zeit, Nester zu bauen und sich zu vermehren, aber es wurde ein Problem geschaffen, und alle Welt sucht nach einer Lösung.«

»Malachi Smallbones!« flüsterte Kathryn.

»Malachi Smallbones«, stimmte Vater Cuthbert zu. »Gut möglich, Colum, daß ein großer, mit einer Zeltplane bedeckter Karren in einer der Ruinen rings um Canterbury steht.«

»Der Trick eines Gauners«, stimmte Colum zu, »der nur wenig kostet.«

»Stimmt«, erwiderte Vater Cuthbert. »Holz für Käfige, einen Karren, eine Nacht voller Schatten, wie heute. Wer würde Verdacht schöpfen? Die Belohnung für einen solchen Unfug ist sehr, sehr hoch.«

»Und die Lösung?« fragte Colum.

»Holbech«, erwiderte Kathryn. »Zieh ihn ins Vertrauen, Colum. Sag ihm, daß wir einen Verdacht haben und laß Master Smallbones genau beobachten.« Kathryn schaute zum Licht in einem Fenster des Hospitals empor. »Die Gerissenheit des menschlichen Geistes«, murmelte sie. »Was hat Euren Argwohn erregt, Vater?«

»Kathryn, mein Leben lang habe ich einen Feldzug gegen Gauner geführt, gegen Verschwörer und Quacksalber. Lest Euren Galen oder Euren Hippokrates, und Ihr entdeckt die älteste Täuschung eines jeden Scharlatans. Patienten suchen Euch auf. Sie sind kerngesund, doch Ihr sagt ihnen, irgend etwas ist ganz und gar nicht in Ordnung. Ihr bietet ihnen eine Arznei an. Sie nehmen diese, nichts weiter als harmloses Rosenwasser, und natürlich verschlechtert sich ihr Zustand nicht. Sie loben den Scharlatan, zahlen ihm gutes Silber und Gold für seine Täuschung und empfehlen ihn ihren Freunden. Als ich Malachi Smallbones kennenlernte, dachte ich, das ist einer, der einem Hund Fliegen verkaufen könnte. Er hat das Problem geschaffen. Er weiß, wie ängstlich Canterbury um seinen Pilgerhandel besorgt ist.«

»Ich werde ihn beobachten lassen.« Colum stampfte mit dem Fuß auf. »Draußen in Kingsmead habe ich die Nager stundenlang gejagt. O ja, Smallbones war dort. Er hat sich an den wichtigen Stellen der Stadt bemerkbar gemacht: in den königlichen Stallungen, der Kathedrale, im Kloster. Und was wirklich unverzeihlich ist, in einem Hospital für Kranke!« Colum biß sich auf die Lippe und trommelte auf den Griff seines Dolches.

»Tu's nicht, Colum«, warnte Kathryn. »Nimm das Gesetz nicht in die eigene Hand. Für jeden Schurken ist die beste Zeit einmal vorüber. Malachis Zeit ist abgelaufen. Wir brauchen stichhaltige Beweise, und dann wird er die Geißel des Gesetzes nicht nur auf eine Art und Weise zu spüren bekommen.«

Vater Cuthbert rieb sich die Hände, hocherfreut über ihre Worte.

»Kommt!« drängte er.

Sie überquerten den gepflasterten Hof und gelangten durch einen Durchgang auf einen weiteren Platz. Vater Cuthbert zeigte auf die kleine Kapelle.

»Euer Freund liegt dort, Colum, für die Beisetzung zurechtgemacht. Ich habe mein Möglichstes getan, sowohl für die schlimme Wunde als auch für das Verzögern des Verwesungsprozesses. Geht nur! Die Tür ist offen, und drinnen brennen Kerzen.«

Colum überquerte den Hof, schnallte den Kriegsgurt ab und legte ihn auf die Stufen vor der Kapelle.

»Ich möchte Euch etwas zeigen, Kathryn«, erklärte Cuthbert.

Er führte sie hinüber zu einem kleinen Ziegelsteingebäude mit flachem Dach und drückte die eisenbewehrte Tür aus schwarzem Holz auf. Sie betraten eine weißgetünchte, kahle, kalte Kammer. An den Wänden standen Tische. Auf jedem lag eine zugedeckte Leiche. Weihrauch brannte, und zur Reinigung der Luft standen Tiegel voller Kräuter in jeder Nische und auf jedem Bord; es handelte sich um das Beinhaus, in das die Leichen von Fremden zur Beisetzung gebracht wurden.

Vater Cuthbert blieb an einem Tisch stehen und zog das Laken fort. Darunter kam die Leiche einer jungen Frau zum Vorschein. Trotz der Verwüstungen des Todes war deutlich, daß sie eine hübsche junge Frau gewesen sein mußte. Üppiges blondes Haar umrahmte ein ovales Gesicht mit hohen Wangenknochen. Die Augenlider wurden von zwei Münzen nach unten gedrückt, und ihr Körper war glatt und attraktiv mit großen Brüsten und breiten Hüften, die von einer häßlichen Wunde an der linken Seite gezeichnet waren, einem tiefen, rot-schwarzen Schnitt.

»Wer ist das, Vater?«

»Ich weiß es nicht. Man hat sie am Rande eines Sumpfes in Bean Woods gefunden, bedeckt mit Schlamm und Morast, der dort nicht allzutief ist. Das Wasser wirft Blasen an der Oberfläche, und schließlich steigt die Leiche nach oben. Man hat sie heute morgen hierhergebracht, und ich habe sie waschen lassen. Sie sieht sehr gut aus. Und seht, Kathryn.« Er nahm die Hand der Toten. Kathryn berührte die Haut an den Handflächen; sie fühlte sich seidenweich an.

»Eine vermögende Frau, meint Ihr nicht?«

Kathryn nickte.

»Ich habe Erkundigungen eingezogen.« Vater Cuthbert schüttelte den Kopf. »Aber ich konnte nichts entdecken. Da haben wir eine hübsche junge Frau, die sich eines gewissen Wohlstands erfreute. Vor kurzem lockte man sie nach Bean Woods, wo man sie brutal erstach, ihr alles nahm und dann ihre Leiche in den Sumpf warf. Dennoch ist niemand als vermißt gemeldet. Etwas habe ich gefunden.«

Vater Cuthbert bückte sich und zog einen kleinen Holzkasten unter dem Tisch hervor. Er öffnete ihn und entnahm ihm eine Haarspange aus Zinn.

»Ihre Haare müssen sehr dick und üppig gewesen sein«, erklärte er. »Der Mörder hat das hier übersehen.«

Kathryn turg die Spange zu einer der dicken Talgkerzen, betrachtete sie genauer und entdeckte eine Gravur, einen Pilger mit einem Stab, und am Rand Buchstaben: CANTERBURY und FALSTAFF INN. Kathryn blieb das Herz stehen.

»Was ist?« fragte Vater Cuthbert.

»Seht, Vater, hier haben wir eine wohlhabende junge Frau, die auf barbarische Weise ermordet wurde, wahrscheinlich vor zwei oder drei Tagen. Sie wurde umgebracht, ihre Leiche versteckt. Sie kann nicht aus Canterbury sein, sonst wäre das Geschrei groß gewesen. Sie hat mit Sicherheit im Wirtshaus ›Falstaff‹ gewohnt, wo auch Mafiach ermordet wurde. Ich frage mich gerade, ob die beiden Todesfälle etwas miteinander zu tun haben. Vater, kann ich die Spange behalten?«

»Aber gewiß doch.«

Kathryn ließ die Haarspange in ihre Tasche gleiten.

»Ich möchte Euch um einen weiteren Gefallen bitten, Vater. Schickt dem Wirt vom ›Falstaff‹ einen Boten. Bittet ihn, herzukommen. Zeigt ihm diese Leiche. Wenn er sie erkennt, soll er mich morgen bei Tagesanbruch aufsuchen. Würdet Ihr das tun?«

Vater Cuthbert war einverstanden.

»Ein lohnender Besuch.« Kathryn lächelte.

Sie verließen das Beinhaus, und kurz darauf schloß Colum sich ihnen an. Sie wünschten Vater Cuthbert eine gute Nacht. Colum war überrascht, als Kathryn vorschlug, so schnell wie möglich wieder in die Ottemelle Lane zurückzukehren.

»Was ist denn?« Colum drückte Kathryns Arm. »Wenn ich dich losließe, würdest du geradezu rennen!«

Kathryn blieb stehen und küßte ihn flüchtig auf den Mund.

»Ich werde heute nicht viel schlafen, Colum. Du und Holbech kümmert euch um Master Smallbones. Ich habe einen Mörder dingfest zu machen, und ich werde ihn in die Falle locken.«

Das Haus in der Ottemelle Lane war still. Thomasina, die sich über eine Handarbeit beugte, führte Selbstgespräche.

»Nichts ist während Eurer Abwesenheit passiert.« Sie hob den Kopf. Ihre Augen waren rotgerändert. »Wie geht es Vater Cuthbert?«

»Sehr gut. Er läßt grüßen.«

Thomasina lächelte, erhob sich und küßte Kathryn sanft auf die Stirn.

Kathryn ging in ihre Schreibstube und zündete die Kerzen

und die Tischlampe an. Sie nahm ein Stück Pergament zur Hand und schrieb an den oberen Rand MAFIACH. Dann schloß sie die Augen und rief sich alles ins Gedächtnis, was sie erfahren hatte. Wie auf einer Liste mit Zutaten schrieb sie die Fakten untereinander und las noch einmal die Kopie von Mafiachs Verschlüsselung durch. Sie notierte alle Namen der Menschen, denen sie begegnet war, seitdem sie dieser Angelegenheit nachging. Obwohl Thomasina sie andauernd unterbrach, um sich zu erkundigen, ob sie etwas essen oder trinken wolle, kam Kathryn gut voran. Einen Namen nach dem anderen strich sie durch, und dabei nahmen die Züge des Mörders immer deutlichere Konturen an. Auf einem zweiten Stück Pergament schrieb sie ATWORTH an den oberen Rand. Es klopfte leise an der Haustür, dann folgten Thomasinas Flüche über Patienten und ihre Arzneien. Die Tür ging auf. Kathryn vernahm die Stimme einer Frau, leise, aber bestimmt. Sie schaute auf das Kruzifix.

»Danke, Herr«, flüsterte sie, schob ihren Stuhl zurück und ging hinaus, um die Herzogin Cecily zu begrüßen. Sie war in einen Kapuzenmantel gehüllt, Venables begleitete sie. Die Herzogin wirkte verhärmt, als hätte sie geweint.

»Mistress Swinbrooke, verzeiht. Bruder Atworth ist tot, vielleicht könnt Ihr meine Beichte anhören. Venables, Ihr bleibt draußen!«

Herzogin Cecily folgte Kathryn in die Schreibstube und verschloß und verriegelte eigenhändig die Tür hinter sich.

ELF

»Ja, das Geschöpf wird in kürzerer Zeit sterben,
als man schnellen Schrittes eine Meile zurücklegen kann ...«

Chaucer, Die Erzählung des Ablaßkrämers

Kathryn hatte ihre Arbeit beendet und döste vor sich hin. Draußen wurde es hell, und der Morgen wurde von den Glocken der Kathedrale und der anderen Kirchen in der Stadt eingeläutet. In einer Gasse jaulte ein Hund. Karren, die frisches Gemüse vom Land hereinbrachten, rumpelten über die Ottemelle Lane auf die verschiedenen Märkte. Die Herzogin war in den frühen Morgenstunden gegangen. Kathryn wollte selbst mit Colum nicht über den Besuch reden. Sie hatte Geheimhaltung schwören müssen, und sie würde ihr Wort halten. Trotz des mitternächtlichen Besuchs hatte Kathryn den Verdacht, daß Cecily ihr nicht die volle Wahrheit gesagt hatte.

Sie fuhr zusammen, als es laut und vernehmlich an der Tür klopfte. Thomasina war noch nicht wach, also machte Kathryn auf. Eadwig schaute sie mit müden Augen und bleichem, unrasiertem Gesicht flehentlich an und konnte nur stammeln. Kathryn bemerkte die Asche an seinen Händen und auf seinem Gesicht.

»O nein.« Sie packte Eadwig am Arm und zog ihn herein. »Mathilda Chandler?«

Eadwig antwortete nicht, sondern tastete sich durch den Gang und hielt sich an der Wand fest. Kathryn half ihm auf einen Hocker und setzte ihm einen ledernen Trinkkrug mit Buttermilch vor. Der Laienbruder trank in gierigen Schlukken und wischte sich anschließend mit dem Handrücken über den Mund.

»Der Alte hat es als erster gesehen«, keuchte er, »ein Feuer draußen im Unterholz. Bis wir hinkamen, Mistress, röhrte das Feuer wie in einem Schmelzofen. Nichts hätte überleben können. Am besten, Ihr kommt gleich mit.«

Kathryn legte das Gesicht in die Hände. Wäre sie nicht so müde gewesen, dann wäre sie in Tränen ausgebrochen. Sie sah nur noch Mathildas traurige Augen vor sich, ihre tiefempfundene Freude darüber, unter Gottes freiem Himmel zu stehen, den Farn und das Gras zu riechen und ihre neue Freiheit zu genießen. Kathryn schaute auf das Kruzifix.

»Es ist meine Schuld«, murmelte sie. »Der Mörder muß es gewußt haben.«

»Die Eisenplatte war wieder vorgelegt«, erklärte Eadwig. »Die arme Frau war wohl außerstande, zu entkommen.«

»Und ihre Überreste?«

»Bruder Simon sagte, wir müßten warten, bis es hell wird. Das meint Bruder Timothy im übrigen auch.«

Kathryn hatte die Hände auf den Mund gelegt. Ihr war übel, und auf dem Rücken war ihr der kalte Schweiß ausgebrochen. Sie schloß die Augen und bat um Vergebung, während sie gleichzeitig ihre eigene Verantwortungslosigkeit verfluchte.

»Mistress, ist alles in Ordnung?«

»Nein, überhaupt nicht!« fuhr Kathryn ihn an.

Sie stand auf, trat an ein Bord und nahm einen Tiegel Kamillenpulver herunter, von dem sie einen Löffel voll in etwas Milch einrührte. Dann ließ sie den Brotkorb herab und schnitt eine Scheibe für sich, eine zweite für Eadwig ab, der zunächst ablehnte.

»Nein, nein, eßt!« beharrte Kathryn, legte das Brot auf eine Holzplatte und schnitt es quer durch. »Das beruhigt Euren Magen. Geht zurück und sagt, nun ja, sagt Prior Anselm, daß ich nicht sofort kommen kann. Ich bin aber bald dort.«

Eadwig verschlang das Brot, leckte sich die Finger ab und schaute sich anerkennend in der Küche um.

»Mistress, es ist schon lange her, daß ich in einer solchen Küche war. Du liebe Güte, ich habe meinen Stab draußen stehenlassen.«

Eadwig trank seinen Krug leer und stand auf. Kathryn mußte ihm noch einmal versprechen, zu kommen.

»Ich bete für Euch, ich bete für sie«, murmelte Eadwig, als

er zur Tür hinausschlüpfte und nach seinem Stab griff. Kathryn sah ihm nach. Goldere, der Schreiber, stand an der Mündung der Gasse gegenüber, kratzte sich den Bauch und schaute mit trüben Augen herüber. Kathryn schloß die Tür und schob den Riegel vor.

»Wer war das?«

Thomasina war bereits angezogen. In einer Wolke von Lavendel kam sie die Treppe herunter, eine weiße Schürze über dem dunklen Sarsenettkleid, eine weiße, dünne Haube straff auf dem Kopf und von einer Kordel aus grünem Fries gehalten.

»Nur ein Besucher.«

Thomasina nahm Kathryn in Augenschein. »Ihr habt nicht geschlafen.« Ihre schwarzen Knopfaugen musterten Kathryns Gesicht.

Kathryn ging in die Küche zurück. »Ich kann es nicht erklären.«

»Was?«

Colum kam leise wie eine Katze, die Stiefel in der Hand, die Treppe herunter und ging durch den Korridor. Er wirkte munter und hatte sich rasiert. Unter dem verknitterten Lederwams trug er ein neues Hemd.

»Begleitest du mich zum Kloster?« fragte Kathryn.

»Ist wohl das Beste.« Colum nahm Eadwigs Krug, ging zum Buttermilchtopf hinüber und füllte sich den Krug randvoll. »Ich habe Holbech bereits eine Botschaft nach Kingsmead geschickt. Er weiß, was zu tun ist. Er wird Malachi Smallbones im Auge behalten.« Lässig setzte er sich auf einen Stuhl am Kopfende des Tisches und trank, während er Kathryn genau beobachtete. »Was ist los, Schatz?«

Thomasina überragte Kathryn wie ein Schutzengel, während diese beschrieb, wie Mathilda Chandler draußen im Kloster bei lebendigem Leibe verbrannt war. Colum ließ den Krug sinken und starrte Kathryn mit offenem Mund an. Selbst Thomasina hörte auf, vor sich hin zu murmeln. Kathryn war beinahe froh, als es an der Tür klopfte. Thomasina eilte geschäftig hinaus.

»Er soll hereinkommen!« rief Kathryn. »Ich weiß, wer es ist!«

Clitheroe, der Wirt aus dem »Falstaff«, trampelte durch den Korridor und tupfte sich den Kahlschädel mit einem Lappen ab. Er nickte Colum zu und setzte sich, ohne daß man ihn dazu aufgefordert hätte, auf einen Hocker gleich an der Tür. Er schnüffelte.

»Ist das Buttermilch? Kann ich einen Schluck haben?«

Thomasina reichte ihm mürrisch einen Trinkkelch. Kathryn setzte sich. Sie war entschlossen, dem Mann kein Wort in den Mund zu legen.

»Ich kann es nicht fassen!« Clitheroe schmatzte. »Woher wußtet Ihr das, Mistress? Ich meine, abgesehen von der Haarspange?«

»Was wußte sie?« fragte Colum verdrossen.

»Ich war gerade im Hospital für arme Priester«, erwiderte Clitheroe, »wegen der Frau, die erstochen, nackt ausgezogen und in den Sumpf geworfen wurde.«

»Herr im Himmel, noch mehr Todesfälle!« jammerte Thomasina.

»Sch!« Kathryn hob die Hand.

»Ich habe sie wiedererkannt«, fuhr Clitheroe fort. »Das war die Frau des Kaufmanns, der in der Nacht, als Mafiach starb, über ihm gewohnt hat. Ihr glaubt doch nicht, daß ihr Tod etwas damit zu tun hat? Ich will nicht, das sich das herumspricht. Bei dieser verdammten Rattenplage laufen die Geschäfte schlecht genug!«

»Ihr seid sicher, daß sie es war?« fragte Kathryn.

»Aber gewiß. Bildhübsch war sie. Selbst im Tod ist sie noch nett anzusehen.«

»Und was war ihr Gemahl für einer?«

»Ach, der war verschlossen, graue Haare, viel älter. Hab ihn eigentlich gar nicht richtig gesehen.«

»Seid Ihr ganz sicher, daß sie es ist?« beharrte Kathryn.

»Oh, kommt, Mistress, hübsches Gesicht, blonde Haare. Ach, richtig.« Er hob die Hand. »Sie kam die Treppe herunter, um die Mahlzeit zu holen. Manche Gäste lassen sich das

Essen auf ihr Zimmer bringen, andere trauen unseren Küchenjungen nicht. Ich weiß noch, daß sie lächelnd und sanftäugig herunter in den Schankraum kam.«

»Was hat sie bestellt?«

»Um Himmels willen, Mistress, das ist jetzt eine Weile her. Brot, eine Schüssel Fleisch und Gemüse, glaube ich. Die Rechnungen habe ich noch im Wirtshaus.«

»Wein auch?« fragte Kathryn.

»O ja, einen großen Krug für zwei Personen.«

»Ähnlich dem, den Mafiach bestellt hat?« fragte Kathryn und beugte sich vor. »Erinnert Ihr Euch? Ihr habt gesagt, daß Ihr den Krug mit in die Küche genommen habt, nachdem Ihr Mafiachs Leiche fandet, und daß Ihr ihn mit Euren Schankgehilfen geleert habt?«

»Ja, das stimmt.«

»Colum«, Kathryn warf einen Blick über die Schulter, »hat Mafiach viel getrunken?«

»Nein, einen oder zwei Becher Wein, mehr nicht.«

Kathryn wandte sich wieder an den Wirt.

»Warum also sollte Mafiach, ein wachsamer Mann« – ein dünnes Lächeln erschien auf ihren Lippen –, »ja, ein sehr umsichtiger Mann, der auf der Hut war, einen großen Krug Wein für zwei Personen bestellen?«

Clitheroe ließ seinen Kelch sinken. »Wißt Ihr was, Mistress, Ihr habt recht. Wenn Ihr allein im ›Falstaff‹ wohntet und Wein bestelltet …«

»Bekäme ich einen kleineren Krug«, beendete Kathryn den Satz.

»Ja, die Maßeinheit für eine Person.« Clitheroe war verwirrt.

»Warum sollte Mafiach also einen größeren bekommen?« fragte Kathryn.

Clitheroe schloß die Augen. »Aber Ihr irrt Euch, Mistress. Gerade fällt es mir ein. Es war ein kleiner Krug. Ich erinnere mich auch, daß Mafiach nicht viel getrunken hat.«

Kathryn schloß die Augen und fluchte leise.

»Was ist, Kathryn?« fragte Colum.

Sie schaute den Wirt unverwandt an. »Nein, nein, ich habe recht«, erklärte sie. »Laßt es mich von einer anderen Seite her beleuchten. Ihr habt gesagt, Mafiach habe nicht viel getrunken? Dennoch habe ich Wein aus seinem Mund gerochen. Erinnert Ihr Euch?«

Clitheroe nickte. Kathryn versuchte, sich zu konzentrieren. »Aber Ihr habt nicht herausbekommen, ob Mafiach die Mahlzeit und den Wein bestellt hat?«

»Nun, er hat gesagt, er wolle zu Abend essen.«

»Aber Ihr habt Euch nicht daran erinnert, daß er sich das Essen kommen ließ?«

Clitheroe schüttelte den Kopf.

»Und Ihr wißt nicht mehr, ob Ihr einen Küchenjungen beauftragt habt, es ihm aufs Zimmer zu bringen?«

Erneutes Kopfschütteln.

»Und Ihr habt nie den Küchenjungen, Schankkellner oder die Magd gefunden, welche die Mahlzeit hinaufgebracht hat?« Kathryn hatte betont langsam gesprochen.

»Nein, Mistress.«

»Kathryn!« rief Colum. »Was willst du damit sagen?«

Kathryn brachte ihn mit einer Handbewegung zum Schweigen.

»Master Clitheroe, wenn ich in Eurem Wirtshaus wohnte, könnte ich einen kleinen Krug bekommen und einen Eurer normalen Weinkelche? Ich meine, leer? Würdet Ihr mir das in Rechnung stellen?«

»Natürlich nicht.«

»Könnt Ihr Euch erinnern, ob der Kaufmann und seine Gemahlin sich einen solchen Krug und einen Kelch ausgeliehen haben?«

»Nein, Mistress, aber sie könnten heruntergekommen sein und darum gebeten haben. Ich hätte nicht weiter darüber nachgedacht. Ich meine, wir sind ein Wirtshaus, Mistress, solche Krüge und Kelche stehen auf jedem Tisch herum.«

Kathryn lächelte. »Dessen bin ich mir sicher.«

»Was soll das?« fragte Colum wütend.

»Tja, Master Murtagh, Mord!« Kathryn stand auf. »Die Mörder waren die junge Frau, deren Leiche der Wirt gerade gesehen hat, und ihr sogenannter Gemahl.«

»Und wer könnte das sein?« stotterte Clitheroe.

»War er glattrasiert?« fragte Kathryn.

»Nein, er hatte Bart und Schnauzbart.«

»Die Haare?«

»Grau. Ich kann mich nicht recht entsinnen, ob er viele hatte oder nicht.« Clitheroe schüttelte den Kopf.

»Er war verkleidet«, erwiderte Kathryn.

»Wer?« fragte Colum. »Einer der Bußbrüder Jesu Christi?«

»Schon möglich«, erwiderte Kathryn. »Sie verfügen über genug Geld. Sie verlassen ihr Kloster. Sie können sich verkleiden und eine Kurtisane kaufen.«

»Eine Kurtisane?«

»Ich vermute, die Tote war eine wohlhabende, angesehene Hure«, erwiderte Kathryn, »die man eigens dazu gekauft hatte, die Rolle zu spielen, dann nach Bean Woods lockte und grausam ermordete. Sie war gekauft, um die Gemahlin des Mörders zu spielen. Nachdem man ihr reichlich Gold und Silber geboten hatte, hielt sie den Mund und tat, wie ihr geheißen. Der Mörder hat wahrscheinlich das Wirtshaus beobachtet. Wann ist dieser Kaufmann mit seiner Gemahlin eingetroffen, Master Clitheroe?«

»Oh, ungefähr zwei Tage vor Mafiach.«

»Und ich vermute, sie sind am darauffolgenden Morgen abgereist?«

»Ja. Sie haben auch einen Namen genannt, aber den habe ich vergessen. Sie haben gut bezahlt.«

»Natürlich. Je weniger Fragen gestellt wurden, desto besser. Um deine Frage zu beantworten, Colum, diese sogenannte junge Gemahlin ist hinunter in die Küche gegangen. Sie hat zwei Schüsseln Essen bestellt, etwas Brot, einen großen Krug Wein und zwei Kelche. Das hat sie mit in ihr Zimmer genommen. An den Tagen zuvor war es ihr oder ihrem Komplizen gelungen, einen kleinen Krug und einen sauberen Kelch zu ergattern. Wie auch immer«, Kathryn trank einen Schluck Buttermilch, »sobald sie wieder in ihrem Zimmer war, veränderte diese junge Frau ihr Äußeres und zog ein zerrissenes Kleid und Sandalen an. Vielleicht hat sie sich Gesicht und Hände mit Asche und Dreck beschmiert. Sie hat die Mahlzeit genommen …«

»Aber die wäre inzwischen kalt geworden«, unterbrach Clitheroe sie. »Das Servieren warmer Mahlzeiten ist mein ganzer Stolz.«

»In jedem Zimmer steht ein Kohlebecken, oder? Darauf kann das Essen warm gehalten werden.«

Clitheroe stimmte zu.

»Hinzu kommt«, fuhr Kathryn fort, »daß Eure junge Mörderin sehr schnell vorgeht. Das muß sie. Sie nimmt das Tablett, stellt eine Schüssel Essen darauf, nimmt den kleinen Krug und den Kelch und füllt den Krug mit Wein, dem eine ordentliche Portion Schlafmittel beigemischt ist …«

»Und das trägt sie hinunter?« fragte Colum.

»Mafiach öffnet die Tür«, erklärte Kathryn. »Er sieht nur eine junge Magd, die ein Tablett mit Essen, einem Weinkrug und einem Kelch trägt. Mafiach begeht seinen einzigen Fehler, aber es ist sein letzter. Auf das Mädchen achtet er kaum. Mafiach rechnet mit Gefahr, doch nur von einem gedungenen Mörder, nicht von einer schmutzigen Magd mit verschmiertem Gesicht und einem zerrissenen Kleid, die ein Tablett trägt. Er ist zerstreut und in Gedanken woanders. Er hat Essen bestellt, und Essen wurde hinaufgebracht. Er setzt sich, genießt seine Mahlzeit und trinkt einen Becher Wein. Viele Schlafmittel sind geschmacksneutral und geben keinen Geruch von sich. Mafiach wird müde, lockert die Kleidung und legt sich auf das Bett.«

»Aber wie ist der Mörder ins Zimmer gelangt?« fragte Clitheroe und schaute Kathryn bewundernd an. »Was Ihr sagt, ist möglich. Mägde und Schankkellnerinen gehen andauernd die Treppe rauf und runter. Sie sind müde, arbeiten schwer, und eine achtet nicht auf die andere.«

»Es wird dunkel«, fuhr Kathryn fort, fest entschlossen, ihre Theorie zu beweisen. »Ja, es muß spät am Abend gewesen sein. Die Gäste sind gegangen, in der Schänke ist es still, der Hof draußen ist verlassen. Unser Mörder hat das Zimmer über Mafiach gemietet.«

»Aber woher wußten die, welches Zimmer Mafiach haben würde?« fragte Colum.

»Das wußten sie nicht«, schaltete Clitheroe sich ein. »Jetzt fällt es mir wieder ein! Der Kaufmann fragte nach zwei Zimmern im oberen Stock. Er sagte, seine Frau wolle allein sein. Sie spielte die große Dame.«

»Wir haben also den Kaufmann und seine Gemahlin«, fuhr Kathryn fort. »Sie mieten zwei Zimmer im oberen Stockwerk. Als Mafiach eintrifft, stellen sie fest, wo er wohnt. Sie haben das Wirtshaus eine Zeitlang beobachtet. Das war das einzige, was der Mörder noch herausfinden mußte.«

»Nein, nein!« Colum knallte seinen ledernen Trinkbecher auf den Tisch. »Warum haben sie nicht einfach einen Querbalken gelöst oder Mafiach auf der Treppe erstochen?«

»Zu gefährlich«, erwiderte Kathryn. »Es mußte in aller Heimlichkeit geschehen. Sie brauchten Zeit, um sein Zimmer zu durchsuchen und zu fliehen, ohne Verdacht zu erregen oder Schreie der Entrüstung auszulösen.«

Colum nickte.

»Wie dem auch sei«, fuhr Kathryn fort. »Mafiach schlief jetzt fest.«

»Woher wußten sie das?« fragte Colum.

»Was bist du«, rief Kathryn empört, »ein Anwalt?« Sie seufzte. »Nein, verzeih, es liegt auf der Hand. Sie nahmen einen Stab und klopften an die Fensterläden. Falls Mafiach die Läden öffnete, wußten sie, daß ihr Plan mißlungen war. Aber da er nicht öffnete, hatten sie Erfolg gehabt! Sie haben eine Leiter versteckt. Mitten in der Nacht steigt der Kaufmann, der Mörder, hinauf. Er hat einen langen Dolch bei sich. Damit fährt er durch den Schlitz zwischen den Fensterläden und hebt den Riegel an. Jetzt stellen die Holzläden kein Hindernis mehr dar. Er zieht die Leiter hoch und klettert ins Zimmer. Mafiach schläft tief und fest. Der Mörder zieht ihn aus dem Bett und schlägt ihm den Schädel ein. Jetzt hat er alle Zeit, die er braucht. Er hat einen Sack dabei. Der Weinkrug wird ersetzt, ebenso der Kelch, und der vergiftete Wein wird zum Fenster hinausgeschüttet. Der Mörder begeht einen Fehler, schüttet ein wenig zuviel in den frischen Krug. Er nimmt Mafiachs Psalter an sich. Weinkrug und Kelch, die Mafiach benutzt hat, wandern in den Sack. Der Mörder geht, bindet dabei aber noch ein Stück Kordel um den Riegel.«

»Ah, ich weiß, warum …«, meldete sich Clitheroe zu Wort.

»Der eine Fensterladen wird zugezogen, dann der andere, und mit Hilfe des Fadens wird der Riegel heruntergelassen. Der Faden ist wahrscheinlich zu einem Laufknoten gebunden und kann abgezogen werden. Alles, wie er es haben will.« Kathryn überlegte kurz. »Sie hatten auf den Iren gewartet. Mafiach konnte nicht viel ausrichten; er war müde. Wenn ich es recht bedenke, dann sind ihm zwei Fehler unterlaufen: Er hat seinen Decknamen verwendet, und er hat dieser Magd vertraut. Während der Mörder im Zimmer war, hielt sie Wache. Ein sehr kluger Mord! Der Mörder hat Mafiachs Schwert und Dolch gezogen, um die Sache noch komplizierter zu machen. Es sollte so aussehen, als hätte ein Kampf stattgefunden. Aber auch er hat Fehler begangen: Mafiach besaß eine Kopie des verschlüsselten Textes; der Mörder hat den Krug zu voll geschüttet, und er war zu hastig, die Spitzen von Mafiachs Kniehose zu binden.«

»Ja, richtig!« rief Colum. »Ich erinnere mich daran!«

»Danach«, fuhr Kathryn fort, »kehrt der Mörder in sein Zimmer zurück. Die verdächtigen Rückstände werden sorgfältig aus Weinkrug und Kelch gespült, das nette Paar reist ab. Sie ist wahrscheinlich in ein anderes Wirtshaus oder eine andere Herberge gezogen. Am späten Abend begibt sich die Frau hinaus nach Bean Woods, um ihren Komplizen zu treffen und den Rest ihrer Belohnung entgegenzunehmen. Statt dessen wird sie ermordet. Der Mörder begeht noch einen Fehler: Ohne sein Wissen hat die Frau sich im Wirtshaus eine Pilgerspange gekauft. Die trägt sie im dichten, üppigen Haar, und als er die Leiche entkleidet, bemerkt er die Spange nicht.« Kathryn lächelte. »Wer sagt eigentlich, Tote reden nicht?«

Thomasina, die von einer Ecke aus zugehört hatte, trat zu Kathryn.

»Aber, Mistress, woher wußten sie über die Lücke zwischen den Fensterläden Bescheid?«

»Oh, das kann ich beantworten«, erklärte Clitheroe. »Nur sehr wenige Wirtshäuser haben Fenster, weil die Wartung zu kostspielig ist. Im Frühjahr und im Sommer werden Fensterläden verwendet. Dazwischen ist immer ein Spalt, durch den Luft hereindringt.«

»Und im Winter«, fuhr Kathryn fort, »befindet sich drinnen eine Rolle Leder, das wie ein Vorhang heruntergelassen wird. Thomasina, schau dich in unserem Haus um. Ich habe noch keine Holzläden gesehen, die exakt schließen.«

»Was Mistress Swinbrooke sagt, stimmt.« Clitheroe nickte vehement. »Das könnte jeder von uns machen. Man klettert mit einem langen, walisischen Dolch eine Leiter hinauf. Man schiebt ihn in den Spalt unter dem Riegel. Den hebt man aus dem Haken. Man könnte ihn sogar auf demselben Wege wieder verschließen, ohne einen Faden oder Zwirn zu brauchen.«

»Ich vermute«, Kathryn erhob sich, »der Mörder ist dieser hochrangige Spion. Er wußte, daß Mafiach im ›Falstaff‹ absteigen würde, wo er von dir, Colum, abgeholt werden sollte. Wenn er sich schon als Kaufmann verkleiden konnte, warum dann nicht vorher als Hausierer oder wandernder Kesselflicker? Er könnte das ›Falstaff‹ beobachtet und nach Schwächen gesucht haben, die er bald gefunden hatte. Er hat gemerkt, wie still es in den frühen Morgenstunden im Wirtshaus wurde, und davon entsprechend profitiert.«

»Und was ist mit der jungen Frau?« fragte Clitheroe.

»Der Mord liegt erst wenige Tage zurück«, erwiderte Kathryn. »Vielleicht wird sie als vermißt gemeldet, oder ...«

»Oder was?« wollte Colum wissen.

»Nichts«, sagte Kathryn. »Master Clitheroe, ich danke Euch, daß Ihr gekommen seid. Was Ihr gehört habt, ist vertraulich und darf nicht weitergegeben werden.«

»Oh, seid unbesorgt.« Clitheroe stand auf. »Die Leute sollen so schnell wie möglich vergessen, daß ein Mann in meinem Wirtshaus umgebracht wurde. Ich habe mit den Mägden und Küchenjungen schon geschimpft, weil sie über Gespenster gesprochen haben.« Mit ausgestreckter Hand kam er auf Kathryn zu. Kathryn schlug ein. »Was Ihr sagt, ergibt einen Sinn, Mistress. Der arme Mafiach! Er dachte, er sei sicher.«

»Das war er auch«, erklärte Kathryn. »Er hat nur ein paar Fehler begangen, die er mit dem Leben bezahlen mußte.«

Clitheroe ging, und Colum, der ungläubig den Kopf schüttelte, holte seinen Mantel und seinen Kriegsgurt. Kathryn erteilte Thomasina Anweisungen.

»Wenn Patienten kommen, schick sie ins Hospital für arme Priester.«

Thomasina packte Kathryn am Arm und hielt sie fest. »Ihr wißt, wer es ist, oder?«

»Ja, Thomasina, aber ob ich ihn dingfest machen kann, steht auf einem anderen Blatt!«

In Begleitung von Colum ging Kathryn schnellen Schrittes die Ottemelle Lane entlang. Die Sonne versuchte mit ihren schwachen Strahlen den Morgennebel zu durchdringen, und die Stadt war noch nicht richtig erwacht. Sie gingen durch das Zentrum und gaben acht, ob sich nicht ein Fenster öffnete und der Ruf »Vorsicht, Unrat!« erscholl, wenn Nachttöpfe auf die Straße entleert wurden. Lehrjungen mit schweren Augenlidern bauten unter dem aufmerksamen Blick ihrer Lehrherren die Verkaufsstände auf. Zwei Straßenmädchen, die Röcke so hoch gerafft, daß schmutzige Beine und Oberschenkel zu sehen waren, liefen unter Gekreisch und Hohngelächter vor einem dicken, rotgesichtigen, verschwitzten Büttel davon. Ein Kapuzinermönch bettelte um Almosen; sein abgemagertes Gesicht schaute aus der weiten Kapuze hervor. Zwei aneinandergekettete Schuldner aus dem Burggefängnis schleppten einen Korb von Tür zu Tür und baten um Nahrungsmittel für sich und ihre Mitgefangenen. Ein Krakeeler, der zuviel getrunken hatte, wurde zum Stock gebracht, ein leeres Bierfaß über dem Kopf. Garküchen und Wirtshäuser öffneten ihre Türen weit und ließen die angenehmen Küchendüfte hinausziehen, um die Frühaufsteher in Versuchung zu führen. Pferde wieherten in den Ställen, während die Karren von Bauern und Straßenfegern laut über das Pflaster rumpelten. Colum zog es vor zu schweigen, denn Kathryn hatte die Lippen zusammengepreßt und war nicht ansprechbar.

Sie gelangten an das hoch aufragende Torhaus des Klosters der Bußbrüder Jesu Christi. Ein Laienbruder ließ sie ein und geleitete sie um die Gebäude herum in den Garten Gethsemane. Prior Anselm, Simon und Jonquil sowie andere Mitglieder ihrer Gemeinschaft waren bereits zugegen. Starker Brandgeruch hing in der Luft. Noch immer zogen graue Rauchfahnen über den taufrischen Rasen und ließen die Vögel aufgeschreckt um die Giebel und Turmspitzen des Klosters flattern.

Prior Anselm kam ihnen mit ängstlichem Blick entgegen. »Eine schreckliche Tat! Eine schreckliche Tat!« jammerte er. »Die arme Frau!«

»In der Tat ein furchtbarer Tod!«

Kathryn drehte sich um. Venables, eingehüllt in einen braunen Militärmantel, stand hinter ihr. Eine Hand hatte er an den Schwertknauf gelegt.

»Ihre Hoheit, die Herzogin, bat mich, herzukommen.« Er deutete auf die Bäume. »Noch ein Mord, was, Mistress?«

»Wahrlich ein Ort des Todes«, erwiderte Kathryn. »Wir wollen es uns mit eigenen Augen ansehen.«

Als Kathryn an die Gefängniszelle herantrat, verließ sie der Mut. Das Feuer war so stark gewesen, daß Tür und Eisenplatte ausgebeult waren, die Mauern hatten Risse bekommen, und die Ziegel um das Guckloch waren zerbröckelt. Der Rauch war noch immer ziemlich dicht und beißend und stach in Nase und Kehle. Kathryn nahm ein Tuch, das Prior Anselm ihr anbot, und zog an der kleinen Tür. Sie gab unter ihrem Griff nach, da die innere Holzverkleidung verbrannt war. Kathryn bückte sich und spähte hinein. »Es ist wie in einem Ofen!« rief sie.

Wände und Decke waren schwarz, alles andere war zu Asche verbrannt und noch immer heiß. Kathryn achtete nicht auf Colums Protest und bahnte sich behende einen Weg hinein. Hier und da verbrannte sie sich das Fußgelenk oder die Handkante an einem heißen Holzstück, und jedesmal, wenn sie sich bewegte, mußte sie vom aufsteigenden Rauch husten und niesen. Ein wenig Licht drang durch den Sehschlitz und die offene Tür herein. Einmal mußte Kathryn stehenbleiben und rang nach Luft. Sie geriet in Panik und blinzelte. Ihre Augen brannten so sehr, daß sie tränten. Kathryn gelangte an die Stelle, an der einmal das Bett gestanden haben mußte. Auch dort war nichts als schwarze Holzkohle und fedrige Asche. Kathryn untersuchte die Stelle sorgfältig, dann lächelte sie und ging hinaus. Sie stampfte kurz auf, um die Asche von Rock und Sandalen abzuschütteln.

»Du siehst fast aus wie Thomasina, wenn sie Brot gebakken hat.« Colums Lächeln verschwand. »Tut mir leid, Kathryn.«

»Mir nicht.« Kathryn schob sich an ihnen vorbei auf den Rasen. »Mathilda Chandler!« rief sie. »Mathilda!«

Sie ging am Rand des Gebüsches entlang, die anderen folgten ihr.

»Mathilda, seid unbesorgt! Ich bin's, Kathryn!«

Das rauhe Krächzen von Krähen und das Schnattern eines Eichelhähers war die Antwort. Kathryn betete im stillen, daß sie sich nicht irrte.

»Mathilda!« rief sie. »Ihr habt nichts zu befürchten! Ich werde Euch an einen sicheren Ort bringen!«

Kathryn hatte beinahe das Ende des Dickichts erreicht. Ein Busch schwankte, und Mathilda Chandler trat auf den Rasen hinaus, eingehüllt in ihren dicken Mantel. Sie eilte zu Kathryn. Ihre Augen glitzerten, ihr Gesicht war weiß und angespannt. Kathryn ergriff ihre kalten Hände.

»Sagt nichts«, flüsterte sie. »Sagt gar nichts. Stimmt mir nur zu, was immer ich sage.«

Mathilda nickte. »Ich … ich …«

»Sch!« drängte Kathryn sie.

»Was hat das zu bedeuten?« Prior Anselm trat auf sie zu. »Wir hielten Euch für tot!«

»Fragt sie nicht.« Kathryn legte Mathilda den Arm um die Schultern. »Sie ist verängstigt genug.«

»Das ist mein Kloster«, trumpfte Prior Anselm auf. »Ich bin der Vater Prior!«

»Ihr seid auch ein Lügner«, entgegnete Kathryn.

»Wie könnt Ihr es wagen?«

»Oh, ich wage alles. Ich bin hier auf Befehl der Königsmutter, Cecily, Herzogin von York.«

Prior Anselm erbleichte, sein Adamsapfel hüpfte wie ein Korken auf dem Mühlenteich.

»Ich erwarte Euch, Bruder Simon und Jonquil in Eurem Empfangszimmer. Nicht auf meine Bitte, Vater Prior, sondern auf Befehl der Herzogin. Weigert Ihr Euch«, Kathryn schaute zum Himmel empor, »werden die Männer des Königs in einer Stunde hier sein.«

Prior Anselm machte auf dem Absatz kehrt, flüsterte seinen beiden Begleitern etwas zu und ging über den Rasen davon, ohne sich auch noch einmal umzudrehen. Kathryn bedeutete Colum und Venables, nicht näherzukommen. Sie führte Mathilda fort und drückte sie.

»Ich bin so froh«, flüsterte Kathryn, »so glücklich!«

Mathilda schluchzte leise.

»Beruhigt Euch«, flüsterte Kathryn, »die Gefahr ist vorüber.«

»Ich habe mich in ein Tier verwandelt«, erwiderte Mathilda. »Ich bin in meiner Zelle geblieben, habe aber eine unsagbare, unsichtbare Gefahr gespürt, wie einen dieser kalten Morgennebel, in den man eingehüllt ist und der sich wie ein Leichentuch auf die Haut legt. Gestern nachmittag habe ich meine wenigen Vorräte in ein Tuch gewickelt. Ich habe die Zelle verlassen und die Tür zugemacht. Dann habe ich mich tief im Dickicht versteckt und mir wie ein gejagter Fuchs eine neue Höhle gebaut.«

»Habt Ihr etwas gesehen?« fragte Kathryn.

Mathilda schüttelte den Kopf. »Als erstes roch ich den Rauch und hörte das Knacken. Ich war entsetzt. Ich hörte das Feuer wüten. Wäre ich nicht umgezogen, hätten mich die Flammen verzehrt und meine Seele zu Gott geschickt.«

»Hört«, erwiderte Kathryn, »hört genau zu. Ihr dürft nichts sagen, nicht einmal zu Master Murtagh, aber wenn ich Euch eine Frage stelle, stimmt mir in jedem Fall zu. Habt Ihr das verstanden?«

»Muß ich wieder dorthin zurück?«

Kathryn drückte sie noch einmal an sich.

»Ihr könnt Euch zweier Dinge gewiß sein, Mathilda Chandler: So sicher, wie die Sonne heute untergehen wird, ist Eure Gefangenschaft beendet. Das verspreche ich Euch.«

Kathryn drehte sich um und führte Mathilda zurück zu Colum. Der Ire steckte voller Fragen, doch Kathryn drückte ihm den Finger auf den Mund.

»Du darfst sie nichts fragen.« Sie lächelte Venables zu. »Ich wäre dankbar, wenn Ihr drei in dem kleinen Zimmer neben dem Empfangsraum des Priors warten würdet. Ich versichere Euch, es wird nicht lange dauern.« Sie packte Colum am Handgelenk. »Laß Mistress Chandler nicht aus den Augen. Wohin sie auch geht, du mußt sie begleiten.«

Colum war einverstanden. Kathryn küßte ihn flüchtig auf den Mund, schenkte Mathilda ein Lächeln und eilte zurück über den Rasen.

Die drei Mönche saßen im Empfangszimmer, wie Schüler, die auf eine Standpauke des Lehrers warten. Kathryn schloß die Tür hinter sich, drehte den Schlüssel herum und setzte sich ihnen gegenüber an den Tisch.

»Ich will rasch zur Sache kommen, und ich mache Euch nichts vor.«

»Ich möchte widersprechen.« Prior Anselm hob die Hand.

»Schweigt!« Kathryn schlug mit der Hand auf den Tisch. »Wir haben durch Eure Lügen und Märchen genug Zeit vergeudet. Bruder Jonquil, Euer richtiger Name ist Edmund Brotherton. Ihr kommt aus Pickering in Yorkshire. Ihr seid mit Leib und Seele Yorkist. Ihr wart Page im Haushalt des Herzogs Richard und später ein Gefolgsmann der Herzogin Cecily.«

Jonquil wurde blaß, fuhr sich mit den Fingern an die Lippen.

»Wie habt ...?«

»Die Herzogin hat es mir gesagt«, schnitt Kathryn ihm das Wort ab. »Ihr wurdet hierhergeschickt, um den seligen Roger Atworth zu beschützen. Ihr seid ebensowenig Laienbruder, wie ich eine Äbtissin bin. Prior Anselm, Subprior Gervase und Simon, der Krankenpfleger waren die einzigen Mitglieder der Gemeinschaft, denen Eure wahre Identität und Eure eigentliche Aufgabe hier bei den Bußbrüdern Jesu Christi bekannt war. Stimmt das?«

Jonquil nickte.

»Ihr fandet es lästig«, fuhr Kathryn fort, »doch hin und wieder habt ihr des nachts Gethsemane durchquert, seid über die Mauer gestiegen, habt Eure Kutte abgelegt und Euch in einen normalen jungen Mann verwandelt, der sich in den Wirtshäusern und Garküchen oder wo auch immer amüsieren wollte. Während Eurer Abwesenheit haben Prior Anselm, Gervase und Bruder Simon ein Auge auf den heiligen Roger gehabt.«

Jonquil legte die Hände vor das Gesicht.

»Und was Bruder Rogers Tod und die Wunder betrifft«, Kathryn schenkte Prior Anselm ein Lächeln und hob die Schultern, »so glaube ich, Bruder Simon hier weiß, daß sie ebensogut ein Werk der Natur wie ein Werk Gottes sind, aber das stört mich nicht. Der Wohlgeruch ...« Kathryn öffnete ihre Tasche und nahm eine kleine, hauchdünne Membran heraus. »Habt Ihr je Seifenblasen gemacht, Bruder Simon? Wenn sie platzen, kann man die Seife riechen. Das habt Ihr auch gemacht, nicht wahr? Ihr seid Apotheker. Ihr habt kleine Membranstücke, ganz ähnlich wie dieses hier, mit Parfüm gefüllt, das Ihr in Eurer Krankenstation gebraut habt.

Ihr habt sie in die Tasche gesteckt und im geeigneten Zeitpunkt zwei oder drei zu Boden fallen lassen. Dann habt Ihr sie mit den Sandalen zertreten, und der Duft war gut wahrzunehmen.«

Bruder Simon hatte die Augen geschlossen.

»Ich habe von Schuljungen gehört, die es genauso machen«, erklärte Kathryn, »allerdings mit einer weniger angenehmen Substanz. Ihr seid in Bruder Rogers Kammer gegangen. Ihr habt drei oder vier Stück zu Boden fallen lassen und sie heimlich unter den Füßen zertreten. Dann habt Ihr sie in Bruder Rogers Sarg gelegt, und als das Grab geöffnet wurde und niemand hinschaute, habt Ihr es abermals gemacht.« Kathryn winkte mit der Hand. »Geheimnisvoller Duft zog durch die Luft. Wenn man nach dem Ursprung sucht, findet man ihn nicht. Die Membran ist sehr dünn, und man kann sie natürlich mit dem Fuß beliebig unter die Erde, in einen Spalt in den Bodendielen oder unter ein Bett schieben.« Kathryn warf dem jungen Laienbruder, der noch immer das Gesicht hinter den Händen verborgen hatte, einen Blick zu. »Was Eure Erscheinung betrifft, Bruder Jonquil – ich habe in der Marienkapelle gekniet, als die Sonne durch das Fenster schien. Mehr habt auch Ihr nicht gesehen, stimmt's? Der Rest war ein Märchen, ebenso wie der Duft, um Herzogin Cecilys Herz zu erfreuen und zu verhindern, daß sie zu viele peinliche Fragen über Bruder Rogers Tod stellte. Ihr drei müßt Gott auf den Knien gedankt haben, als Atworths Leiche exhumiert wurde und man feststellte, daß sie noch nicht verwest war. Bruder Simon mag die Hände heben, doch ich glaube, er kennt die Wirkung von Arsen ebensogut wie ich. Bruder Roger hat sehr kleine Mengen gegen Magenerkrankung eingenommen. Ich bin sicher, das hat ihn nicht umgebracht, aber es hat seinen Körper intakt gehalten.« Kathryn seufzte. »Soll ich Euch denn jeden Faden aus der Nase ziehen?«

»Wir haben gesündigt.« Prior Anselm legte die Hände zusammen. Er neigte den Kopf. »Mistress Swinbrooke, wir haben gesündigt, und wir haben gelogen. Nicht aus Habgier!« Er spreizte die Hände. »Nun, vielleicht hat sie doch eine Rolle gespielt.«

»Und die Wahrheit?« forderte Kathryn.

»Nun gut.« Prior Anselm lehnte sich zurück. »Roger Atworth hat sich dieser Gemeinschaft angeschlossen und schon bald den Ruf erlangt, ein frommes Leben zu führen. In vielerlei Hinsicht war er ein ausgezeichneter Mitbruder: bescheiden, fromm, stets zuvorkommend. Ich mochte ihn. Ich wußte über sein früheres Leben Bescheid, über die grausamen Taten, die er verübt hatte. Doch wenn es je einen Mann gegeben hat, der auf der Suche nach Gott war, dann war es Roger Atworth.« Er hielt kurz inne. »Der Krieg zwischen den Häusern York und Lancaster ging zu Ende. Wir erkannten bald, daß Bruder Roger sehr mächtige Freunde hatte. Herzogin Cecily wurde zu einer ständigen Besucherin hier. Bruder Roger war ihr Beichtvater. Sie pflegten sich wie Bruder und Schwester zu begrüßen und gingen in Gethsemane spazieren. Herzogin Cecily ermahnte mich, für Atworths Gesundheit und Sicherheit Sorge zu tragen. Falls er litte, bedroht werde oder in Gefahr geriete, sollte ich es ihr umgehend mitteilen. Gervase und Simon erhielten ähnliche Anweisungen. Gervase mochte Bruder Atworth nicht. Er fragte sich oft, welche Geheimnisse Atworth wohl hüten mochte. Bestimmt war er eifersüchtig auf die Vertrautheit zwischen diesem frommen Mönch und der Mutter des Königs von England. Hin und wieder hatten wir Besucher, vor allem aus Frankreich: Kaufleute, Boten. Obwohl sie es gut verbargen, fiel ihr Interesse an Bruder Atworth ins Auge. Vor ein paar Monaten habe ich Herzogin Cecily davon in Kenntnis gesetzt.« Er zeigte auf Jonquil. »Daraufhin wurde er geschickt, um Roger zu beschützen.«

»Und?« fragte Kathryn.

»Eine leichte Aufgabe«, meldete sich Jonquil zu Wort und nahm die Hände vom Gesicht. »Atworth war ein frommer Mann. Er wollte nur beten, im Garten Gethsemane spazierengehen und in dem kleinen Psalter schreiben, den Ihr in der Bibliothek gesehen habt. Es war keine lästige Aufgabe, aber ich fand das Leben hier erdrückend. Prior Anselm war so freundlich, bei meinen gelegentlichen Ausflügen in die Stadt ein Auge zuzudrücken.«

»Wir glaubten nicht, daß Gefahr bestünde«, nahm Prior Anselm den Faden auf. »Bruder Roger ging in die Kirche, ins Refektorium, in die Bibliothek, in sein Zimmer oder spazieren in Gethsemane. Er schloß Freundschaft mit unserer armen Gefangenen, doch ich glaubte nicht, daß er sich damit in Gefahr brächte. Und dann«, er schnippte mit den Fingern, »eines Nachts wurde auf einmal alles anders.« Prior Anselm faltete die Hände. »Das Fest Mariä Verkündigung fällt auf den fünfundzwanzigsten März. Am Abend des dreiundzwanzigsten ging Bruder Jonquil in die Stadt. Bruder Roger, dachten wir, ging in Gethsemane spazieren. Niemand hat richtig achtgegeben, bis zum Morgen des vierundzwanzigsten. Jonquil ging in Bruder Rogers Zimmer und fand es leer. Das Bett war unbenutzt.«

»Wir erschraken«, meldete sich der Krankenpfleger zu Wort. »Roger Atworth war unter unsere besondere Obhut gestellt worden. Jonquil war in der Stadt gewesen, und in dieser Zeit war Bruder Roger verschwunden. Sein Zimmer war aufgeräumt. Er besaß nur ein paar armselige Habseligkeiten, und wir wußten, er hob die Briefe der Herzogin in einer Tasche an einer Kordel auf. Wir mußten das vor dem Rest der Gemeinschaft geheimhalten. Wir dachten, er wäre vielleicht in der Stadt oder in einem anderen Teil des Klosters. Wir mußten diskret vorgehen, leise. Den ganzen Tag über fanden wir keine Spur.«

»Aber Ihr habt ihn gefunden, nicht wahr?« fragte Kathryn.

»Ja, nach Einbruch der Dämmerung. Wir begannen, Gethsemane und das Dickicht dahinter zu durchsuchen.«

Prior Anselm saugte an den Lippen. Kathryn sah, daß seine Hand zitterte.

»Wir fanden ihn tot in dem unbenutzten Keller. Er lag mit gekreuzten Armen auf dem Boden. Wir warteten, bis es dunkel war und der Rest der Gemeinschaft sich zurückgezogen hatte. Wir brachten in der Nacht seine Leiche zurück und legten sie auf sein Bett. Erst da fiel uns auf, daß etwas nicht stimmte.«

»Laßt mich raten«, unterbrach Kathryn ihn. »Er war schmutzig und zerzaust, ja? Deshalb mußtet Ihr die Leiche entkleiden und natürlich das Bett abziehen, das jetzt vom Dreck an Bruder Rogers Kutte fleckig geworden war, richtig?«

»Stimmt.« Prior Anselm ließ den Kopf hängen.

»Ihr habt ihm die Kutte ausgezogen, die Leiche gewaschen, und, wie ihr sagtet, sein Habit und die schmutzigen Decken, Laken und Kissen ins Waschhaus geschickt.«

Kathryn hielt inne, als sie draußen ein Geräusch vernahm.

»Selbst da, Bruder Simon, müßt Ihr doch etwas Außergewöhnliches an Bruder Rogers Leiche festgestellt haben: die wächserne, schwammige Konsistenz. Was Euch wahrhaft erschreckte, waren jedoch die Male von Kordeln an Hand- und Fußgelenken. Stimmt's?«

»Wir erkannten« – der Krankenpfleger schloß die Augen –, »daß es kein Unfall war. Bruder Roger war nicht einfach nur in diesen Keller gegangen, krank geworden, zusammengebrochen und gestorben.«

»Er war gewaltsam dort hingebracht worden, nicht wahr?« fragte Kathryn. »Atworth ging in Gethsemane spazieren, und der Mörder schlug zu. Der Herrgott weiß, wie er es gemacht hat, doch Atworth wurde ins Gebüsch gelockt, vielleicht an der Schläfe getroffen. Als er wieder zu Bewußtsein kam, stellte er fest, daß er auf einer schmutzigen Steinplatte lag, Hände und Füße an einen Pfahl oder einen Haken in der Wand gebunden. Der Mörder wollte Atworth nicht umbringen. Er wollte ihn ausfragen, ihm die Geheimnisse entlocken – er hat auch Atworths Briefe an sich genommen, oder? Bruder Atworth war entsetzt. Er war geschwächt, und unter dem Schock einer derart schlechten Behandlung setzte sein Herz aus. Der Mörder befreite ihn von den Fesseln und ließ die Leiche liegen, damit Ihr sie fandet. Ihr wußtet, Herzogin Cecily würde eine Erklärung verlangen. Sie würde kommen, um sich die Leiche anzusehen, und deshalb begann die Scharade: saubere Laken, Decken, frische Kleidung, die Geschichte, Atworth habe die Briefe verbrannt, die Tür abgeschlossen und sich ins Bett gelegt, um auf seinen Gott zu warten.«

»Wir hatten keine andere Wahl«, jammerte Prior Anselm.

»Natürlich würde Verdacht laut werden«, erklärte Kathryn. »Warum war die Tür abgeschlossen? Warum hat Atworth nicht seine Brüder gerufen, wenn er wußte, daß sein Tod nahe war? Warum hat er nicht Abschied genommen? Darum gebeten, in Eure Kirche gebracht zu werden? Aber das alles wäre vergessen, nicht wahr, wenn erst einmal die wunderbaren Geschichten in Umlauf kämen? Das Bett wurde abgezogen, die Leiche gewaschen und neu eingekleidet, das Kohlebecken angezündet, ein wenig Pergament verbrannt. Bruder Simon brachte seine kleinen Parfümsäckchen, von denen er einige zertrat und ein paar für den nächsten Morgen aufhob. Das einzige noch verbleibende Problem waren die schrecklichen roten Male um Handgelenke und Fußknöchel. Ihr, Bruder Simon, seid Arzt. Wenn der Tod eintritt, hört das Blut auf zu fließen. Ihr hattet die wundervolle Idee, Roger Atworth mit den Stigmata zu versorgen, ein seltenes Zeichen für die Anerkennung großer Heiliger durch Christus, wie zum Beispiel Franz von Assisi. Diese Wunden an seinen Handgelenken, seinen Knöcheln und an der Seite sowie am Kopf waren Euer Werk, nicht wahr? Und da Ihr ein frommer Mensch seid, habt Ihr diese heiligen Wunden mit Stoffstreifen verdeckt. Demzufolge würde jeder Mißtrauische einfach sagen, die Male an Handgelenken und Knöcheln seien durch diese wunderbaren Stigmata verursacht worden und durch die Tücher, mit denen Ihr sie verbunden habt. Ähnliche Male wurden auf seiner Stirn erzeugt.«

Kathryn legte die Hände auf den Tisch und schaute die drei Mönche an.

»Was die Menschen sehen wollen«, murmelte sie, »sehen sie auch. Was Menschen glauben wollen, glauben sie. Atworth wird als Heiliger verehrt. Herzogin Cecily trauert, aber sie hat zwei Dinge, die sie trösten: Erstens, der Mann, der all ihre Geheimnisse kannte, hat diese mit ins Grab genommen. Zweitens, der Mann, der ihr Beichtvater war, ist jetzt ein Heiliger im Himmel. Herzogin Cecily würde das gefallen und Euch auch. Ihr würdet sie als Eure Gönnerin gewinnen. Atworths Grabstätte würde ein Schrein für Pilger werden. Der einzige, der noch Verdacht schöpfte, war unser gerissener alter Erzbischof Bourchier, der vielleicht mehr wußte, als er gesagt hat. Er beschloß, den Prozeß der Heiligsprechung zu nutzen, um die Wahrheit hinter allem zu entdecken. Bruder Roger wird eilig beigesetzt. Herzogin Cecily ist eifrig auf seine Heiligsprechung bedacht. Gleichzeitig verliert sie ihr Zutrauen, daß die Geheimnisse, die Atworth hütete, ein für alle Mal sicher sind.«

Kathryn erhob sich, um die Verspannung im Rücken und in den Armen zu lösen. Sie ging zum Kruzifix.

»Herzogin Cecily hätte die Heiligsprechung begrüßt. Sie würde ihr nicht nur einen Heiligen bescheren, sondern auch die Gewißheit, daß alles in Ordnung ist.« Über die Schulter warf Kathryn den drei Mönchen einen Blick zu. »Ihr hattet natürlich eine Menge zu verbergen und viel zu gewinnen. Die Scharade ging weiter, bis ich zu den Bußbrüdern Jesu Christi kam.«

»Das stimmt«, platzte es aus Prior Anselm heraus. »Der Herr möge uns vergeben, Bruder Roger wurde ermordet!«

»Und sein Mörder?« verlangte der Krankenpfleger zu wissen.

»Ja«, fügte Jonquil kläglich hinzu, »und der arme Gervase? Was ist ihm zugestoßen?«

»Das«, entgegnete Kathryn, »braucht Ihr nicht zu wissen, zumindest noch nicht!« Sie baute sich vor Jonquil auf. »Ein Letztes noch, diese Notiz, die unter meiner Tür im Gästehaus hindurchgeschoben wurde, das war Euer Werk, nicht wahr?« Kathryn klopfte ihm auf die Schulter. »Ihr habt auf der Treppe gewartet.«

»Ich habe versucht, Euch Angst einzujagen.«

Kathryn beugte sich zu ihm hinab, bis sie nur eine Handbreit von seinem Gesicht entfernt war.

»Ja, Bruder Jonquil, das habt Ihr! Und jetzt geht, alle!«

ZWÖLF

*»Der Löwe liegt stets auf der Lauer,
um, wenn er kann, den Unschuldigen zu töten.«*

Chaucer, Die Erzählung des Bettelmönchs

»Ich könnte sie die drei Weisen nennen«, bemerkte Colum, als er sich im Empfangszimmer hinsetzte. Venables hatte am Tisch Platz genommen. »Aber sie sind weder weise noch glücklich! Oh, draußen hat es anscheinend Unruhe gegeben.«

Es klopfte an der Tür, dann kam Prior Anselm verlegen herein.

»Mistress Swinbrooke, königliche Bogenschützen bewachen jeden Eingang. Ein Offizier und eine Gruppe Pikeniers patrouillieren durch Gethsemane.«

»Ja, ich weiß, Vater Prior.« Kathryn nahm wieder auf ihrem Stuhl Platz. »Sie sind hier, um Euch und mich zu schützen. Ich wäre Euch dankbar, wenn Ihr jetzt ginget.«

Der Prior zog sich hastig zurück.

»Was hat das zu bedeuten?«

Venables öffnete die Schnalle an seinem Mantel, den er dann über die Rückenlehne seines Stuhls warf. Er lockerte den Kriegsgurt, zog ihn sich, halb aufstehend, von der Taille und legte ihn vor sich auf den Tisch.

»Nun, Master Venables, hier werden Untersuchungen durchgeführt.« Colum sog die Luft scharf zwischen den Zähnen ein, doch Kathryn ließ es unbeachtet. Sie schaute auf diesen höchst heimtückischen Gefolgsmann hinab. »Ihr seid der Mörder, nicht wahr, Master Venables?«

Die einzige Veränderung an Venables war die Art und Weise, wie er sich auf dem Stuhl aufrichtete, ein rascher Blick nach unten, ein nervöses Lecken der Lippen. Er stützte sich mit den Ellenbogen auf dem Tisch ab.

»Warum, Kathryn …?«

»Mistress Swinbrooke für Euch.«

»Aha, daher weht der Wind.«

»Wir haben sie gefunden, wißt Ihr«, fuhr Kathryn im Plauderton fort. »Die arme Frau, die Ihr in Bean Woods ermordet habt. Ihr habt ihre Leiche entkleidet und in den Sumpf geworfen, doch an ihrem Körper wurden Gegenstände gefunden. Woher kam sie, Master Venables? Eine Kurtisane aus London? Gedungen, um Euch bei dem Mord zu helfen?«

»Was hat man gefunden?« spottete Venables.

»Genug, um Euch an den Galgen zu bringen. Ihr habt sie gekauft, und Ihr habt im Wirtshaus ›Falstaff‹ auf den armen Mafiach gewartet.«

»Ich wußte nicht, daß er dort absteigen würde. Nur die Mitglieder des Kronrates oder Euer Liebhaber, Master Murtagh, waren informiert.«

»Das ist wohl wahr.« Kathryn lächelte schmallippig. »Und ein Mitglied des Kronrates hat Euch gesagt, daß Mafiach zu einer bestimmten Zeit dort sein würde. Ihr habt das ›Falstaff‹ in immer neuen Verkleidungen beobachtet.«

»Verkleidungen?«

»Ja, ein älterer Kaufmann mit angegrautem Haar, Schnauzer und Bart. Für einen so wohlhabenden Mann, wie Ihr es seid, Master Venables, sind solche Verkleidungen leicht zu kaufen oder herzustellen. Ich will keine Zeit verlieren.«

Kathryn beschrieb kurz, wie Mafiach gestorben war und welche Rolle Venables dabei gespielt hatte, wie er den Iren umbrachte, den verschlüsselten Text entwendete und am darauffolgenden Abend seine Komplizin umbrachte. Venables schüttelte in gespielter Fassungslosigkeit den Kopf.

»Ich verstehe Eure Logik, Mistress Swinbrooke, aber wo ist der Beweis?«

»Laßt uns weitergehen«, antwortete Kathryn, »zu den Bußbrüdern Jesu Christi. Wie habt Ihr den ersten Kontakt zu Bruder Gervase, dem Subprior, aufgenommen? Mit einem heimlichen Anschreiben? Oder war es eine Begegnung draußen in der Stadt? Oder im Dickicht am Ende von Gethsemane? Bruder Gervase mochte Atworth nicht. Er ärgerte sich über ihn und war neidisch auf seine Vertrautheit mit der Königsmutter.«

»Und ich soll einfach auf ihn zugegangen sein«, stichelte Venables, »und mich ihm vorgestellt haben?«

»Nein. Ihr habt zuerst das Gelände sondiert, per Brief oder bei einer Begegnung, wobei Ihr Euer Gesicht, Euren Namen und Euren Charakter gut verbargt. Gervase war ein streitsüchtiger Mensch.«

Kathryn warf Colum einen Blick zu. Der hatte seine Verblüffung noch nicht überwunden, daß Venables als Mörder benannt worden war.

»Gervase hätte sich geweigert, hätte gezankt, doch es gibt nichts Besseres als Säcke voll Gold und Silber, um das Gewissen eines habgierigen Mannes zu beruhigen, nicht wahr, Venables? Kurzum, Gervase wurde Euer Spion hier. Ihr habt ihn draußen in dem einsamen Dickicht am anderen Ende des Gartens getroffen. Er erzählte Euch den Klatsch und Tratsch aus dem Kloster, alles, was Bruder Atworth sagte und machte. Zweierlei wurde deutlich: Erstens hütete Atworth Geheimnisse und zweitens bewahrte er diese Geheimnisse nahe an seinem Herzen.

Trotz des Goldes und Silbers, das Ihr Gervase zahltet, war er keine große Hilfe. Wie ein Wiesel, das sich an ein Kaninchengehege heranschleicht, habt Ihr dann beschlossen, die Sache selbst in die Hand zu nehmen. Ihr habt das Kloster beobachtet und dabei festgestellt, daß Bruder Jonquil, Atworths Beschützer und Wächter, sich zuweilen vor seinen Pflichten drückte und die Fleischtöpfe der Stadt vorzog. Eines Abends habt Ihr dann zugeschlagen. Bruder Atworth ging gern allein im Garten spazieren. Ihr habt ihn überfallen, bewußtlos geschlagen und in den Keller an der Klostermauer geschleppt. Ihr hattet die ganze Nacht Zeit, ihn auszufragen. Die Hand- und Fußgelenke des armen Mannes wurden gefesselt und angebunden. Immer wieder seid Ihr zurückgekommen. Was wußte er über Cecily, die Herzogin von York? Welche großen Geheimnisse hütete er? Ihr mußtet ihn nicht einmal foltern. Atworth war ein geschwächter alter Mann, und Ihr hofftet einfach, daß die Einsamkeit, die Dunkelheit und die Tatsache, ein Gefangener zu sein, seine Zunge lösen würden.«

»Das ist Unsinn!« unterbrach Venables sie.

»O nein. Ihr habt zwei Dinge übersehen: Erstens hatte Atworth tatsächlich zu Gott gefunden. Er war ein Mönch, ein Priester, ein Beichtvater. Er würde seine Geheimnisse ebensowenig lüften, wie er sein früheres Leben wieder aufgenommen hätte. Zweitens war Atworth hinfälliger, als Euch bewußt war. Er hat nicht lange überlebt. Er war ein ängstlicher alter Mann, und sein Herz setzte einfach aus; er gab in aller Stille den Geist auf. Ihr konntet einen gewissen Erfolg verzeichnen. Ihr habt die Briefe aus seiner Tasche entfernt, die Fesseln gelöst, seine Leiche in dem feuchten, stinkenden Keller zurückgelassen und seid über die Mauer geflohen.«

»Und ich soll nach Belieben in dieses Kloster gekommen sein?«

»Aber gewiß. Ihr hattet die Hilfe von Bruder Gervase, der Euch eine seiner Kutten mit Kapuze besorgte, dazu ein Paar Sandalen. Hier in dieser Umgebung sieht ein Mönch wie der andere aus, besonders, wenn er eine Kapuze tief ins Gesicht gezogen hat. Bruder Gervase war Euch von gewissem Nutzen, nicht wahr? Er hat Euch Bruder Atworths Psalter gegeben.«

»Ich weiß nicht, wovon Ihr redet!«

»Gervase hat ihn aus der Bibliothek entwendet, damit Ihr ihn untersuchen konntet. Ihr fandet bestimmte Seiten interessant und habt sie entfernt, bevor Ihr den Psalter wieder zurückgegeben habt.«

Colum stand von der Bank auf, trat an den Seitentisch und füllte einen Kelch mit Wein. Er drückte ihn Kathryn in die Hand. Dann nahm er seinen Platz nicht wieder ein, sondern ging zur holzgetäfelten Tür in die Nähe von Venables und lehnte sich an, die Hand am Schwertgriff. Venables beachtete ihn nicht, er hatte den Blick fest auf Kathryn gerichtet.

»Gervase war lästig«, fuhr Kathryn fort. »Er wußte nicht,

wer Ihr wart, doch er war nicht sehr nützlich gewesen. Dennoch, wenn die ganze Geschichte hier« – Kathryn wedelte mit der Hand – »zu bröckeln begänne, könnte Gervase sich entschließen, sein Wissen weiterzugeben. An jenem Nachmittag, als ich zum ersten Mal hier eintraf, habt Ihr Gervase ein verabredetes Zeichen gegeben, sich am üblichen Ort in Gethsemane mit Euch zu treffen. Er ging hinüber, und Ihr habt ihn ermordet, so wie die junge Frau in Bean Woods. Einen Dolch mitten ins Herz gestoßen oder die Kehle von einem Ohr zum anderen aufgeschlitzt. Wir können es nicht mehr feststellen, denn das Feuer hat die Wunden ausgelöscht. Als Mönch verkleidet habt Ihr Gervases Schlüssel an Euch genommen, seid in sein Zimmer geschlichen und habt seine Habseligkeiten durchsucht. Ihr habt alle belastenden Beweise entfernt, einschließlich des recht beträchtlichen Betrags an Gold und Silber, den Ihr ihm gezahlt hattet. Zufrieden seid Ihr wieder zurück nach Gethsemane gegangen. Ihr konntet Gervases Leiche nicht so dort liegenlassen. Ihr habt Euch daran erinnert, daß er gegen Atworth war, und habt daher beschlossen, die Wasser zu trüben und es so aussehen zu lassen, als sei der Subprior eines mysteriösen Todes gestorben. Seine Leiche habt Ihr in Öl getränkt, das Ihr eigens in einem Weinschlauch mitgebracht hattet, und habt dann seinen Körper an einem Busch aufgerichtet. Master Murtagh«, Kathryn schaute den Iren an, »Ihr habt an Belagerungen teilgenommen. Ihr habt gesehen, wie die Minenleger des Königs eine Zündschnur legten, ein Stück Hanfseil, eingetaucht in eine leicht entzündbare Lösung oder in Pulver. So hat es auch Master Venables gemacht. Verborgen hinter den Büschen und Bäumen hat er das Seil angezündet, den Weinschlauch an sich genommen, sich versichert, daß er keine Spur zurückgelassen hatte, und ist in die verlassene Gasse hinter den Klostermauern zurückgeschlichen. Wer würde einen Mönch mit Kapuze verdächtigen, der eine Straße entlangeilt? Ein gewohnter Anblick. Unterdessen schaute Bruder Timothy, der Alte, von dem Gervase Euch berichtet haben muß, aus dem Fenster in den Garten. Er sah nur, daß Gervase einen Augenblick dort stand und im nächsten bereits in Flammen aufging.« Kathryn hielt kurz inne. »Ich habe die Stelle untersucht, an der Gervases Leiche verbrannte. Das Unterholz ist so dicht und undurchdringlich, daß Ihr das alles habt vollbringen können, ohne vom Kloster aus gesehen zu werden.«

»Das ist ja interessant.« Venables ließ die Hände sinken. Unruhig rutschte er auf dem Stuhl hin und her. »Aber wo ist der Beweis? Warum sollte ich ihre Hoheit, die Herzogin, verraten?«

»Das könnt Ihr vielleicht besser beantworten als ich. Schließlich kommen wir zu Mistress Chandler. Außer Master Murtagh und Laienbruder Eadwig habt nur Ihr geahnt, wieviel Mistress Chandler mir gesagt hatte. Ich habe es gestern beiläufig erwähnt, ehe wir den Palast des Erzbischofs verließen. Ihr wart aufgeschreckt und fragtet Euch beunruhigt, was sie wohl gesehen oder gehört haben mochte. Hatte Gervase ihr etwas gebeichtet? Daher seid Ihr mitten in der Nacht zurückgekehrt, wieder als Mönch gekleidet, bewaffnet mit Öl und einem Stück Hanfseil. Ihr habt die Eisenplatte und die Holzleisten wieder angebracht. Dann habt Ihr das Öl hineingeschüttet, das Seil angezündet, seid zurückgetreten und habt Eurer blutiges Handwerk betrachtet. Nur habt Ihr einen Fehler begangen. Mistress Chandler hat, dem Herrn sei Dank, vermutet, daß Ihr zurückkehren könntet. Sie hat sich in der Nähe versteckt. Sie hat Euer Gesicht gesehen.«

»Das ist un…!«

»Was wolltet Ihr sagen, Master Venables?« Kathryn wappnete sich für die glatte Lüge, die sie jetzt vorzubringen gedachte. »Mag sein, daß Ihr Eure Kapuze aufgesetzt hattet, doch Ihr habt niemanden getroffen. Keinen Gervase, keinen Komplizen. Euer Gesicht war nicht maskiert: Ihr habt den Kopf herumgedreht. Mathilda Chandler, die sich ganz in der Nähe versteckte, hat Euer Gesicht im Feuerschein gesehen. Sie wird einen Eid schwören, daß Ihr schuldig seid.«

»Wer würde schon einer Mörderin glauben?« Venables lehnte sich auf seinem Stuhl zurück und zwickte sich in die

Arme. »Ist das alles an Beweisen, die Ihr habt, um mich zu überführen«, höhnte er, »mich, den Vertrauten und Gefolgsmann der Herzogin Cecily?«

»O nein.« Kathryn zählte die Punkte an den Fingern ab. »Erstens, während Ihr hier seid, werden Euer Zimmer und Eure Habseligkeiten durchsucht. Ich bin sicher, wir werden die Verkleidung finden, die Ihr im ›Falstaff‹ getragen habt. Zweitens wird man Euch ins Wirtshaus bringen. Clitheroe, der Wirt, hat sehr scharfe Augen. Wir können Euch wieder verkleiden und ihn bitten, einen Blick auf Euch zu werfen. Wenn er Euch nicht erkennt, dann vielleicht einer seiner Diener. Drittens werden die Beamten des Königs eine gründliche Suche unter den Kurtisanen und Dirnen Londons anstellen. Ich bin sicher, irgend jemand wird Anspruch auf die Leiche dieser armen Frau erheben und vielleicht mit dem Finger auf Euch zeigen. Viertens, wenn sie Eure Habe durchsuchen, finden sie vielleicht das Gold und Silber, das Ihr aus Gervases Zimmer entwendet habt.«

Kathryns Trick funktionierte.

»Fünftens werde ich darauf hinweisen, daß außer mir, Master Murtagh und Bruder Eadwig Ihr als einziger wußtet, welche mögliche Gefahr Mistress Chandler darstellen konnte. Sechstens wird sie Euch identifizieren. Glaubt Ihr an Gespenster, Master Venables?«

Der Gefolgsmann beugte sich vor, die Hände nicht weit von seinem Kriegsgurt.

»Sagt, was Ihr zu sagen habt, Weib!«

»Die Toten werden Euch überführen«, fuhr Kathryn fort. »Besonders Master Mafiach. Als wir uns im königlichen Pavillon im Palast des Erzbischofs begegneten, sagtet Ihr in Anwesenheit von Zeugen ›Mafiach war unvorsichtig‹. Woher wußtet Ihr, daß er unvorsichtig war? Ihr hättet gar nichts über ihn wissen können.«

»Es war allgemein bekannt.«

»Ja, aber Ihr habt tatsächlich das Wort ›unvorsichtig‹ benutzt, nicht unglücklich, glücklos oder vom Pech verfolgt. Ihr sagtet ›unvorsichtig‹, als wüßtet Ihr, daß Mafiach auf der

Hut war, jedoch den Fehler beging, der sogenannten Magd zu trauen, und seinen Irrtum noch verschlimmerte, als er mit Schlafmitteln versetzten Wein trank.«

»Das ist doch Wortklauberei!« stotterte Venables.

»O nein! Schließlich«, Kathryn öffnete ihre Tasche und holte eine kleine Pergamentrolle hervor, »hat Mafiach zwei verschlüsselte Texte bei sich gehabt. Soll ich sie Euch vorlesen?«

Kathryn fuhr fort:

»Regis regum rectissimi prope est dies domini
dies irae et vindicatae tenebrarum et nebulae
deisque mirabilium tonitruorum fortium
dies quoque angustiae meroris ac tristitiae
in quo cessabit mulierum amor ac desiderium
hominumque contentio mundi huius et cupide.

Unseres Vaters großer Tag ist nahe; er ist nahe und eilt sehr,
denn dieser Tag ist ein Tag des Zorns,
ein Tag der Trübsal, Verzagtheit und Sorge,
ein Tag des Wetters und Ungestüms,
ein Tag der Finsternis und der Schwärze,
ein Tag der Wolken und Nebel,
an dem vergehen wird die Liebe des weiblichen Geschlechts:
und der Kampf der Männer und die Lust dieser Welt.

Am Schluß haben wir noch den rätselhaften Satz ›recto et verso‹. Ihr seht bestimmt«, Kathryn tippte auf das Pergament, »daß sowohl der lateinische als auch der übersetzte Text Buchstaben enthält, aus denen man Euren Namen entziffern kann.«

Sie zerknüllte das Pergament und warf es auf den Tisch. Venables fing es rasch auf.

»Ich habe noch eine Kopie.« Kathryn nahm die zweite Rolle zur Hand. »Ich habe in beiden Texten die Buchstaben Eures Namens markiert.«

Venables saß da wie vom Donner gerührt.

»Recto et verso; von vorn und von hinten. Das ›von vorn‹ bezieht sich auf den lateinischen Text, das ›von hinten‹ auf die Übersetzung. Aus beiden Texten kann der Name des Spions am Hofe Edwards IV von England entziffert werden, Venables. Euer Komplize hat da auch nicht viel genutzt.«

»Welcher Komplize?« knurrte Venables.

»Nun ja, der Vicomte de Sanglier. Er konnte sich seines Hohns über uns nicht erwehren. ›In vino veritas; im Wein ist Wahrheit‹: Das hat er gesagt, als wir über Mafiachs Tod sprachen. Der Vicomte hat damit in der ihm eigenen spöttelnden, verschlossenen Art gestanden, daß er genau wußte, wie Mafiach gestorben war. Daß er nämlich mit Schlafmitteln versetzten Wein getrunken hatte, so daß Ihr die Fensterläden seines Zimmers öffnen und hineinschleichen konntet, um Eure Aufgabe zu vollenden.«

»Ich will die Frau sehen.« Venables wischte sich den Schweiß ab, der ihm über die linke Wange rann.

»Master Murtagh, sie ist draußen im Vorzimmer.«

Colum öffnete die Tür, ohne Venables auch nur einen Moment aus den Augen zu lassen.

»Mathilda Chandler!« rief er.

Sie hörten leise Schritte, und Mathilda Chandler betrat den Raum. Kathryn schaute sie durchdringend an und betete im stillen, Mathilda möge genug Verstand besitzen, um mitzuarbeiten.

»Mistress Chandler, schaut Euch Master Venables an.«

Die Frau tat, wie ihr geheißen.

»Habt Ihr ihn schon einmal gesehen?«

Mathilda schaute Venables an, dann Kathryn, und stellte sich näher zu Colum.

»Mistress, ich habe es Euch bereits gesagt. Er war derjenige, der in der vergangenen Nacht das Feuer angezündet hat, das mich hätte umbringen können.«

Venables sprang auf. Kathryn dachte, er wollte protestieren, doch es war nur ein Trick. Er packte seinen Kriegsgurt und zog rasch das Schwert. Mathilda floh. Colum knallte die Tür zu und warf sich zur Seite. Venables machte einen Satz nach vorn. Kathryn sah mit Schrecken, wie Colum ausrutschte und gegen den Seitentisch prallte. Der Weinkrug flog in hohem Bogen zu Boden. Dann zog Venables einen Dolch aus der Scheide. Zornesrot hastete er fluchend um den Tisch herum. Kathryn sprang auf und warf den Stuhl um. Mit einem Fuß rutschte sie auf dem verschütteten Wein aus, doch sie nahm den Krug und warf ihn Venables an den Kopf. Er wich aus, und Kathryn spürte, wie sie zur Seite gezerrt wurde. Colum war wieder auf den Beinen. Er griff nach einem Hocker und schob Kathryn durch das Zimmer.

»Mein Kriegsgurt!«

Kathryn versuchte, ihn zu packen, doch wieder schob Colum sie zur Seite, um sie vor Venables zu schützen. Der Gefolgsmann bewegte sich jetzt langsamer und stieß mit Schwert und Dolch in die Luft. Colum packte seinen Kriegsgurt und ging weiter rückwärts durch den Raum. Venables erreichte die Tür und schob den oberen Riegel mit der Handkante auf. Jetzt hatte Colum sein Schwert gezogen. Venables folgte ihm zuversichtlich mit langsamen Schritten. Als er angriff, war Kathryn von seiner Schnelligkeit und Wildheit überrascht. Venables glaubte, sie beide in der Falle zu haben. Er ließ sogar zu, daß Colum den Dolch zog und den leeren Kriegsgurt auf den Tisch warf.

»Wie gut seid Ihr, Ire?« reizte Venables ihn. »Ein Stachel aus Eisen?«

Abermals sprang er vor. Als selbstsicherer Schwertkämpfer und geübter Waffenträger glaubte Venables, Murtagh in eine ungünstige Lage gebracht zu haben. Immer wieder sprang er vor und parierte. Colum bewegte sich schwerfällig und benutzte Schwert und Dolch, um die tödlichen Paraden und Ausfälle abzuwehren. Als sie das Ende des Raumes erreichten, hielt Colum stand. Stahl klirrte, Schwerter hieben durch die Luft, Dolche blitzten auf. An einem Punkt verhakten sich ihre Waffen ineinander. Venables versuchte, Colum mit dem Knie in der Lendengegend zu treffen, doch der Ire war zu schnell; er löste sich und trat zurück. Venables hatte an Selbstsicherheit eingebüßt. Er hatte die Augen zusammengekniffen, Schweiß strömte ihm über das Gesicht, und er stand in halb gebückter Haltung. Diesmal griff Colum an, das Schwert gezückt. Venables reagierte ebenfalls mit dem Schwert. Colum fiel auf ein Knie. Venables' Waffe fuhr wie eine Sense durch die Luft, während Colum dem Gefolgsmann den Dolch in den Bauch rammte. Venables schwankte leicht, der Blick wurde starr, der Mund öffnete sich, als wollte er etwas sagen. Er trat einen Schritt vor, Schwert und Dolch fielen aus seinen gefühllosen Fingern. Er packte Colums Dolch, der fast bis an den Griff im weichen, fleischigen Teil unter seinen linken Rippen steckte, stieß einen langen Seufzer aus und brach zusammen.

Colum lehnte sich schwer atmend an die Wand. Kathryn trat zu ihm und öffnete das obere Band an seinem Hemd.

»Na, na, mein Kämpfer!«

Kathryn war übel, und ihre Beine fühlten sich kraftlos an. Colum küßte sie rasch auf die Stirn und schob sie sacht zur Seite. Er durchquerte den Raum und drehte Venables' Leiche mit der Stiefelspitze herum. Der Raum sah jetzt aus wie ein Schlachtfeld. Colum ließ Schwert und Dolch fallen und sank auf einen Hocker.

»Er ist tot«, flüsterte er heiser. »Der verräterische Bastard ist tot! Kathryn, du hast mir Jahre meines Lebens geraubt! Warum hast du keine Bewaffneten kommen lassen?«

Kathryn hockte sich neben ihn und wischte ihm mit der Hand den Schweiß von der Wange.

»Colum, ich wußte, daß er schuldig war. Er wußte, daß er schuldig war, und Gott weiß, daß Venables schuldig ist. Aber um ehrlich zu sein, war es eher eine Sache der Logik denn der Beweisstücke. Ich hatte kaum wirkliche Beweise. Ich mußte seine Augen und sein Gesicht beobachten. Ich zählte auf seine Arroganz, und wenn das mißlang, auf die Gewalt, die in ihm brodelte. Von einer Frau gefaßt zu werden und sich der Zeugenaussage einer Mathilda Chandler stellen zu müssen …«

Colum grinste. Er legte ihr den Arm um die Schultern und zog sie an sich.

»O Kathryn, wie heißt es doch so schön in Irland, unsere beste Zeit ist vorüber! Du kennst die Herzen der Männer besser, als du zugibst.«

Er zog den Arm fort, als es heftig an der Tür klopfte.

»Mistress Swinbrooke! Mistress Swinbrooke!«

Kathryn erhob sich und zog den Riegel zurück. Ein Offizier hätte sie beinahe umgeworfen, als er die Tür aufstieß. In den prächtigen Farben der königlichen Uniform gekleidet, schwankte er in den Raum, den Helm in der Armbeuge, die andere Hand am Schwertgriff. Er erinnerte Kathryn an ein wütendes Hähnchen. Der Offizier erblickte Venables' Leiche in einer größer werdenden Blutlache.

»Bei Satans Titten!« rief er atemlos. »Das ist Master Venables! Ist das Euer Werk, Ire? Muß ich Euch in Gewahrsam nehmen?«

»Er ist ein Verräter«, fuhr Colum ihn an, »und erst recht ein Mörder und Dieb. Und ich kann es beweisen. Nehmt seine Leiche in Gewahrsam. Ich werde dem König Bericht erstatten.«

Die Nachricht hatte sich rasch herumgesprochen. Draußen vor der Tür stand Prior Anselm händeringend inmitten seiner Gemeinschaft, als wäre der Himmel auf ihn herabgestürzt und hätte alles ruiniert. Mathilda Chandler saß auf einem Hocker in der Ecke, still wie eine Maus.

»Was ist? Was ist geschehen?« Eilig kam der Krankenpfleger auf sie zu.

Colum schob ihn sacht zur Seite. »Nichts, was Euch Mühsal bereitet, Bruder. Kommt, Mistress Chandler, wir sind hier fertig.«

Er führte Kathryn und ihre neue Gefährtin aus dem Kloster, auf dessen Gelände es jetzt von Bewaffneten und Bogenschützen nur so wimmelte. Ein Bote galoppierte in den Hof und schwang sich aus dem Sattel. Er wischte sich den Schweiß vom Gesicht und schaute Kathryn an.

»Mistress Swinbrooke, ich komme von der Herzogin!«

»Sagt der Herzogin, sie hat nichts zu befürchten«, erwiderte Kathryn. »Durchsucht die Leiche von Master Venables. O ja«, sagte sie angesichts seiner überraschten Miene, »er liegt in seinem eigenen Blut. Seine Seele ist vor das göttliche Gericht getreten. Sagt Eurer Herrin, sie, und nur sie, soll Venables' Habe eigenhändig sorgfältig durchsuchen.«

Der Bote wollte widersprechen.

»Tut, was man Euch sagt, Mann!« fuhr Colum ihn an.

Sie verließen das Kloster und bahnten sich einen Weg durch die emsigen Straßen. Mistress Chandler, verängstigt durch den Lärm, das Hin und Her und den Geruch, schob sich sacht zwischen Kathryn und Colum.

Sobald sie zu Hause eingetroffen waren, übergab Kathryn ihre Schutzbefohlene an Thomasina, die sie sanft in den Arm nahm und die Treppe hinauf ins Gästezimmer auf der Rückseite des Hauses führte. Wulf und Agnes waren im Kräutergarten beschäftigt. Kathryn bat sie, dort zu bleiben. Sie hatte Schwierigkeiten, mit Colum zu reden. Sobald sie in ihrem Zimmer war, begann sie zu zittern. Trotz der Wärme wurde sie von frostigen Schauern geschüttelt. Thomasina kam herein, warf einen Blick auf sie, eilte hinaus und kam mit einem Kelch zurück.

»Ein paar Pülverchen, die Euch schlafen lassen.«

Kathryn trank in langsamen Zügen. Sie war müde und ihr war ein wenig übel. Sie sah nur noch Venables' haßerfülltes Gesicht vor sich und den plötzlichen, gewalttätigen Kampf im Empfangszimmer des Priors. Colum kam herein und setzte sich zu ihr auf die Bettkante; er redete, doch sie nahm nicht wahr, was er sagte. Er war anscheinend recht ruhig.

»Nimm es dir nicht zu Herzen, Kathryn.« Colum strich ihr über das Haar. »Venables war ein Mörder. Er hätte dein und auch mein Leben ohne weiteres ausgelöscht, auch wenn ich noch kaum glauben kann, daß er ein Verräter war.«

Kathryn küßte Colum geistesabwesend auf die Wange.

»Es ist noch nicht vorbei«, flüsterte sie.

Sie drehte sich um und legte sich nieder. Dabei fiel ihr Blick auf die kleine Pergamentrolle auf dem Tisch neben dem Bett. Sie war mit einem Stück schwarzer Kordel zugebunden und mit rotem Wachs versiegelt. Kathryn nahm sie zur Hand, löste die Kordel und brach das Siegel.

»Was ist das?« fragte Colum.

Kathryn biß sich auf die Unterlippe, Tränen traten ihr in die Augen. Sie las die Botschaft noch einmal und drückte sie Colum in die Hand.

»Lies es laut vor, Colum!«

»An Mistress Swinbrooke, Ärztin und Apothekerin in der Ottemelle Lane in Canterbury. Monksbane, ihr treuer Diener, schickt herzliche Grüße. Ich schreibe dies aus dem Wirtshaus ›Golden Wyvern‹, das am Marktplatz von Cirencester steht. Für einen so erfahrenen Mann wie mich war die Suche weder lang noch mühselig. Euer Gemahl, Alexander Wyville, ist tot und in einem Armengrab in St. Dunstans-vor-den-Toren begraben.

Ich habe seine Leiche nicht gesehen, aber ich habe mit Vater Crispin gesprochen, der Euren Gemahl beisetzte, nachdem er bei einer Wirtshausschlägerei auf dem Marktplatz getötet wurde, auf den ich gerade hinabschaue. Aus zuverlässiger Quelle habe ich erfahren, daß Alexander Wyville sich den Lancastrianern bei ihrem Marsch nach Westen anschloß, die hofften, sich mit den anderen Verrätern in Begleitung der Margaret von Anjou und des Beaufort von Somerset verbünden zu können. Euer Gemahl hingegen war vielmehr auf Plünderung, Essen und Trinken aus. Sein Tod, der Herr sei ihm gnädig, war ohne Schicklichkeit oder Gunst. Er verließ seine Kameraden und war mit ein paar anderen seines Haufens beim Glücksspiel, als man feststellte, daß die Würfel präpariert waren. Barsche Worte und eine trunkene Rauferei führten dazu, daß Messer gezogen wurden. Alexander Wyville wurde sofort erstochen, seine Leiche anhand von Briefen und Urkunden in seiner Tasche identifiziert. Seine Habe wurde für eine klägliche Summe verkauft, und das Geld erhielt Vater Crispin. Wyville wurde am darauffolgenden Abend beigesetzt. Ich werde mit den beeidigten Zeugenaussagen, daß dies vor Gott die Wahrheit ist, nach Canterbury zurückkehren. Gottes Segen sei mit Euch. Lebt wohl, Monksbane.«

Colum wollte Kathryn umarmen, doch sie schob ihn sacht von sich.

»Jetzt nicht«, flüsterte sie. »Der Herr möge mir vergeben, ich spüre keine Trauer, sondern mir ist, als sei ein Schatten von mir genommen.«

Kathryn legte sich aufs Bett, und Colum deckte sie zu. Sie hörte noch, wie er sagte, er sei draußen in Kingsmead, und dann sank sie in tiefen Schlaf, aus dem sie erst am späten Nachmittag erwachte. Thomasina und Mathilda waren in der Küche und schnatterten fröhlich wie zwei Spatzen auf dem Dach. Mathildas äußere Erscheinung hatte einen bemerkenswerten Wandel erfahren. Sie hatte das fahle, graue Aussehen verloren, ihre Wangen glühten, und ihre Augen funkelten. Kathryn ging hinaus und kam mit einem Krug und einer Schüssel Wasser zurück, in der sie sich Hände und Gesicht wusch. Sie war noch verschlafen, und ihre Arme und Beine schmerzten, doch sie konnte sich wieder besser ausdrücken.

»Wohin wollt Ihr gehen?« wollte Thomasina von Mathilda wissen. »Soll heißen, Ihr dürft gern hierbleiben.«

»Und Ihr bleibt auch hier.« Kathryn setzte sich an den Tisch. »Bis diese Angelegenheit bereinigt ist, seid Ihr mein Gast, Mathilda.«

»Ich habe schon Pläne«, erwiderte die Frau. »Thomasina hat Vater Cuthbert im Hospital für arme Priester erwähnt. Ich werde nicht wieder heiraten, Mistress. Wenn der König gut ist, würde ich Gott gern für meine Freilassung danken. Ich würde gern dort arbeiten.«

Kathryn wurde in ihre Unterhaltung hineingezogen und hin und wieder von Wulf unterbrochen, der vom Garten hereingelaufen kam, von Patienten mit einer ganzen Reihe leichterer Erkrankungen oder von Kunden, die Kräuter oder Gewürze kaufen wollten. Mit Leichtigkeit schlüpfte Kathryn wieder in ihren normalen Alltag. Thomasina nahm Mathilda, unentwegt drauflosschnatternd, mit hinaus in den Garten. Es wurde dunkel. Colum kam mit langen Schritten ins Haus und strahlte über das ganze Gesicht.

»Ich habe gerade den Rattenkönig festgenommen«, verkündete er und baute sich vor Kathryn auf. »Master Malachi Smallbones ist jetzt bei dem anderen Ungeziefer im Kerker unter dem Rathaus. Er hat ein Geständnis abgelegt.«

»Laß mich raten«, sagte Kathryn. »Master Smallbones arbeitete in Oxford, wo er Ratten mit Hilfe von Feuer aus der Kanalisation vertrieb.«

»Dort und anderswo.« Colum schmunzelte, nahm seinen Kriegsgurt ab und setzte sich rittlings auf die Bank. »Du lieber Gott, Kathryn, der Mann ist eher zu bedauern als zu verabscheuen. Er ist ein Gauner. Anscheinend hat er das Ungeziefer in Kisten gesperrt, es gefüttert und in die Ruinen von Lucmoor etwa eine Meile von Canterbury entfernt gebracht.«

»Wie viele?« fragte Kathryn.

»Nun, Holbech ist ihm am späten Nachmittag dorthin gefolgt. Er schätzt, mindestens ein paar Dutzend.«

»Kaum zu glauben.« Kathryn schüttelte den Kopf.

»Dabei ist es ganz einfach«, lachte Colum. »Ratten kann man so leicht einfangen wie Schlangen und in Kisten sperren. In Canterbury gibt es keine Rattenverseuchung. Smallbones nun hat ein paar Kisten in die Stadt gebracht und in Westgate, Southgate und in der Nähe der Kathedrale geöffnet. Der Rest war eine Sache von Gerüchten und Klatschgeschichten ...«

»Und Angst«, unterbrach Kathryn ihn.

»Offenbar hat er es woanders auch gemacht«, erklärte Colum. »Colchester, Oxford, Gloucester. Er erzeugt das Problem und bietet dann an, es zu lösen.«

»Ich hoffe, die Ratsversammlung denkt an Vater Cuthbert.«

»Luberon hüpft vor Zorn«, sagte Colum. »Stell dir eine fette Taube vor, die auf dem Dachfirst hin und her trippelt.«

»Was wird mit Smallbones geschehen?«

»Er muß alle Gelder zurückzahlen. Wahrscheinlich wird

er bis Mitte des Sommers damit zu tun haben, alle Ratten aus der Stadt zu holen, und eine hohe Strafe zahlen müssen. Er soll auch auf einem Karren ausgepeitscht werden und eine Woche lang jeden Tag unter den Klängen von Dudelsäcken zum Stock geleitet werden, um dort zu sitzen.« Colum grinste. »Das ist das mindeste, was Luberon sich im Moment ausdenken konnte.«

»Du mußt eine Botschaft schicken«, erklärte Kathryn. »Luberon muß mit Vater Cuthbert reden. Bitte ihn, die zwölf Apostel zu mieten.«

Colum versprach es und erhob sich.

»Sollen wir noch über Wyville reden?«

»Wenn das hier alles vorbei ist, Colum, werden wir über Wyville sprechen.«

»Es ist noch nicht vorbei, oder?« fragte Colum. »Gibt es noch etwas?«

»Wir erwarten eine Besucherin«, sagte Kathryn und stand auf. »Und ich muß mich auf sie vorbereiten.«

Sie kehrte in ihr Zimmer zurück, wo sie die Kleidung wechselte. Dann ging sie die Treppe hinunter und setzte sich zu den anderen zum Abendessen. Colum vermochte seine Freude über die Nachricht von Monksbane nur schlecht zu verbergen. Als Thomasina es herausfand, bekreuzigte sie sich und bestand darauf, in den Keller zu gehen und das Faß mit dem besten Bordeaux anzustechen. Kathryn hatte sich noch nicht entschieden, was sie fühlen sollte. Sie aß und trank und hörte den Plaudereien der anderen zu. Colum und Wulf neckten jetzt sowohl Thomasina als auch Mathilda und gönnten ihnen nur eine Verschnaufpause, wenn sie sich Agnes zuwandten. Doch Agnes teilte so gut aus, wie sie einsteckte, da sie eifrig von Thomasinas Art zu sprechen lernte. Kathryn war traurig, aber nicht richtig bekümmert über Alexanders Tod. Sie hatten beide die Tür zu ihrer gemeinsamen Vergangenheit ins Schloß fallen lassen; Alexander war seinen Weg gegangen und sie ihren. Was blieb noch zu tun? Warum die Scheinheilige spielen? Kathryn schwor sich im stillen, dafür zu sorgen, daß ein Kreuz auf jenem Armenfriedhof in Cirencester errichtet wurde. Sie würde Vater Cuthbert dafür bezahlen, daß er eine Totenmesse für Alexanders Seele sang. Kathryn war derart in Gedanken vertieft, daß sie das Klopfen an der Tür kaum wahrnahm. Thomasina kam aufgeregt in die Küche zurück.

»Mistress, Ihr habt Besuch.«

Kathryn bat die anderen, in der Küche zu bleiben. Cecily, die Herzogin von York, wartete im Korridor in Begleitung eines Bannerherrn, der über der königlichen Uniform einen dunkelblauen Umhang trug. Durch die halb geöffnete Tür sah Kathryn den Rest der Eskorte. Die Herzogin raunte ihrem Beschützer Anweisungen zu und folgte Kathryn in die Schreibstube. Sie schloß die Tür hinter sich, schob die Riegel vor und drehte den Schlüssel herum. Dann reichte sie Kathryn ihren Umhang. Das Gesicht der Königsmutter war weiß und angespannt. Sie trug Witwenkleidung, schwarz vom Hals bis zu den Füßen, bis auf ein goldenes Armband am linken Handgelenk und ein mit Edelsteinen besetztes Kreuz, das sie an einer silbernen Kette um den Hals trug.

»Darf ich Euch Wein anbieten?« fragte Kathryn.

Die Herzogin schüttelte den Kopf und setzte sich auf den angebotenen Stuhl.

»Uns kann doch niemand dort drüben hören, Mistress Swinbrooke? Kathryn, ich werde Euch Kathryn nennen.«

»Wie ist das Befinden Eurer Hoheit?« Kathryn saß auf einem Hocker und schaute zur Herzogin auf.

»Als wir gestern abend miteinander sprachen, wußte ich nicht, daß es Venables war.« Im Gesicht der Herzogin malte sich Rachsucht. »Ich habe ihm vertraut!«

»Warum seid Ihr hier, Madam?«

»Wieviel wißt Ihr, Mistress Swinbrooke?«

Cecily betrachtete Kathryn, die unter dem harten Blick ein kalter Schauer überlief. Die Herzogin war offensichtlich zutiefst verstört über die Ereignisse im Kloster, und Kathryn fragte sich, ob ihr selbst Gefahr drohte. Herzogin Cecily war eine mächtige Frau, doch die Geheimnisse aus ihrer Vergangenheit könnten sie und vielleicht das Haus von York in schrecklichen Verruf bringen.

»Eure Hoheit muß mir vertrauen«, erwiderte Kathryn. »Und Ihr müßt mir zuhören. Ihr müßt mir nur das sagen, was Ihr zu sagen wünscht, obwohl ich ahne, welche Alpträume auf Eurer Seele lasten.«

»Sagt es mir, Mistress«, flüsterte Cecily.

»Ihr stammt aus der Familie Neville«, hob Kathryn an, »und seid mit Richard, dem Herzog von York, eine reiche, vielversprechende Ehe eingegangen. Euer verstorbener Gemahl ging vor etwa dreißig Jahren als Verwalter von Calais nach Frankreich, und Ihr habt ihn begleitet.«

»Das habe ich Euch gestern abend erzählt.«

»Ihr habt auch gesagt, daß ein gewisser Ritter seines Gefolges Euch mit seinen Aufmerksamkeiten plagte, während Euer Gatte mit den englischen Armeen unterwegs war.«

»Wie ich schon sagte, es war üblich für Gefolgsleute meines Gemahls, der Dame ihres Herrn den Hof zu machen. Aber wie Ihr wißt, lief die Geschichte aus dem Ruder. Er war ein ungestümer, feuriger junger Ritter, der mehr forderte, als Höflichkeit, Etikette oder ein Eheversprechen erlaubten.«

»Hat er versucht, Euch zu nötigen?«

»Ja. In einem der Türme der Burg von Calais hat Atworth, der damals meinem Gefolge angehörte, den Mann ergriffen und erschlagen.«

Kathryn nickte und rief sich die gekritzelten, bunten Bilder in Erinnerung, die sie in Atworths Psalter gesehen hatte.

»Stimmt das, Mylady?«

Cecilys Mund bebte. Sie blinzelte, um ihre Tränen zu verbergen.

»Eure Hoheit, wie hieß dieser Ritter?«

»Das kann ich Euch nicht sagen«, lautete die geflüsterte Antwort. Sie warf Kathryn einen raschen Blick zu. »Aber vielleicht könnt Ihr es mir sagen?«

Kathryn mußte schlucken. Konnte sie dieser Frau wirklich vertrauen?

»Wer immer dieser Ritter war, Eure Hoheit,« erwiderte sie

mit Bedacht, »er war mehr als nur ein glühender Bewunderer. Es mag sein, daß er eine Beziehung zu Euch unterhalten hat, die unschicklich war.«

Cecily hatte die Hände in den Schoß gelegt und saß wie versteinert da.

»Mag sein, daß er auch bedrohlich wurde«, fuhr Kathryn fort, »deshalb hat Atworth ihn umgebracht. Ich habe ein wenig gerechnet.« Kathryn schaute zur Decke auf. »Euer ältester Sohn Edward wurde in Calais gezeugt. Eure Hoheit, ich will ganz offen mit Euch sein. Wenn Ihr eine Affäre mit diesem Ritter hattet, besonders zu der Zeit, als Edward gezeugt wurde, könnten manche Leute behaupten, der gegenwärtige König sei nicht der echte Abkömmling von Richard von York. Wenn das der Fall ist, hat er keinen Anspruch auf den Thron von England.«

»Wer wäre so boshaft, das zu behaupten?«

»Venables, zum Beispiel. Das Geheimnis zwischen Euch und Atworth war nicht nur der Mord an einem Ritter, der es gewagt hatte, zu weit zu gehen, es betraf auch die Zeugung Eures ältesten Sohnes. Atworth wurde vom Vicomte de Sanglier gefangengenommen. Der Himmel weiß, was in jener Burg geschah, in der er eingesperrt war. Vielleicht ist Atworth gefoltert und bestochen worden. Auf irgendeine Weise hat de Sanglier das Geheimnis erahnt. Die Jahre vergingen. De Sanglier wurde alt wie alle anderen, doch er hat es nie vergessen. Im Jahre 1471 gewann Edward von York alles. Die Lancastrianer wurden in zwei blutigen Schlachten bei Barnet und Tewkesbury im Westen des Landes geschlagen. Nun ist Edward König, Eroberer, Herrscher eines vereinten Königreichs, das einmal mehr Frankreich bedrohen könnte. Ludwig XI ist beunruhigt, und der Vicomte de Sanglier setzt Gerüchte über einen möglichen Skandal in Umlauf. Ludwig und sein Vicomte schnüffeln herum wie zwei Hunde nach einem Knochen. Sie wollen mehr erfahren. Sie brauchen einen Verräter aus dem engsten Kreis des Königs.«

»Aber das war Venables nicht!«

»Nein, Eure Hoheit. Er war nur das Instrument einer viel

unheilvolleren Gestalt, Eures gutaussehenden, blonden, blauäugigen Sohnes George von Clarence.«

Cecilys Gesicht verzog sich leidvoll, während sie heftig zu schluchzen begann.

»George von Clarence«, erklärte Kathryn, »ist ebenso verräterisch wie schön. Während des letzten Bürgerkrieges hat er sich für kurze Zeit auf die Seite der Lancastrianer geschlagen. In Georges Kopf wimmelt es wie in einer Kiste mit Würmern. Will man Colum glauben, dann hat George einen grenzenlosen Ehrgeiz, aber nicht die entsprechenden Fähigkeiten. Wenn es möglich ist, diese Geschichte nachzuweisen, kann George Anspruch auf die Krone von England erheben.«

»Er müßte gegen Edward kämpfen«, fauchte Cecily, »und kämpfen würde Edward!«

»Mag sein, daß Clarence bereit ist, das Risiko einzugehen. Er war bestimmt empfänglich für den Verrat des Vicomte. Er hat sich die Geschichte mit Entzücken angehört und sich an andere Gerüchte erinnert, die er vielleicht mitbekommen hat. Ihr kennt Euren Sohn besser als ich, Eure Hoheit. Er fühlt sich zu Verrat hingezogen wie eine Katze zur Milch. Seine Mutter, die ihm nicht über den Weg traut, kann er nicht ausspionieren. Daher wendet sich Clarence Eurem Beichtvater Roger Atworth zu und Eurem Gefolgsmann Venables, den er mit Gold und Silber besticht, dem Angebot des Schutzes und der Hoffnung auf Beförderung. Venables ist wie viele Männer, mit denen sich Eure Söhne umgeben: allesamt Mörder, Falken, die auf der Suche nach Beute über den Himmel ziehen. Venables ist einverstanden. Verkleidet und maskiert betritt Venables das Kloster der Bußbrüder Jesu Christi. Er wiederum besticht Gervase und erhält Atworths Psalter.«

»Davon habe ich gehört«, erwiderte Dame Cecily. »Roger war unüberlegt, doch seine Bilder beweisen wenig.«

»Das hat Clarence erkannt, und Venables wurde zurückgeschickt. Er überwältigte Atworth – trotz der Fürsorge Jonquils – und verhörte ihn, doch Atworths schwaches Herz setzte aus. Die Gaunerei, die ich Euch gestern abend beschrieb, ist keine Hypothese mehr; es ist die Wahrheit.«

Herzogin Cecilys Mund war nun eine schmale, blutleere Linie.

»Unterdessen«, Kathryn hielt kurz inne, »wird sich Euer Sohn Edward, der König, bewußt, daß Clarence als Gegenleistung für die französische Unterstützung Geheimnisse an Ludwig verkauft.«

»Er weiß nicht, daß es Clarence ist?«

»Nein, aber er vermutet es. Deshalb nimmt Edward Kontakt zu seinem Agenten in Paris auf, Padraig Mafiach, auch als Robin Goodfellow bekannt. Mafiach ist sehr gut. Er erfährt den Namen des englischen Spions im Kronrat und er bekommt heraus, wer dessen Komplize ist. Mafiach nimmt einen Vers aus der Bibel, Zephanja 1, 16, sowohl den lateinischen Text als auch die englische Übersetzung. Er schreibt darunter ›recto et verso‹, von vorn und von hinten, mit dem rätselhaften Satz ›Veritas coninet veritatem‹: Die Wahrheit enthält die Wahrheit. Nun, Eure Hoheit«, Kathryn erhob sich, schloß einen Kasten auf und entnahm ihm eine Rolle Pergament. »›Recto et verso‹. Ihr seht, daß man in dem lateinischen und dem englischen Text Venables' Namen enthüllen kann.«

»Und der Satz: Die Wahrheit enthält die Wahrheit?«

»Dasselbe kann über George von Clarence gesagt werden; die Übersetzung enthält seinen vollen Namen. Clarence ist derjenige, der Venables in der Hand hält oder hielt, so wie der englische Text die Bedeutung des lateinischen Verses enthält.«

»Er war schon immer ein verwöhntes Gör!« Herzogin Cecily schaute hinaus in die Dunkelheit hinter dem kleinen Fenster. »Schön wie ein Engel mit einem Herzen so schwarz wie die Sünde! Er hat Venables gesagt, wann Mafiach im ›Falstaff‹ eintreffen würde, stimmt's?«

Kathryn nickte.

»Warum habt Ihr mir das alles nicht gestern abend gesagt, Mistress? Ihr habt mir etwas über das Kloster erzählt und auf andere Dinge hingewiesen.«

»Eure Hoheit«, erwiderte Kathryn leise, »ich war so ehrlich zu Euch wie Ihr zu mir.«

Die Herzogin schenkte Kathryn ein schiefes Lächeln.

»Und was nun?«

»Oh, ich bin sicher, Euer Sohn, der König, wird Clarence Angst einjagen, worauf der die Angelegenheit vielleicht eine Zeitlang ruhen lassen wird. Der Vicomte de Sanglier wird es bedauern, nach England gekommen zu sein. Bestimmt wird er bereuen, so kühn und selbstsicher nicht nur zu diesen Verrätern Kontakt aufgenommen, sondern Euch hinsichtlich Mafiachs Tod auch noch einen Hinweis gegeben zu haben. Er wird einer anderen Beute nachjagen.«

»Und Ihr, Mistress Swinbrooke?«

Herzogin Cecily öffnete einen mit Edelsteinen besetzten Geldbeutel, der an einer goldenen Kordel um ihre Taille hing. Sie holte ein kleines Kästchen aus Silber und Glas hervor.

»Das ist eine Reliquie, Kathryn.«

Die Ärztin lachte. Herzogin Cecily warf ihr einen strengen Blick zu.

»Findet Ihr solche Dinge lächerlich?«

»Ja.« Kathryn schaute an die Decke. »Wird der selige Roger heiliggesprochen? Wird sein Schrein bei den Bußbrüdern Jesu Christi aufgestellt?«

Herzogin Cecily lächelte schmallippig. »Mag sein, vielleicht auch nicht. Ich glaube wirklich, daß Roger bei Gott ist, ungeachtet der Sünden, die er begangen hat. Diese Gerüchte jedoch, die Clarence liebend gern an die Öffentlichkeit zerren würde, haben meine Unterstützung für die Heiligsprechung etwas abgekühlt.«

»Gewiß«, stimmte Kathryn ihr zu. »Das erklärt de Sangliers gehässige Bemerkung. Die Franzosen würden einen solchen Skandal nur zu gern verbreiten und behaupten, die Quelle sei kein Geringerer als Euer Beichtvater gewesen, ein Heiliger der Mutter Kirche, ein Mann, für dessen Sache Ihr so vehement eingetreten seid!«

»Wie ich höre, ist der Papst in Rom sehr beschäftigt.« Cecily schaute auf das Reliquienkästchen und schüttelte den Kopf. »Ich kann nicht glauben, daß einer meiner Söhne wagt, derart Dreck aufzuwirbeln!«

Kathryn war versucht, sie zu fragen, ob an den Gerüchten etwas Wahres sei, doch sie biß sich auf die Zunge.

»Madam« – sie nahm die Übersetzung zur Hand –, »lest selbst.« Sie reichte der Herzogin das Stück Pergament. »Seht, ich habe die Buchstaben markiert.«

Unseres Vaters großer Tag ist nahe; er ist nahe und eilt sehr,
denn dieser Tag ist ein Tag des Zornes,
ein Tag der Trübsal, Verzagtheit und Sorge,
ein Tag des Wetters und Ungestüms,
ein Tag der Finsternis und der Schwärze,
ein Tag der Wolken und Nebel,
an dem vergehen wird die Liebe des weiblichen
Geschlechts
und der Kampf der Männer und die Lust dieser Welt.

Herzogin Cecily las mit Tränen in den Augen und fuhr mit dem Finger an den Buchstaben entlang. Sie reichte das Pergament zurück und gab Kathryn die Reliquie.

»Schwört, Kathryn, bei diesem Stück des wahren Kreuzes, daß Ihr das, was Ihr mir gesagt habt und was Ihr erfahren habt, mit niemandem teilen werdet.«

Kathryn fuhr mit den Fingern über die Reliquie.

»Ich schwöre«, murmelte sie. »Eure Hoheit hat von mir nichts zu befürchten.«

Die Herzogin erhob sich und schaute auf Kathryn hinab.

»Aber ich habe eine Menge von Euch zu befürchten, Mistress Swinbrooke! Überlaßt mir George von Clarence! Was den Rest betrifft, so steht Euch jede Bitte frei!«

Kathryn und Colum wurden am Vorabend von Corpus Christi an der Tür der St. Mildred's Kirche verlobt, ganz in der Nähe des Taufbeckens, an dem Kathryn getauft worden war. Die Gäste versammelten sich, um Zeuge des feierlichen

Ringtauschs und des beiderseitigen Versprechens zu werden, daß sie heiraten würden, noch ehe der Sommer ins Land gezogen war. Kathryn war rundherum glücklich. Sie trug ein herrliches Gewand aus blauem, weiß eingefaßtem Satin und ein mit Edelsteinen besetztes Kruzifix, das Colum ihr um den Hals gelegt hatte. Ihr Haar war mit einem silberweißen, goldumsäumten Schleier bedeckt. Vater Cuthbert segnete den Ring und die Kerzen, die für die Hochzeitsmesse vorgesehen waren. Thomasina, Agnes, Wulf, Holbech, Mathilda Chandler und alle Freunde aus der Gemeinde drängten sich am warmen Kirchenportal; sie jubelten, als Colum Kathryns Hand nahm und sie auf die obere Treppenstufe führte, wo sie ihr Heiratsgelöbnis in aller Öffentlichkeit wiederholten. Kathryn schaute auf das Meer von Gesichtern, die zu ihr emporlächelten. Hier war sie getauft worden, hatte mit ihrem Vater die Sonntagsmesse besucht und hatte einst, beinahe vor einer Ewigkeit, geglaubt, sie liebte Alexander Wyville. Während sie ins Gedränge schaute, wurde ihr Blick von einer Bewegung am Rande angezogen. Ihr Herz blieb stehen. Hatte sie Wyvilles Gesicht gesehen? Sie wandte den Blick ab und verdrängte den Anblick als ein Gespenst aus der Vergangenheit. Colum, die Liebe ihres Lebens, stand neben ihr, hielt ihre Hand fest und lächelte liebevoll auf sie herab.

ANMERKUNG DER AUTORIN

Der vorliegende Roman behandelt eine Reihe sehr interessanter Themen. Da ist zunächst die mittelalterliche Medizin, die vielleicht fortschrittlicher war, als gemeinhin angenommen wird. Quacksalber und Scharlatane machten ebenso wie heute blühende Geschäfte, doch viele Ärzte waren genaue Beobachter und diagnostizierten häufig ernsthafte Erkrankungen. Es wird gern unterstellt, daß der Status von Frauen im Mittelalter unerheblich war und erst die folgenden Jahrhunderte eine allmähliche Verbesserung ihres Loses brachten. Das ist mit Sicherheit nicht richtig. Ein berühmter englischer Historiker hat darauf hingewiesen, daß Frauen wahrscheinlich um 1300 mehr Rechte hatten als im Jahre 1900, während Chaucers Beschreibung der Frau aus Bath eine Frau zeigt, die sich in einer Männerwelt nicht nur behaupten konnte, sondern durch ganz Europa zu den großen Wallfahrtsorten reiste und eine kluge Geschäftsfrau war, stets bereit, sich über die Überlegenheit des schwachen Geschlechts auszulassen.

In diesem Roman halten sich Dichtung und Wahrheit die Waage, und das dem Buch vorangestellte Zitat faßt zusammen, daß Frauen eine wichtige Rolle als Ärztinnen, Heilerinnen und Apothekerinnen spielten. Kathryn Swinbrooke mag erfunden sein, doch im Jahre 1322 war Mathilda von Westminster die berühmteste Ärztin in London. Cecily von Oxford war die Ärztin König Edward III und seiner Gemahlin, Philippa von Hainault, und Gerard von Cremona beschreibt in seinem Werk ausführlich Ärztinnen im Mittelalter. Besonders in England, wo die medizinischen Fakultäten der beiden Universitäten Oxford und Cambridge noch von geringer Bedeutung waren, arbeiteten Frauen als Ärztinnen und Apothekerinnen – in Berufen, die ihnen in späteren Jahrhunderten verwehrt waren.

Die Geschichte verläuft nicht in einer geraden Linie, sondern häufig in Kreisen, und das gilt sicher auch für die Medizin im Mittelalter. Einige der Medikamente mittelalterlicher

Ärzte, einst als wunderlich verdrängt, werden heute sowohl in Europa als auch in Amerika zu Recht als Alternativmedizin betrachtet.

Ärzte im Mittelalter erkannten die Gefahr, die von Ratten ausging, und betrachteten sie als Überträger von Krankheiten. Stadtverwaltungen im Mittelalter zogen gegen dieses vielseitige Ungeziefer zu Felde, wenn auch nur mit geringem Erfolg. In vielen Städten und Gemeinden gab es professionelle Rattenfänger. Die erfolgreichste Art, das Ungeziefer zu vernichten, war in der Tat entweder durch Feuer, wie der große Brand von London im Jahre 1666 beweist, oder durch den Einsatz von Frettchen, um sowohl das Ungeziefer selbst als auch seine Nester aufzuspüren und zu vernichten. Die Idee, daß jemand Ratten in eine Stadt einschleppt, basiert auf Tatsachen. Derart »erzwungene Verseuchungen« waren allgemein üblich, während die Person des Malachi Smallbones auf dem allgegenwärtigen Schwindler beruht, demjenigen, der heimlich ein Problem schafft und dann in aller Öffentlichkeit anbietet, es zu lösen!

Ärzte im Mittelalter wußten sehr viel über die Eigenschaften von Arsen. Sie betrachteten es als gefährlich, glaubten aber, daß es in kleinen Mengen nützlich sein könnte. Diese Praxis setzte sich in der Tat in Europa bis weit ins neunzehnte Jahrhundert fort. Die langsame Verwesung eines durch Arsen vergifteten Opfers und der rote Staub, der häufig in ihren Särgen gefunden wurde, ließen so manchen Mörder am Galgen landen.

Im Mittelalter waren Schreine und Reliquien ein großes Geschäft, eine veritable Einnahmequelle für viele Kirchen. Natürlich gab es viele religiöse Orden, die darum beteten, daß ihre Kirche eines Tages die Reliquie eines großen Heiligen beherbergen möge. Die Heilungen an solchen Schreinen sollten nicht von vornherein verworfen werden. Einige sind zwar lächerlich, andere sind wichtige Zeugnisse für die Macht des Geistes über die Materie, während ganz wenige, wie zum Beispiel jene von Lourdes, als echt angesehen werden müssen.

Die Gerüchte um die Herzogin von York sind nicht erfunden. George, der Herzog von Clarence, war ein verräterischer Prinz und wurde später unter Edwards Herrschaft festgenommen wegen einer Verschwörung gegen seinen Bruder und der Verbreitung von Gerüchten über seine Mutter und die Zeugung seines königlichen Bruders. Im Jahre 1483, als Richard von Gloucester den Thron an sich riß und seinen Neffen Edward V im Tower einsperrte, erweckten seine Gefolgsleute diese Geschichte angeblich wieder zum Leben. Sie wiesen darauf hin, daß Edward IV womöglich unehelich gewesen sei und seine Söhne daher keinen Anspruch auf den Thron hätten. Dementsprechend mag die Geschichte zotig sein, doch sie wurde eine mächtige politische Waffe in der turbulenten Politik des Hauses York. Am Ende half es jenen, welche die skandalösen Geschichten in Umlauf brachten, nur wenig. Clarence wurde im Tower ermordet, angeblich in einem Faß Malmesy ertränkt. Richard von Gloucester, der spätere König Richard III, wurde im Jahre 1485 in der Schlacht bei Bosworth von Heinrich Tudor besiegt und getötet.

Von der Mätresse zur ersten Zarin Rußlands: Katharina I.

Ellen Alpsten
Die Zarin
Roman
450 S. • geb. m. SU • **€ 19,90 (D)**
ISBN 3-8218-0889-6

Geboren wird sie als Martha, Tochter eines baltischen Leibeigenen, dann gerät sie in russische Gefangenschaft. Ihre aufgeweckte, üppige Schönheit erregt die Aufmerksamkeit der russischen Generäle und schließlich auch die des Zaren selbst, Peters des Großen. Er erliegt bald ihren Verlockungen, macht sie zu seiner Mätresse und später sogar zur Zarin.
Zupackend und einfühlsam, lebensecht und mit bewundernswertem Gespür für große Szenen: Ellen Alpsten erzählt in ihrem an Figuren und Geschichten überbordenden Roman vom unaufhaltsamen Aufstieg Katharinas, die sich mit Charme und vitaler Natürlichkeit, notfalls aber auch mit Gewalt den Weg nach oben bahnt.

Caravaggio –
Leben und Sterben für die Kunst

Peter Dempf
Das Vermächtnis des Caravaggio
Roman
450 S. • geb. m. SU • **€ 24,90 (D)**
ISBN 3-8218-0874-8

Seine Gemälde machen ihn beim einfachen Volk zum populärsten Maler des frühen siebzehnten Jahrhunderts – und zum gehassten Ketzer für den Vatikan. Als die Häscher dem genußsüchtigen wie streitbaren Caravaggio gefährlich nahe kommen, bannt er das Gesicht seines mutmaßlichen Mörders auf ein Bild.
Lebensprall, voller Farben und Gerüche, Intrigen, Laster und faszinierender Figuren: Peter Dempf hat die letzten Lebensjahre Caravaggios zu einem Kunstkrimi geformt, der mit äußerster Detailgenauigkeit auch den untergründigen Bedingungen für die Entstehung seiner ungeheuerlichen Kunstwerke nachspürt.

»Hinter den Mauern dieser Burg, in der wir das Grauen erlebten ...«

Dorothea S. Baltenstein
Vier Tage währt die Nacht
Roman
536 S. • geb. m. SU • **€ 19,90 (D)**
ISBN 3-8218-0456-4

Der Winter 1817 ist kalt. Ein Schneesturm droht in der Weite des schottischen Hochlands. Sir Mortimer hat auserwählte Poeten zum Wettstreit nach Boroughmore Castle geladen. Doch eingeschlossen in den Mauern des Schlosses, fordert ein rätselhafter Mörder nach und nach seine Opfer ...
Aufgefunden im Nachlaß der bislang unbekannten Autorin Dorothea S. Baltenstein ist »Vier Tage währt die Nacht« ein packendes Stück wiederentdeckter Schauerromantik, in dem tödliche Inspiration, düsteres Grauen und dichterische Leidenschaft die Grenzen des Menschlichen bloßlegen und der Dichtung dabei eine ganz besondere Rolle zukommen lassen.